Brigitte Melzer

Die Dämonenseherin

otherworld

Das säurefreie und alterungsbeständige Papier EOS liefert Salzer, St. Pölten
(hergestellt aus chlorfrei gebleichtem Zellstoff aus nachhaltiger Forstwirtschaft).

ISBN 978-3-8000-9504-9

Umschlaggestaltung von init, Büro für Gestaltung, Bielefeld,
unter Verwendung von Fotos von Plain Picture, Hamburg,
und Bridgeman Art Library

Gedruckt in Österreich
7 6 5 4 3 2 1

www.otherworld-verlag.com

Die Edinburgh *Evening News* vor drei Jahren

Grauenvolles Blutbad auf dem Leith Walk – Bandenkrieg oder Verschwörung der Seher?

Leith *– Vor dem Trinity House kam es gestern zu einem blutigen Zwischenfall mit 17 Toten – darunter 5 Polizisten. Augenzeugen berichten von zerfetzten Leibern, was Theorien nährt, wonach es eine Explosion gegeben haben könnte. Es konnten jedoch weder ein Knall noch Brandspuren am Tatort nachgewiesen werden oder Fensterscheiben sichergestellt, die unter einer eventuellen Druckwelle zu Bruch gegangen wären. Die Gerichtsmedizin war zu keiner Stellungnahme bereit und verwies an den Pressesprecher der Polizei.*

Die offizielle Lesart der Polizei lautet: »In der Nacht vom 14. April war der Leith Walk Schauplatz eines brutalen Bandenkrieges. Bei dem Versuch, die Gewalt einzudämmen, kamen fünf verdienstvolle Kollegen zu Tode. Unser Mitgefühl und unsere Anteilnahme gelten ihren Familien.«

Inoffiziellen Angaben zufolge soll es sich bei den übrigen Opfern jedoch nicht um Mitglieder einer Gang, sondern um Angehörige der Gemeinschaft der Seher gehandelt haben. Dies wirft ein neues Licht auf die Ereignisse, denn weitere Augenzeugen berichten, dass die Oberbekleidung der Seher aufgerissen war und den Blick auf den Rücken freigab, der aussah, als habe jemand versucht, ihnen das Rückgrat herauszureißen. Ein ungewöhnlich grausamer Tod, der an ein Opferritual erinnert und Spekulationen darüber aufwirft, ob es innerhalb der Gemeinschaft möglicherweise nicht doch einen geschlossenen Zirkel gibt, der nicht länger das Wohl unserer menschlichen Gesellschaft im Sinn hat.

Da bisher jedoch weder eine Beteiligung der Seher offiziell be-

stätigt wurde noch andere begründete Hinweise existieren, die darauf schließen lassen, dass innerhalb der Gemeinschaft gegensätzliche Strömungen am Werk sind, bleibt die weitere Entwicklung zunächst abzuwarten. Bis dahin gelten die Seher nach wie vor als akzeptierte Mitglieder unserer Gesellschaft, deren Dienste in der Verbrechensaufklärung von unschätzbarem Wert sind.

Die genauen Todesumstände der Opfer vom Leith Walk sowie der Auslöser für dieses erschreckende Massaker bleiben vorerst ungeklärt.

1

Logan Drake stand im Schutz eines Felsens und beobachtete das Cottage durch das Zielfernrohr seines HK417. Seine Männer waren in den Hängen verborgen, die das einsame Haus umgaben, kauerten hinter bemoosten Felsen, im Schutz leuchtend gelber Ginstersträucher, oder hatten sich in die langen Schatten der Kiefern zurückgezogen und warteten darauf, loszuschlagen.

»Team in Position«, ertönte Steve Jones' Stimme über das Intercom. »Wir haben sämtliche Zugänge im Visier. Verdammt, Logan, warum können wir den Laden nicht einfach stürmen?«

»Das weißt du so gut wie ich.« Logan konnte Jones' Unruhe verstehen, doch bei diesem Einsatz würde es keine Gefangenen geben. Er hatte nicht vor, seine Männer in ein verwinkeltes Haus zu schicken, dessen Grundriss keiner von ihnen kannte. Nicht, wenn sie ebenso gut warten konnten, bis herauskam, was sich darin verkrochen hatte.

Dass sie überhaupt hier waren, verdankten sie einem Zufall. Logan hatte beschlossen, das milde Frühlingswetter zu nutzen, und war mit einem Teil seines Teams auf dem Weg zu einem Outdoor-Training in die Highlands gewesen. Sechs der elf Männer, die ihm unterstanden, hatte er nach Glasgow abkommandiert, nachdem die dortige Polizei die Hilfe der Behörde angefordert hatte, deshalb waren sie heute nur mit einem der gepanzerten Panther Jeeps unterwegs, statt wie gewohnt in einer kleinen Kolonne.

Logan hatte auf dem Beifahrersitz gesessen und war ein paar Berichte durchgegangen. Dem Geflachse seiner Jungs, die nichts Besseres zu tun hatten, als sich gegenseitig aufzuziehen, hatte er nur mit halbem Ohr zugehört.

»Nun seht euch die Scheißkarre an!«, rief Tyler Reese von der Rücksitzbank zu.

Logan sah auf. Vor ihnen fuhr ein verbeulter Toyota. Nicht ungewöhnlich genug, um seine Aufmerksamkeit lange von den Berichten abzulenken. Der Fahrer würde zur Seite fahren, um den Panther vorbeizulassen. Das taten sie alle. Der Anblick des gepanzerten Fahrzeugs, neben dem selbst ein amerikanischer Hummer klein wirkte, war einfach zu beeindruckend.

»Was macht der Idiot da?«

Einmal mehr ließen ihn Reese' Worte aufsehen. Obwohl der Abstand immer geringer wurde, machte der Fahrer des Toyotas keine Anstalten, den Weg freizugeben.

Stattdessen trat er aufs Gaspedal.

»Heilige Scheiße«, brummte Avery hinter dem Steuer. »Sag mir, dass der Typ kein Rennen fahren will!«

»Ich kann dir sagen, dass *du* keines fahren willst.«

Logans Warnung war deutlich. Avery nickte. »Natürlich nicht, Boss.« Was so viel heißen sollte wie: Wäre Logan nicht dabei gewesen, hätte er sich den Spaß nicht entgehen lassen.

Wie die anderen Männer auch war Rick Avery früher Mitglied der British Army gewesen. Sie alle hatten einst den Special Forces angehört, ehe die Behörde sie für ihre eigene Spezialeinheit angeworben hatte. Avery war der Einzige, der noch immer nach Army aussah. Sein weißblonder Bürstenschnitt war so akkurat gestutzt, dass es wirkte, als könne er jemandem damit den Bauch aufschlitzen, wenn er ihm nur den Schädel in den Leib rammte. Doch das hatte Avery gar nicht nötig. Er war so riesig und mit Muskeln bepackt, dass allein sein Anblick jedem potenziellen Gegner den Angstschweiß auf die Stirn trieb. Trotzdem war er nicht nur ein Mann fürs Grobe, sondern kannte sich auch hervorragend mit Funktechnik und Computern aus.

Jeder im Team hatte seine Spezialisierung. Sie alle waren bestens ausgebildet und während der letzten Jahre zu einer festen Einheit verschmolzen. Die Männer teilten sich sogar ein Haus, nur Logan hatte eine eigene Wohnung. Er war für das Team verantwortlich und wusste, dass er sich blind auf seine Männer verlassen konnte, doch er verbrachte weder seine Freizeit mit ihnen noch ließ er irgendetwas über sein Privatleben durchsickern. An dieser Regel hielt er konsequent fest – auch wenn sein Privatleben diesen Namen gar nicht verdiente. Sein Leben war die Arbeit für die Behörde. Und wenn er nicht zu viel darüber nachdachte, kam ihm das nicht einmal armselig vor. Logan hätte ohnehin nicht gewusst, was er anderes mit seinem Leben anfangen sollte. Er mochte seine Männer, schätzte jeden Einzelnen von ihnen, sonst hätte er sie nicht in sein Team geholt. Vermutlich kam das Team einer Familie näher als alles, was er in seinem Leben je gehabt hatte, trotzdem blieb er auf Distanz. Die Jungs respektierten ihn als ihren Anführer, und das sollte auch so bleiben. Wenn er anfinge, mit ihnen nach jedem Einsatz ins Pub zu gehen, würden sie früher oder später den Respekt vor ihm verlieren und beginnen, seine Autorität infrage zu stellen.

Logan warf einen Blick auf den Toyota, der endlich zur Seite fuhr, um den Panther passieren zu lassen. »Fahr langsam vorbei.« Es war nicht mehr als ein Gefühl, das ihn zu diesem Befehl veranlasste. Er wandte den Kopf und erhaschte einen Blick auf den bleichen Fahrer, der wild gestikulierend mit seinen beiden Mitfahrern sprach.

Da sah er die Handschuhe.

Die Einzigen, die selbst im heißesten Sommer Handschuhe trugen, waren Seher. Indem sie Hautkontakt vermieden, verhinderten sie, bei jeder Berührung von Visionen überrollt zu werden. Der Fahrer des Toyotas gehörte zu ihnen – ebenfalls sein Beifahrer und die Frau auf der Rücksitzbank.

Was haben die außerhalb der Stadt zu suchen?

Die drei erweckten nicht den Eindruck, als hätten sie einen Passierschein, der es ihnen gestattete, die Stadt zu verlassen. Dafür waren sie zu nervös.

Normalerweise hätte es Logan nicht interessiert, was die Seher trieben, solange sie nicht gegen Gesetze verstießen. Diese drei jedoch verhielten sich zu auffällig.

»An der nächsten Abzweigung fahren wir von der Straße«, sagte er. »Wir lassen den Toyota passieren und hängen uns dann unauffällig dran. Halt ordentlich Abstand, damit sie uns nicht gleich bemerken.«

Reese schob seinen kahlen Schädel zwischen den Sitzen vor und grinste. »Willst du doch ein Rennen?«

»Mich interessiert eher, warum die Seher hier draußen unterwegs sind.«

»Da soll mich doch …« Reese schluckte seinen Fluch hinunter. »Wilde?«

Logan nickte. Wilde Seher waren die Einzigen, die außerhalb der Gemeinschaft der Seher lebten. Manche von ihnen wussten nicht, dass die Gemeinschaft existierte. Andere entzogen sich der Kontrolle bewusst. Sie waren es, auf die Logan und sein Team es abgesehen hatten, denn sie schreckten nicht davor zurück, ihre Fähigkeiten einzusetzen, um das Gesetz zu brechen. Jene, die sich nichts zuschulden kommen ließen, interessierten ihn nicht. Um die sollte sich die Gemeinschaft selbst kümmern.

Sie folgten dem Toyota bis zu einem abgeschiedenen Grundstück, das sich abseits der Straße in ein enges Tal schmiegte. Nachdem der Wagen ein Gatter passiert hatte, gab Logan Anweisung, den Panther im Schatten eines Kiefernwäldchens abzustellen, und schickte Reese und Fletcher vor, um das Gelände zu erkunden. Am Himmel brauten sich dunkle Regenwolken zusammen.

»Wir sind fast am Ende des Tals«, erklang Reese' Stimme nach einigen Minuten über das Intercom, einen drahtlosen

Ohrhörer, der gleichzeitig Sender und Empfänger war. »Da hinten ist ein altes Bauernhaus. Nur den Wagen sehe ich nirgendwo. Ebenso wenig diese Typen.«

»Geht die Straße hinter dem Haus weiter?«, wollte Logan wissen.

»Straße?«, schnaubte Fletcher. »Das Ding ist hier nicht mehr als eine Schotterpiste. Das Haus ist an drei Seiten von steilen Hängen eingeschlossen. Der einzige Weg in dieses Tal ist der, über den wir gekommen sind. Wir gehen jetzt näher ran.«

Eine Weile war es still auf dem Intercom. Logan nutzte die Zeit, seine beiden SIG-Sauer P226 zu laden – eine mit scharfer Munition, eine mit Betäubungspatronen –, ehe er sie in die Schulterholster schob. Auch seine Männer bewaffneten sich und zogen die kugelsicheren Westen über. Logan hasste das starre Gefühl der Weste, die sich wie ein Käfig um seinen Brustkorb schloss, trotzdem war er nicht verrückt genug, darauf zu verzichten. Er schob ein paar Ersatzmagazine in die Taschen seiner Camouflage-Hosen, schnürte seine Kampfstiefel fester und griff sich sein HK 417. Das Scharfschützengewehr hatte ihm bereits mehr als einmal gute Dienste geleistet. Zum Schluss schnappte er sich noch das Wärmebildgerät, dann bedeutete er seinen Männern, ihm zu folgen. Als sie ausschwärmten, um das Haus einzukreisen, meldete Reese sich wieder.

»Du hattest den richtigen Riecher, Boss. Hier stinkt etwas zum Himmel! Die laufen rum wie die Bekloppten. Aufgescheuchte Hühner sind ein Dreck dagegen.«

»Komm zur Sache!«

»Sie haben den Toyota in der Scheune versteckt«, mischte sich Fletcher ein.

Dass sie nicht gefunden werden wollten, bestärkte Logan in seiner Vermutung: Diese Typen waren nicht sauber.

»Logan?« Wieder Reese.

»Was noch?«

»Ich war gerade am Haus und hab einen Blick durchs Fenster geworfen, um –«

»Reese!«, mahnte Logan, ehe er noch weiter ausholen konnte.

»Sie sind im Wohnzimmer«, platzte Reese heraus, »und starren sich gegenseitig auf den Rücken. Verdammt, Boss, unter ihrer Haut pulsiert etwas Großes, Dunkles!«

»Zieht euch vom Haus zurück«, befahl Logan und hatte Mühe, einen Fluch zu unterdrücken. »Bezieht auf dem Hang über der Scheune Posten und haltet euch bereit. Was auch immer dieses Haus verlässt – es darf uns nicht entkommen.« Er unterdrückte den Impuls, seinen Männern das Vorgehen ins Gedächtnis zu rufen, das sie für diesen Fall ausgearbeitet hatten, doch sie kannten die Regeln. »Also gut. Vergesst die Betäubungsmunition. Jeder weiß, was er zu tun hat.«

Unter normalen Umständen hätte er längst befohlen, das Haus zu stürmen und alles festzunehmen, was sich bewegte. Doch die Umstände waren jetzt nicht mehr normal. Heute hatten sie es nicht nur mit wilden Sehern zu tun, sondern mit etwas ungleich Gefährlicherem. Etwas, von dem er gehofft hatte, es nie wieder sehen zu müssen.

Logan nahm das Magazin mit der Betäubungsmunition aus der SIG, verstaute es in seiner Hosentasche und lud scharfe Munition nach. Sobald seine Waffen bereit waren, richtete er das Wärmebildgerät auf das Haus. Es war nicht schwer, die Seher ausfindig zu machen. Die Wärme ihrer Körper zeichnete gelb-orangefarbene menschliche Silhouetten auf das Display. Sie waren noch immer im Wohnzimmer, wo Reese sie zuletzt gesehen hatte, doch liefen sie weder umher noch saßen sie. Die drei Körper lagen ausgestreckt auf dem Boden. Über jedem erhob sich ein glühend roter Umriss. Es wirkte, als würde sich etwas über sie beugen, um nach ihnen zu sehen, aber Logan wusste es besser. Die Seher waren tot.

Was dort geduckt über ihnen kauerte, waren die Dämonen, die aus ihren Leibern gekrochen waren und sich jetzt an ihrem Fleisch nährten.

»Sie sind geschlüpft«, gab Logan über das Intercom durch. »Zeit, anzuklopfen.«

»Der Türklopfer ist bereit.« Selbst über Funk war Buckinghams Grinsen nicht zu überhören. Er war der Jüngste in der Truppe und stand auf Einsätze wie diesen.

Kurz darauf durchschlug eine Brandgranate das Wohnzimmerfenster. Flammen und Rauch breiteten sich in Windeseile im Inneren aus, sodass Logan Mühe hatte, die Kreaturen auf dem Display des Wärmebildgeräts im Auge zu behalten.

»Sie bewegen sich! Einer kommt auf das Fenster zu.«

Einen Herzschlag später sprang die Kreatur, eingehüllt in einen Wirbel aus Rauch und Feuer, durch das Fenster – und wurde von einer Salve aus Fletchers Maschinengewehr niedergestreckt. Schnell richtete Logan seine Aufmerksamkeit wieder aufs Innere des Hauses.

»Einer kommt auf die Tür zu«, gab er durch. »Der andere will hinten raus.«

»Den hinten übernehme ich«, meldete Avery. Auf dem Hang war Mündungsfeuer zu sehen. Das Donnern der Schüsse wurde von den Felshängen aufgefangen und in einer Salve von Echos zurückgeworfen. Dann rief Avery: »Den könnt ihr abhaken!«

Die dritte Kreatur überlegte es sich anders und machte kurz vor der Tür kehrt. Logan folgte den Bewegungen über das Display seines Wärmebildgeräts und erwartete, dass das Biest versuchen würde, irgendwo unbemerkt aus dem Haus zu kommen. Stattdessen blieb es stehen, kauerte im Schutz der Treppe und rührte sich nicht mehr. Ganz sicher würde Logan nicht zulassen, dass sich diese Kreatur bis Einbruch der Dunkelheit verschanzte und ihnen dann im Schutz der Nacht entkam – oder gar seine Männer angriff. Er hatte schon einmal gesehen, wie tödlich diese Dämonen waren. Dieses Risiko würde er nicht eingehen.

»Buckingham, der Dritte braucht noch einen Anreiz, aus dem Haus zu kommen!«

Eine weitere Granate schlug ein und pulverisierte die Holztreppe, hinter der sich das Biest versteckte. Die Kreatur brach unter zornigem Gebrüll durch die geschlossene Tür ins Freie und endete, von Einschüssen durchlöchert, im Dreck.

Einen Moment war alles still.

»Haben wir alle?«, erkundigte sich Jones über das Intercom. »Sind sie hin?«

»Drei Seher – drei Dämonen.« Logan nahm sein Gewehr und trat aus der Deckung. »Entsorgen wir die Überreste.« Als er am Haus ankam, begann es zu regnen, doch selbst der stärkste Wolkenbruch konnte das Haus nicht mehr retten. Die Flammen breiteten sich in rasender Geschwindigkeit aus. Bei Einbruch der Dunkelheit würde hier nur noch eine qualmende Ruine stehen.

Reese und Fletcher erwarteten ihn bereits.

»Die Viecher sind tot«, bestätigte Reese, als Logan näher kam, dann richtete er den Blick auf das brennende Haus. »Sieht so aus, als müsste die Behörde mal wieder eine Entschädigung zahlen.«

Fletcher zuckte die Schultern. »Lieber blechen sie für ein Haus als für unsere Beerdigung.«

Buckingham kam gefolgt von Jones um die Ecke. »Die waren nicht sonderlich schwer plattzumachen«, grinste er. »Glattes Kinderspiel.«

»Es waren auch nur drei und wir waren vorbereitet.« *Weitaus besser als beim letzten Mal.* Damals hatten sie einem Dutzend dieser Dämonen gegenübergestanden und nicht im Geringsten gewusst, womit sie es zu tun hatten. Wesentlich klüger waren sie auch heute nicht, trotzdem machte sich Logan keine Gedanken, dass sein Team nicht mit diesen Kreaturen fertig werden könnte. Viel mehr Sorge bereitete ihm da schon die Vorstellung, eines – oder mehrere – dieser Biester könnte ihnen entkommen. Und wovor er sich wirklich fürchtete, war, dass diese Dämonen auf die ahnungslose Bevölkerung trafen und dort ein ähnliches Massaker anrichteten wie auf dem Leith Walk, wo die Polizei vollkommen ahnungslos auf die Bestien gestoßen war.

Diese hier waren frisch geschlüpft und noch nicht einmal so groß wie ein erwachsener Mensch. Trotzdem waren sie gefährlich. Logan wusste, wie schnell sie wuchsen, wenn sie erst über die Leute herfielen und ihr Fleisch fraßen.

»Übergießt sie mit Benzin und fackelt sie ab.«

Niemand stellte seinen Befehl infrage, denn keinem stand der Sinn danach, die Monster anzufassen – was sie tun müssten, um sie in das brennende Haus zu werfen. Keinem außer Avery. Während Jones zum Wagen ging, um das Benzin zu holen, kam Avery um die Ecke. Den Dämon, den er hinter dem Haus erlegt hatte, schleifte er an einem der ledrigen Flügel hinter sich her. Die gewaltigen Krallen des Monstrums gruben sich in den feuchten Erdboden und hinterließen tiefe Kratzer darin.

»Scheiße, sind die hässlich!« Mit einem letzten abschätzigen Blick auf die dämonische Fratze, in deren Rachen die Reißzähne schimmerten, warf Avery den Dämon zu den anderen beiden.

Buckingham sah sich das Vieh genauer an. »Findet ihr nicht, dass die wie Wasserspeier aussehen?«

»Nur dreimal so groß und doppelt so hässlich, oder wie?« Avery schlug ihm mit der flachen Hand auf den Hinterkopf. »Falls du es noch nicht gehört hast: Gargoyles sind die Guten. Die sollen Dinger wie die da abwehren.«

»Sieht eher aus, als würde das an uns hängen bleiben«, knurrte Reese.

Während die Jungs sich gegenseitig aufzogen und immer

wieder angewiderte Blicke auf die toten Dämonen warfen, klingelte Logans Handy. Er zog den Blackberry aus der Tasche. »Ja?«

»Kommen Sie in die Behörde, Drake«, dröhnte William Roberts' raue Stimme aus dem Lautsprecher. »Ich habe einen Spezialauftrag für Sie.«

»Danke«, erwiderte Logan mit Blick auf die toten Dämonen, »ich hatte heute schon einen.«

»Schwingen Sie Ihren Arsch hierher!«

Er wusste, dass es keinen Sinn machte, seinem Vorgesetzten zu erklären, dass sie hier noch zu tun hatten, deshalb sagte er nur »Bin unterwegs« und beendete die Verbindung.

Avery warf ihm einen fragenden Blick zu. »Roberts?«

Logan nickte. »Ich muss nach Edinburgh zurück. Seht zu, dass von diesen Biestern nichts übrig bleibt, und dann erstattet im Büro Bericht. Sie sollen die Besitzer des Hauses ausfindig machen und entschädigen.«

»Machen wir, Boss. Aber wie willst du in die Stadt zurückkommen?«

»Mit dem Toyota.« Er löste die Verschlüsse seiner kugelsicheren Weste, streifte sie ab und warf sie Reese zu, das HK 417 und das Wärmebildgerät gab er Jones. Die Schulterholster mit den beiden SIG behielt er um.

Auf dem Weg zur Scheune machte er sich schon darauf gefasst, den Wagen kurzschließen zu müssen, und war angenehm überrascht zu sehen, dass der Schlüssel noch im Zündschloss steckte.

Er ließ den Motor an und lenkte den Wagen über den Feldweg zur Straße zurück. Vielleicht war es gut, dass Roberts ihn zurückbeordert hatte. Sein Vorgesetzter musste ohnehin erfahren, was hier passiert war.

Die drei Seher, die jetzt tot im brennenden Haus lagen, konnten keine Wilden gewesen sein. Die Dämonen, die aus ihren Körpern herausgebrochen waren, sah Logan als Beweis für etwas, das er schon lange vermutet hatte: Der Gemeinschaft war nicht zu trauen.

»Verlogenes Seherpack!«

Sie hatten Logan den Bruder genommen – auch wenn dieser das vermutlich anders sah – und ihn dazu gebracht, seine Familie zu vergessen. Logan hatte Devon vergöttert. In allem, was er tat, war sein älterer Bruder sein Vorbild gewesen. Doch dann war die Gemeinschaft auf seine *besonderen* Fähigkeiten aufmerksam geworden. Jeder in der Familie hatte mitbekommen, dass Devon anders war. Er hatte schon immer Dinge gewusst, bevor sie eingetreten waren. Ebenso konnte er, wenn er Menschen oder Gegenstände berührte, Dinge sehen, die in der Vergangenheit geschehen waren. Das war die Gabe der Hellsichtigen. Deshalb arbeiteten sie so häufig für die Polizei – manche, um Verbrechen zu verhindern, bevor sie geschahen, andere, um eine bereits verübte Tat aufzuklären. Anfangs hatte Logan ihn für die Gabe bewundert, ein Sechsjähriger, der zu seinem vier Jahre älteren Bruder aufsah und alles dafür gegeben hätte, einmal so zu sein wie er. Dann war eine Abordnung der Gemeinschaft zu ihnen nach Hause gekommen, um Devon abzuholen. Als Seher gehörte er nicht länger zu seiner Familie. Er war nun ein Mitglied der Gemeinschaft und als solches musste er sein Zuhause verlassen.

Die Gemeinschaft der Seher existierte seit über einem Jahrhundert. Damals hatte sich eine Handvoll Menschen zusammengetan, die allesamt die Gabe der Hellsichtigkeit besaßen. Sie hatten sich zeit ihres Lebens aus der menschlichen Gesellschaft ausgegrenzt gefühlt. Da sie verhindern wollten, dass es anderen, die über dieselben Talente verfügten, ähnlich erging, begannen sie nach ihnen zu suchen und holten sie so früh wie möglich in ihre Gemeinschaft. Dort waren sie unter ihresgleichen. Außerdem wurden sie ausgebildet, mit ihren Fähigkeiten entsprechend umzugehen.

Als die Hellsichtigen im Laufe der Jahre mehr wurden, erteilte die Regierung Anweisung, dass sich jeder Seher einer Gemeinschaft anzuschließen hatte und sich registrieren lassen musste.

Zu sehr war die Anzahl der Verbrechen gestiegen, die von wilden – nicht registrierten – Sehern verübt worden waren. Die Fähigkeiten dieser Leute machten es schwer, sie zu überführen.

Als Mitglieder einer Gemeinschaft unterstanden die Seher nicht nur den üblichen Gesetzen, sondern lernten auch die Regeln im Umgang mit ihren Kräften. Die wichtigste lautete: Setze deine Fähigkeiten niemals ein, um anderen zu schaden oder dich selbst zu bereichern.

Nachdem Devon damals gegangen war, hatten sich auch seine Eltern verändert. Logan hatte ihnen den Verlust des Bruders nie ersetzen können. Die meiste Zeit schienen sie nicht einmal zu bemerken, dass es ihn auch noch gab. Nach außen hin hatte er alles, was ein Kind brauchte: Essen, Kleidung, ein Dach über dem Kopf. Doch das, wonach er sich am meisten gesehnt hätte – Eltern, die für ihn da waren –, konnten sie ihm nicht geben.

Die Schuld dafür gab er Devon, der sich von seiner Familie abgewandt hatte, und nicht zuletzt der Gemeinschaft.

In aller Öffentlichkeit war sie unter der Führung des Rats darauf bedacht, für gute Beziehungen zwischen Menschen und Hellsichtigen zu sorgen. Als die Seher im Laufe der Jahre immer mehr wurden und sich zunehmend besser organisierten, gründete die schottische Regierung die *Behörde zur Gestaltung und Überwachung der Zusammenarbeit zwischen Menschheit und Gemeinschaft der Seher.* Für Logan lag die Betonung eindeutig auf Überwachung. Die Hellsichtigen lebten so sehr in ihrer eigenen Welt, dass sie sich zunehmend der Kontrolle üblicher Behörden entzogen. Obwohl sie lediglich einen winzigen Bruchteil der Gesamtbevölkerung stellten, hielt Logan sie für eine Gefahr.

Er konnte sich einfach nicht vorstellen, dass Menschen mit derart außergewöhnlichen Fähigkeiten nicht nach Höherem streben sollten. Warum sich in die normale Gesellschaft eingliedern, wenn man sich genauso gut an ihre Spitze setzen konnte?

Mittlerweile gab es in einigen größeren Städten Niederlassungen der Gemeinschaft. Manche zählten nicht mehr als eine Handvoll Mitglieder, anderen gehörten hundert oder mehr Seher an. Der Zweig in Edinburgh war der größte und älteste von allen; soweit Logan wusste, verfügte die Gemeinschaft hier über ein Netz aus beinahe eintausend Hellsichtigen. Ein Teil von ihnen, in erster Linie die alleinstehenden, wohnte in kleinen Apartments auf dem Anwesen. Für die anderen hatte die Gemeinschaft Fensmore erbauen lassen – eine von einem Wall umgebene Neubausiedlung im Westen der Stadt, wo die Familien in Wohnungen und Reihenhäusern unter ihresgleichen lebten.

Jede Niederlassung hatte ihren eigenen Rat, der für ein festgelegtes Gebiet zuständig war und die ihm unterstellten Seher unabhängig führte. Unter anderem war es Aufgabe des jeweiligen Rates, dafür zu sorgen, dass wilde Seher in ihrem Gebiet nicht zum Problem wurden.

Als vor einigen Jahren in Schottland Verbrechen zunahmen, verübt von wilden Sehern, die sich jeder Registrierung entzogen, bat der Rat die Behörde um Hilfe. Damals war die Spezialeinheit ins Leben gerufen worden. Für Logan die perfekte Möglichkeit, die Vorgänge innerhalb der Gemeinschaft im Auge zu behalten. Er quittierte seinen Dienst bei der Armee und meldete sich für die Spezialeinheit, über die man ihm schließlich die Führung übertrug. Logan hatte sein Team zusammengestellt und in Abstimmung mit William Roberts Befugnisse, Aufgaben und Vorgehen der Einheit ausgearbeitet.

Sein Team behielt die Gemeinschaft im Auge und informierte die Behörde über aktuelle Entwicklungen. Ebenso gehörten Einsätze wie der heutige zu seinen Aufgaben. Sie spürten Seher auf, die die Gesetze übertreten hatten, und nahmen sie fest. Für gewöhnlich leisteten die Verhafteten keinen Widerstand. Von Zeit zu Zeit jedoch flohen sie oder versuchten sich irgendwo zu verschanzen. Das waren die Situationen, in denen sich für Logan und sein Team die Kampfausbildung und die Ausrüstung, auf die er von Anfang an bestanden hatte, bezahlt machten.

Wie heute.

Die Kreaturen, die sie erlegt hatten, waren für Logan ein weiterer Beweis, dass der Gemeinschaft nicht über den Weg zu trauen war. Der Rat hatte das Versprechen, das er vor drei Jahren gegeben hatte, einfach nicht eingehalten. Damals war Logan mit seinem Team zum Leith Walk gerufen worden, wo sie ein Dutzend tote Seher und fünf tote oder sterbende Polizisten vorgefunden hatten. Einer der Sterbenden hatte ihnen mit seinen letzten Atemzügen geschildert, was geschehen war – auch wenn Logan es nicht hatte glauben wollen.

Kreaturen aus der Hölle!

Die Beschreibung des Polizisten, wie diese Monster angeblich aus den Körpern der Seher gekrochen waren und ihre Wirte zerfleischt hatten, ehe sie sich auf ihn und seine Kollegen stürzten, machte es ihm nicht gerade leichter. Das Ganze hatte sich vollkommen irrsinnig angehört. Als sie diese Wesen schließlich stellten, war ihm klar, dass der Mann nicht übertrieben hatte. Diese Kreaturen waren das Gefährlichste und Blutrünstigste, dem Logan je begegnet war.

Wegen der ungewöhnlichen Todesursache sprachen die Medien von einem Bandenkrieg, doch hinter der Schlagzeile steckte viel mehr, als die Bevölkerung jemals erfahren würde.

Die Gemeinschaft hatte zunächst geleugnet, etwas damit zu tun zu haben. Unter wachsendem Druck hatte der Rat der Behörde gegenüber jedoch eingeräumt, dass es eine Versuchsreihe gab, die aus dem Ruder gelaufen war. Die Versuche seien aber nach den Geschehnissen sofort eingestellt worden.

Und tatsächlich war der Vorfall am Leith Walk der einzige seiner Art geblieben – bis heute.

Logan fuhr den Toyota in die Garage des St. James Center und verließ das Untergeschoss des Einkaufszentrums durch eine Seitentür, die sich nur mit einer Zutrittskarte öffnen ließ. Dahinter erstreckte sich ein Gang, der in das Rückgebäude des schottischen Staatsarchivs führte. Dort hatte die Behörde ihren Sitz.

Logan lief die knarrende Holztreppe hinauf, ließ sich von Miss Tescer, Roberts' Vorzimmerdame, anmelden und betrat das Büro seines Vorgesetzten.

William Roberts saß hinter seinem Schreibtisch, der an einem Ende des lang gezogenen Raumes stand. Trübes Zwielicht fiel durch das Fenster herein und ließ sein Haar bleigrau schimmern. Bei Logans Anblick zog er eine Grimasse. »Müssen Sie hier so martialisch auftauchen, Drake? Sie wissen doch, dass Miss Tescer jedes Mal fast der Schlag trifft, wenn sie Sie so sieht.«

Logan zuckte die Schultern. »Sie haben mich von einem Einsatz weggerufen, Will. Was erwarten Sie? Dass ich mir einen Smoking leihe, bevor ich zu Ihnen komme?«

Am anderen Ende des Raumes erklang ein leises Lachen. »Du bist sarkastisch wie eh und je.«

Die Stimme ließ Logan herumfahren. »Was willst du hier?«

»Und du bist immer noch sauer.«

Der Anblick seines Bruders war wie ein Schlag in den Magen. Der Mann vor ihm war ein Fremder, mit dem er vor fünfzehn Jahren zum letzten Mal gesprochen hatte. Dunkle Haare, dunkle Augen, gleicher Nachname. Ende der Gemeinsamkeiten. Devons dunkelbraunes Haar war kurz und korrekt frisiert, die Züge weich und gefällig. Er trug einen braunen Nadelstreifenanzug, dazu eine Weste und eine farblich passende Krawatte. Die teuren Slipper waren so sehr auf Hochglanz poliert, dass er darin vermutlich sein eigenes Spiegelbild sehen konnte. Nur die braunen Lederhandschuhe schienen nicht so recht zu seinem edlen Outfit zu passen. Logan wusste, warum er sie trug, trotzdem ließen sie ihn wie einen Mafiakiller aussehen, der keine Fingerabdrücke hinterlassen wollte.

»Der Rat hat um unsere Hilfe gebeten.« Roberts hatte sich in seinem Stuhl zurückgelehnt und hielt die Hände vor dem Bauch verschränkt. Sein wachsamer Blick war auf die beiden Drakes gerichtet, als versuche er herauszufinden, ob sich die Männer an die Kehle gehen würden.

Logan, der nicht vorhatte, Devon anzufassen, zog eine Augenbraue in die Höhe und musterte seinen Bruder. »Und da schicken sie dich?«

»Als Oberhaupt des Rates ist es meine Aufgabe, mich darum zu kümmern.«

»Oberhaupt?« Es fiel Logan schon schwer genug, den Unmut zurückzuhalten, den die Anwesenheit seines Bruders in ihm hervorrief. Die Überraschung, dass dieser auch noch der Anführer der Gemeinschaft sein sollte, konnte er nicht verbergen. »Sieht aus, als hättest du es weit gebracht.« Er ließ seinen Bruder stehen und trat an den Schreibtisch seines Vorgesetzten. »Ich muss Sie sprechen, Will. *Allein.*« Bevor Roberts auch nur an eine Zusammenarbeit mit dem Rat denken konnte, sollte er unbedingt wissen, was passiert war.

»Später, Drake.« Er deutete auf die beiden Sessel vor seinem Schreibtisch. »Setzen Sie sich, meine Herren.«

»Es ist wichtig.«

Roberts beugte sich nach vorne, bis die tiefen Falten um seine Augen herum deutlich zu sehen waren. »Habe ich mich unklar ausgedrückt? Ich sagte: *später*.«

Logan verfluchte sich dafür, dass er ihm nicht schon am Telefon von den Kreaturen berichtet hatte. Jetzt war es zu spät. Roberts würde jede weitere Bitte um ein Vieraugengespräch ablehnen, sodass ihm keine andere Wahl blieb, als mit seinem Bericht zu warten, bis Devon fort war.

Logan ließ sich in einen der Sessel fallen und wartete darauf, dass Roberts erklärte, worum es ging. Er lehnte sich zurück und versuchte den öligen Geruch des Bohnerwachses zu ignorieren, der so schwer in der Luft hing, dass er fast greifbar schien.

»Wir haben Hinweise gefunden, dass die Experimente nicht eingestellt wurden.« Devon setzte sich in den Sessel neben Logan, stellte eine braune Ledermappe neben sich auf den Boden und deutete vage aus dem Fenster. »Dort draußen sind weitere dieser Kreaturen. Du sollst sie aufspüren und dem Rat übergeben.«

Die Offenheit seines Bruders überraschte Logan, gleichzeitig schrillten alle Alarmglocken in seinem Schädel. Kein Seher würde so offen mit der Behörde sprechen, wenn er damit nicht etwas bezwecken wollte. »Euch entkommen eure Versuchskaninchen – die es, nebenbei bemerkt, gar nicht mehr geben dürfte – und wir sollen jetzt die Drecksarbeit für euch erledigen?« Knurrend fügte er hinzu: »Ich kann dir die Asche der drei schicken, die wir vorhin erledigt haben.«

Zum ersten Mal wich die Gelassenheit aus Devons Zügen. »Du hast welche gefunden?«

»*Welche?* Wie viele von diesen Kerlen sind da draußen? Wie viele stehen kurz davor, ein weiteres Massaker anzurichten?« Er sprang auf. »Egal, wie viele es sind. Ich werde sie finden – alle. Und die Leichensäcke adressiere ich an dich!«

»Wir brauchen sie lebend.«

»Du machst Witze! Ich werde ganz sicher nicht –«

»Doch, das werden Sie, Drake«, mischte sich Roberts ein. Wieder musterte er Logan, dann fügte er hinzu: »Das ist ein Befehl.«

Logan griff in die Hosentasche. Seine Hand schloss sich

um die Marke, die ihn als Mitarbeiter der Behörde auswies, bereit, sie herauszuziehen und auf den Tisch zu werfen. Er würde sich nicht zwingen lassen, die Gefahr zu ignorieren, die von diesen Leuten ausging. Lieber quittierte er den Dienst.

Roberts schüttelte langsam den Kopf. »Denken Sie nicht einmal daran!«

Einen Moment lang war Logan versucht, trotzdem seine Marke auf den Tisch zu werfen, aber wenn er sie abgab, würde er jede legale Möglichkeit verlieren, die Machenschaften der Gemeinschaft im Auge zu behalten. Er schluckte einen Fluch hinunter und setzte sich wieder, bevor Roberts ihn dazu auffordern konnte.

»Ich weiß, dass du uns nicht über den Weg traust«, sagte Devon schließlich. »Deshalb biete ich dir eine offene Zusammenarbeit an. Keine Geheimnisse und keine Lügen.«

»*Du* sprichst von Ehrlichkeit? Wie wäre es dann, wenn du auspackst, was du über diese Versuche weißt? Versuche, von denen deinesgleichen behauptet, dass sie längst nicht mehr stattfinden würden!«

Logan lehnte sich zurück und wartete auf die üblichen Ausflüchte, in denen die Rede davon war, dass es sich um eine Angelegenheit der Gemeinschaft handelte, die Außenstehende nichts anginge.

»Das Projekt wurde vor einem Jahrzehnt ins Leben gerufen«, sagte Devon stattdessen. »Der damalige Rat unterstützte die Versuche. Ziel war es, einen Weg zu finden, die Fähigkeiten unserer Seher zu verbessern und auszuweiten.«

»Schöner Plan.« Logan konnte sich vorstellen, was den Rat dazu getrieben hatte, diese Versuche abzunicken. Bessere Fähigkeiten bedeuteten mehr Macht – und mit der Macht würde auch der Einfluss der Seher auf die Gesellschaft wachsen.

»Ein Team aus Forschern«, fuhr Devon ungerührt fort, »hat

»Was hat er herausgefunden?«

»Nichts.« Allmählich schwand ihre Gelassenheit und sie wünschte sich nur noch, Drake würde endlich verschwinden. »Bevor ich überhaupt sagen konnte, warum ich gekommen war, kam der Typ mit der Sturmhaube dazwischen.«

»In Ordnung.« Er griff in seine Tasche, zog eine Visitenkarte hervor und hielt sie ihr entgegen. »Wenn Ihnen noch etwas einfällt, rufen Sie mich an.«

»Was ist mit meinem Handy?«

»In Ihrer Jackentasche.«

Um ein Haar hätte sie erstaunt die Augen aufgerissen. Was war das für ein Polizist, der ihr Beweismittel aushändigte? Einfach so. Alessa warf einen Blick auf die Karte in ihrer Hand. Nur sein Name und eine Handynummer.

»Ich arbeite viel undercover«, erklärte er. »Deshalb ist die Karte ein wenig inoffiziell. Wie gesagt, rufen Sie an – egal zu welcher Zeit.«

Er war schon fast aus der Tür, als er noch einmal stehen blieb und sich zu ihr umwandte. »Warum der Schrank? Warum hat er sie nicht im Schlafzimmer oder im Bad versteckt, als es klingelte?«

»Ich fürchte, die Antwort kennt nur der Professor.«

5

Nachdem Logan die Wohnung der Zeugin verlassen hatte, zog er seinen Blackberry aus der Tasche und drückte die Nummer der Zentrale. Wieder einmal meldete sich Jones. »Ich bin auf dem Weg zu euch. Sorg dafür, dass alle im Besprechungsraum sind, bis ich da bin.« Ohne ein weiteres Wort legte er auf, stieg in den Defender und fuhr los.

Die Zentrale seines Teams befand sich nicht, wie der Rest der Behörde, im Rückgebäude des Staatsarchivs, sondern in einem allein stehenden Anwesen an der Costorphine Road. Ein gesicherter Innenhof, um das sich die alten Gebäude wie ein Hufeisen schlossen, verbarg die Fahrzeuge vor den neugierigen Blicken der Anwohner und Touristen. Logan stellte seinen Defender auf der Straße ab und betrat das Haus durch eine Seitentür. Der Bau aus dem 17. Jahrhundert bot genug Platz, um nicht nur Autos, Ausrüstung, Besprechungsräume und eine technische Zentrale unterzubringen, sondern in einem Flügel auch die Wohnungen seiner Männer.

Logan folgte den Gängen bis zum Besprechungsraum. Sein Team, zumindest der Teil, der sich nicht in Glasgow aufhielt, war bereits da. Die Männer saßen um den Besprechungstisch herum, vor jedem eine Tasse mit Kaffee.

»Willst du auch einen?« Fletcher deutete auf seine Tasse.

Logan schüttelte den Kopf und ging zu seinem Platz. Er zog die Akte, die Devon ihm gegeben hatte, aus der Innentasche seiner Jacke, warf sie vor sich auf den Tisch und setzte sich.

»Wir haben einen Auftrag«, eröffnete er die Besprechung und umriss in knappen Worten die gestrige Zusammenkunft in Roberts' Büro. Als die Sprache auf seinen Bruder kam, wechselten die Jungs einen Blick. »Unsere Aufgabe ist es«, kam Logan zum Schluss seines Berichtes, »diese Dämonenseher aufzuspüren.«

»Aufspüren?«, schnappte Reese. »Das können sie haben – und dann machen wir sie platt, genau wie die letzten.«

Logan schüttelte den Kopf. »Wir werden sie lebend abliefern – sofern das mit der Sicherheit der Bevölkerung und nicht zuletzt mit unserer eigenen vereinbar ist.«

»Aber –«

»Nichts aber. Wenn wir das nicht tun, reißt uns Roberts den Arsch auf.« Dass er drauf und dran gewesen war, seine

Marke abzugeben, sagte er nicht. »Devon gab mir die Adresse eines Professors. Der Mann hat das Projekt damals ins Leben gerufen und dürfte wohl über die umfangreichsten Informationen verfügen.«

»Willst du selbst hinfahren und mit ihm sprechen, oder sollen Avery und ich das übernehmen?«, wollte Buckingham wissen.

»Ich war bereits dort.«

Alle sahen ihn an.

»Der Professor wurde gestern ermordet – bevor ich mit ihm sprechen konnte«, erklärte Logan. »Der Bericht der Spurensicherung liegt noch nicht vor, aber es gibt eine Zeugin, die den Mord beobachtet hat. Dank der Handynummer, die ihr gestern für mich überprüft habt, konnte ich sie finden. Allerdings kann sie nicht viel mehr sagen, als dass der Mörder eine Sturmhaube trug und durch das Fenster abgehauen ist. Er hat weder ein Wort gesprochen noch sich irgendeine Blöße gegeben.«

»Ein Profi also.«

Logan nickte. Er war sich nicht sicher, ob Alessa Flynn ihm alles gesagt hatte. Überhaupt fiel es ihm schwer, diese Frau einzuschätzen. Sie war nervös gewesen, doch er wusste nicht, ob diese Nervosität lediglich eine Nachwirkung des beobachteten Mordes war oder ob mehr dahintersteckte. Als er ihr den Parka gegeben hatte und sich ihre Finger dabei kurz berührten, hatte sie ihre Hand so schnell zurückgezogen, als hätte sie sich verbrannt. Es war die Reaktion einer Seherin, doch sie hatte keine Handschuhe getragen. Abgesehen davon hätte sie kaum die Dienste eines Sehers in Anspruch nehmen wollen, um ihren verschwundenen Freund zu finden, wenn sie selbst über ähnliche Fähigkeiten verfügte. Etwas an ihrem Verhalten ließ ihn den Verdacht nicht loswerden, dass sie mehr wusste, als sie zugeben wollte.

»Ich weiß nicht, warum der Professor getötet wurde, aber

ich vermute, dass es etwas mit dem Projekt zu tun hat. Womöglich ist der Mörder sogar einer dieser Dämonenseher und war auf Rache aus für das, was ihm der Professor und sein Team angetan haben. Um das mit Sicherheit sagen zu können, müssen wir ihn finden. Ich werde jedenfalls an der Frau dranbleiben.«

»Ist sie so eine Bombe?«, grinste Fletcher und entblößte dabei seine blendend weißen Zähne.

Zumindest war sie attraktiv gewesen, mit ihren geheimnisvoll grünen Augen und den langen dunkelbraunen Locken, aber darum ging es nicht. »Ich denke, sie weiß noch etwas.«

»Dann würde ich auch an ihr dranbleiben«, stimmte Jones zu.

»Du?«, lachte Reese. »Du würdest nicht an ihr dranbleiben, um zu reden, Blondie, sondern nur um zu hören, wie sie deinen Namen stöhnt, wenn du es ihr –«

Jones wollte protestieren, doch Logan kam ihm zuvor. »Schluss damit! Wir haben zu tun.«

Reese lehnte sich im Stuhl zurück. »Wie gehen wir vor?«

Jones strich sich das halblange dunkelblonde Haar aus dem Gesicht. »Wie wollen wir diese Typen jetzt finden, nachdem der Professor tot ist? Die werden wohl kaum im Telefonbuch stehen, oder?«

»Hiermit.« Logan klopfte auf den Deckel der Akte, die er von seinem Bruder bekommen hatte. »Sie enthält Fotos und die persönlichen Daten aller Versuchspersonen. Das sollte uns doch weiterhelfen. Was meinst du, Avery?«

Logan schob ihm die Akte über den Tisch. Avery begann darin zu blättern. In seinen Pranken wirkten die Blätter verschwindend klein. »Die Fotos sind auf jeden Fall gut genug, dass man was damit anfangen kann.« Er kniff die Augen zusammen, wie er es immer tat, wenn er seine Optionen durchging, dann meinte er: »Wir können die Bilder mit denen der Ausweis- und Führerscheinstelle abgleichen. Außerdem können wir die Daten über sämtliche Krankenhäuser und Behörden laufen lassen. Allerdings glaube ich nicht, dass diese Typen irgendwo registriert sein werden – wenn mir jemand einen Dämon aufs Auge gedrückt hätte und ich daraufhin der Gemeinschaft entflohen wäre, würde ich den Teufel tun und mich irgendwo melden.«

»Außerdem«, wandte Fletcher ein, »bedeuten gemeldete Adressen noch lange nicht, dass sie dort tatsächlich wohnen, und daran, dass die Typen ihre Ausweise verlängern lassen, glaube ich auch nicht. Wozu denn? Mit dem Chip im Nacken können sie die Grenzen der Stadt sowieso nicht verlassen, ohne dass die Gemeinschaft auf sie aufmerksam wird und die Jagd eröffnet.«

»Die, nach denen wir suchen, scheinen einen Weg gefunden zu haben, die Chips zu deaktivieren«, erklärte Logan. »Andernfalls hätte die Gemeinschaft sie längst aufgespürt.«

»Das macht es ja nicht gerade leichter für uns«, brummte Buckingham.

Avery grinste. »Was wäre eine Aufgabe ohne Herausforderung. Ich hab da schon eine Idee.«

»CCTV?« Die Überwachungskameras waren überall in der Stadt angebracht und sollten für Sicherheit sorgen. Womöglich fanden sie über die Aufzeichnungen, wonach sie suchten.

»Willst du meinen Job machen, Boss?«, beschwerte sich Avery, dann nickte er.

Buckingham runzelte die Stirn. »Ich dachte, die Kameras hängen an einem geschlossenen System. Kannst du dich da überhaupt reinhacken?«

»Kacken Hunde in den Hof?«

»Schätze, das war ein Ja«, brummte Buckingham.

»Ich werde die Dossiers scannen«, Avery wedelte mit der Akte in der Luft herum, »und dann die Bilder mit den Aufnahmen der Überwachungskameras abgleichen. Wäre doch gelacht, wenn wir da nichts bekommen.«

»Wie lange wird es dauern?« Am liebsten hätte Logan sofort die Adresse eines dieser Dämonenseher gehabt. Es juckte ihn in den Fingern, jeden einzelnen aufzuspüren und aus dem Verkehr zu ziehen. Jede Stunde, die diese Kerle da draußen herumliefen, war eine gefährliche Stunde. Wer konnte schon sagen, wie lange es noch dauern würde, bis es ihnen so erging wie ihren Kumpels damals am Leith Walk?

»Wenn wir Glück haben, gibt es in ein paar Stunden die ersten Treffer.«

»Gut.« Logan stand auf. »Dann leg los.«

Er begleitete Avery in den Computerraum, das Herzstück, von dem aus ihre Einsätze koordiniert und Nachforschungen angestellt wurden. Mit dem Rücken an die Tür gelehnt wartete er darauf, dass Avery die Dossiers scannte und ihm die Akte zurückgab. »Schick mir eine Kopie des Scans und eine an Roberts. Wenn ihr etwas habt, ruft mich an.«

»Alles klar, Boss.« Avery drückte ein paar Tasten, und Logan wusste, dass er die Akte auf dem Blackberry finden würde, wenn er die Nachrichten abrief. Er würde sie sich später in Ruhe ansehen.

Damit verließ er das Hauptquartier wieder und fuhr nach Hause. Logan Drake bewohnte das Dachgeschoss eines Mietshauses an der Brown Street, das die Behörde für ihn angemietet hatte. Es lag nicht nur in der Nähe der St. Leonards Police Station, die er Miss Flynn als sein Revier genannt hatte, sondern auch unmittelbar am Holyrood Park, wo er jeden Morgen joggte.

Als er die Treppen hochkam, wartete Morgan – mit zwei Pizzakartons in Händen – bereits vor seiner Tür. Das war der Nachteil des nahe gelegenen Polizeireviers, denn Morgan, der tatsächlich dort stationiert war, fühlte sich häufiger bemüßigt, Logan einen Besuch abzustatten, als er es wohl getan hätte, wenn das Revier einige Kilometer weiter entfernt gewesen wäre.

Logan schluckte einen Kommentar hinunter, sperrte die Wohnungstür auf und ließ Morgan herein. Selbst jetzt trug der Bulle einen seiner Anzüge. Logan würde nie verstehen, wie man in seiner Freizeit freiwillig so herumlaufen konnte, doch soweit er wusste, besaß Morgan nicht einmal Jeans. Selbst zum Bowling ging er im Anzug, immerhin legte er dann das Sakko ab, an guten Tagen lockerte er sogar die Krawatte und öffnete den obersten Hemdknopf. Der Typ war so britisch, dass Logan erwartete, eines Tages den Stock aus seinem Hintern ragen zu sehen, den er verschluckt hatte.

»Du kannst die Pizza schon mal auf den Couchtisch stellen.« Logan zog sein Handy aus der Tasche und legte es, zusammen mit der Akte, auf die Theke, die die offene Küche vom Wohnzimmer trennte. Seine Lederjacke warf er auf den Sessel. »Ich zieh mich nur schnell um.«

»Dein Empfang ist enthusiastisch wie immer«, brummte Morgan. »Es ist ein Wunder, dass ich immer noch dein Freund bin und nicht schon längst die Flucht ergriffen habe.«

»Du bist nur deswegen mein Freund, weil ich noch keinen Weg gefunden habe, dich loszuwerden.« Zum Teil stimmte das, doch ein anderer Teil Logans war froh um Morgans Gesellschaft, auch wenn er sich oft darüber beschwerte, dass sie ihm aufgezwungen wurde. Morgans Gelächter ignorierend ging er ins Schlafzimmer und zog frische Jeans und einen weniger warmen Pulli an.

Er kannte den Bullen jetzt schon seit einigen Jahren, doch erst nach dem Tod seiner Frau hatten sie sich angefreundet. Anfangs war der Polizist ihm auf die Nerven gefallen und Logan hatte tatsächlich alles versucht, um ihn abzuwimmeln. Dann war Pamela gestorben und mit einem Schlag hatte sich alles verändert.

Logan hatte sich in seiner Ablehnung zurückgehalten, auch wenn er zunächst nicht verstehen konnte, warum Morgan ausgerechnet seine Gesellschaft suchte. Der Bulle war überall beliebt. Er hatte viele Freunde auf dem Revier und bei der Polizei im Allgemeinen, doch es war Logans Tür, an der er damals geklingelt hatte.

Logan hatte sich zusammengerissen und sich dafür prompt einen Anschiss eingehandelt.

»Hör auf, freundlich zu mir zu sein!«, hatte Morgan ihn angefahren. »Wenn ich Mitleid wollte, würde ich zu jemand anderem gehen. Ich brauche aber einen Menschen, der mich *normal* behandelt und nicht, als wäre ich ein verdammtes rohes Ei!«

Aus Schweigen und Unfreundlichkeit war eine Freundschaft geworden, die Logan bestenfalls als sonderbar bezeichnen konnte. Damals hatten sie unzählige Abende zusammen verbracht. Sie hatten geredet, geschwiegen oder getrunken, bis sie nicht mehr gerade stehen konnten, und mehr als einmal war er Zeuge von Morgans Tränen und seiner Verzweiflung geworden. Nächtelang hatten sie über die Experimente, die Gemeinschaft und Pamelas Tod gesprochen, ohne dass Logan dem Mitleid Ausdruck verliehen hätte, das er empfand.

Es hatte Zeit gebraucht, bis es Morgan besser ging, doch schließlich fand er ins Leben zurück. Die Freundschaft, die in dieser Zeit zwischen ihnen gewachsen war, hatte bis heute Bestand. Auch wenn Morgans unerschütterliche Versuche, Logan unter Menschen zu bringen, von Zeit zu Zeit anstrengend sein konnten.

Als er ins Wohnzimmer zurückkam, hatte Morgan die Pizzen bereits in Dreiecke geschnitten und samt Karton auf den Couchtisch gestellt.

»Jetzt sind sie kalt«, beklagte er sich.

»Aber nicht wegen der zwei Minuten, die ich zum Umziehen gebraucht habe.«

»Nein, es liegt wohl eher an der Dreiviertelstunde, die ich vor deiner Tür auf dich warten musste.«

»Für solche Fälle hat ein kluger Kopf das Telefon erfunden.« Logan tat, als hielte er sich einen Hörer ans Ohr. »Hallo? Logan? Bist du zu Hause? Nein? Dann komm ich auch nicht vorbei.« Er ging in die Küche und warf einen Blick in den Kühlschrank. »Willst du ein kaltes Bier zu deiner kalten Pizza?« Als Morgan nickte, nahm er zwei Dosen heraus. Eine warf er dem Bullen zu, die andere riss er auf und trank einen Schluck, bevor er sich auf die Couch fallen ließ.

Eine Weile aßen sie schweigend, ehe Morgan begann, noch einmal die Fakten vom Tatort zu rekonstruieren. »Die Spurensicherung hat Faserspuren und Fingerabdrücke einer dritten Person im Schrank gefunden.«

Logan hatte nicht vor, ihm von Alessa Flynn und den fehlenden Beweismitteln zu erzählen. Der Bulle wusste ja nicht einmal davon, dass Logan eingesperrt gewesen war. Er hatte behauptet, die Schlafzimmertür auf der Suche nach dem Täter aufgetreten zu haben. »Vielleicht hatte der Professor eine Freundin?«

»Der alte Sack?« Morgan zog eine Grimasse, die deutlich besagte, dass der Mann, dessen Experimente für den Tod seiner Frau und seines ungeborenen Kindes verantwortlich waren, kein Recht auf eine Beziehung hatte.

Logan zuckte die Schultern und suchte nach einem Weg, unauffällig das Thema zu wechseln. Dass er die Dämonenseher aufspüren und einfangen sollte, weckte auch in ihm die Gespenster der Vergangenheit. Er hatte Pamela damals gefunden, das war schlimm genug gewesen. Wie schrecklich musste es erst für Morgan sein, der den Tod seiner Frau nie verwunden hatte?

»Habt ihr schon eine Idee, wie ihr diese Dämonen aufspüren könnt, nachdem euch dieser Professor nicht mehr helfen kann?«

»Ich lasse dir eine Kopie der Akte per E-Mail schicken, dann kannst du für uns mit die Augen offen halten. Abgesehen davon versucht sich Avery gerade an einem Fotoabgleich mit CCTV.«

Morgan zog eine Augenbraue in die Höhe. »Eines muss man euch Typen von der Spezialeinheit lassen, ihr wisst euch zu helfen.«

6

Alessa stand vor dem Polizeirevier an der St. Leonards Street und starrte auf die Tür. Wenn sie hineinging, gab sie die Kontrolle aus der Hand, blieb sie draußen, riskierte sie womöglich Susannahs Leben.

Nachdem Detective Drake gestern gegangen war, hatte sie das Handy aus der Jackentasche geholt und versucht Susannah zu erreichen. Wieder und wieder hatte sie ihr auf die Mailbox gesprochen und auf ein Lebenszeichen gewartet, doch es war ausgeblieben. Susannah hatte nicht zurückgerufen und war weder während des Tages noch später in der Nacht ans Telefon gegangen.

Damit sie einander nicht versehentlich verraten konnten, hatten sie nur ihre Handynummern ausgetauscht, Susannahs Adresse kannte sie nicht. Während der letzten Stunden hatte Alessa versucht sie herauszufinden. Doch die Gesellschaft, bei der Susannah ihr Handy angemeldet hatte, rückte keine Informationen über die Vertragsadresse heraus.

Inzwischen war ihre Sorge so groß, dass Alessa beschlossen hatte, den Detective um Hilfe zu bitten. Er hatte herausgefunden, wo sie wohnte, er konnte auch Susannah finden. Wenn sie nicht in ihrer Wohnung war, konnte er ihren Aufenthaltsort vielleicht über ihr Handy orten – sofern sie es bei sich hatte. Alessa unterdrückte die aufsteigenden Bilder von Susannah, die verletzt irgendwo lag, das Handy verloren, sodass sie niemanden auf sich aufmerksam machen konnte. Nein! *Ich werde sie finden und es wird ihr gut gehen!*

Trotzdem war sie hin- und hergerissen, ob sie sich dem Polizisten wirklich anvertrauen sollte. Sie wollte nach wie vor für sich behalten, dass sie eine Seherin war – von dem Dämon in ihrem Körper ganz zu schweigen –, es bestand jedoch die Gefahr, dass er es trotzdem herausfand. Für diesen Fall musste sie darauf vertrauen, dass er sie nicht an die Gemeinschaft verriet. Eine andere Wahl hatte sie nicht.

Mit einem Ruck stieß sie die Tür auf und betrat das Gebäude. Die St. Leonards Station war eines der größten Reviere der Stadt. Alessas Schritte hallten auf dem Marmorboden wider, als sie durch das Foyer ging. Die erste Anlaufstelle war ein Tresen, hinter dem eine mürrisch dreinblickende Uniformierte saß, das blonde Haar zu einem strengen Knoten zurückgesteckt. Zwischen Ohr und Schulter klemmte ein Telefonhörer, mit dem Bleistift in der Hand trommelte sie abwechselnd auf der Tischplatte oder machte Notizen. Von Zeit zu Zeit stieß sie ein affektiertes Kichern aus.

Links vom Empfang führte eine dunkle Holztreppe nach oben und im Rücken der Blondine befand sich eine geschlossene Glastür, hinter der Alessa vier Reihen mit Schreibtischen ausmachen konnte, die sich von einem Ende des großen Raumes zum anderen zogen. Uniformierte Polizisten und Männer und Frauen in Zivilkleidung liefen geschäftig in den schmalen Gängen zwischen den Schreibtischen hin und her, Berichte und Unterlagen in Händen. Andere saßen vor ihren Computern oder telefonierten. Detective Drake war nirgendwo zu sehen. Vermutlich hatte die X-Division ihren Sitz in der oberen Etage.

Vor dem Tresen blieb Alessa stehen und wartete, bis die Frau ihr Gespräch beendete und sie mit hochgezogener Augenbraue, die wohl ein »Was kann ich für Sie tun?« ersetzen sollte, ansah.

»Ich möchte bitte mit Detective Drake sprechen.«

Die hochgezogene Augenbraue der Blondine wanderte nach unten. Sie war weit jünger, als ihre Frisur vermuten ließ – und auch jünger, als jemand sein sollte, der eine Dienstwaffe führen durfte. »Mit wem?«

»Logan Drake von der X-Division.«

»Gibt es hier nicht«, war die wenig freundliche Antwort.

Alessa schüttelte den Kopf. »Das muss ein Irrtum sein. Können Sie bitte in Ihren Computer sehen?«

Die Frau setzte zu einer Antwort an, als ein Mann in einem makellos sitzenden Anzug die Treppen herunterkam und an der Seite des Tresens stehen blieb, wo er etwas in eine aufliegende Liste schrieb. Bei seinem Anblick setzte die Blondine ein strahlendes Lächeln auf, das er mit einem Nicken quittierte, ehe er seinen Blick wieder auf die Liste richtete.

Die Blonde wandte sich wieder an Alessa. »Hören Sie, Süße«, ihr Tonfall genügte, um in Alessa den Wunsch zu wecken, sie zu packen und zu schütteln oder ihr zumindest zu sagen, dass sie niemandes *Süße* war, doch sie ließ die Polizistin kommentarlos fortfahren. »Ich kenne jeden unserer Jungs, die hier ein- und ausgehen, und ich sage Ihnen, es gibt hier keinen Detective Decker.«

»Drake.«

»Den auch nicht.«

»Doch, Amanda, es gibt ihn«, mischte sich der Mann nun ein. Als die Polizistin die Stirn runzelte, fügte er hinzu: »Drake wurde mir vom Chief Superintendent zur Unterstützung zugeteilt.« Er legte das Klemmbrett auf den Empfangstisch zurück und wandte sich Alessa zu. »Ich bin Detective Inspector Morgan Cassidy.«

Er hielt Alessa die Hand zur Begrüßung hin. Sie hatte ihre Handschuhe zu Hause vergessen, und nach dem, was gestern geschehen war, als sie Drake berührt hatte, stand ihr nicht der Sinn danach, dem Mann die Hand zu schütteln. Trotzdem wagte sie nicht, zu zögern. Sie ergriff die dargebotene Hand und erwiderte den festen Druck des Detective Inspectors. Zu ihrer Erleichterung geschah nichts – so hätte es auch gestern bei Drake sein sollen.

Er führte Alessa ein Stück vom Tresen fort, an die Seite des Foyers. »Drake ist heute nicht im Haus. Vielleicht kann ich Ihnen weiterhelfen?«

Sie war versucht ihm zu sagen, dass sie den Detective persönlich sprechen wollte – und *nur* ihn, doch ihr war das Stirnrunzeln der Polizistin am Empfang nicht entgangen, als er ihr eröffnet hatte, dass Drake neu war. Diese Frau schien wirklich jeden zu kennen, der hier arbeitete – und von einem Detective Drake hatte sie sichtlich noch nie etwas gehört.

Erst die spartanisch beschriftete Visitenkarte, dann die Polizistin, die ihn nicht kannte. Drake hatte gesagt, er würde oft undercover arbeiten, aber Alessa wollte nicht so recht glauben, dass das der Grund war. Hatte sich dieser Cassidy nicht ein wenig zu schnell in das Gespräch eingeschaltet? Abgesehen davon hatte Drake ihr den Parka samt Inhalt zurückgebracht. Beweismittel, die eigentlich in einer Asservatenkammer oder bei der Spurensicherung liegen sollten, aber ganz sicher nicht bei ihr.

Vielleicht war sie zu misstrauisch, doch dieses Misstrauen war es gewesen, das sie während der letzten Jahre am Leben gehalten hatte. Sie würde den Teufel tun und jetzt nicht auf ihr Gefühl vertrauen, das ihr entgegenschrie, dass Logan Drake kein Polizist war.

»Miss?« Die durchdringenden blauen Augen des Detective Inspectors ruhten auf ihr. »Ist alles in Ordnung? Sie sind sehr blass. Wollen Sie sich setzen?« Er deutete auf eine Bank in ihrem Rücken.

Alessa schüttelte den Kopf. »Nicht nötig, danke.«

»Nun, wie kann ich Ihnen dann helfen?«

In Luft auflösen wäre ein Anfang. »Oh, nichts Wichtiges. Ich wollte mich nur erkundigen, ob es Neuigkeiten im Mord an Professor Sparks gibt.«

Er runzelte die Stirn. »Sind Sie von der Presse?«

»Ich bin die Zeugin.«

»Zeugin?«

Mehr Anzeichen, dass hier etwas nicht stimmte, konnte es wohl kaum geben. Alessa verfluchte sich dafür, nicht den Mund gehalten zu haben. »Vielleicht haben Sie ja Detective Drakes Bericht nicht gesehen. Wissen Sie was, ich habe seine Karte. Ich rufe ihn einfach später an. Vielen Dank.«

Ehe er noch etwas sagen konnte, machte Alessa kehrt und verließ das Revier. Es kostete sie eine Menge Kraft, nicht einfach kopflos davonzulaufen, trotzdem zwang sie sich dazu, langsam zu gehen.

Jetzt, da sie wusste, dass mit diesem Drake etwas nicht stimmte, stand sie wieder allein mit ihrer Sorge um Susannah da. Aber an aufgeben wollte sie nicht denken.

Da sie keinen PC hatte, ging sie in ein Internetcafé und suchte Telefonnummern verschiedener Behörden und Firmen heraus, um diese nach Susannah abzuklappern. Sie versuchte ihr Glück bei Strom- und Heizungsfirmen, bei der Meldebehörde, der Post und noch einmal bei ihrem Telefonprovider. Keiner konnte oder wollte ihr weiterhelfen.

Kurz nach Mittag machte Alessa sich auf den Weg nach Hause, als ihr Handy klingelte. Sie zog es aus der Tasche und warf einen hoffnungsvollen Blick auf das Display, doch es war nicht Susannahs Name, der dort aufblinkte, sondern nur ein *Unbekannter Teilnehmer*. Da sie hoffte, es könnte trotzdem Susannah sein, die von einem anderen Apparat aus anrief, nahm sie das Gespräch an.

»Miss Flynn? Logan Drake hier. Ich …«

Alessa beendete die Verbindung, ließ das Handy in die Jackentasche gleiten und ging auch nicht mehr ran, als es noch einmal klingelte. Nicht ans Telefon zu gehen würde das Problem nicht lösen – vor allem solange er wusste, wo sie wohnte. Mit einem flauen Gefühl im Magen stieg sie in den Bus nach Hause. Immer wieder sah sie sich nach allen Seiten um, musterte die Mitfahrenden und später, als sie die letzten Meter zu Fuß zurücklegte, jeden, der ihr auf der Straße begegnete. Als sie an Mr Farnsworths Laden vorbeikam, warf sie einen Blick durch die Schaufensterscheibe und winkte dem alten Mann kurz zu, ehe sie ins Haus schlüpfte. Womöglich war dies das letzte Mal, dass sie ihn sah. Sie mochte ihn und hätte sich gerne von ihm verabschiedet, doch ihre Chancen unterzutauchen standen besser, wenn er von nichts wusste. Sie würde ihn später anrufen und sich krankmelden. Bis er ihr Verschwinden bemerkte, würden einige Tage vergehen – wertvolle Zeit, die ihr einen Vorsprung verschaffte. Sie würde erst einmal in eine Pension ziehen, auch wenn das ihren ohnehin kaum vorhandenen Ersparnissen alles andere als guttat.

In ihrem Zimmer angekommen zog sie ihre Reisetasche unter der Schlafcouch hervor. Als sie damals aus dem Labor geflohen war, hatte sie bloß den Krankenhauskittel angehabt. Sie hatte ein paar Klamotten gestohlen und sich später nur wenig gekauft. Diese wenigen Sachen stopfte sie nun in die Tasche, als es an der Tür klingelte. Alessa erstarrte mitten in der Bewegung.

Mr Farnsworth konnte es nicht sein, denn er ließ den Laden nie unbeaufsichtigt, und es war auch noch nie vorgekommen, dass er während des Tages zugesperrt hatte, um Waren zu holen.

Es klingelte noch einmal.

Alessa rührte sich nicht.

»Miss Flynn?«, drang Detective Drakes Stimme durch die Tür.

Sie presste den Pullover an die Brust, den sie gerade in die Tasche hatte werfen wollen, und wartete. Drake klingelte noch einmal, schließlich klopfte er.

Stille.

Eine Weile wagte Alessa nicht, sich zu rühren, dann schlich sie zum Fenster, um nachzusehen, ob er das Haus verließ.

»Miss Flynn!« Er stand noch immer vor ihrer Tür. »Ich weiß, dass sie da sind! Ich kann sie hören.«

Die verdammten Dielen! Sie wandte sich um. »Verschwinden Sie!«, rief sie der Tür entgegen.

»Heute Morgen wollten Sie mich noch sprechen und jetzt soll ich abhauen?«

Alessa stürmte zur Tür und riss sie auf. »Sie sind kein Polizist! Hauen Sie ab!«

Sie wollte die Tür wieder zuwerfen, doch er fing sie ab und trat in die Wohnung. Alessa wich zurück, ließ sich von ihm immer weiter über den Flur und in Richtung ihres Zimmers drängen. Wie von selbst begann sie ihre Schutzschilde fallen zu lassen und nach ihrer Kraft zu greifen.

»Sie gehen jetzt!« Ihr Blick bohrte sich in seinen. Sie ließ ihren Willen in seinen Geist fluten und machte ihn zu seinem eigenen. Zumindest wollte sie das.

Stattdessen sagte er: »Erst müssen wir uns unterhalten.«

Für einen Moment starrte sie ihn an. Noch niemand hatte sich ihrer Beeinflussung entziehen können. Das machte ihre Gabe so gefährlich und hilfreich zugleich.

»Sie wollen gar nicht hier sein.«

»Was reden Sie da? Natürlich will ich hier sein, sonst wäre ich kaum gekommen!«

Was zum …? Sie versuchte noch mehr Kraft in ihren Willen zu legen, spürte, wie die Energie wild in ihr aufloderte, und ließ sie fließen, als der Dämon sich zu regen begann. Sein Brüllen durchdrang ihren Geist, messerscharfe Klauen gruben sich von innen in ihre Schulter, als versuchten sie sich aus ihrem Gefängnis freizuschneiden. Das Samenkorn unter ihrer Haut pulsierte heiß und schmerzhaft. Alessa kämpfte darum, den Dämon aus ihrem Geist zu drängen, wo er sich breitzumachen und ihr seinen Willen aufzuzwingen versuchte. Sie rang mit ihm, bemüht, ihn hinter die Mauer zu drängen, die sie nun langsam wieder errichtete.

»Miss Flynn?« Dumpf drang Drakes Stimme zu ihr durch. Sie versuchte sein Gesicht zu erkennen, doch es lag hinter dem Schleier der Anstrengung verborgen. »Geht es Ihnen nicht gut? Brauchen Sie Hilfe?«

Sie wollte den Kopf schütteln, doch sie musste sich auf ihre Schutzschilde konzentrieren, die Stück für Stück in ihrem Geist wuchsen. Der Dämon brüllte in ihrem Kopf und sein Zorn floss wie glühende Lava durch ihr Blut. Wankend kämpfte sie gegen ihn an und zwang ihn immer weiter zurück. Durch den Nebel sah sie, wie Drake die Hand nach ihr ausstreckte, um sie zu stützen. Entsetzt erinnerte sie sich an die Emotionen, die sie bei der letzten Berührung überflutet hatten. Mit einem taumelnden Schritt zurück versuchte sie seinem Griff zu entgehen, da schloss sich seine Hand auch schon um ihren Arm. Wärme durchströmte sie, gepaart mit aufrichtiger Sorge und einer Kraft, die tief aus seinem Innersten zu stammen schien. Alessa klammerte sich an diese Kraft, verband sie mit ihrer eigenen und nutzte sie, um auch das letzte Stück der Mauer aufzubauen. Dann endlich ließen die Klauen des Dämons von ihr ab. Mit einem Seufzer lehnte sie sich an die Wand und schloss erschöpft die Augen.

»Alessa?« Noch immer hielt er ihren Arm und noch immer spürte sie die Sorge und die Kraft, die von ihm ausgingen und sich wie ein schützender Kokon um ihren Geist schlossen. Dieser Mann hatte sie belogen, doch er hatte nicht vor, ihr etwas anzutun, das hätte sie gespürt.

»Bitte gehen Sie.«

»Kommt überhaupt nicht infrage.« Er schob sie jetzt endgültig ins Zimmer. »Sie setzen sich erst einmal, bevor Sie mir noch umkippen.«

Sie versuchte sich seinem Griff zu entziehen, doch obwohl

er keine Gewalt anwendete, wollte es ihr nicht gelingen, sich zu befreien. »Hauen Sie ab«, drohte sie, »oder ich ziehe Ihnen den Schürhaken über den Schädel!«

»Sie haben gar keinen Kamin.«

»Das ist Ihnen aufgefallen?«

»So etwas gehört zu meinem Beruf.«

»Der nicht der eines Polizisten ist.«

»Nein, das ist er nicht – zumindest nicht ganz.« Er schob sie zur Couch und nötigte sie, sich zu setzen. Erst dann gab er ihren Arm frei. Sein Blick blieb an ihrer halb gepackten Reisetasche hängen. »Sie wollen verreisen?«

In seinen Augen musste es nach kopfloser Flucht aussehen, was sie auf der Liste seiner Verdächtigen zweifelsohne um einige Plätze nach oben rutschen ließ. »Ich weiß, wie das aussieht, aber … als ich heute Morgen auf dem Revier war und dieses blonde Gift Sie nicht kannte, da … Sie haben mir eine Heidenangst eingejagt.«

»Warum waren Sie dort? Ist Ihnen noch etwas eingefallen?«

Alessa schnappte nach Luft. »Ich sage Ihnen nicht mal, wie spät es ist, solange ich nicht weiß, wer Sie sind und für wen Sie wirklich arbeiten!«

Der Anflug eines Lächelns zeigte sich in seinen Zügen und ließ sie schlagartig weniger hart und kalt wirken. »Ich schätze, diese Erklärung bin ich Ihnen wohl schuldig.« Statt jedoch fortzufahren, wandte er sich der Kochzeile zu, griff nach dem Teekessel und füllte ihn mit Wasser. Erst als dieser auf dem Herd stand und er, dank Alessas Anweisungen, einen Teebeutel gefunden, in eine Tasse gehängt und schließlich mit kochendem Wasser übergossen hatte, drehte er sich wieder zu ihr herum.

Sie nahm die Tasse entgegen, ohne ihn dabei aus den Augen zu lassen. Seine ernste Miene und die dunklen, beinahe zornigen Augen wirkten ebenso erschreckend wie anziehend.

Erstaunt über sich selbst schob sie den Gedanken beiseite. Seit Jahren hatte sie nicht die Nerven gehabt, sich für einen Mann zu interessieren, und jetzt war ein schlechter Zeitpunkt, damit anzufangen.

»Mein Name ist wirklich Logan Drake.« Er griff in die Innentasche seiner Lederjacke und zog eine Marke hervor – eine andere als die, die er ihr gestern gezeigt hatte. »Das ist mein wirklicher Arbeitgeber, die Behörde. Ich leite eine Spezialeinheit, deren Aufgabe es ist, wilde Seher und solche, die mit dem Gesetz in Konflikt gekommen sind, aufzuspüren und der Gerichtsbarkeit zu übergeben.«

Er sagte noch mehr, doch in dem Augenblick, in dem sie hörte, dass er für die Behörde arbeitete, endeten seine weiteren Worte im Nirwana. Die Behörde hatte engen Kontakt zur Gemeinschaft. Wenn ihr Name in einem Bericht auftauchte und der Rat ihn zu sehen bekam, war sie geliefert. Dieser Mann hatte vielleicht nicht vor, ihr etwas anzutun, trotzdem war er eine Gefahr.

»Hören Sie mir überhaupt zu?«

Sie sah ruckartig auf. »Was?«

Diesmal lachte er wirklich und es war ein warmer, freundlicher Laut. »Erst verlangen Sie von mir eine Erklärung und dann hören Sie überhaupt nicht zu.«

»Entschuldigung.«

»Der Mord hat sie wohl ganz schön mitgenommen.«

Alessa schenkte ihm ein entschuldigendes Lächeln. »So etwas passiert nicht gerade alle Tage. Warum waren Sie beim Professor? Hat er etwas getan, das die Behörde auf den Plan ruft?«

Drake lehnte an der Spüle und sah sie an. Obwohl seine Miene nicht viel verriet, glaubte sie zu sehen, wie er mit sich rang. Zweifelsohne fragte er sich, wie viel er ihr erzählen konnte. »Was er getan hat, liegt schon einige Jahre zurück«, sagte er vage.

Die Behörde wusste von den Experimenten!

Es fiel Alessa schwer, ihre Überraschung zu verbergen. Schnell setzte sie die Tasse an die Lippen und nahm einen Schluck Tee. Der Beutel war zu lange drin gewesen, sodass der Tee bitter schmeckte und viel zu stark war, trotzdem trank sie noch einmal, ehe sie den Blick wieder auf den Mann vor sich richtete. Ein Teil von ihr wünschte sich noch immer, sie könne sich ihm anvertrauen und um Hilfe bei ihrer Suche nach Susannah bitten, die Vernunft jedoch sagte ihr, dass das alles andere als ratsam war.

»In gewisser Weise steht mein derzeitiger Auftrag in unmittelbarer Verbindung mit den Taten des Professors«, fuhr er fort. »Mit ihm zu sprechen hätte meine Arbeit vielleicht vereinfachen können, doch dafür ist es nun zu spät. Ich könnte den ganzen Fall der Polizei überlassen, doch ich werde das Gefühl nicht los, dass dieser Mörder bei meinem eigentlichen Auftrag eine Rolle spielt. Deshalb habe ich nach Ihnen gesucht, Alessa. Ich hatte gehofft, Sie könnten mich auf die Spur dieses Mannes führen.«

»Dieser Auftrag, worum genau geht es da?«

»Sagen wir einfach, der Gemeinschaft ist etwas abhandengekommen, das im Interesse der allgemeinen Sicherheit dringend zurückgebracht werden sollte.«

Um ein Haar hätte sie die Tasse fallen lassen. Dieser Mann wusste nicht nur von den Versuchen, er wusste auch, dass sie und einige andere aus dem Labor entkommen waren. Er suchte nach ihr! Der Mann, dem sie sich heute Morgen beinahe anvertraut hatte, war ihr Feind. Er durfte die Wahrheit niemals erfahren!

7

Logan verließ Alessa Flynns Wohnung ohne neue Erkenntnisse über den Mord, trotzdem war er mehr als jemals zuvor davon überzeugt, dass sie ihm noch längst nicht alles gesagt hatte. Auf seine Frage, warum sie heute Morgen auf dem Revier gewesen war, hatte sie behauptet, sie hätte wissen wollen, ob es etwas Neues zum Mord am Professor gab. Dasselbe hatte Morgan auch gesagt, als er ihm auf dem Revier erzählt hatte, dass sie dort aufgetaucht war und nach ihm gesucht hatte. Eine Lüge zweimal zu hören, machte sie deswegen nicht weniger falsch. Warum sollte sie die Mühe auf sich nehmen, extra zum Revier zu fahren, wenn sie seine Nummer hatte und ihn einfach anrufen konnte? Warum sollte sie sich überhaupt so sehr für den Professor interessieren, wenn sie ihn – wie sie behauptet hatte – nicht näher kannte? Abgesehen davon, dass sie beinahe zusammengeklappt wäre, als er vor ihrer Tür gestanden hatte, war da auch noch die gepackte Tasche gewesen.

Die ganze Zeit über hatte sie so abwesend gewirkt, als wäre sie mit ihren Gedanken in einem anderen Universum, gleichzeitig war es ihr kaum gelungen, ihre Furcht zu verbergen. Als er ging, war sie noch immer erschreckend bleich gewesen, doch es war nicht nur Angst, die er in ihren Augen gefunden hatte, sondern noch etwas anderes, weit Erstaunlicheres – zerstörte Hoffnung.

Daran, dass ihr Verhalten bestenfalls seltsam, im schlimmsten Fall verdächtig wirkte, ließ sich nicht rütteln. Logan hatte nicht vor, das Feld zu räumen und sie untertauchen zu lassen. Er entfernte sich vom Hauseingang und schlüpfte ein Stück weiter in den Schatten eines Hofzugangs. Wenn sie das Haus verließ, würde er sich an sie dranhängen.

Es war erst Nachmittag und sicher würde sie sich nicht vor

Einbruch der Dunkelheit auf den Weg machen. Logan lehnte an der Ecke eines gemauerten Durchgangs, der in einen der unzähligen Hinterhöfe führte, und stellte sich auf eine lange Wartezeit ein.

Er hätte ihr nichts über seinen Auftrag sagen dürfen. Dass er ihr dennoch ein paar, wenn auch dürftige Informationen gegeben hatte, lag einzig und allein an seiner damit verbundenen Hoffnung, mehr aus ihr herauszukitzeln. Diese Frau würde ihm jedoch nichts sagen, wenn sie nicht das Gefühl hatte, dass er mit offenen Karten spielte.

Sein Blackberry klingelte und erinnerte ihn daran, ihn besser auf stumm zu schalten, wenn seine Observierung nicht sofort auffliegen sollte. Er zog das Gerät aus der Tasche, auf dem Display blinkte Reese' Nummer, und nahm das Gespräch an. »Was gibt es, Reese?«

»Wir haben einen Treffer«, meldete er sich. »Abercorn Terrace, draußen in Portobello.«

»Seid ihr unterwegs?«

»Schon vor Ort. Avery und Jones haben ein paar Läden mit dem Foto unseres Dämons abgeklappert. Einer der Verkäufer kannte ihn und wusste, wo er wohnt.« Im Hintergrund erklang Averys Stimme, die Reese zur Eile trieb. »Wir schnappen ihn uns jetzt.«

Logan war versucht, ihm zu sagen, sie sollten warten, bis er dort war, doch er konnte Alessa nicht aus den Augen lassen, wenn er nicht wollte, dass sie ihm entwischte und untertauchte. Bis jetzt war ihm nicht einmal Zeit geblieben, sich die Akte anzusehen. Solange sich die Jungs darum kümmerten, konnte er die Zeugin im Auge behalten. »Erstattet Bericht, wenn es vorbei ist. Und, Reese: kein unnötiges Risiko.«

»Alles klar, Boss.« Reese legte auf.

Logan stellte den Rufton auf Vibrationsalarm um, schob das Telefon in die Jackentasche zurück und richtete seine Aufmerksamkeit wieder auf Alessas Haustür. Zu seinem Erstaunen wurde seine Geduld weit weniger auf die Probe gestellt, als er befürchtet hatte. Um kurz nach drei kam sie aus dem Haus, ohne die Reisetasche, dafür angezogen, als wäre es tiefster Winter. Schon in der Wohnung hatte sie einen dicken Pullover angehabt, aber jetzt trug sie zusätzlich den warmen Parka und ein Paar Handschuhe.

Ohne ihn zu bemerken, folgte sie der Straße in die entgegengesetzte Richtung. Logan ließ ihr einen kleinen Vorsprung, ehe er sich an ihre Fersen heftete. An einer Bushaltestelle blieb sie stehen. Logan schob sich in den Schatten eines überdachten Hauseingangs und wartete. Er war vorhin zu Fuß zum Revier gegangen und hatte sich, nachdem Morgan ihm angeboten hatte, ihn zu Alessas Wohnung zu fahren, nicht die Mühe gemacht, den Defender zu holen. Jetzt verfluchte er sich dafür.

Als der rote Doppeldecker kam und sie einstieg, winkte er ein Taxi heran. »Folgen Sie dem Bus«, verlangte er, kaum dass er sich auf dem Rücksitz niedergelassen hatte. An jeder Haltestelle hielt er den Fahrer dazu an, Abstand zu halten, doch nicht zu viel, sodass er sehen konnte, ob Alessa den Bus verließ. Die Linie fuhr in die Innenstadt, und als sie schließlich an der Princes Street ausstieg, mutmaßte Logan, sie würde zur Waverly Station gehen und sich ein Zugticket besorgen. Aber warum hatte sie dann ihr Gepäck nicht mitgenommen?

Er bezahlte das Taxi und trat auf den belebten Bürgersteig. Bus an Bus reihte sich an den Haltestellen am Straßenrand, spuckte Touristen und Stadtbewohner aus und nahm neue Passagiere auf, die in einer gesitteten Schlange darauf warteten, dass sie mit dem Einsteigen an der Reihe waren.

Alessa hatte einen kleinen Vorsprung, doch trotz der vielen Menschen fiel es ihm nicht schwer, sie im Auge zu behalten. Sie war die Einzige, die einen Parka trug.

Wie erwartet ging sie in Richtung Waverly Station, als sie

jedoch die Straße erreichte, an der sie hätte abbiegen müssen, um zum Bahnhof zu gelangen, lief sie geradeaus weiter, an den ersten Ausläufern der Princes Street Gardens vorbei. Sie hatte weder einen Blick für das Edinburgh Castle übrig, das zu ihrer Linken majestätisch über der Stadt thronte, noch für das Scott Monument und die anderen Sehenswürdigkeiten – und sie drehte sich auch nicht um.

Der Vibrationsalarm seines Handys ging los. Logan war versucht, es zu ignorieren, einzig die Tatsache, dass sein Team ihn womöglich brauchte, ließ ihn nach dem Gerät greifen. »Ich hoffe, es ist dringend«, meldete er sich, ohne Alessa aus den Augen zu lassen.

»Kannst du wohl sagen, Boss.« Avery klang alles andere als zufrieden.

»Ist der Einsatz schiefgegangen? Jemand verletzt?«

»Niemand von uns«, gab Avery zurück. »Allerdings wird dieser Dämon hier niemandem mehr schaden.«

»Ihr musstet ihn unschädlich machen?«

Avery seufzte. »Jemand war schneller als wir. Alles, was wir von diesem Typen hier fanden, war ein Leichnam mit einem Kopfschuss.«

Logan fluchte. Ein Toter, der zwar mit dem Projekt zu tun hatte, jedoch keiner der Dämonenseher war, ließ sich noch als Zufall abtun. Dass nun aber auch eine ihrer Zielpersonen tot war – dahinter steckte Methode. Versuchte jemand aus der Gemeinschaft zu verhindern, dass sie die Dämonenseher aufspürten und zurückbrachten? Wollten sie auf diese Weise vertuschen, was sie getan hatten?

Es sah beinahe so aus, als hätte sich Devon damit, dass er die Behörde eingeschaltet hatte, nicht nur Freunde gemacht. Aber warum sollte er den Interessen der Gemeinschaft zuwiderhandeln?

Seit Logan den Auftrag bekommen hatte, war ihm keine Zeit geblieben, über die Beweggründe seines Bruders nachzudenken. Streng genommen hatte er *jeden* Gedanken an Devon von sich geschoben. Dies war weder der rechte Ort noch die richtige Zeit, um nun anzufangen, sich über ihn den Kopf zu zerbrechen. Das musste warten.

»Hör zu, Avery. Ich bin hinter der Zeugin her. Lasst die Spurensicherung anrücken und dann informiert Roberts. Ich melde mich, sobald ich hier fertig bin.« Er sparte sich die Abschiedsworte und beendete die Verbindung.

Einige Meter vor ihm bog Alessa nach links ein. Mit schnellen Schritten eilte sie am Gebäude der Royal Academy vorbei und hielt geradewegs auf die Nationalgalerie zu. Logan blieb stehen und wartete, bis sie den Platz überquert hatte und hinter den Säulen, die das Gebäude säumten, verschwunden war, ehe er ihr folgte. Er trat in den Schatten des Säulenganges und spähte von dort aus in die Eingangshalle auf der Suche nach Alessa. Es war mittlerweile später Nachmittag, der Besucherstrom hielt sich in Grenzen, sodass es ihm nicht schwerfiel, sein Ziel auszumachen. Als Alessa die Halle verließ und ihren Weg durch eine offen stehende Flügeltür nach links fortsetzte, folgte Logan ihr. Er ging an den mit rotem Filz bespannten Wänden vorbei, ohne auch nur einen Blick auf die ausgestellten Gemälde zu werfen. Seine Augen hingen an ihr. Zum ersten Mal fiel ihm auf, wie anmutig sie sich bewegte. Jeder Schritt, jede Geste so geschmeidig wie bei einer Katze. *Und sie ist auch genauso scheu.* Oder war *eigenwillig* das Wort, nach dem er suchte?

Er wusste nicht einmal, warum er überhaupt darüber nachdachte, welchen Eindruck sie auf ihn machte. Sie war eine Zeugin – und zwar eine von der verdächtigen Sorte –, alles andere brauchte ihn nicht zu interessieren. Dass er sie so eingehend musterte, war Teil seines Jobs. Die Menschen, mit denen er es zu tun bekam, nicht zu beobachten und keine Meinung über sie zu fällen, konnte gefährlich sein. Besonders, wenn er sie unterschätzte.

Er musste sich jedoch eingestehen, dass es nicht viel mit seinem Überlebensinstinkt zu tun hatte, jetzt das Farbenspiel zu beobachten, das das Licht auf ihre Locken warf. Zwischen dem dunklen Braun schimmerten rote und goldene Reflexe, sobald sie den Kopf bewegte. Als sie am Ende des Flügels stehen blieb und sich umsah, hielt Logan im Schutz einer Trennwand inne, ohne den Blick von ihr zu nehmen. Im gedämpften Licht wirkte sie nicht länger blass, wie er sie in Erinnerung hatte. Zum ersten Mal bemerkte er den leichten Olivton ihrer Haut und sah die markanten Wangenknochen, die ihrem Gesicht einen Ausdruck von Stärke verliehen.

Alessa Flynn war vielleicht nicht das, was Fletcher unter einer Bombe verstand, trotzdem zog sie Logans Aufmerksamkeit auf sich. Natürlich tat sie das! Immerhin war er ihretwegen hier. Er verfolgte sie! Wem sonst, wenn nicht ihr, sollte er da seine Aufmerksamkeit schenken?

Doch das allein war es nicht. Etwas an ihr faszinierte ihn.

Selbst jetzt lag diese Mischung aus Traurigkeit und Sorge in ihren Zügen, die er schon zuvor gesehen hatte. Ein Ausdruck, den er nur zu gerne aus ihren Augen vertrieben und durch Hoffnung und Freude ersetzt hätte.

Hör auf zu spinnen, Drake! Sonst interessierte er sich doch auch nicht dafür, ob eine Frau – noch dazu eine vollkommen Fremde – glücklich aussah oder nicht. Warum also ausgerechnet bei ihr? Es waren diese Augen, helles Grün, von einem etwas dunkleren Ring umgeben, die diese Faszination auf ihn ausübten – und die Gefühle, die er darin zu lesen glaubte. Gefühle, die ihm selbst nicht fremd waren. Die Traurigkeit und die Hoffnungslosigkeit hatte er mit seiner Kindheit und seinem Elternhaus hinter sich gelassen, doch eines war immer geblieben: Einsamkeit.

Logan schüttelte den Kopf und versuchte die aufsteigenden Erinnerungen an seine Eltern und die Gleichgültigkeit, die von ihnen ausgegangen war, nachdem Devon das Haus verlassen hatte, zu verdrängen. *Konzentriere dich!*, ermahnte er sich. *Sonst hängt sie dich noch ab.*

Doch Alessa Flynn machte weder Anstalten ihn abzuschütteln noch sich überhaupt großartig zu bewegen. Sie blieb in diesem Flügel des Museums, einem großen Raum mit hoher Decke, an dessen mit Stoff bespannten Wänden ein Gemälde neben dem anderen hing. Einzelne Raumteiler machten es leicht, sich vor ihr zu verbergen. Wenn ihr Blick nicht geistesabwesend ins Nichts gerichtet war, wanderte er zum Eingang des Ausstellungsraums und wieder zurück.

Sie wartete auf jemanden.

Allerdings sah es ganz danach aus, als würde dieser Jemand sie hängen lassen.

Von Zeit zu Zeit setzte sie sich auf eine der gemütlich aussehenden, mit Plüsch bezogenen Bänke, doch sie hielt es nie lange aus. Immer wieder sprang sie auf, lief ruhelos auf und ab, sah auf die Uhr oder durchbohrte die Tür mit ihren Blicken, als könne sie ihr Date allein durch die Kraft ihres Willens zwingen zu erscheinen.

Es war seltsam, denn genau dieses Gefühl hatte er in ihrer Wohnung gehabt, als sie ihm sagte, er solle verschwinden. Für einen Moment war es gewesen, als berühre etwas seinen Geist und versuche nach seinem Willen zu greifen.

Logan hatte von Sehern gehört, die über die Gabe der Telepathie verfügten, doch angeblich war diese nie sonderlich ausgeprägt, schon gar nicht stark genug, um jemandes Gedanken oder Handlungen zu beeinflussen. Abgesehen davon war diese Frau nicht einmal eine Seherin. Beim Betreten des Museums hatte sie die Handschuhe ausgezogen und in ihre Jackentasche gestopft, und auch in ihrer Wohnung hatte sie sie nicht getragen. Jemand, der über die Gabe verfügte, würde nicht auf seine Handschuhe verzichten, andernfalls würden ihn die Emotionen und Bilder, die ihn jedes Mal überkamen, wenn er etwas berührte, allmählich in den Wahnsinn treiben.

Doch sah er einmal von den fehlenden Handschuhen ab, gab es durchaus Dinge, die die Vermutung nahelegten, dass sie trotzdem eine Seherin sein könnte. Einmal mehr dachte Logan an die zufällige Berührung von gestern und wie Alessa zurückgezuckt war. *Als hätte sie etwas gesehen.* Auch vorhin, als er sie am Arm angefasst hatte, damit sie nicht umkippte, war sie zurückgewichen, allerdings nur im ersten Moment.

Logan warf einen Blick auf die Uhr. Es war halb sieben, sie wartete nun schon über zwei Stunden. Auch die letzten dreißig Minuten, bis die Galerie schloss, rührte sie sich kaum vom Fleck. Schließlich kam einer der Angestellten und bat sie das Gebäude zu verlassen, damit sie absperren konnten.

Während der Uniformierte noch mit ihr sprach, machte Logan kehrt und ging nach draußen. Es dämmerte bereits, sodass es ihm nicht schwerfiel, ein schattiges Versteck zwischen den Säulen zu finden, wo er unbemerkt auf Alessa warten konnte.

Und es dauerte auch nicht lange, bis sie auf den Säulengang trat. Eine Weile stand sie dort, den Reißverschluss des Parkas geschlossen, den Kragen hochgeschlagen und die Hände in den Taschen vergraben. Ihr Blick schoss von einer Seite zur anderen, als hoffe sie endlich den zu entdecken, auf den sie gewartet hatte. Ihr war anzusehen, dass sie fror, trotzdem rührte sie sich nicht vom Fleck. Erst nach einer weiteren halben Stunde zog sie ihr Handy aus der Tasche und drückte ein paar Tasten.

Mit der einen Hand hielt sie sich das Telefon ans Ohr, während sie sich mit der anderen über die Augen fuhr.

»Sanna?«, hörte Logan sie dann. »Verdammt, wo steckst du? Bitte ruf an.« Sie sagte noch mehr, doch eine aufkommende Windböe riss die Worte aus ihrem Mund und trieb sie fort, sodass Logan sie nicht verstehen konnte. Kopfschüttelnd unterbrach sie die Verbindung, steckte das Handy wieder weg und machte so abrupt kehrt, dass sich Logan mit einem Satz außer Sicht katapultieren musste. Sie ging an der Galerie vorbei und folgte der langen Treppe nach oben, die auf der Rückseite des Gebäudes in Richtung der Royal Mile führte.

Im Augenblick war sie die Einzige, die diesen Weg nahm. Damit sie ihn nicht sofort bemerkte, wartete Logan, bis sie das Ende der Treppe beinahe erreicht hatte. Es war mittlerweile dunkel geworden, und wenn sie sich umdrehte, würde sie zwar sehen, dass jemand hinter ihr ging, solange er jedoch Abstand hielt, würde sie nicht erkennen, dass er es war.

Als Logan sein Versteck verlassen wollte, kam jemand aus den Schatten hinter der Galerie und lief mit eiligen Schritten auf die Treppe zu. Logan vergrößerte seinen Abstand. Wenn der Kerl mit der Mütze so weiterhastete, würde Alessa ihn hören, sich vielleicht umdrehen und ihn, Logan, doch noch entdecken.

Logan passierte die Rückseite der Galerie und warf einen Blick auf das Gebäude, um zu sehen, ob noch weitere Angestellte herauskamen, unter die er sich hätte mischen können. Doch der flache Bau lag dunkel und verlassen da. Sichtlich war der Typ der Letzte gewesen.

So unauffällig wie möglich lief Logan die Treppe nach oben und folgte der Straße, die sich den steilen Hügel hinaufwand. Er passierte einen Geldautomaten und ein paar Trödelläden, die in erster Linie billigen Schmuck und schottische Tartans an Touristen verkauften, und erreichte schließlich die Royal Mile.

An der Ecke blieb er stehen und sah sich suchend um. Es dauerte nicht lange, bis er Alessa fand. Sie war auf dem Weg die Royal Mile hinunter, in Richtung der Kathedrale von St. Giles. Hier waren wieder mehr Menschen unterwegs, vor allem Touristen, die jetzt, nachdem die Sehenswürdigkeiten langsam schlossen, die Pubs aufsuchten oder auf dem Weg zurück in ihre Hotels waren.

Was suchte Alessa hier? Die bloße Frage hätte ihn beinahe zum Lachen gebracht. Was sollte sie hier schon tun? Sich mit Freunden treffen und einen schönen Abend verbringen, so wie die Mehrzahl der Leute, die hier unterwegs war. Nur, dass das nicht zu ihr zu passen schien.

Ein ganzes Stück vor sich, nicht weit von Alessa entfernt, entdeckte Logan den Typen aus der Galerie. Sichtlich hatte er es eilig, nach Hause zu kommen oder zu seinem Pint Bier, denn er legte ein stattliches Tempo vor, als er den Hügel hinabstrebte. Weiter vorne warf Alessa einen Blick über die Schulter. Logan senkte den Kopf und schob sich hinter ein älteres Touristenpaar, das lachend die Auslage eines Souvenirgeschäfts betrachtete. Zwei Sekunden später gehörte Alessas Aufmerksamkeit wieder der Straße vor ihr und Logan konnte seine Deckung verlassen. Da sah er den Kerl aus der Galerie, der plötzlich aus den Schatten eines Hauseingangs trat. Warum war er stehen geblieben, obwohl er es zuvor so eilig gehabt hatte? Logan warf einen Blick auf die Stelle, an der er sich von der Wand gelöst hatte. Dort gab es nichts von Interesse, keine aushängende Speisekarte, keine Schaufenster und auch kein Klingelbrett.

Der Kerl verfolgte Alessa!

Logan sah ihn sich genauer an, ließ seinen Blick von der schwarzen Wollmütze, die seine Haare komplett verdeckte, über die dunkle Jacke mit dem hochgeschlagenen Kragen und die ebenfalls schwarzen Jeans gleiten, ehe er wieder ein Stück nach oben zu seinen Händen wanderte. Handschuhe! Der Fremde holte immer weiter auf. Er versuchte nicht, Alessa zu folgen, er wollte sie einholen!

Logan beschleunigte seinen Schritt. Beinahe wäre er losgerannt, doch solange er nicht wusste, ob von dem Mann Gefahr für Alessa ausging, würde er nur ihre Aufmerksamkeit auf sich ziehen und eine weitere Verfolgung unmöglich machen. Von dem Misstrauen einmal ganz abgesehen, das sie ihm entgegenbringen würde, wenn sie bemerkte, dass er ihr auf den Fersen war. Das würde es nicht leichter machen, mehr aus ihr herauszubekommen.

Sein Abstand schmolz, wobei er tunlichst darauf achtete, sich zwischen anderen Passanten zu halten, wo immer es möglich war. Ihn trennten noch etwa fünfzig Meter von Alessa, als der andere sie einholte. War das der Kerl, den sie angerufen hatte? Sanna, hatte sie gesagt. Das klang eher nach einer Frau. Dass sie mit diesem Typen ganz sicher keine Verabredung hatte, wurde Logan in dem Augenblick klar, in dem der Kerl sie von hinten packte und von der Straße zog.

Logan rannte los. Er stieß Touristen aus dem Weg, ihre Proteste ignorierend, und hetzte zu der Stelle, an der Alessa aus seinem Blickfeld verschwunden war. Als er dort ankam, fand er sich vor dem Durchgang zu einem dunklen Close wieder, einer engen Sackgasse, die in einen verwinkelten Hinterhof führte. Ein unterdrückter Schrei drang an sein Ohr. Alessa! Er riss an seiner Jacke und griff noch im Laufen nach der SIG – und langte ins Leere. Er hatte nur mit Alessa reden und dann wieder ins Hauptquartier zurückkehren wollen, und um sie nicht zu erschrecken, hatte er keine Waffen mitgenommen. *Verdammt, in Zukunft werde ich nicht mehr darauf verzichten, Schrecken hin oder her.* Fünf schnelle Schritte, dann lag der Durchgang hinter ihm und er stand in einem abfallenden Innenhof. Ein Stück weiter vorne führten ein paar ausgetretene Steinstufen steil nach unten, ehe der Weg weiterging. An den Wänden hingen in unregelmäßigem Abstand Straßenlaternen, die ihr trübes Licht in den Close sandten.

Wieder ein Schrei.

Er lief weiter. Dann sah er sie. Der Fremde verpasste ihr einen groben Stoß, der sie die steilen Stufen hinuntertaumeln und stürzen ließ. Benommen blieb sie liegen. Der andere war unmittelbar hinter ihr. Das, was Logan zuvor für eine Mütze gehalten hatte, war eine zusammengerollte Sturmhaube, hinter der er nun sein Gesicht verbarg. Mit einem Satz war der Maskierte über ihr und richtete eine Pistole auf sie.

Logan sprang.

Er erwischte den Kerl bei der Schulter und riss ihn mit sich. Ein Schuss löste sich aus der Waffe. Der Knall, der wegen des Schalldämpfers eher wie eine Fehlzündung klang, brachte Logans Herz beinahe zum Stillstand. Hatte die Kugel Alessa getroffen? Er versuchte einen Blick auf sie zu erhaschen, da wurde er gepackt und zu Boden gerissen. Logan griff nach dem Kerl, um ihm die Waffe zu entreißen, doch der andere war ein geübter Kämpfer. Er entzog sich Logans Griff mit der Glätte eines Aals und versuchte selbst ihn zu packen. Eine Hand in die Schulter seines Angreifers gekrallt, die andere an der Waffenhand, kämpfte Logan darum, sich zum einen die Pistole vom Leib zu halten und zugleich den Kerl unter Kontrolle zu bekommen. Sie wälzten sich über den Boden, schlagend und tretend. Der Kerl war ein wenig kleiner als Logan, die fehlende Größe jedoch machte er durch seine Wendigkeit wieder wett. Für einen Moment gelang es Logan, ihn unter sich festzunageln, doch sein Triumph währte nicht lange. Der Typ trat nach seinem Bein und zog es ihm unter dem Körper weg. Während Logan darum kämpfte, den Sturz zu verhindern und den Kerl unter Kontrolle zu behalten, rollte sich der andere zur Seite, streifte Logans Hände ab und riss ihn herum. Die behandschuhte Faust des Maskierten traf Logan am Kinn und warf ihn zurück. Sein Hinterkopf schlug auf das Pflaster. Knallbunte Sterne explodierten vor seinen Augen und löschten für einen Moment alles dahinter. Als sich seine Sicht wieder klärte, saß der andere auf ihm, die Waffe auf seinen Kopf gerichtet.

Die Zeit blieb stehen.

Endlose Augenblicke zogen sich dahin, während Logans Blick zwischen der starrenden Mündung und den schimmernden Augen des Maskierten hin und her wanderte, darauf gefasst, dass das Mündungsfeuer das letzte Licht sein würde, das er in seinem Leben zu sehen bekam. Dann wirbelte der Kerl die Waffe herum und drosch Logan den Griff gegen die Schläfe. Um Logan herum wurde es schwarz.

Alessa!

Ihr Gesicht schob sich in sein verlöschendes Bewusstsein. Wenn er sich jetzt ausknocken ließ, würde sie das mit dem Leben bezahlen – sofern sie nicht längst tot war. Mit aller Willensstärke, die er aufbringen konnte, schob er die drohende Bewusstlosigkeit von sich, schüttelte sie ab wie ein lästiges Insekt und öffnete die Augen.

Dunkelheit. Nein, ein Schatten, der sich über ihn beugte. Alessa. Ihre Hand tastete nach seiner Schläfe, untersuchte vorsichtig die Stelle, an der ihn die Waffe getroffen hatte. Flüchtig streifte die Frage seinen Geist, warum der Kerl ihn nicht erschossen hatte. *Du hast mehr Glück als Verstand, Drake.* Noch einmal würde er nicht ohne seine Waffe aus dem Haus gehen.

Er setzte sich auf und sah sich blinzelnd um. Der Wind trieb einen Fetzen Alufolie an ihm vorbei, tiefer in die Gasse hinein. Der Anblick brachte ihn auf einen merkwürdigen Gedanken.

»Bleiben Sie liegen, Sie bluten. Ich rufe einen Krankenwagen.«

Er hatte Kopfschmerzen, aber das war ganz sicher nichts, das er nicht mit ein paar Aspirin in den Griff bekommen würde. Einen Krankenwagen konnte sie rufen, wenn er im Sterben lag, aber nicht nach ein paar Schlägen. Er griff nach ihrer Hand, mit der sie immer noch seine Stirn untersuchte, und hielt sie am Handgelenk fest, sanft und ohne Druck.

»Bist du verletzt?« Er sah die Überraschung, die seine Frage in ihren Augen hervorrief. Es erstaunte ihn selbst, dass er sie plötzlich so vertraulich duzte, aber es war ihm einfach passend erschienen. »Hat er dich getroffen?«

Sie schüttelte den Kopf. »Mir fehlt nichts. Er hat mich nur zu Tode …« Ihre Stimme brach, ihre Hand begann zu zittern, ein leichtes Vibrieren, das er unter seinen Fingern spürte, die noch immer ihr Gelenk umschlossen, und das sich auf ihren Körper übertrug.

»Hab keine Angst«, sagte er, »ich werde auf dich aufpassen.« Das wollte er wirklich. Er wollte sehen, wie die Angst aus ihren Augen wich und sich darin wieder Hoffnung breitmachte, ebenso sehr wünschte er sich plötzlich, ihr Lächeln zu sehen. Kein gezwungenes, wie sie es ihm bisher gezeigt hatte, sondern ein aufrichtiges. Im Augenblick jedoch gab er sich damit zufrieden, dass ihr Zittern allmählich nachließ und sie sich beruhigte.

»Danke.« Sie wich seinem Blick aus und sah verlegen zu Boden.

Erst da wurde Logan bewusst, dass er noch immer ihre Hand hielt. Er zog seine Hand zurück und fragte: »Hast du Whisky zu Hause?«

»Nein. Warum?«

»Du siehst aus, als könntest du diesmal etwas Stärkeres als Tee brauchen.«

*

Alessa konnte es immer noch nicht glauben, sie hatte sich tatsächlich von Logan in einen Pub schleppen lassen. Er war kurz auf der Toilette verschwunden und hatte sich das Blut aus dem Gesicht gewaschen. Als er an den Tisch zurückkam, schien es – von einer kleinen Platzwunde an der Stirn einmal abgesehen –, als wäre ihm nichts geschehen. Von ihrem Platz in der Ecke beobachtete sie, wie er zur Bar ging, um die Getränke zu ordern. Der Pub war gut gefüllt, doch die Sitzplätze waren zum Teil in Nischen versteckt, sodass sie nicht das Gefühl hatte, sich inmitten einer Menschenmenge zu befinden.

Die Luft war heiß und stickig, warm genug, um den Parka auszuziehen. Alessa legte die Jacke neben sich auf die Bank und tastete nach der Stelle in ihrem Nacken, an der der Chip unter ihrer Haut saß. Das Stück Alufolie hatte sich gelöst und war davongeflattert, als der Maskierte sie angegriffen hatte. Obwohl die Stelle unter dem Kragen ihres Pullovers verborgen war, fühlte sie sich ohne die schützende Folie eigenartig nackt. Hier im Pub würde ihr nichts passieren. Sie konnte nur hoffen, dass draußen kein mobiles Team mit einem Chipleser unterwegs war.

Sie lehnte sich zurück und schloss die Augen. Sofort blitzte das Bild des Maskierten in ihrer Erinnerung auf. Wie hatte er sie gefunden? Die Vorstellung, dass er ihr womöglich bei ihrer Flucht aus der Wohnung des Professors gefolgt war, sie seitdem beobachtet hatte – immer in ihrer Nähe –, war kaum zu ertragen. Sie wusste nicht einmal, wie er aussah. Er konnte überall sein, selbst hier. Vielleicht saß er am Nebentisch, ohne dass sie ihn erkannte. Wie sollte sie jemals wieder Ruhe finden, solange sie wusste, dass er irgendwo dort draußen war?

Ich werde auf dich aufpassen.

Logans Worte stiegen in ihrer Erinnerung auf und vertrieben den Anblick des Maskierten. Sie öffnete die Augen und sah sich nach ihm um. Er ließ gerade das Wechselgeld in seiner Hosentasche verschwinden, griff nach den beiden Gläsern, einem Whiskytumbler und einem Pint Bier, und kam an den Tisch zurück. Den Whisky stellte er ihr vor die Nase, das Pint war für ihn.

»Trink«, sagte er, als er sich zu ihr setzte, »dann fühlst du dich bald besser.«

»Danke.« Sie schloss ihre Finger um das Glas, ohne es vom Tisch zu heben. Langsam schwenkte sie es und ließ die bernsteinfarbene Flüssigkeit darin kreisen, was eine beinahe hypnotisierende Wirkung auf sie hatte.

Es fühlte sich seltsam an, mit Logan hier zu sitzen, ebenso befremdlich war die plötzliche Vertraulichkeit, die in der Gasse zwischen ihnen entstanden war. Sie hatte den Trost gebraucht, und für einen Moment hatten ihr seine Nähe und seine Berührung das Gefühl gegeben, normal zu sein. Als ihr bewusst geworden war, dass es gerade diese Normalität war, nach der sie sich so sehr sehnte, und sie drauf und dran war, sich nach etwas zu sehnen, das sie nicht haben konnte, hatte er ihre Hand freigegeben.

Der starke Alkohol würde den schalen Geschmack der Angst und Einsamkeit vertreiben, der sich in ihrem Mund breitgemacht hatte.

Immer noch mit zwei Händen hob sie das Glas vom Tisch, roch daran und nahm das rauchige, torfige Aroma, das ihre Sinne kitzelte, in sich auf. Nach der ersten würzigen Note folgte der beißende Geruch des Alkohols. Als er ihr in die Nase stieg, begann sich der Dämon zu regen. Da wurde ihr klar, dass sie den Whisky nicht trinken durfte. Das starke Gebräu würde ihren Geist vernebeln und dafür sorgen, dass sie die Kontrolle über ihre Schutzwälle verlor. Sie tat, als würde sie daran nippen, und stellte das Glas wieder auf den Tisch.

»Fühlst du dich besser?«

Logans Stimme riss sie aus ihren Gedanken. Sie sah ihn an. »Ja danke.«

Abgesehen von ein paar blauen Flecken, die sie sich bei ihrem Sturz geholt hatte, und einem gehörigen Schrecken fehlte ihr nichts weiter. Sie wollte ihm schon sagen, dass das allein sein Verdienst war, als ihr etwas anderes bewusst wurde. »Du bist mir gefolgt.«

»Ja.«

Sie hätte wütend sein sollen, stattdessen war sie froh, denn immerhin versuchte er nicht, sie zu belügen. »Warum?«

»Ich hoffe nach wie vor, dass du etwas weißt, das mir weiterhelfen kann«, gab er zu. »Abgesehen davon hat mir deine gepackte Reisetasche Sorgen gemacht.«

Du hattest also Angst, dass ich mich absetze. Und das nicht zu Unrecht. Der Wunsch, ihm zu entgehen, war immer noch da. Schließlich arbeitete er für die Behörde. Gleichzeitig spürte sie die Aufrichtigkeit seiner Sorge. Sie versuchte sich einzureden, dass er sie nur gerettet hatte, um ihr weitere Informationen zu entlocken, denn das war sein Job. Damit lag sie vermutlich gar nicht so verkehrt, doch deswegen hätte er sie weder trösten noch hierherbringen müssen, um ihr zur Beruhigung einen Whisky einzuflößen.

Der Mann, der sie gerettet hatte und jetzt neben ihr saß, schien ein vollkommen anderer zu sein, als der, bei dessen Berührung sie diese kalte Wut gespürt hatte. Seine Nähe gab ihr das Gefühl, nicht länger mit ihren Problemen allein zu sein.

Hallo?! Wach auf, Mädchen! Der Kerl arbeitet für die Behörde! Und nicht nur das: Er war hinter ihr her – auch wenn er das selbst noch nicht zu wissen schien. Früher oder später würde er es herausfinden, und dann wäre es schneller mit seiner Freundlichkeit vorbei, als sie »Du darfst mich nicht ausliefern« sagen konnte.

Logan Drake war ihr Feind, und sie musste anfangen, ihn als solchen zu sehen, statt ihn noch weiter in ihr Leben und ihre Gedanken zu lassen, wie sie es während der letzten Stunden getan hatte!

»Auf wen hast du in der Galerie gewartet?«

Sie war versucht ihn zu belügen und zu behaupten, dass sie auf niemanden gewartet hatte, doch wenn er sie tatsächlich beobachtet hatte, würde er ihr das nicht abkaufen. »Auf eine Freundin.«

Solange er nicht wusste, wer Alessa wirklich war, konnte er ihr immer noch bei der Suche nach Susannah helfen. Wenn er jedoch herausfand, dass sie beide das Samenkorn in sich trugen … dann würde sie seinen Geist beeinflussen und ihm vorgaukeln, dass er sie gehen lassen müsse – um zu entkommen, sollte das genügen.

Allerdings hatte es schon heute Nachmittag nicht geklappt, ihn zu beeinflussen. Sie hatte zu viel Kraft fließen lassen müssen und den Dämon damit geweckt, doch bei Logan hatte sie nicht das Geringste erreicht. Ihre Kräfte waren einfach von ihm abgeprallt. Etwas Derartiges hatte sie noch nie erlebt, es war, als sei er dagegen immun.

»Es ist kein Freund, sondern eine Freundin, nach der ich suche«, sagte sie schließlich. »Ich habe nur ihre Handynummer, keine Adresse. Seit Tagen versuche ich sie zu erreichen, doch sie geht weder ans Telefon noch ruft sie zurück. Ihre Telefongesellschaft weigert sich die Adresse herauszurücken, und auch sonst gibt es keine Anhaltspunkte, die mir helfen könnten, sie zu finden. Ich habe ihr auf die Mailbox gesprochen, dass sie mich in der Galerie treffen soll, aber sie ist nicht gekommen. Danach habe ich ihr noch eine Nachricht hinterlassen, dass ich in einem Café auf der High Street auf sie warten würde. Wahrscheinlich wird sie auch dort nicht auftauchen.« Alessa schüttelte den Kopf und fügte leise hinzu: »Ich habe Angst, dass ihr etwas passiert ist.«

Logan nickte. »Gib mir ihre Handynummer.«

Alessa zögerte. Wenn sie das tat, gab es kein Zurück mehr. Wenn sie sich jedoch weigerte die Nummer herauszurücken, obwohl sie sich so sehr um Susannah sorgte, würde sie das nur verdächtig machen. Sie zog ihr Handy aus der Tasche und schickte ihm Susannahs Nummer auf seinen Blackberry.

Logan drückte eine Taste und hielt sich das Telefon ans Ohr. »Fletcher?«, hörte Alessa ihn sagen. »Pass auf, ich schick dir eine Handynummer. Die Frau heißt Susannah ...« Er sah zu Alessa. »Wie ist der Nachname?«

»Hensleigh.«

Einen Moment stutzte er, als hätte er den Namen schon einmal gehört. »Susannah Hensleigh«, sagte er dann ins Telefon. »Findet die dazugehörige Adresse heraus und fahrt dorthin. Stellt sicher, dass es ihr gut geht, und falls sie in Schwierigkeiten steckt, helft ihr.« Undeutlich und viel zu leise, um etwas verstehen zu können, drang die Stimme seines Gesprächspartners aus dem Lautsprecher. Sobald der geendet hatte, sagte Logan: »Wenn sie nicht dort ist, dann peilt das Handy an. Haltet mich auf dem Laufenden.« Nach einer kurzen Pause sagte er: »Es ist wichtig.« Dann legte er auf und sah Alessa an. »Keine Angst, die Jungs werden sie finden.«

»Jungs?«

»Mein Team.«

Alessa zwang sich zu einem dankbaren Lächeln. Sicher war sie froh um die Hilfe, dass nun aber nicht nur Logan nach Susannah suchte, sondern gleich sein ganzes Team, behagte ihr nicht sonderlich. Das machte in Summe einfach zu viele Leute, die ihr gefährlich werden konnten.

»Bist du müde?«

Sie nickte.

»Meine Wohnung ist nicht weit von hier.«

Sie setzte zu einem Protest an, denn wenn sie eines nicht vorhatte, dann war das, in seine Wohnung zu gehen.

Logan kam ihr zuvor. »Dort steht mein Auto. Wir holen es und dann fahre ich dich nach Hause.«

»Sicher.« Beinahe war sie enttäuscht, dass er gar nicht versuchte, sie zu sich nach Hause einzuladen – aber nur beinahe. Seine Nähe mochte sich gut anfühlen, mochte Sicherheit und Trost spenden, doch darüber hinaus durfte sie nicht vergessen, wer er war.

Den kurzen Weg legten sie schweigend zurück, und auch als sie in seinem Geländewagen saßen, sprachen sie nicht viel. Es war eine angenehme Stille, die Alessa dazu brachte, sich im Sitz zurückzulehnen und die Augen zu schließen.

»Würdest du mir eine Frage beantworten?«

Alessa öffnete träge die Augen. »Welche?«

Er nahm den Blick von der Straße und sah sie an. »Bist du eine Seherin?«

»Ich?« Sie wusste nicht, ob sie entsetzt aufschreien oder weinen sollte, letztlich presste sie ein Lachen heraus. »Würde ich dann freiwillig in diesem Loch leben und mir meinen Lebensunterhalt mit dem Verkauf von Zeitungen und Süßkram verdienen?«

Logan warf einen raschen Blick auf die Straße, ehe er seine Aufmerksamkeit erneut auf sie richtete. Vor ihnen schaltete eine Ampel auf Rot, sodass er anhalten musste. Nun blieb ihm ausreichend Zeit, sie zu mustern. »Wenn du eine Wilde wärst, vielleicht schon.«

Es fiel ihr schwer, sich nicht unter seinem Blick zu winden. »Wäre ich eine Wilde, würde ich mich kaum in eine Stadt wagen, in der eine Gemeinschaft ihren Sitz hat.«

»Auch wieder wahr.«

Logan schien sich mit ihrer Erklärung zufriedenzugeben. Als die Ampel auf Grün sprang, fuhr er los, den Blick wieder auf die Straße gerichtet. Alessa war nicht mehr danach, die Augen zu schließen. Sie sah aus dem Fenster und beobachtete, wie die dunkel aufragenden Häuserfronten an ihnen vorüberzogen. Fröhlich aussehende Menschen kamen aus Pubs, Kinos und Restaurants, standen an Bushaltestellen, unterhielten sich und lachten. Die Welt hinter den Autoscheiben war zum Greifen nah und zugleich so schrecklich weit entfernt, dass es wehtat. Sosehr sie ihre Kräfte immer geschätzt und sich in der Gemeinschaft geborgen gefühlt hatte, so sehr verfluchte sie die Gabe jetzt, deren Ausmaß sie zu einem Versuchskaninchen gemacht hatte. Einem, das nun zum Abschuss freigegeben war. Was konnte der Maskierte sonst sein, wenn nicht ein Killer, der im Namen der Gemeinschaft dafür sorgen sollte, dass das Projekt in der Öffentlichkeit keine Spuren hinterließ? Alle Beweise zu vernichten, war der sicherste Weg, das zu gewährleisten. *Das ist aus mir geworden. Erst war ich eine Laborratte und jetzt bin ich ein unliebsames Beweisstück, das man ausradieren muss.* Die Erkenntnis trieb ihr die Tränen in die Augen, die sie nur mühsam zurückblinzeln konnte.

Als sich ihre Sicht wieder klärte, sah sie, dass Logan eine Kreuzung verpasst hatte, die sie in Richtung ihrer Wohnung führte. »Du hättest da hinten links abbiegen müssen.«

»Ich weiß«, nickte er. »Mir ist nur gerade eingefallen, dass ich bei einem Kollegen ein paar Unterlagen abholen muss. Es ist bloß ein kleiner Umweg. Das macht dir doch hoffentlich nichts aus.«

Es wäre ihr zwar lieber gewesen, wenn er sie zuerst abgesetzt hätte, doch sie wollte sich auch nicht beschweren. Immerhin hatte er freiwillig angeboten, sie nach Hause zu fahren, ganz davon abgesehen, dass er ihr das Leben gerettet hatte. »Nein, das ist schon in Ordnung.«

Sie ging wieder dazu über, die Stadt zu beobachten, die draußen an ihr vorbeizog. Hohe Mietshäuser wurden von einem Straßenzug dicht an dicht stehender Reihenhäuser abgelöst und auch diese rückten bald weiter auseinander, machten kleinen Bungalows und Einfamilienhäusern Platz, je weiter sie in die Randbezirke kamen. Alessa fühlte sich zunehmend unwohler dabei, die Gegend zu betrachten. Sie waren auf dem Weg aus der Stadt hinaus. Die Alufolie war fort! Mit Erreichen der Stadtgrenze würden sie bald eines der Lesegeräte passieren. Es würde ihren Chip erkennen und Alarm schlagen. Binnen weniger Augenblicke wäre ein Team vor Ort, das sie jagen und stellen würde. Die Gemeinschaft selbst verfügte nicht über genügend Leute für ein derartiges Unterfangen, deshalb hatten sie eine Sicherheitsfirma engagiert, die in ihrem Auftrag die Stadtgrenze überwachte und auf Alarme der Lesegeräte reagierte. Nur wer über einen gültigen, vom Rat abgesegneten Passierschein verfügte, durfte die Stadt verlassen.

»Ist es noch weit?«

Logan schüttelte den Kopf. »Nur noch ein paar Minuten die Straße runter.«

Ein paar Minuten? Damit läge die Stadtgrenze ganz sicher hinter ihnen! Ihre Handflächen waren schweißnass und ihr Herz raste, während sie beobachtete, wie sie Meter um Meter vorankamen. Fieberhaft suchte sie nach einem Weg, einer Ausrede, mit der sie ihm glaubhaft machen konnte, dass er nicht weiterfahren durfte. Aber es gab keine.

»Halt an!«

Logan setzte den Blinker und fuhr an den Straßenrand. Sie wollte ihm sagen, dass sie keine Zeit mehr hatte und sich von hier ein Taxi nach Hause nehmen würde, doch er kam ihr zuvor. »Ich habe die Alufolie gesehen. Du bist eine Seherin«, stellte er fest. »Und sichtlich keine Wilde.«

Wilde Seher hatten keine Chips implantiert.

»Ja«, würgte sie hervor. Nur langsam dämmerte ihr, dass er nicht hier herausgefahren war, um irgendwelche Unterlagen zu holen, sondern nur, um seinen Verdacht bestätigt zu sehen.

»Warum hast du mich belogen?«

Er klang nicht wütend, bloß interessiert. Für einen Moment zog ihr seine Gelassenheit den Boden unter den Füßen weg. Sie wollte ihm die Wahrheit sagen, wollte ihn um Schutz und Hilfe bitten, doch sein Auftrag war ein anderer. Alles, was sie tun konnte, war, so nah wie möglich an der Wahrheit zu bleiben und dann dafür zu sorgen, dass sie Logan Drake nie wiedersah.

»Du arbeitest für die Behörde«, sagte sie schließlich. »Ihr habt engen Kontakt zur Gemeinschaft. Wenn ich dir gesagt hätte, dass ich von dort abgehauen bin und mich seitdem vor ihnen verstecke … Ich hatte Angst, mein Name würde in einer deiner Akten auftauchen und damit auch der Gemeinschaft zugänglich gemacht werden. Außerdem weiß ich ja nicht einmal, ob du mich nicht ohnehin an den Rat ausliefern wirst.«

»Warum sollte ich das tun? Ich traue der Gemeinschaft nicht weiter, als ich ein Schwein werfen kann«, sagte er grimmig. »Der einzige Grund, warum ich für die Behörde arbeite, ist, diesen Haufen von Intriganten im Auge zu behalten und dafür zu sorgen, dass sie keinen Schaden anrichten.«

Sie wollte ihm widersprechen, wollte ihm sagen, dass die Gemeinschaft nichts Böses im Sinn hatte. Aber war das wirklich so? Wie sonst sollte man die Versuche bezeichnen, wenn nicht als böse? *Es ist nicht die Gemeinschaft, die dahintersteckt*, rief sie sich in Erinnerung, *sondern nur Doktor Burke und ihr Team.* Die Mitglieder der Gemeinschaft waren nicht besser oder schlechter als jeder andere Mensch auch. Sie verfügten nur über andere Fähigkeiten. Obwohl ihr so viele Gründe einfielen, die für die Gemeinschaft sprachen, brachte Logans Blick sie dazu, zu schweigen.

»Warum warst du bei Professor Sparks?«

Das kann ich dir nicht sagen. »Wegen Susannah.«

»Du bist selbst eine Seherin. Warum kannst du sie nicht finden?«

»Dazu müsste ich etwas berühren, das ihr gehört«, sagte sie wahrheitsgemäß, »aber ich weiß nicht einmal, wo sie wohnt.«

Er schüttelte langsam den Kopf. »Irgendwie kaufe ich dir diese ganze Geschichte nicht ab. Warum sagst du mir nicht die Wahrheit?«

»Weil es meine Privatangelegenheit ist, die niemanden sonst etwas angeht.«

»Hier geht es um eine Mordermittlung!«, sagte er scharf. »Da gibt es nichts Privates.«

»Wenn ich verdächtig bin, verhafte mich.«

Logan seufzte. »Das bist du nicht. Zumindest nicht, was den Mord angeht.« Er drehte sich zu ihr herum und fing ihren Blick ein. »Alessa, ich kann dir helfen, aber dafür musst du dich mir anvertrauen.«

»Ich soll mich jemandem anvertrauen, der meinesgleichen verabscheut?«

»Wie kommst du darauf?«

»Abgesehen davon, dass du die Gemeinschaft einen Haufen von Intriganten nennst, strömt dir die Abscheu aus jeder Pore.« Damals in ihrer Wohnung, als sie seine Wut und Kälte gespürt hatte, war sie nicht in der Lage gewesen, den Grund für diese Gefühle zu erkennen. Jetzt wusste sie, dass sie den Sehern galten. Es war die gleiche Ablehnung, die Alessa von ihren Eltern zu spüren bekommen hatte. »Auch wenn ich abgehauen bin, bin ich noch immer eine von ihnen.«

»Was ich über die Gemeinschaft denke, hat nichts mit dir zu tun«, sagte er. »Ich will dir wirklich helfen, aber du musst mir sagen, was los ist.«

Sie biss sich auf die Lippe. »Das kann ich nicht.«

Sie wollte die Autotür öffnen und aussteigen, da beugte er sich zu ihr herüber und legte seine Hand auf ihre, die bereits auf dem Türgriff ruhte. »Ich fahre dich nach Hause.«

8

Ein Nadelstich in ihrem Arm war das Erste, was Susannah nach langer Finsternis spürte. Ein Brennen kroch von der Einstichstelle aus unter ihrer Haut entlang wie flüssiges Feuer. Nicht der Schmerz weckte sie aus dem künstlichen Schlaf, sondern das Serum.

Ihre Glieder waren schwer und ihr Gehirn sprang nur langsam an. Träge gab es die Erinnerung an ihre Entführung frei. Sie hatten sie zurück ins Labor gebracht. *Der Tank!* Susannah riss die Augen auf und wurde beinahe von der Schwärze erdrückt, die sie umgab. Das Gewicht der Dunkelheit presste auf ihren Brustkorb und nahm ihr den Atem. Sie wollte schreien, doch über ihre trockenen Lippen kam nicht mehr als ein heiseres Krächzen. Mit hektischen Atemzügen sog sie die Luft in ihre Lungen. Sie spürte, wie sich ihr Brustkorb hob und unter der eindringenden Luft ausdehnte. Es würde nicht genügen. Sie würde ersticken!

Kalter Schweiß brach aus ihren Poren und legte sich wie eine eisige Decke über ihre Haut. Es war kalt. So furchtbar kalt. Wie damals.

O Gott, lass mich sterben. Bitte lass mich sterben. Noch einmal halte ich das nicht aus!

Mit einem Zischen öffnete sich der Deckel des Stahltanks nun ganz. Die Dunkelheit wich einem milchigen Grau und gab den Blick auf zwei verschwommene Gestalten frei, die sich über sie beugten.

»Sie ist wach«, sagte der eine, packte sie beim Arm und zog sie aus dem Tank. Sobald ihre nackten Fußsohlen den Boden berührten, gaben ihre Beine unter ihr nach. Gnadenlos gruben sich die behandschuhten Finger der beiden Männer in ihre Oberarme und verhinderten, dass sie stürzen konnte. Sie schleiften sie aus der winzigen Kammer, hinaus auf einen notdürftig beleuchteten Flur.

Susannah war noch immer benommen von dem künstlichen Schlaf, aus dem das Serum sie gerissen hatte, doch allmählich klärte sich ihre Sicht und sie begann Einzelheiten wiederzuerkennen. Das verblichene gelbe Linoleum, der fensterlose Gang. Die beiden Kerle in weißen Kitteln, die sie flankierten. *Doktor Burkes Assistenten.* All das war ihr ebenso erschreckend vertraut wie der Isolationstank, aus dem man sie gerade geholt hatte.

Sie wurde in ein kleines Labor gebracht. Die weiß gestrichenen Wände wirkten ebenso kalt und abweisend wie die verchromten Einrichtungsgegenstände. Einer der Assistenten drückte sie in einen Sessel, der dem Behandlungsstuhl in einer Zahnarztpraxis nicht unähnlich war – wenn man einmal davon absah, dass kein Zahnarzt Hand- und Fußgelenke seiner Patienten mit Lederbändern fixierte, wie es der andere Mann in Weiß nun tat.

Susannah wollte sich losreißen, doch das bisschen Kraft, das ihr die Schlafdrogen nicht aus dem Körper gesogen hatten, wurde mühelos von dem Mann in Zaum gehalten, der sie festhielt. Sobald Arme und Beine an den Stuhl gefesselt waren, ließ er sie los und trat einen Schritt zurück, um seinem Kollegen Platz zu machen, der ein Lederband von einer Seite des Stuhls über Susannahs Stirn auf die andere Seite zog. Jetzt war sie nicht einmal mehr imstande, den Kopf zu drehen.

Stumme Tränen liefen ihr über die Wangen und versickerten im Kragen ihres Krankenhausnachthemds.

»Kein Grund zu flennen.« Die Umrisse der beiden Männer lagen jetzt hinter einem Tränenschleier verborgen, sodass sie kaum mehr als das Weiß ihrer Laborkittel ausmachen konnte. »Sie sind in Sicherheit. Hier ist nichts, das Sie nicht kennen.«

Das meiste davon kannte sie *zu* gut. Vor allem das Ergebnis der ersten Forschungen und deren grausames Ende auf dem Leith Walk.

Kühle Feuchtigkeit am Arm ließ sie zusammenzucken. Jemand tupfte ihre Armbeuge mit einem getränkten Wattebausch ab. Sie wollte sich wehren, als sie ihr den Arm abbanden, doch die Fixierungen ließen es nicht zu. Ein kurzer Stich, dann sah sie ihr Blut in das Röhrchen gluckern, das auf der Kanüle steckte.

»Na bitte«, sagte der eine und gab die Spritze an seinen Kollegen weiter. »War doch gar nicht so schlimm. Alle anderen Tests wird Doktor Burke selbst vornehmen. Ich werde nur noch sehen, ob uns Ihre Gefühle etwas verraten können.«

Er streifte den rechten Handschuh ab und legte ihr die Hand auf die Stirn. Wärme kroch dort, wo er sie berührte, unter ihre eisige Haut und wühlte sich tastend und suchend durch ihre Gedanken und Erinnerungen. Ein normaler Mensch würde bestenfalls ein Prickeln spüren, die meisten überhaupt nichts. Eine ausgebildete Seherin, wie sie es war, wusste allerdings sehr wohl, wann jemand in ihrem Geist stocherte. Unter normalen Umständen hätte sie das Eindringen abwehren können, doch ihre Konzentration war auf die Barriere gerichtet, mit der sie den Dämon aus ihrem Geist sperrte.

Sie war dem Angriff hilflos ausgeliefert.

Es war nicht so, dass die Seher Gedanken lesen konnten. Vielmehr suchten sie nach starken Emotionen, die Visionen in ihnen aufblitzen ließen, die sie wiederum nach brauchbaren Informationen durchstöbern konnten. Das war es, was der Assistent jetzt mit ihr tat.

»Sie hatten erst kürzlich Kontakt mit Miss Flynn«, sagte der Mann, als er seine Hand zurückzog und die Lederriemen löste. »Das wird Doktor Burke sicher interessieren.«

Um ein Haar hätte sie aufgeschrien, als sie gepackt und auf die Beine gezerrt wurde. Die Schwäche war aus ihren Gliedern gewichen, und Susannah fühlte sich nun stärker, sodass sie aus eigener Kraft zwischen den Laboranten gehen konnte, trotzdem gab sie sich nicht der Illusion hin, dass dieser Zustand lange anhalten würde. Zurück in der Kammer würden sie sie erneut in künstlichen Schlaf versetzen. Doch diesmal waren es nicht die Gedanken an die Dunkelheit und die Enge des Isolationstanks, die sie mit Schrecken erfüllten, sondern die bange Frage, ob sie für Alessa zur Gefahr werden konnte.

9

In der Nacht hatte Alessa nur wenig Schlaf gefunden. Entsprechend gerädert fühlte sie sich, als sie am Morgen in den Laden hinunterging, um ihre Schicht anzutreten. Sie räumte Zeitschriften und Süßigkeiten in die Regale, mistete alten Kram aus, half Leuten zu finden, wonach sie suchten, und kassierte ab. Doch all die Arbeiten, die ihr sonst vertraut waren und ihr in ihrer Eintönigkeit eine gewisse Ruhe gaben, schafften es heute nicht, sie abzulenken. Ihre Gedanken tanzten Tango. Immer wieder sah sie Logans ausdruckslose Miene vor sich, als er ihr auf den Kopf zugesagt hatte, dass sie eine Seherin war. Das Echo des Misstrauens, das er der Gemeinschaft gegenüber empfand, verursachte ihr selbst jetzt noch eine Gänsehaut. *Das hat nichts mit dir zu tun. Ich will dir wirklich helfen.* Wie sollte sie ihm glauben? Wie konnte sie hoffen, er würde sie unbefangen betrachten, nachdem er nun wusste, wer sie war? Nein, er *glaubte* zu wissen, wer sie war.

Gestern war er ihr näher gewesen, als jeder andere Mensch während der letzten Jahre – sogar näher als Susannah. Sie war lange allein gewesen und gut damit zurechtgekommen, doch wenn sie jetzt an Logan dachte, spürte sie die Sehnsucht, nicht länger allein zu sein.

Jedes Mal, wenn das Glöckchen über der Tür klingelte, um einen Kunden anzukündigen, zuckte Alessa erschrocken zusammen, da sie fürchtete, es könnte Logan sein, der die volle Wahrheit über sie herausgefunden hatte. Alles in ihr schrie danach, sich ihre Tasche zu schnappen und abzuhauen. Die Alufolie, die sie sich längst wieder über den Chip geklebt hatte, würde verhindern, dass die Lesegeräte sie aufspürten, und wenn sie ihr Handy wegwarf, gab es auch für Logan keine Anhaltspunkte mehr, die ihm helfen konnten, sie zu finden. Doch solange sie nicht wusste, was mit Susannah war, konnte sie unmöglich gehen.

Alessa straffte die Schultern. Sie würde überhaupt nicht gehen! Nicht den Rest ihres Lebens auf der Flucht verbringen und in irgendwelchen Löchern hausen, von denen sie hoffte, dass sie dort niemand fand. Sie weigerte sich, die Hoffnung, die beim Anblick des Professors in ihr aufgestiegen war, einfach so sterben zu lassen. In diesem Moment war es gewesen, als wäre sie lange Zeit durch die Dunkelheit gegangen und plötzlich hatte jemand ein Licht eingeschaltet. Jetzt flackerte die Lampe und war kurz davor, wieder zu verlöschen. Doch Alessa wollte nicht zurück in die Finsternis. Sie wollte das Licht und die Wärme anstelle der täglichen Angst, aufgespürt und zurückgebracht zu werden oder – noch schlimmer – eines Tages die Kontrolle zu verlieren und der Kreatur zu unterliegen. Zerrissen zu werden. Wie Mikey.

Sie erledigte ihre Arbeit in einer Art Trance, sie funktionierte, doch ihre Gedanken waren meilenweit entfernt, an einem Ort, an dem sie entschied, den Kampf aufzunehmen – gegen den Dämon und gegen Doktor Burke. Wenn es sein musste, gegen die ganze Gemeinschaft.

Aber wo sollte sie anfangen?

Zunächst einmal musste sie alles über die Experimente herausfinden, was sie konnte. Wenn es irgendwo Aufzeichnungen gab, die halbwegs frei zugänglich waren, dann in Professor Sparks' Wohnung. Sie musste noch einmal dorthin zurück.

An den Maskierten und daran, dass er ihr immer noch auf den Fersen sein könnte, wagte sie nicht zu denken. Stattdessen richtete sie ihre Aufmerksamkeit wieder auf ihre Arbeit und versuchte zumindest für eine Weile, ihre Probleme von sich zu schieben.

Am Nachmittag kam Mr Farnsworth, um sie abzulösen. Als sie sich auf den Weg zur Wohnung des Professors machte, begann es zu regnen. Sie setzte ihre Baseballkappe auf und zog sie sich tief ins Gesicht. Obwohl der Bus beinahe vor der Haustür von Professor Sparks hielt, stieg sie schon eine Station früher aus und ging den restlichen Weg zu Fuß. Sie behielt die Straße genau im Auge, hielt Ausschau nach Polizeifahrzeugen, Uniformierten oder auffälligen Personen in Zivil. Soweit sie es einschätzen konnte, waren alle Offiziellen inzwischen abgezogen, trotzdem blieb sie eine Weile an der Straßenecke stehen und beobachtete die Umgebung. Zunächst wusste sie nicht so genau, was sie zu entdecken fürchtete, bis ihr bewusst wurde, dass sie nach dem Maskierten suchte. Er würde kaum mit seiner Sturmhaube auf der Straße herumlaufen. Vermutlich konnte er unmittelbar an ihr vorübergehen, und sie würde ihn nicht einmal erkennen, bis er sich die Maske überstreifen, sie in eine Einfahrt zerren und seine Pistole auf sie richten würde.

Bei dem Gedanken wurde ihr flau im Magen.

Er war nicht hier! Logan hatte ihn vertrieben und so schnell würde er sie nicht wieder finden. Es sei denn, er wusste, wo sie wohnte. *Dann wäre er schon letzte Nacht gekommen, um es zu Ende zu bringen.* Vielleicht hatte er das tun wollen und war aufgehalten worden. *Schluss jetzt!*, bremste sie ihre sich wild überschlagende Fantasie, ehe sie sich überhaupt nicht mehr in ihre Wohnung zurücktrauen würde.

Entschlossen ging Alessa weiter. Am Hauseingang angekommen spielte sie mit dem Gedanken, auf ihre Kräfte zurückzugreifen, um die Tür zu öffnen. Da sie jedoch wusste, dass sie das auch oben an der Wohnungstür tun musste, wollte sie zumindest hier darauf verzichten. In den letzten Tagen hatte sie den Dämon schon oft genug genährt. Während sie noch überlegte, ob sie einfach irgendwo klingeln sollte in der Hoffnung, dass man sie einließ, wurde die Tür geöffnet. Eine ältere Frau trat aus dem Haus und hielt Alessa die Tür mit einem freundlichen Lächeln auf.

»Danke.« Alessa schlüpfte an der Frau vorbei in den dämmrigen Hausflur, nahm die Baseballkappe ab und stopfte sie in ihre Jackentasche.

Sie stieg die knarrenden Stufen hinauf in den dritten Stock. Kurz bevor sie die Etage betrat, hielt sie inne. Ihr Blick folgte dem Gang bis zur Wohnung des Professors. Das gelbe Absperrband der Polizei war abgerissen und wehte träge im

Luftzug. Warum hatte die Spurensicherung es nicht vollständig entfernt, wenn der Tatort wieder freigegeben war?

Alessa warf einen Blick auf ihre Handschuhe. Obwohl sie daran zweifelte, dass die Spurensicherung noch einmal kommen und nach Fingerabdrücken suchen würde, behielt sie sie an. Das weiche Leder gab ihr das Gefühl, geschützt zu sein. Ausziehen musste sie sie womöglich noch früh genug. Für den Fall, dass sie keine Aufzeichnungen fände, die ihr weiterhalfen, würde sie auf ihre Fähigkeiten zurückgreifen müssen in der Hoffnung, zumindest auf diese Weise etwas zu sehen, das sie auf die richtige Spur bringen konnte.

Einen Moment noch stand sie da und starrte auf die Tür. Wenn sie jemand dabei erwischte, wie sie in die Wohnung eines Ermordeten einbrach, würde ihr vermutlich nicht einmal mehr Logan helfen können – sofern er das dann überhaupt noch wollte. Egal. Wenn sie weiterkommen wollte, musste sie durch diese Tür. Hier zu stehen und sich auszumalen, was alles passieren konnte, würde sie nur verrückt machen. Hinein – suchen – und so schnell wie möglich wieder raus.

Entschlossen verließ sie die Treppen und ging auf die Wohnung zu. Im Fernsehen zeigten sie immer, wie man Schlösser mit einer Kreditkarte knacken konnte, aber abgesehen davon, dass sie nicht einmal eine besaß, hätte sie ohnehin nicht gewusst, wie es funktionierte. Alessa blieb auf dem Fußabtreter stehen, richtete ihren Blick auf das Schloss, von dem ein aufgeklebtes Siegel entfernt worden war, und gab ihm mit ihrem Geist einen leichten Ruck. Als es klickte, drückte sie die Tür auf. Alles war so schnell gegangen, dass der Dämon nicht einmal mitbekam, wie sie für einen Moment ihre Schutzschilde gelockert hatte – vielleicht war er auch einfach nur zu langsam gewesen, um zu reagieren.

Erleichtert, dass sie zumindest diesen Kampf nicht aufs Neue ausfechten musste, schlüpfte sie hinein und schloss die Tür leise hinter sich. Sie hätte es vorgezogen, erst einmal von der Schwelle aus einen Blick in die Wohnung zu werfen, doch sie fürchtete, dass einer der Nachbarn auf sie aufmerksam werden könnte.

Ein gedämpftes Wummern drang an ihr Ohr. Irgendwo im Haus hörte jemand Musik. Der Alltag ging auch nach der Ermordung des Professors weiter. Zweifelsohne hatte Sparks nicht die Gesellschaft dieser Menschen gesucht, und vermutlich wusste kaum einer mehr über ihn als seinen Namen – wenn überhaupt. Trotzdem war er einer aus ihrer Mitte gewesen, jemand, der ihnen am Briefkasten, im Hausflur oder bei den Mülltonnen begegnet war, den man gegrüßt und mit dem man sich vielleicht sogar kurz unterhalten hatte.

Menschen vergaßen schnell, besonders wenn es sich um unliebsame Dinge handelte.

Alessa blendete das Wummern aus, das sie plötzlich an den Herzschlag erinnerte, den es in dieser Wohnung nicht mehr gab, und ließ ihren Blick nach rechts wandern. Ihre Augen fanden die weißen Kreideumrisse eines Körpers an der Stelle, an der der Leichnam des Professors gelegen hatte. Sein Blut war in das Parkett gesickert, hatte sich zwischen den Dielen ausgebreitet und zog sich in den Ritzen dahin wie die Linien einer gruseligen Landkarte. Alessa riss ihren Blick von den rostig roten Flecken und Linien los, nur um Spritzer derselben Schattierung an der Wand dahinter zu finden.

Entsetzt von dem Anblick und überrollt von der Erinnerung daran, den Professor zu Boden fallen zu sehen, wich sie zurück, bis sie mit dem Rücken gegen die Wohnungstür stieß. Sie schloss die Augen und öffnete sie sofort wieder, als das Bild des Maskierten in ihrer Erinnerung aufflackerte, wie er über dem Professor gestanden und noch einmal auf ihn gefeuert hatte.

Umsehen und dann schnell raus hier!

Da sie nicht annahm, dass sie in der Küche finden würde, wonach sie suchte, wandte sie sich zuerst dem Wohnzimmer zu. Mit einem großen Schritt stieg sie über die Stelle hinweg, an der der Professor gelegen hatte, und erstarrte nur einen Augenblick später, als sie den Mann im Wohnzimmer sah. Ein schlaksiger rotblonder Kerl mit markanten Zügen und einer Nase, die aussah, als wäre sie nicht nur einmal gebrochen gewesen.

Dass er sie noch nicht bemerkt hatte, verdankte sie einem Paar Kopfhörer, das in seinen Ohren steckte und dröhnende Bässe in seinen Gehörgang jagte, so laut, dass Alessa sie bis in den Gang hören konnte.

Das Wummern.

Sie machte einen Schritt nach hinten, bis sie sicher war, dass er sie dort nicht sehen konnte, wenn er den Blick in ihre Richtung lenkte, und musterte ihn. Ein Zivilpolizist, vermutete sie. Wahrscheinlich jemand von der X-Division, der noch einmal hierher zurückgekehrt war, um sich in Ruhe alles anzusehen. Dann jedoch sah sie die Handschuhe. Den rechten hatte er abgestreift und hielt ihn in seiner noch immer behandschuhten Linken. Gemächlich schritt er den Raum ab, ließ die nackte Hand über Wände und Bücherregale streifen, hielt hin und wieder kurz inne, als wolle er sich die Gefühle und Bilder näher betrachten, die ihm gerade durch den Kopf geschossen waren. Dann setzte er die Reise seiner Sinne fort, ging auf die andere Seite und ließ seine Hand über die Couch und den Schreibtisch wandern. Seine Finger streiften über Berge von Papier, tastend und suchend, ohne ihre Wanderschaft zu unterbrechen.

Er wandte sich um und betrachtete den einzigen Ort, den er noch nicht untersucht hatte: den Schrank mit der Lamellentür. Wenn er zum Schrank ging, würde er sie so deutlich sehen, wie sie den Maskierten gesehen hatte. Mit angehaltenem Atem zog sich Alessa weiter zurück. Im ersten Moment dachte sie daran, sich in die Küche zu flüchten und zu warten, bis er fertig war. Aber was, wenn er sich die Küche bisher noch nicht angesehen hatte? Was, wenn er das nachholen und sie dort finden würde? Dieser Mann mochte seine seherischen Fähigkeiten im Dienste der Polizei einsetzen, doch er war noch immer ein Mitglied der Gemeinschaft. Wenn er Wind davon bekam, wer sie war, sähe sie sich mit einem ernsthaften Problem konfrontiert. Und selbst wenn es ihr gelingen sollte, ihr Geheimnis zu wahren, würde die Polizei wenig begeistert auf ihre Anwesenheit reagieren.

Sie musste hier raus!

Schon wieder.

Obwohl er sie über seine Musik hinweg vermutlich ohnehin nicht hören konnte, ging sie sehr vorsichtig rückwärts. Erst als sie ihn nicht mehr sehen konnte, machte sie kehrt. Und prallte gegen einen breit gebauten Kerl, der vor ihr aufragte wie ein schwarzhaariger Racheengel – einer mit der Statur eines Kühlschranks.

Einen erschrockenen Schrei auf den Lippen stolperte Alessa rückwärts, ehe sie sich bremste, einen Haken schlug und an ihm vorbei zur Wohnungstür wollte. Mit einem Schritt, der so schnell war, wie sie es einem Mann seiner Größe nicht zugetraut hätte, vertrat er ihr den Weg.

Verflucht! Sie hätte wissen müssen, dass kein Seher ohne einen Polizisten an den Tatort kommen würde. Da sah sie die Handschuhe. Das war kein Polizist.

»Heilige Scheiße«, entfuhr es ihr.

In seinen grauen Augen zeigte sich ein amüsiertes Glitzern. »Nicht ganz die Begrüßung, die ich gewohnt bin, aber ich bin nicht sonderlich wählerisch.«

Alessa schielte an ihm vorbei. Irgendwie musste sie ihn überrumpeln, um zur Tür zu gelangen. Sie dachte daran, ihn einfach aus dem Weg zu stoßen, doch wenn sie sich den Kerl ansah, bezweifelte sie, dass sie ihn auch nur zum Wanken bringen würde – nicht einmal, wenn sie sich mit Anlauf gegen ihn warf.

Ablenken. In Sicherheit wiegen. Erste Gelegenheit nutzen.

Dem Kühlschrank war ihr Blick nicht entgangen. »Keine Angst, ich tue dir nichts.«

»Sicher«, erwiderte sie trocken. *Wenn nicht du, dann dein Kumpel.* Unwillkürlich senkte sie ihre Schutzschilde ein Stück und tastete nach ihrer Kraft. In ihrem Innersten erwachte der Dämon zum Leben. Trotzdem war es die einzige Möglichkeit, den Kerl dazu zu bringen, den Weg freizugeben.

Er warf einen Blick auf ihre Handschuhe, dann nickte er, als habe er etwas begriffen. »Wir gehören nicht zu *denen*«, sagte er ruhig. »Ich erkläre dir alles – aber nicht hier.«

Du hältst dich wohl für ganz clever, was? Doch seine Versuche, sie unauffällig und ohne Gewalt von hier fort, zurück zum Anwesen der Gemeinschaft zu bringen, konnte er sich in die Haare schmieren. Darauf würde sie nicht hereinfallen.

»Parker«, rief er an ihr vorbei ins Wohnzimmer, und als keine Antwort kam, brüllte er: »Mach die Scheißmusik aus und schwing deinen Arsch hierher!«

Das Wummern erstarb.

Die darauf folgende Stille war so ohrenbetäubend, dass Alessa sich die Bässe zurückwünschte. Jetzt jedoch gehörte ihr die ungeteilte Aufmerksamkeit beider Männer. Sie musste sich nicht umsehen, um zu spüren, wie der andere hinter ihr in den Flur trat.

»Seit wann haben wir Besuch?«, hörte sie ihn fragen.

»Vermutlich seit mindestens zwei deiner Songs«, brummte der Kühlschrank. »Und wenn du mal für fünf Minuten diese dämlichen Stöpsel aus deinen Ohren nehmen würdest, hättest du bemerkt, dass sie dir quasi beim Suchen geholfen hat.«

»Fängst du jetzt schon wieder an?«, gab der andere zurück. »Ich hab dir doch mindestens hundertmal erklärt, dass ich mich mit Musik einfach besser konzentrieren kann.«

»Und ich habe dir …« Der Riese seufzte und schwieg.

Alessa konnte es nicht fassen. Sie war diesen Typen in die

Arme gelaufen, die für sie eine größere Gefahr darstellten als alles andere auf der Welt – von dem Dämon einmal abgesehen – und die Kerle hatten nichts Besseres zu tun, als sich zu streiten? Ein solches Verhalten war vollkommen unüblich für die sonst so überlegten und kühl agierenden Mitglieder der Gemeinschaft. Womöglich waren die beiden erst seit Kurzem dabei und hatten die gängigen Verhaltensweisen noch nicht übernommen. Das bedeutete, dass sie sie vielleicht übertölpeln konnte.

Alessa fixierte die Augen des Kühlschranks. »Geh aus dem Weg«, verlangte sie und legte einen Teil ihrer Kraft in ihre Worte, ließ sie in seinen Verstand dringen, wo sie dafür sorgen sollten, dass es ihm wie sein eigener Wunsch erscheinen würde, ihr Platz zu machen.

Er wirkte verwirrt, als sei er hin- und hergerissen, was er nun tun sollte.

»Geh!« Alessa ließ die Schutzschilde ein Stück weitersinken und verstärkte die Intensität ihrer Worte. Der Dämon rumorte, doch sie hielt ihn hinter der Mauer, was sich anfühlte, als versuche sie mit einer Hand eine Tür zuzuhalten, während sie mit der anderen darum kämpfte, eine weitere zu öffnen – die Tür zum Verstand des Sehers.

Sie fürchtete schon, sie müsse ihre Anstrengungen noch weiter erhöhen, als er plötzlich zur Seite trat. Ohne ihn aus ihrem Blick zu entlassen, ging sie an ihm vorbei.

»Verdammt, Kent«, rief da der andere hinter ihr. »Die spielt mit ihren Superkräften! Lass dich davon nicht einwickeln!«

Die Erinnerung daran, dass der Kühlschrank nicht allein war, ließ den Strom ihrer Kraft für einen Moment flackern. Wie sollte sie den Zweiten in den Griff bekommen, ohne den Dämon aus ihrer Kontrolle zu entlassen? *Gar nicht.* Sobald sie an dem Kerl vorbei war, würde sie ihre Schutzschilde wieder aufrichten und rennen, was das Zeug hielt. Sie musste dann niemanden beeinflussen, sondern nur noch schnell sein.

Trotz der Ablenkung des anderen verlor sie nicht die Herrschaft über ihr Ziel. Sie spürte, wie der Dämon an seinen Mauern kratzte, und stellte erleichtert fest, dass er nichts ausrichten konnte.

Noch nicht.

Der Typ hinter ihr rief seinem Kumpel etwas zu. Alessa verstand die Worte nicht. Ihre Konzentration war darauf gerichtet, die Fäden, die sie um den Geist des anderen gelegt hatte, mit möglichst wenig Kraftaufwand zu halten und ihn nicht aus dem Netz ihres Einflusses zu entlassen. Ohne den Blick von seinen Augen zu nehmen, tastete sie nach der Türklinke. Selbst durch die Handschuhe hindurch glaubte sie das kühle Metall zu spüren, als ihre Finger die Klinke fanden und sich darumschlossen.

Ein Griff an ihrem Arm ließ sie herumfahren.

Der Kumpel des Kühlschranks hatte sie gepackt und zog an ihr. Alessa klammerte sich an die Türklinke, doch sie war nicht stark genug, um sich loszureißen. Während sie noch versuchte sich zu befreien, griff der Kühlschrank nach ihrem anderen Arm.

Sie hatte die Kontrolle über ihn verloren.

Sie würden sie ins Labor zurückbringen!

Eine eisige Welle des Entsetzens strömte durch ihr Innerstes. Mit einem wäre sie womöglich noch fertig geworden – aber niemals mit allen beiden. Nicht, solange sie zusätzlich den Dämon in Schach halten musste. Trotzdem versuchte sie den Riesen wieder unter Kontrolle zu bekommen, doch es wollte ihr kaum gelingen, sich auf ihn zu fokussieren. Dazu war die Präsenz des anderen zu deutlich zu spüren.

Panik brandete in einer eisigen Welle über sie hinweg und riss jede Vernunft mit sich. Alles, woran sie noch denken konnte, war, dass sie hier wegmusste.

Von rasender Angst getrieben brachen sich ihre Kräfte Bahn. Mit einem einzigen Blick schleuderte sie den Kühlschrank von sich. Gegenstände flogen umher, wirbelten durch den Flur, manche trafen sie selbst, doch sie spürte keinen Schmerz. Die Angst hatte sie immun gemacht.

Bücher, Blätter, Schirme, Kleidungsstücke, Küchengeschirr – all das wirbelte in einem gewaltigen Strudel durch den Flur. Der Sturm, den ihre Telepathie entfesselte, zerrte an ihrem Haar und ihren Gewändern und ließ sie wanken. Doch Alessa rührte sich nicht vom Fleck. Sie konnte sich nicht länger bewegen, war nicht mehr Herr über ihre Kräfte. Der Dämon rüttelte an seinem Gefängnis, und sein Brüllen ließ ihr Innerstes erbeben. *Ich muss die Mauer halten!* Das war der einzig vernünftige Gedanke, zu dem sie noch fähig war und den sie wieder und wieder herunterbetete, während um sie herum das Chaos tobte.

Die Mauer halten!

Die beiden Männer hielten die Arme über den Kopf, um sich vor den umherfliegenden Trümmern zu schützen. Sie brüllten gegen den Sturm an, den sie entfesselt hatte, doch ihre Worte drangen nicht zu Alessa durch. Niemals zuvor hatte sie etwas Ähnliches getan, hatte nicht einmal geahnt, dass sie dazu überhaupt in der Lage sein könnte. Ein Teil von ihr jubilierte angesichts der Gewalten, die sie losgelassen hatte, während der Rest zu Eis erstarrt war. Noch nie hatte sie versucht, jemanden mit ihren Kräften zu verletzen!

Das wollte sie auch jetzt nicht.

Dreh dich um und lauf!

Doch sie konnte sich nicht bewegen, starrte nur auf das tosende Inferno, das sie ausgelöst hatte. Der Riese packte sie bei den Armen und riss ihre Aufmerksamkeit von dem wirbelnden Orkan, in den sich der Flur verwandelt hatte. Ein Briefbeschwerer traf ihn an der Stirn und hinterließ eine blutende Wunde, doch obwohl noch immer Gegenstände durch den Flur rasten, ihn Bücher, Schirme und Küchengeschirr trafen, gab er Alessa nicht frei.

Seine Lippen bewegten sich und nur langsam begriff sie, dass er sie anschrie. »Hör auf!«

Alessas Kräfte schwanden, doch selbst wenn sie es gewollt hätte, wäre sie nicht imstande gewesen, es zu beenden. Den einzigen Funken Konzentration, der ihr geblieben war, musste sie auf die Mauer gerichtet lassen, die den Dämon davon abhielt, aus ihr hervorzubrechen. Sie schrie und kämpfte darum, die Kontrolle über ihre Kräfte zurückzugewinnen, doch je länger der Sturm durch ihren Leib und die Wohnung tobte, desto weniger konnte sie ihn beeinflussen.

Ihre Beine gaben nach, bis sie haltlos im Griff des Kühlschranks hing. Sein Gesicht verschwamm, als die Dunkelheit näher kam. Ihr letzter Gedanke galt der Mauer, ehe die Schwäche ihren schwarzen Schleier über ihren Geist breitete.

10

Als Alessa zu sich kam, war es still und dunkel, wobei Letzteres daher rührte, dass sie sich weigerte die Augen zu öffnen. Sie versuchte krampfhaft sich daran zu erinnern, was geschehen war. Zweifelsohne würde es helfen, sich umzusehen, doch sie wollte nicht unvorbereitet Dinge sehen, die womöglich nur schwer zu ertragen waren.

Sie war noch einmal zur Wohnung des Professors gegangen, so viel wusste sie immerhin, und seltsamerweise fand das Bild eines großen weißen Kühlschranks seinen Weg vor ihr geistiges Auge, ohne dass sie wusste warum. Hatte sie dort etwas gefunden? Versteckte Notizen in einer Plastiktüte im Gefrierfach?

Alessa hatte nicht das Gefühl, dass sie in der Küche des Professors gewesen war. Sie glaubte auch nicht, dass sie überhaupt die Gelegenheit gehabt hatte, die Wohnung zu durchsuchen, trotz all ihrer Erinnerungslücken. Es war eine Gewissheit, die sich an genau der Stelle in ihrem Unterbewusstsein angesiedelt hatte, an der die Erinnerung an ihren Besuch in der Wohnung hätte sein sollen.

Sie war dort gewesen, dessen war sie sich sicher.

Das war wenigstens ein Anfang. Wenn es ihr jetzt noch gelang, die verlorenen Erinnerungen loszulösen, wäre sie schon einen ganzen Schritt weiter. Vielleicht würde es helfen, die Augen zu öffnen und zu sehen, wo sie war, doch noch war sie dafür nicht bereit.

Für den Anfang musste es genügen, ihre Hände auf die Reise zu schicken. Sie ließ ihre Finger über den Untergrund gleiten, auf dem sie lag. Er war wohlig weich und warm, und für einen Moment fühlte sie sich an ihre Schlafcouch erinnert, doch dort, wo die schmale Couch längst geendet hätte, strichen ihre Finger noch immer über Stoff. Um sie herum war es angenehm warm, so sehr, dass sie sich fragte, ob dem Ausbruch ein Fieber gefolgt war.

Der Ausbruch!

Stück für Stück fanden die Bilder zurück in ihre Erinnerung. Wirbelnde Gegenstände, zwei Männer und sie selbst mittendrin, und tief in ihr das Brüllen des Dämons. Alessa lauschte in sich hinein, suchte nach dem Schmerz, den der Dämon hinterlassen hatte, als er aus ihrem Körper gebrochen war, doch abgesehen von einem leichten Dröhnen in ihrem Schädel fehlte ihr nichts.

Der Dämon schwieg.

Erleichtert darüber, dass es ihr selbst im bewusstlosen Zustand gelungen war, die Schutzwälle zu halten, öffnete sie nun doch die Augen. Sie lag in einem breiten Bett, eine dicke Daunendecke über sich. Erschrocken spähte sie darunter und stellte erleichtert fest, dass sie – von ihrer Jacke und den Schuhen einmal abgesehen – vollständig angezogen war. Sie setzte sich auf. Halb erwartete sie, Logan am Fuß des Bettes zu sehen, doch außer ihr war niemand im Zimmer.

Aus einem Spiegel, der rechts von ihr über einer Kommode hing, starrte Alessa ihr eigenes Gesicht entgegen, verwirrt und genauso erschöpft aussehend, wie sie sich fühlte. Neben der Kommode war eine geschlossene Tür. Ein riesiger Schrank mit Schiebetüren nahm den größten Teil der Wand am Fußende des Bettes ein, und auf einem Sessel, der zu ihrer Linken in einer Ecke neben dem Fenster stand, entdeckte sie ihren Parka und darunter ihre Stiefel. Helle, bodenlange Gardinen flankierten das Fenster. Neblige Dunkelheit drückte gegen die regennassen Scheiben, wie Finger, die über das Glas tasteten, auf der Suche nach einem Weg ins Haus. Erst da wurde ihr bewusst, dass das behagliche Licht im Raum nicht von draußen kam, sondern von einer Stehlampe, die neben dem Sessel stand.

Blinzelnd betrachtete sie den Lampenschirm und fragte sich, wie spät es sein mochte. Die roten Leuchtziffern des Radioweckers auf dem Nachttisch verkündeten 21:34 Uhr. Ihr fehlten über drei Stunden, seit sie die Wohnung des Professors betreten hatte.

Drei Stunden, an die sie nicht die geringste Erinnerung hatte.

Eines jedoch wusste sie mit Sicherheit: Dies war nicht das Schlafzimmer des Professors.

Zwischen Bett und Kommode führte eine offene Tür in ein Badezimmer. Alessa streifte die Decke ab und schwang die Beine aus dem Bett. Als sie aufstand, sanken ihre Füße in den weichen Teppich. Sie fühlte sich so erschöpft, dass sie sich am liebsten wieder unter der Decke zusammengerollt und weitergeschlafen hätte; der Gedanke an das, was sie außerhalb des Schlafzimmers erwarten mochte, hielt sie jedoch davon ab.

Sie tappte zum Bad und tastete nach dem Lichtschalter.

Als sie ihn drückte, ging in der Decke eine ganze Reihe Halogenspots an und offenbarte den Blick auf ein fensterloses Badezimmer, das gut dreimal so groß war wie in ihrer eigenen Wohnung.

Alessa ging zum Waschbecken, drehte den Wasserhahn auf und wusch sich Gesicht und Hände. Nachdem sie sich abgetrocknet hatte, warf sie einen Blick in den Spiegel. Dunkle Schatten lagen unter ihren Augen und ließen ihr Gesicht aussehen wie einen Totenschädel.

Nichts, was sich mit ein paar Stunden Schlaf nicht in den Griff bekommen ließe.

Ihr Blick blieb an ihrem Rollkragenpullover hängen. Sie legte die Hand auf ihre Schulter und ließ sie nach hinten in Richtung des Schulterblatts wandern. Beinahe glaubte sie das heiße Pulsieren durch den Stoff hindurch zu spüren, das in gleichmäßigen Wellen von dem Samenkorn unter ihrer Haut ausströmte.

Sie sah kurz zur Tür, dann schob sie den Pullover nach oben, drehte sich herum und warf im Spiegel einen Blick auf ihre Schulter. Das Samenkorn war weitergewachsen, seine dunklen Umrisse lagen jetzt wie ein faustgroßer Tumor unter der Haut.

Alessa wusste nicht, wie viel noch fehlte, bis sie den Kampf verlieren und der Dämon ausbrechen würde, ihr war jedoch bewusst, dass sie den Rand des Abgrunds erreicht hatte. Sie schob die Bilder von Mikeys zerrissenem Leib, die in ihr aufstiegen wie Luftblasen von einem versinkenden Schiff, von sich und richtete ihren Blick wieder auf den Schatten unter ihrer Haut, der so lebendig wirkte, dass sie fürchtete, es könne längst zu spät sein, noch etwas gegen ihn auszurichten. Die Versuche im Labor hatten ihn genährt. Obwohl sie während der letzten Jahre nicht auf ihre Kräfte zurückgegriffen hatte, war er weder kleiner noch schwächer geworden. Sie hatte ihn lediglich in seinem letzten Stadium konserviert – zumindest bis zu dem Punkt, an dem sie gezwungen gewesen war, sich wieder ihrer Fähigkeiten zu bedienen.

Während der vergangenen Jahre hatte sie ihre Aufmerksamkeit voll und ganz auf die Mauer gerichtet, sodass es ihr selbst im bewusstlosen Zustand gelungen war, sie wieder aufzurichten und zu halten. Wenn sie jedoch weiter auf ihre Kräfte zurückgriff – nicht dass sie es in der Wohnung des Professors absichtlich getan hatte, die Panik hatte sie die Kontrolle verlieren lassen –, würde er weiterwachsen und sie schließlich umbringen.

Viel fehlte nicht mehr. Alessa brauchte nur in sich zu gehen, ihren Geist nach dem Dämon ausstrecken, um seine wachsende Unruhe, den Zorn und die Kraft, die er ausströmte, zu spüren.

Wenn die beiden Seher sie auf das Anwesen der Gemeinschaft gebracht hatten, bekam sicher auch Doktor Burke bald davon Wind, dass sie wieder hier war. Dann würden die Versuche weitergehen, bis es zu spät war. Sie würde enden wie Mikey, als Überrest eines misslungenen Experiments, den man vom Boden wischte, ehe man sich dem nächsten Probanden zuwandte.

Alessa verließ das Bad und kehrte ins Schlafzimmer zurück. Ihr Blick richtete sich auf die geschlossene Tür. Sie bezweifelte, dass ihr gefallen würde, was sie dahinter fand, doch früher oder später musste sie sich den Tatsachen stellen. Es sei denn …

Ihr Blick wanderte zum Fenster. Bisher hatte sie es vermieden, hinauszublicken, aus Furcht vor dem, was sie sehen würde. Hohe Mauern, ein Alarmsystem wie in einem Hochsicherheitstrakt und Wachen.

Früher einmal war sie froh gewesen, dass das Anwesen so gut gesichert war. Alle Maßnahmen sollten Unbefugte davon abhalten, einzudringen. Was einst Sicherheit und Schutz versprochen hatte, war jetzt ein Gefängnis. Damals, bei ihrer Flucht aus dem Labor, war es ein Leichtes gewesen, das Grundstück zu verlassen. Ein paar hatten die Wachen abgelenkt, während Alessa ihre Fähigkeiten benutzt hatte, um die Alarmanlage außer Gefecht zu setzen, damit sie über die Mauer entwischen konnten. Daran, ihre Kräfte einzusetzen, um der Gemeinschaft aufs Neue zu entfliehen, war nicht einmal zu denken –, wenn sie nicht am Fuße der Mauer zerfetzt werden wollte. Sie musste einen anderen Weg finden, auch wenn sie im Augenblick keine Vorstellung hatte, wie der aussehen sollte. Von Alarmanlagen verstand sie zu wenig, um sie auszuschalten – ohne auf ihre Fähigkeiten zurückzugreifen. Sie wusste ja nicht einmal, wo die Zentrale untergebracht war. Die Mauer fiel also aus. Blieben noch das Haupttor und die Nebeneingänge, die allesamt bewacht waren. Zweifelsohne hatten die Wachen Anweisung, sie nicht vom Grundstück zu lassen – und die Lesegeräte, die überall an der Grundstücksgrenze angebracht waren, würden Alarm schlagen, sobald sie ihren Chip erkannten.

Der verdammte Chip.

Unwillkürlich hob sie die Hand und tastete nach ihrem Nacken. Ein leises Knistern unter ihrem Kragen zeigte ihr, dass die Alufolie noch an ihrem Platz war. Anscheinend hatte sich niemand die Mühe gemacht, sie zu durchsuchen.

Alessa seufzte.

Zumindest wegen der Lesegeräte brauchte sie sich keine Sorgen zu machen.

Sie umrundete das Bett, griff nach ihren Stiefeln und schlüpfte hinein. Ihr Blick fiel auf das Fenster, vor dem die Nacht wie eine dunkle Wand aufragte. *Toll gemacht!* Mit den zur Seite gezogenen Gardinen und im Licht der Stehlampe konnte von draußen jeder sehen, was sie tat. Sie würden sich wohl ausrechnen können, dass sie die Stiefel nicht wegen kalter Füße anzog.

Stiefel hin oder her, sie ließ sich bewusst langsam auf das

Bett sinken, rollte sich zusammen und knipste die Lampe aus. Dunkelheit erfüllte den Raum. Alessa rührte sich nicht, wartete und lauschte. Zum ersten Mal fiel ihr auf, dass es nicht vollkommen still war. Sie glaubte gedämpfte Stimmen zu hören – doch die kamen nicht aus dem Garten, sondern von der anderen Seite der Tür, wo leise Musik dudelte. Verwundert erkannte sie die Titelmelodie einer Fernsehserie. *Top Gear!* Wer auch immer sie bewachte, hockte da draußen und sah fern.

Sie ließ noch ein paar Minuten verstreichen, während deren sie sich nicht rührte. Falls sie jemand vom Garten aus beobachtete, sollte er glauben, sie sei eingeschlafen.

Schließlich rutschte sie seitlich vom Bett und schlich geduckt zum Fenster. An der Wand daneben richtete sie sich langsam auf und schob den Kopf an den Gardinen vorbei, um nach draußen zu sehen. Sie hatte erwartet, in einiger Entfernung die beleuchtete Außenmauer des Anwesens zu erblicken, stattdessen lag ein kleiner Garten unter ihrem Fenster, der zu drei Seiten von einer Mauer begrenzt wurde. Daneben und dahinter lagen weitere Gärten.

Reihenhäuser!

»Wo, zum Kuckuck, bin ich hier gelandet?«

Ganz gleich wie die Antwort aussah, sie würde bestimmt nicht länger bleiben.

Alessa schnappte sich ihren Parka, ging zur Tür und öffnete sie. Das Wohnzimmer, das sich vor ihr erstreckte, wurde lediglich vom Flackern des Fernsehers erhellt. Gegenüber der Flimmerkiste stand eine Couch mit geblümten Bezügen, davor ein niedriger Couchtisch, und rechts und links davon jeweils ein klobiger Sessel. Dort saßen der Kühlschrank und sein Kumpel, jeder von ihnen eine Dose Bier in der Hand und eine Schüssel Chips auf dem Schoß, und sahen fern.

Beide trugen Handschuhe.

Alessa wusste nicht, ob sie der Anblick der Männer überraschen oder in Panik versetzen sollte. Sie hatte mit einigem gerechnet, aber nicht damit, dass diese Typen sie verschleppt hatten – zumindest nicht an einen anderen Ort als auf das Anwesen der Gemeinschaft.

Sie spielte mit dem Gedanken, sich hinter der Couch vorbei in Richtung der Tür zu schleichen, als der Kühlschrank sie bemerkte. Sofort stellte er sein Bier zur Seite und stand auf. Im letzten Moment erinnerte er sich an die Schüssel mit den Chips auf seinem Schoß, griff danach und bugsierte sie geschickt auf den Tisch. Beinahe gleichzeitig schaffte er es, das Licht anzuknipsen.

Geblendet kniff Alessa die Augen zusammen. Statt eines Weges zum Ausgang sah sie bunte Sterne tanzen. Blinzelnd versuchte sie den Überblick zu behalten, während sie langsam zurückwich.

»Hey«, sagte einer der beiden ruhig. Alessa sah noch zu wenig, um erkennen zu können, wer da sprach, glaubte aber, dass es die Stimme des Rotblonden war. »Du brauchst keine Angst vor uns zu haben. Wir tun dir nichts.«

»Wäre nett, wenn du das ebenfalls in Erwägung ziehen würdest«, fügte der andere hinzu. »Ich mag dieses Haus und würde jetzt nicht so gerne renovieren müssen.«

Die beiden hatten sie entführt, trotzdem klangen sie alles andere als bedrohlich. Eher besorgt. Langsam gewöhnten sich ihre Augen an das Licht, da sah sie die gerötete Schwellung an der Stirn des Riesen, dort, wo der Briefbeschwerer ihn getroffen hatte.

Unzählige Fragen schossen ihr gleichzeitig durch den Kopf, aber keine wollte auf ihre Lippen finden, solange ihr Gehirn noch damit beschäftigt war, herauszufinden, ob sie sich in Gefahr befand und – falls ja – wie sie ihr entkommen konnte.

»Du willst sicher wissen, was passiert ist«, sagte der Kühlschrank.

Alessa nickte.

»Setz dich.«

Ihr Blick schoss zur Tür.

Auch das entging ihm nicht. »Wir haben dich weder entführt noch werden wir dich mit Gewalt hierbehalten – allerdings hätten wir da auch die eine oder andere Frage an dich.«

»Wer seid ihr? Was habt ihr vor? Für wen arbeitet ihr?« Plötzlich sprudelte es nur so aus Alessa heraus wie Sekt aus einer zu heftig geschüttelten Flasche. Erst das Lachen der beiden ließ sie innehalten. Mit gerunzelter Stirn sah sie von einem zum anderen. »Was ist so komisch?«

»Fragen«, meinte der Rotblonde grinsend, »haben es so an sich, dass man demjenigen, der gefragt wird, auch Gelegenheit gibt, sie zu beantworten.«

Der Kühlschrank seufzte. »Ich schätze, das Ganze war wohl doch ein bisschen viel und hat deine Relais etwas überlastet.«

»Meine was?« Alessa verstand nur die Hälfte von dem, was diese Kerle quatschten. Sie klangen so gar nicht nach Mitgliedern der Gemeinschaft, schon eher nach zwei zu groß geratenen Teenagern.

»Die Schaltkreise in deinem Kopf.« Er tippte sich an die Stirn.

»Ich bin nicht verrückt, falls du das damit sagen willst.«

»Mit keiner Silbe.« Er hob beschwichtigend die Hände, dann reckte er ihr eine behandschuhte Hand entgegen. »Ich bin Max Hawkins und der da drüben«, er deutete zu seinem Kumpel, »ist Josh Macalister. Aber du kannst uns Parker und Kent nennen.«

»Er ist Kent«, rief Josh vom Sessel aus herüber.

Sie ergriff weder die Hand von Max oder Kent oder wie immer er auch heißen mochte, noch sagte sie ihm ihren Namen. Womöglich waren die Kerle vollkommen ahnungslos und erst ihr Name würde die beiden darauf bringen, was für einen Fang sie gemacht hatten. Früher oder später würden sie es vermutlich ohnehin herausfinden, doch zumindest wollte Alessa nicht diejenige sein, die sich selbst ihr Grab schaufelte.

Da sie nicht den Eindruck hatte, als würden die Kerle sie so einfach ziehen lassen, fragte sie: »Wieso Parker und Kent? Was ist mit Macalister und Hawkins?« Jede Frage an die beiden war besser, als wenn sie den Spieß umdrehten.

»Ich habe deinen Namen nicht verstanden«, sagte der Kühlschrank, der nun Kent hieß.

»Ich habe ihn nicht gesagt.«

»Wirst du es denn tun?«

»Eher nicht.«

Er nickte. »Willst du was trinken? Bier? Cola? Kaffee? Hast du Hunger? Ist dir irgendwie schlecht? Das würde mich nicht wundern bei dem Chaos, das du angerichtet hast. Brauchst du ein Aspirin oder irgendwas anderes?«

Plötzlich musste Alessa lachen. Sie wollte es nicht, doch dass Kent sie nun mit einem ähnlichen Haufen an Fragen überschüttete, wie sie es zuvor getan hatte, ohne ihr Gelegenheit zu geben, etwas zu sagen, war so komisch, dass es einfach aus ihr herausbrach.

Das Lachen löste die Angst und die Anspannung, die sich in ihr eingenistet hatten. Mit einem Mal erschien ihr die Situation nicht mehr bedrohlich, sondern nur noch absurd – was vielleicht auch daran lag, dass sie nicht wusste, wie viel Sorge und Angst sie heute noch ertragen konnte, und alle negativen Gefühle zumindest für einen Augenblick vergessen wollte.

»Ich verstehe.« Kent nickte. »Zu viele Fragen. Ich fange noch mal von vorne an. Hunger?«

Sie wollte nicht hier sein, schon gar nicht in Gesellschaft zweier Fremder, über deren Absichten sie nicht das Geringste wusste. Die Handschuhe wiesen sie als Seher aus, doch das konnte genauso bedeuten, dass sie Wilde waren. Abgesehen davon war sie tatsächlich hungrig. Sie hatte seit dem Frühstück nichts mehr gegessen und auch keinen Hunger verspürt – bis Kent sie danach gefragt hatte.

Alessa nickte.

Hinter Kent sprang Parker aus dem Sessel. »Sind Sandwiches okay oder soll ich eine Pizza bestellen?«

»Sandwiches sind prima.«

»Alles klar.« Parker deutete auf die Couch. »Mach es dir bequem. Essen kommt gleich.«

Die beiden verließen das Wohnzimmer. Geschirr klapperte, Schubladen wurden auf- und zugeschoben, Schränke geöffnet und geschlossen und immer wieder hörte Alessa das Klappen der Kühlschranktür.

Sie stand nach wie vor neben der Couch, die Jacke in der Hand, und überlegte, ob sie die Abwesenheit der beiden nutzen und verschwinden sollte, als Kent mit einer großen Tasse dampfenden Tees ins Wohnzimmer kam.

Auf der Schwelle hielt er inne. »Du stehst ja immer noch rum. Ich hoffe, du denkst nicht darüber nach, abzuhauen. Es wäre schade um die Sandwiches.«

»Du machst dir Sorgen um das Essen?«

»Nur am Rande«, grinste er, wurde aber schnell wieder ernst. »Du hältst uns bestimmt für ziemlich schräge Vögel und vielleicht hast du damit nicht einmal unrecht, aber eines kann ich dir versichern: Wir wollen dir helfen.«

»Warum?«

»Du hast da ein paar überaus mächtige Fähigkeiten an den Tag gelegt«, er ging zum Couchtisch und stellte den Tee darauf ab, ehe er Alessa wieder ansah, »und es machte nicht gerade den Anschein, als hättest du sie unter Kontrolle gehabt. Das ist ziemlich gefährlich. Du könntest aus Versehen jemandem etwas antun.«

Parker kam mit einem Teller Sandwiches aus der Küche und fügte hinzu: »Jemandem mit einem weniger harten Schädel, dem umherfliegende Gegenstände mehr ausmachen als uns.«

»Vielleicht wollt ihr mir ja endlich sagen, wer ihr seid und was ihr von mir wollt.«

Parker zuckte die Schultern. »Vielleicht. Aber nur, wenn du endlich die blöde Jacke weglegst und dich setzt.« Er stellte den Teller ab, schaltete den Fernseher aus, kramte ein paar Servietten aus der Schublade eines Schrankes und warf sie auf den Tisch.

Alessa, die im Augenblick nicht das Gefühl hatte, in Gefahr zu sein, ergab sich ihrem Schicksal. Sie warf den Parka über die Couchlehne und ließ sich in die Polster sinken. Die geblümten Bezüge hatten schon bessere Zeiten gesehen, doch ungeachtet des fadenscheinigen und verblichenen Stoffes war das Möbel genauso bequem, wie es aussah.

Parker und Kent drehten die Sessel zum Tisch herum und schnappten sich jeder ein Sandwich. »Hau rein!«

Alessa griff zu. Der Gedanke, dass sie Gift unter den Belag gemischt haben könnten, streifte sie, ließ sich jedoch ebenso schnell wieder abschütteln, wie er gekommen war. Wenn sie ihr etwas antun wollten, hätten sie das längst getan – während der drei Stunden, in denen sie ausgeknockt gewesen war. Entschlossen biss sie zu. Für eine Weile aßen sie schweigend. Alessa war froh um die Schonfrist. Zweifelsohne musste sie sich bald einer Menge bohrender Fragen stellen, von denen sie die meisten mit einer Lüge beantworten würde. Für den Augenblick jedoch genoss sie die Ruhe und das Essen.

Zwischendurch nippte sie immer wieder an ihrem Tee, und als sie nach dem zweiten Sandwich satt war, nahm sie die Tasse in die Hand und lehnte sich zurück. Das Porzellan wärmte ihre Finger und der Kräutergeruch beruhigte sie.

Trotzdem stellte sie die Tasse wieder ab und stand auf. »Ich denke, es ist besser, wenn ich jetzt gehe.« Sie griff nach ihrem Parka. »Vielen Dank für das Essen.«

Sie ging auf die Tür zu und war erstaunt, wie schnell der schwerfällig aussehende Kent auf den Beinen war und sie eingeholt hatte. Mit einem raschen Schritt stellte er sich vor sie und versperrte ihr den Weg – wie er es schon in der Wohnung des Professors getan hatte.

Die Erinnerung an ihren Kraftausbruch stieg mit derartiger Heftigkeit in ihr auf, dass ihre Knie weich wurden. Heute Nachmittag war sie in Panik geraten, als er sie nicht gehen lassen wollte. Was, wenn diese Panik jetzt erneut die Kontrolle übernahm?

»Ich glaube nicht, dass das eine gute Idee ist«, sagte er ruhig. »Bleib noch ein bisschen.«

»Bin ich eure Gefangene?«

»Na, so weit kommt es noch«, rief Parker von hinten. »Du bist unser Gast.«

»Einer, den wir nicht so schnell verlieren möchten«, fügte Kent hinzu. »Was hältst du davon, wenn wir ein paar deiner Fragen beantworten?«

»Und danach werdet ihr mich löchern.«

»Möglich«, gab Kent zurück und schüttelte den Kopf. »Nein, ziemlich wahrscheinlich. Aber du musst keine Fragen beantworten, die du nicht beantworten möchtest – schon gar nicht die, bei denen du uns ohnehin nur belügen würdest. Einverstanden?«

»Einverstanden.«

Er nahm ihr die Jacke ab, warf sie über die Couchlehne und kehrte zu seinem Sessel zurück.

»Also gut«, sagte Alessa, als sie sich wieder setzte. »Dann würde ich jetzt gerne wissen, was passiert ist, nachdem …« Sie wusste nicht recht, wie sie es nennen sollte.

»Nachdem dich dein kleines Inferno aus den Schuhen gehauen hat?«, half Parker bereitwillig aus. Er wischte sich die Finger an einer Serviette ab und trank einen Schluck von seinem Bier, ehe er sie erneut ansah. »In dem Moment, in dem du umgekippt bist, war es vorbei. Der ganze Plunder ist auf den Boden gekracht. Falls die Bullen noch mal vorbeischauen, wird die Spurensicherung da ein hübsch knackiges Rätsel zu lösen haben.«

»Habt ihr etwas gesehen?«

»Was Bestimmtes?«

»Irgendwas.« *Einen Dämon zum Beispiel.*

Kent schüttelte den Kopf. »Wir dachten uns, es wäre ein kluger Schachzug, die Kurve zu kratzen. Da wir nicht wussten, ob du nicht am Ende aufwachen und die ganze Wohnung in Schutt und Asche legen würdest, haben wir uns entschlossen, dich vorsichtshalber mitzunehmen.«

»Und wegen der Bullen«, ergänzte Parker.

»Ja, auch wegen den Bullen«, stimmte Kent zu. »Es wäre vermutlich ein wenig schwierig geworden, ihnen zu erklären, was passiert ist – einmal davon abgesehen, dass keiner von uns etwas in der Wohnung zu suchen hatte.«

Was Alessa auf die nächste Frage brachte: »Was wolltet ihr dann dort, wenn ihr nicht für die Polizei arbeitet?«

»Der Professor war unser Freund.« Zum ersten Mal erkannte Alessa die Trauer hinter Kents fröhlicher Fassade und seine Betroffenheit wirkte alles andere als gespielt. »Er hatte sich schon ein paar Tage nicht mehr bei uns gemeldet – nicht dass er das sonderlich regelmäßig getan hätte, aber wir hatten ein seltsames Gefühl dabei. Und dann hörten wir in den Nachrichten von dem Mord. Es wurde kein Name genannt, aber uns war sofort klar, dass es nur der Professor sein konnte. Ich meine, wen willst du sonst in einer Gegend umlegen, in der nur Hausfrauen und Friedhofsdeserteure wohnen.«

»Er meint alte Leute«, erklärte Parker und verstummte, als Kent ihm einen finsteren Blick zuwarf.

»Der Professor ging nicht ans Telefon, und als wir zur Wohnung fuhren, war die mit Absperrband und einem Siegel über dem Türschloss versehen.«

Was euch nicht davon abgehalten hat, hineinzugehen.

»Da wir in den Nachrichten nichts über einen Täter gehört

hatten, gingen wir davon aus, dass man ihn noch nicht gefasst hat«, fuhr Kent fort. »Also dachten wir uns, wir könnten uns mal umsehen, ob wir etwas finden, das dabei helfen kann, den Täter zu schnappen.«

»Was – im Nachhinein betrachtet – nicht unbedingt die brillanteste unserer Ideen war.«

Alessa runzelte die Stirn. Es war üblich, dass Seher der Polizei auf genau diese Weise halfen. Warum also nicht auch die beiden? »Wo ist das Problem?«

Parker schnitt eine Grimasse. »Wir ziehen es vor, unerkannt zu bleiben.«

»Ihr seid Wilde.«

»Nein.«

»Dann gibt es doch keinen Grund, warum ihr nicht dort sein solltet – nun ja, das vielleicht schon.« Immerhin war es ein abgesperrter Tatort, in den sie eingedrungen waren. »Aber wenn ihr etwas Wichtiges findet, wird euch sicher niemand einen Strick daraus drehen, wenn sie dank eurer Hilfe den Mörder fassen.«

»Die Polizei wäre sicher unser geringstes Problem«, stimmte Parker zu. »Wir machen uns mehr Sorgen wegen der Gemeinschaft.«

»Was stimmt mit euch Kerlen nicht?«

»Wir haben unsere Mitgliedschaft sozusagen gekündigt.«

Alessa riss die Augen auf. Das ließ der Rat nicht zu. Abgesehen davon kannte sie niemanden, der freiwillig gegangen wäre. Für sie war die Gemeinschaft ihr sicherer Hafen, ihre Familie und der Ort, an dem sie sich geborgen fühlte. Alessa hätte sie niemals verlassen, wenn sie nicht dazu gezwungen gewesen wäre. Sie vermisste ihre Freunde und das Gefühl, etwas Sinnvolles zu tun. Zugleich machte ihr die Frage Angst, wie viel die übrige Gemeinschaft – und vor allem der Rat – über Doktor Burkes Versuche wusste. Der Gedanke, dass die Menschen, denen sie vertraut hatte, eingeweiht sein könnten und das Vorgehen der Ärzte tolerierten, schmerzte. Und er ließ die Gemeinschaft in einem vollkommen anderen Licht erscheinen. »Niemand steigt einfach so aus.«

»Wir haben ja auch nicht gesagt, dass es einfach war.« Kent saß auf der Kante seines Sessels, den Blick in den Raum gerichtet. »Wir sind etwa zur selben Zeit in der Gemeinschaft gelandet, aber wir konnten uns nie wirklich einfügen. Vielleicht waren wir schon zu alt, als wir hinkamen, oder einfach zu rebellisch. Alle dachten, dass es ihnen schon gelingen würde, uns Disziplin beizubringen, doch das ist gründlich in die Hosen gegangen.«

»Stell dich nie zwischen einen Zehnjährigen und seine Leidenschaft für Comics. Das bekommt keinem.«

Parkers Worte erinnerten Alessa an etwas. »Wie, sagtet ihr, sind eure Namen?«

»Parker und –«

»Die richtigen Namen.«

»Max Hawkins und Josh Macalister.«

Max und Josh. Natürlich. Alessa erinnerte sich an die beiden. Sie konnten höchstens zwei oder drei Jahre älter sein als sie selbst. Während Alessas Ausbildung waren die beiden in einer der anderen Gruppen gewesen. Die zwei hatten Ärger förmlich angezogen und wurden ständig dabei erwischt, wie sie ihre Nase in irgendwelche Comics steckten. »Weiß der Himmel, wo die das Zeug herbekommen«, hatte einer der Ausbilder einmal gesagt. »Für jeden Comic, den wir ihnen abnehmen, haben sie kurz darauf mindestens zwei neue.«

»Ich erinnere mich an euch.«

»Du erinnerst dich?« Kent wirkte ehrlich erstaunt. »Dann bist du auch keine Wilde?«

Plötzlich ergab es Sinn, was er im Haus zu ihr gesagt hatte. *Wir gehören nicht zu denen.* Kent hatte angenommen, sie sei eine Wilde, die sich vor den Häschern der Gemeinschaft fürchtete. *Und ich hätte ihn in dem Glauben lassen sollen!*

»Wie war noch mal dein Name?«, hakte Parker nach.

»Netter Versuch.« Alessa schüttelte den Kopf. Sie mochte keine Angst mehr vor den beiden haben, dennoch war es besser, auf der Hut zu sein. »Wer ich bin, ist nicht wichtig.«

Tatsächlich hakten die beiden nicht weiter nach, doch sie spürte, wie sie sie förmlich mit Blicken durchbohrten und herauszufinden versuchten, wie sie als Kind ausgesehen haben mochte.

»Ich komme schon noch drauf«, meinte Parker schulterzuckend. »Jedenfalls hatten wir ein kleines Problem mit der Disziplin. Abgesehen davon sind unsere Fähigkeiten weit weniger ausgeprägt als die der anderen Seher. Und wenn du derjenige bist, der jedes Mal als letzter ins Team gewählt wird, weil alle dich für eine Flasche halten, beflügelt das nicht sonderlich. Wir haben nie wirklich dazugehört. Außerdem wollten wir lieber einen Comicladen eröffnen, als im Namen der Gemeinschaft für die Polizei zu arbeiten.«

»Ihr habt einen Comicladen?«

Kent seufzte und es klang, als hätte ihm jemand ein Messer ins Herz gejagt und einmal umgedreht. »Nein, das haben wir nicht. Wir *hätten* gerne einen – und sparen noch drauf. Der Nachteil, wenn man bei der Gemeinschaft aussteigt, ist, dass man sich nirgendwo mehr blicken lassen kann, ohne sofort wieder hopsgenommen zu werden.«

»Sie suchen also nach euch?«

Parker schüttelte den Kopf. »Sie halten uns für tot – aber auch Tote sollten keinen Comicladen führen. Jedenfalls nicht unter den Augen der Gemeinschaft.«

»Tot? Wie habt ihr das angestellt?«

»Alles, was wir tun mussten, war, es so zu drehen, dass sie uns für tot halten, aber keine Überreste finden«, erklärte Kent.

Und Parker fügte hinzu: »Explosionen eignen sich dafür hervorragend.«

Alessa sah auf. »Der Geräteschuppen, vor sechs Jahren.« Es

hatte eine Explosion und einen riesigen Feuerball gegeben. Gerüchte hatten die Runde gemacht, dass dabei jemand ums Leben gekommen war. »Das wart ihr!«

»Höchstpersönlich.«

»Ihr geht ein großes Risiko ein, mir das alles zu erzählen.«

»Das glaube ich nicht«, sagte Kent vollkommen ruhig. »Jemand, der seinen Chip mit Alufolie überklebt, scheint nicht unbedingt die stärksten Bande zur Gemeinschaft zu haben.«

»Nein, die habe ich wohl nicht.« *Zumindest nicht mehr.*

»Abgesehen davon«, ergänzte Parker, »werden wir die Stadt ohnehin bald verlassen und irgendwohin gehen, wo sich noch keine Gemeinschaft angesiedelt hat, um dort unseren Laden zu eröffnen.«

»Aber der Chip. Sie werden euch finden und wenn es nur ein dummer Zufall ist, aus dem die Folie abgeht.« So wie Alessa sie neulich nachts verloren hatte, als der Maskierte sie angriff.

»Das da sind die einzigen Chips, die wir noch im Haus haben«, grinste Parker und deutete auf die Schüssel mit den Kartoffelchips. »Ein Skalpell sollte in keinem guten Haushalt fehlen. Wenn du willst, können wir deinen Chip ebenfalls entfernen. Ein kleiner Schnitt und weg ist das Ding.«

Das klang verlockend. Aber wollte sie wirklich ein paar Comicfreaks, die sie eben erst kennengelernt hatte, an ihrem Nacken herumschneiden lassen?

Parker bemerkte ihr Zögern. »Denk einfach in Ruhe darüber nach.«

»Alexandra!«, rief Kent plötzlich.

Alessa blinzelte. »Was?«

»Dein Name. Du heißt Alexandra … oder so ähnlich.«

Dass er der Wahrheit so nahekam, gefiel ihr nicht. Andererseits glaubte sie nicht, dass die beiden sie verraten würden. »Alessa«, sagte sie. »Alessa Flynn.«

»Du bist für die Ausbildung der Frischlinge zuständig«, erkannte Kent.

»Das war ich.«

Er zog eine Augenbraue in die Höhe. »Willst du uns nicht vielleicht doch ein bisschen mehr über dich erzählen? Die Kräfte, die du in der Wohnung des Professors entfesselt hast, sind auch für Seher nicht gerade typisch. Was hattest du dort überhaupt zu suchen? Wenn ich richtig im Bilde bin, wusste niemand, wo sich der Professor aufhielt.«

»Was ist aus ›Du musst keine Fragen beantworten, die du nicht beantworten willst‹ geworden?«

»Gilt immer noch. Aber ich glaube, dass du inzwischen gesprächiger bist, nachdem du unsere Geschichte kennst.«

Was die beiden erzählt hatten, konnte ebenso gut gelogen sein. Nein! Warum sollten sie das tun? Alessa konnte sich sogar an einige der Begebenheiten erinnern, über die sie gesprochen hatten. Die Comics, der Ärger, die Explosion, bei der sie angeblich gestorben waren. Diese Kerle lebten seit sechs Jahren außerhalb der Gemeinschaft. Wenn ihr jemand helfen konnte zu entkommen, dann die beiden. Den Chip loszuwerden, wäre ein guter Anfang. Dann könnte sie endlich die Stadt verlassen, ohne fürchten zu müssen, ein Lesegerät könnte durch einen unglücklichen Zufall doch noch auf ihren Chip ansprechen.

»Ich gehöre auch nicht länger dazu.« Es auszusprechen, war eine Befreiung. »Und sie dürfen mich niemals finden.«

»Keine Angst, wir verraten dich nicht.« Kent griff nach ihrer Hand und drückte sie kurz, ehe er sie wieder freigab. »Was wolltest du in der Wohnung des Professors?«

Alessa zögerte, nicht sicher, wie viel sie erzählen sollte, aber Parker und Kent kannten den Professor, waren sogar mit ihm befreundet gewesen. Womöglich hatte er ihnen etwas erzählt, das Alessa weiterhelfen konnte. Vielleicht wussten sie sogar, wo er seine Aufzeichnungen aufbewahrte. Um das herauszufinden, blieb ihr nichts anderes übrig, als die Karten auf den Tisch zu legen.

»Hat euch Professor Sparks gesagt, warum er untergetaucht ist?«

Parker nickte. »Er hat wohl an einer Versuchsreihe gearbeitet, die ein ziemlicher Schuss in den Ofen war. Damit ihn niemand dazu bringen konnte, die Arbeit daran fortzusetzen, ist er gegangen.«

»Ein Schuss in den Ofen ist gut«, sagte Alessa mehr zu sich selbst.

Sie erzählte den beiden von Sparks' Idee, die Fähigkeiten der Seher zu steigern, erzählte ihnen von dem Samenkorn und den Dämonen, die das vollbringen sollten und schließlich aus den Körpern hervorgebrochen waren und das Massaker auf den Leith Walk angerichtet hatten.

Als sie fertig war, stießen Parker und Kent einen Pfiff aus.

»Ha!« Parker schlug sich mit der Faust auf den Oberschenkel und warf seinem Kumpel einen triumphierenden Blick zu. »Hab ich nicht gesagt, dass hinter der Sache am Leith Walk mehr steckt?«

Kent verzog das Gesicht. »Ja, ja, du hattest mal wieder recht.« Dann sah er zu Alessa. »Aber das war doch wohl nur die halbe Story, oder?«

Alessa nickte. Über ihren eigenen Anteil an der Geschichte zu sprechen kostete sie jedoch wesentlich mehr Überwindung als der Teil, den sie bereits erzählt hatte. Sie setzte mehrmals an, ehe sie die Worte fand, die beschreiben konnten, wie sie selbst Teil dieser Experimente geworden und schließlich geflohen war. Es war das erste Mal, dass sie jemandem von den Ereignissen im Labor erzählte, und auch davon, dass sie den Dämon in sich trug. Sie fasste sich so kurz wie möglich und beschränkte sich lediglich auf die Fakten – wie es ihr damit ging, ließ sie außen vor. Das war etwas, das sie mit sich selbst ausmachen musste.

Sie erzählte davon, wie sie dem Professor zufällig begegnet und ihm zu seiner Wohnung gefolgt war in der Hoffnung, er könne ihr helfen den Dämon loszuwerden. Als sie davon sprach, wie der Maskierte den Professor erschossen und sie sich im Schrank versteckt hatte, zitterte ihre Stimme.

»Einmal wollte ich noch dorthin zurück. Ich dachte, dass es vielleicht irgendwelche Aufzeichnungen geben könnte, die mir weiterhelfen würden«, beendete sie schließlich ihren Bericht.

Eine Weile sagte keiner der Männer ein Wort. Sie saßen nur da und sahen sie an, doch ihre Gedanken schienen so weit entfernt, dass sie Alessa gar nicht wirklich wahrzunehmen schienen.

»Wow«, sagte Kent schließlich.

Dann schwiegen sie wieder.

»Ja, wow«, meinte nun auch Parker. »Ein wachsender Dämon im eigenen Körper, ein Mord direkt vor deinen Augen, diese Einsamkeit … Scheiße, Mädel, wie hältst du das aus?«

Bisher hatte sie es stets vermieden, sich diese Frage zu stellen. Sie hatte einfach immer weitergemacht, einen Tag nach dem anderen, ohne zu viel über ihre Situation oder ihre Zukunft nachzudenken. Parkers offen ausgesprochenes Mitleid, ebenso wie das stumme Bedauern, das sie in Kents Augen fand, waren beinahe mehr, als sie ertragen konnte. Es ließ all die unterdrückten Gefühle aufsteigen, die ihr jetzt die Luft zum Atmen nahmen und ihr eine Antwort beinahe unmöglich machten. Trotzdem zuckte sie die Schultern. »Was habe ich schon für eine Wahl?«

Kent machte Anstalten, erneut nach ihrer Hand zu greifen, überlegte es sich jedoch anders. Alessa hätte die Berührung ohnehin nicht ertragen aus Furcht, sein Mitgefühl könne ihre Selbstbeherrschung endgültig zum Einsturz bringen.

»Ich fürchte, in der Wohnung des Professors wirst du nichts finden«, sagte er. »Er hat uns nicht verraten, um welche Art von Versuchen es sich handelte, allerdings hat er erzählt, dass er all seine Aufzeichnungen dazu vernichtet hat.«

Alessa ließ den Kopf sinken. Es war genau das, was sie die ganze Zeit über befürchtet hatte, trotzdem hatte sie nicht aufgeben wollen. Jetzt, da Kent die bittere Wahrheit aussprach, wollte es ihr kaum noch gelingen, sich länger an die Hoffnung zu klammern.

»Wir haben übrigens auch nichts gefunden, was auf den Mörder hindeutet«, ergänzte Parker. »Es sieht beinahe so aus, als hätte er nichts angefasst.«

Soweit sie sich erinnern konnte, hatte der Maskierte tatsächlich nichts berührt – bis auf das Fenster, durch das er geflohen war. Doch auch dort würden sie nichts spüren, denn er hatte Handschuhe getragen. Auf diese Weise hatte er nicht nur keine Fingerabdrücke für die Spurensicherung hinterlassen, sondern auch verhindert, dass ein Seher etwas über ihn in Erfahrung bringen konnte. Dafür hätte es eines Hautkontakts mit einem Gegenstand bedurft.

»Wenn du willst, entfernen wir deinen Chip«, schlug Parker vor. »Dann kannst du zumindest von hier abhauen.«

»Und dir irgendwo ein neues Leben aufbauen, ohne ständig fürchten zu müssen, dass dich jemand aufspürt.«

Das war wohl der einzige Weg: die Stadt verlassen, an einem anderen Ort neu anfangen und niemals wieder auf ihre Fähigkeiten zurückgreifen, um dem Dämon keine Nahrung zu bieten. Sie würde den Rest ihrer Tage mit dieser Kreatur in ihrem Leib leben müssen.

Es war niederschmetternd.

Das ist besser, als weiterhin unter den Augen der Gemeinschaft zu sitzen.

Alessa nickte. »Ja, ich möchte den Chip loswerden.«

»Na, dann weg mit dem Ding.« Parker klopfte voller Tatendrang auf die Armlehnen seines Sessels und sprang auf. »Wir haben alles Nötige im Bad. Komm mit.«

Alessa ging hinter ihm aus dem Wohnzimmer, an der Küche vorbei, weiter zu einer schmalen Treppe. Gefolgt von

Kent stieg sie die Stufen nach oben, immer Parker folgend. Ein kurzer Gang führte zu einer Tür, hinter der sich ein weiteres Badezimmer fand, etwas größer als das untere.

Parker deutete auf den Wannenrand. »Setz dich da auf die Kante und dreh dich so, dass ich an deinen Nacken herankomme.«

Alessa folgte seiner Anweisung. In ihrem Rücken hörte sie ihn in einem Schrank kramen. Metall und Plastik klapperte, Glas klirrte.

»Machst du mal eine Bandage fertig«, forderte er Kent auf, als er ein Skalpell, Wattepads und zwei kleine Fläschchen auf einem Mauervorsprung neben Alessa ablegte. Dann reichte er ihr einen Gummi. »Bind dir die Haare zusammen, damit sie nicht im Weg sind.«

Der Gummi ziepte, trotzdem beschwerte sie sich nicht. Sie schlang die Haare zu einem lockeren Knoten und befestigte sie. Als Parker ihren Kragen berührte, zuckte sie erschrocken zusammen. Die Folie knisterte und das Klebeband riss ein paar feine Härchen aus ihrer Haut, als er es entfernte.

Er warf Folie und Klebeband in einen weißen Plastikmülleimer. »Kannst du den Pulli ausziehen?«

Bei der bloßen Vorstellung, die kalte Luft an ihre Haut zu lassen, breitete sich eine schmerzhafte Gänsehaut über ihre Arme und ihren Rücken aus. Trotzdem schlüpfte sie aus dem Pulli und hielt ihn sich vor die Brust, um die Wärme nicht vollends zu verlieren und sich in ihrem BH nicht so nackt zu fühlen.

»Also gut«, sagte Parker hinter ihr. »Wir haben ein Spray, das die Haut ein wenig betäubt. Du wirst trotzdem etwas spüren, aber es sollte erträglich sein. Es ist nur ein kleiner Schnitt. Danach desinfiziere ich noch einmal, du bekommst einen schicken Pflasterverband verpasst und bist dieses Teil für immer los. Alles klar?«

Alessa nickte. »Bringen wir es hinter uns.«

Parker tastete mit den Fingerspitzen über ihren Nacken. »Hier ist er, ich kann ihn spüren«, sagte er plötzlich. »Wunderbar! Er sitzt nicht tief. Das wird ein Spaziergang.«

Ein leises Zischen erklang, als Parker das Betäubungsmittel auf ihre Haut sprühte. Es prickelte kühl und für einen Moment wurde ihre Gänsehaut stärker. Während sie warteten, dass die Betäubung zu wirken begann, desinfizierte Parker das Skalpell. Kent stand neben ihm, das Verbandszeug bereithaltend, und sah zu.

»Jetzt wollen wir mal testen, ob das Mittel schon wirkt«, meinte Parker schließlich. »Ich werde dich mit einer Nadel stechen. Sag mir, ob es wehtut.«

Alessa spürte seine Hand in ihrem Nacken und einen leichten Druck.

»Und?«

Sie schüttelte den Kopf. »Nichts.«

»Alles klar. Dann legen wir los.«

Es schnalzte leise, als er sich die Latexhandschuhe überstreifte. Dann griff er nach dem Skalpell. Alessa ballte die Hände zu Fäusten und wartete auf den Schmerz. Bei der Nadel mochte sie nichts gespürt haben, doch was war ein winziger Pikser im Vergleich zum Schnitt einer Klinge? Wieder fühlte sie Parkers Finger in ihrem Nacken und den Druck, den sie verursachten. Er schien nach dem Chip zu tasten.

Verdammt, fang endlich an!

Sie wollte es hinter sich bringen und nicht länger auf den Schmerz der Klinge warten, aber es geschah nichts. Fanden seine Fingerspitzen den Chip unter ihrer Haut nicht mehr?

»So, das war es«, sagte er plötzlich und hielt Alessa ein kleines blutiges Plättchen vor die Nase. »Hier ist der Übeltäter.«

Verdutzt starrte sie darauf, erstaunt darüber, dass sie den Schnitt nicht einmal gespürt hatte. Während Parker den Chip in die Toilette warf und hinunterspülte, kümmerte sich Kent um den Pflasterverband.

Nach ein paar Minuten war der ganze Spuk vorbei, der sie während der letzten Jahre innerhalb der Stadtgrenzen gefangen gehalten hatte. Ihr Nacken fühlte sich ein wenig taub an, als sie den Pulli wieder überstreifte, doch das war nichts im Vergleich zu dem überwältigenden Gefühl der Freiheit, das sie mit einem Mal empfand.

Sie konnte jetzt überall hingehen, ohne sich um Lesegeräte oder Alufolien zu sorgen!

Das zu wissen, war einfach großartig. Allerdings würde sie noch so lange in der Stadt bleiben, bis sie auch wusste, warum Susannah sich nicht meldete. Sobald sie Sanna gefunden hatte, konnten sie die Stadt gemeinsam verlassen. Alles, was sie tun mussten, war, Susannahs Chip zu entfernen. Zweifelsohne würden ihr Parker und Kent dabei helfen.

»Ein gutes Gefühl, oder?«

Kents Frage riss sie aus ihren Gedanken. Blinzelnd sah sie ihn an.

»Das Ding los zu sein, meine ich. Ich kann mich noch gut erinnern, wie befreit ich mich danach gefühlt habe.«

Befreit war das richtige Wort, denn genauso fühlte sie sich – frei. Am liebsten hätte sie die beiden gebeten, ihr auch gleich das Samenkorn herauszuschneiden, doch das war ein zu großer Eingriff für ein Badezimmer.

»Halt die Hand auf.« Kent öffnete ein Röhrchen mit Pillen und schüttete zwei davon auf Alessas ausgestreckte Handfläche. »Das sind Schmerztabletten. Die solltest du nehmen, denn in dem Moment, in dem das Spray nachlässt, wirst du den Schnitt spüren.«

Alessa, die bereits ein erstes Ziehen in ihrem Nacken bemerkte, warf sich die Tabletten in den Mund und spülte sie mit einem Schluck Wasser aus dem Hahn hinunter.

»Danke – für alles«, sagte sie an die beiden gewandt, als sie gemeinsam das Bad verließen.

Parker grinste. »Gern geschehen.«

Kent musterte sie misstrauisch. »Du willst gehen, oder?«

Sie nickte. »Ja, ich denke, es ist an der Zeit.«

»Warum bleibst du nicht?«, schlug er vor. »Niemand weiß, dass du hier bist. Du wärst also vor diesem maskierten Drecksack erst einmal in Sicherheit.«

Alessa musste zugeben, dass der Gedanke durchaus verlockend war. Abgesehen davon, dass sie keine Ahnung hatte, ob der Maskierte inzwischen herausgefunden hatte, wo sie wohnte, blieb immer noch die Tatsache, dass die Behörde es auf jeden Fall wusste – und damit bestand die Gefahr, dass die Gemeinschaft es früher oder später ebenfalls herausfinden würde.

Die Vorstellung, nicht länger allein zu sein – wenigstens für eine Nacht –, gefiel ihr. Parker und Kent machten ihr längst keine Angst mehr. Sie könnte die Zeit nutzen und in Ruhe darüber nachdenken, was sie jetzt tun wollte, nachdem sie nicht mehr an die Stadt gebunden war.

»In Ordnung«, stimmte sie schließlich zu. »Ich bleibe heute Nacht hier.«

»Du kannst so lange bleiben, wie du willst. Das Zimmer da unten benutzen wir sowieso nie.«

Eine Nacht sollte genügen.

Im Wohnzimmer angekommen ließen sich die beiden in ihre Sessel fallen. Alessa ging zur Schlafzimmertür. Ihr schwirrte der Kopf von allem, was heute geschehen war. Auf der Schwelle blieb sie noch einmal stehen. »Warum nennt ihr euch Parker und Kent?«

Parker bedachte sie mit einem Blick, als sei die Antwort darauf vollkommen klar. »Uns bei unseren echten Namen zu nennen, wäre ja, als hieße Spiderman nicht Spiderman, sondern einfach nur Peter Parker.«

»Was ja auch stimmt.« Alessa hatte Mühe, ihm zu folgen.

»Ja, im wahren Leben«, meinte Kent. »Aber nicht in seiner Superheldenexistenz.«

»Und ihr seid Superhelden«, stellte sie trocken fest.

»Natürlich nicht«, sagte Parker. »Unsere echten Namen sind einfach uncool.«

»Euch ist aber klar, dass Parker und Kent auch keine Superheldennamen sind, oder?«

»Klar.« Kent grinste. »Aber Hellseher-Mann und PSI-Mann wäre ein wenig auffällig auf dem Klingelschild, oder?«

Alessa musste lachen. »Ihr seid verrückt. Aber ich nehme an, das wisst ihr.«

11

Alessa erwachte kurz nach Mittag, erstaunt darüber, dass sie so lange und traumlos geschlafen hatte. Sie ging ins Bad, um zu duschen. Der Schnitt in ihrem Nacken brannte, nach einer weiteren Schmerztablette – Kent hatte ihr das Röhrchen überlassen – blieb davon jedoch nicht mehr als ein leichtes Ziehen.

Als sie aus dem Schlafzimmer kam, hockten Parker und Kent auf der Couch und blätterten in ein paar Comicheften, im Fernsehen lief eine Zeichentrickserie, der die beiden aber kaum Aufmerksamkeit schenkten. Sobald sie Alessa bemerkten, sahen sie auf.

»Hey«, begrüßte Parker sie. »Gut geschlafen?«

»Sehr gut sogar.«

Kent grinste. Er wollte gerade etwas sagen, als das gedämpfte Klingeln von Alessas Handy aus dem Schlafzimmer drang. Sie ging zurück, holte es aus der Jackentasche und warf einen Blick auf das Display. Unbekannter Teilnehmer. Der Einzige, der sie – von Susannah einmal abgesehen – auf ihrem Handy angerufen hatte, war Logan. Er musste Neuigkeiten haben.

»Ja?«, meldete sie sich.

»Hallo, Alessa.« Sie erkannte seine Stimme sofort, trotzdem sagte er in seinem besten Kommandanten-Tonfall: »Logan hier.«

Ihr Herz begann schneller zu schlagen und plötzlich war sie sich nicht mehr sicher, ob es daran lag, dass sie sich vor dem fürchtete, was er womöglich über Susannah herausgefunden hatte, oder ob es seine Stimme war, die ihren Puls beschleunigte.

»Können wir uns sehen?«

»Hast du Susannah gefunden?«

»Noch nicht.«

Alessa erinnerte sich an die Umstände, unter denen sie zuletzt auseinandergegangen waren, und an das beklommene Schweigen, das zwischen ihnen geherrscht hatte. Warum wollte er sie sehen, wenn es nichts zu sagen gab?

»Ich würde gerne mit dir sprechen«, fuhr er fort. »Wegen vorgestern Abend. Du weißt, dass ich der Gemeinschaft nicht über den Weg traue, aber … ich würde das lieber persönlich mit dir besprechen.«

Sein Ton klang so geschäftsmäßig, dass sie unmöglich hätte sagen können, welche Gefühle in seiner Stimme schwangen, einzig eine gewisse Dringlichkeit hörte sie deutlich heraus. Es schien ihm wirklich wichtig zu sein.

»In Ordnung.«

»Ich komme zu dir.«

»Nicht nötig.« Da sie nicht vorhatte, Parker und Kent in die Angelegenheiten der Behörde hineinzuziehen, sagte sie ihm weder, dass sie nicht zu Hause war, noch nannte sie ihm eine Adresse, unter der er sie finden würde. »Treffen wir uns an der Royal Mile – vor St. Giles –, in einer Stunde?«

»Ich werde da sein.« Für einen Moment klang es, als wolle er noch etwas sagen, dann jedoch herrschte Stille in der Leitung. Er hatte aufgelegt.

Alessa schob ihr Handy wieder in die Jackentasche. »Ich muss gehen.«

Parker sprang auf, ging zu einer Schublade und kramte darin herum, bis er schließlich einen Schlüssel herausfischte. »Nimm den mit«, sagte er und drückte ihn ihr in die Hand, »dann kommst du zu jeder Zeit herein.«

Sie starrte den Schlüssel an, dessen Zacken sich kühl in ihre Handfläche bohrten. »Ich soll zurückkommen?«

»Sicher. Und du bleibst, solange du willst.«

Zur Hölle, warum eigentlich nicht?

Sie hatte die Nase voll davon, immer allein zu sein. Es war schön, wieder Menschen um sich zu haben, jemanden, vor dem sie ihre Identität nicht geheim halten musste. Es wäre ohnehin nur für ein paar Tage, nur so lange, bis sie wusste, wo sie nun hingehen und was sie mit ihrem Leben anstellen sollte.

Alessa steckte den Schlüssel in ihre Hosentasche. »Danke.«

Kent nickte. »Morgen holen wir deine Sachen. Brauchen wir einen größeren Wagen?«

»Worauf du wetten kannst«, grinste Parker. »Vermutlich müssen wir den größten Umzugswagen mieten, den wir finden können. Du weißt doch, wie Frauen sind.«

»Diese hier hat nur eine gepackte Reisetasche in ihrer Wohnung stehen.«

Die beiden sahen sie erstaunt an, wobei Alessa nicht hätte sagen können, ob es die Tatsache war, dass sie so wenig besaß, oder ob es daran lag, dass ihre Tasche bereits gepackt war.

»Dann können wir glatt den Bus nehmen.«

»Das werde ich jetzt auch tun.«

Sie winkte den beiden zum Abschied kurz zu, ehe sie das Haus verließ. Erst draußen wurde ihr bewusst, dass sie weder wusste, in welcher Straße noch in welchem Stadtteil sich das Haus von Parker und Kent befand. Sie zog ihr Handy aus der Tasche und machte ein Foto des Hauseingangs samt Hausnummer und ein paar Schritte weiter noch eines des Schildes, auf dem der Straßenname stand.

Ein Stück die Straße entlang war eine Bushaltestelle. Sie warf einen Blick auf die Fahrtroute und sah, dass sie sich in Portobello befand, nur wenige Straßen von der Küste entfernt. Zu gerne wäre sie zum Meer hinuntergegangen, doch wenn sie Logan treffen wollte, musste sie sich beeilen.

Obwohl sich die Sonne immer wieder zwischen den schnell dahinziehenden Wolken zeigte, hatte sie den Reißverschluss ihres Parkas bis nach oben geschlossen und die Hände in den Taschen vergraben. Die Handschuhe hatte sie im Haus vergessen. Sie wollte schon zurückgehen, um sie zu holen, doch dann wäre sie womöglich zu spät zum Treffpunkt gekommen. Es würde auch ohne gehen.

Glücklicherweise dauerte es nicht lange, bis der Bus kam. Eine halbe Stunde später stieg sie an der Princes Street aus und lief das letzte Stück, hinüber zur Royal Mile, wo Logan bereits vor den Stufen von St. Giles wartete.

»Danke, dass du gekommen bist«, begrüßte er sie. »Wollen wir ein Stück gehen?«

Nebeneinander spazierten sie gemächlich die Royal Mile hinunter, in Richtung Holyrood House, der Residenz der Königin. Sie sprachen nicht viel und Alessa fühlte sich in seiner Gegenwart seltsam befangen. Nicht dass ihr seine Nähe unangenehm war, eher das Gegenteil war der Fall, und darin lag wohl auch ihre Nervosität begründet. Sie fühlte sich *zu* wohl in seiner Gesellschaft. Immer wieder sah sie ihn verstohlen an, konnte sich kaum sattsehen an seinen dunklen Augen und den markanten Zügen.

Bei ihrer letzten Begegnung hatte er ihr angeboten, ihr zu helfen. Zweifelsohne hätte er das nicht getan, wenn er auch nur geahnt hätte, worin ihr Problem bestand. Trotzdem verspürte sie immer noch die Sehnsucht, sich ihm anzuvertrauen. Der Wunsch, dass sich dieser Mann schützend vor sie stellte und alle Gefahren von ihr fernhielt, war plötzlich so präsent, dass sie fürchtete, er könne ihn in ihren Augen lesen. Beinahe wünschte sie sich, dass er es täte.

Logan wirkte angespannt. Zunächst fürchtete sie, seine Unruhe könnte daher rühren, dass er sie in einen Hinterhalt locken und an die Gemeinschaft ausliefern würde. Aber das passte nicht zu dem, was sie bisher beobachtet hatte. Wenn es um seinen Job für die Behörde ging, war er absolut souverän und ließ sich nicht das Geringste anmerken.

»Es tut mir leid, wenn du vorgestern einen falschen Eindruck von mir gewonnen hast«, sagte er nach einer Weile und sah sie von der Seite an. »Ich bin kein Freund der Gemeinschaft, das will ich gar nicht leugnen, aber ich möchte, dass du weißt, dass das nicht für dich gilt.«

Da begriff sie, dass dies für ihn kein geschäftlicher Termin war. Er hatte nicht Alessa, die Seherin und Zeugin treffen wollen, sondern Alessa, den Menschen.

So seltsam es auch sein mochte, dass ausgerechnet er, der die Gemeinschaft so sehr zu verabscheuen schien, sich nur deshalb mit ihr treffen wollte, um ihr das zu sagen, so sehr berührte es sie auch.

»Ich wollte dir das schon vorgestern sagen, nachdem ich dich abgesetzt hatte und du ins Haus gegangen warst«, fuhr er fort. »Ich war tatsächlich kurz davor, noch einmal bei dir zu klingeln, allerdings war ich mir nicht sicher, ob du mich sehen willst.«

»Ich bin dir nicht böse.« *Sag noch etwas!* Aber sie wusste nicht recht, was sie sonst darauf erwidern sollte. *Sag ihm, dass du dich freust, ihn zu sehen!* Doch die Worte wollten nicht über ihre Lippen finden. Während der Jahre in der Gemeinschaft war sie nur selten mit Männern ausgegangen, damals hatte sie keine Zeit dafür gehabt. Jetzt fehlten ihr die Erfahrung und die Wortgewandtheit, die ihr vielleicht ein paar Dates mehr eingebracht hätten.

Schnell rief sie sich ins Gedächtnis, dass dies hier kein Date war, sondern lediglich ein Treffen, um etwas zu klären. Sie hätte ihn fragen können, warum es ihm so wichtig war, ihr das zu sagen, aber eine falsche Antwort hätte die Schmetterlinge, die plötzlich in ihrem Bauch flatterten, womöglich zur Landung gezwungen.

Zum ersten Mal, seit ihre Wege sich gekreuzt hatten, wirkte nichts an ihm hart und kalt. Schon bei ihrer letzten Begegnung, kurz nachdem er sie vor dem Maskierten gerettet hatte, war ihr das aufgefallen, doch jetzt war da etwas in seinen Augen, das ihr das Gefühl gab, in Sicherheit zu sein.

Sie wusste, dass sie das keineswegs war, doch sie wollte sich zumindest für eine Weile der Illusion hingeben und nichts weiter tun, als die Nähe eines Mannes zu genießen, den sie immer mehr zu mögen begann.

Schweigend gingen sie weiter. Alessa tat, als sähe sie in die Schaufenster der kleinen Läden, Pubs und Teestuben, in Wahrheit jedoch betrachtete sie Logans Spiegelbild darin – und wurde das Gefühl nicht los, dass er dasselbe bei ihr tat.

Der Sonnenuntergang färbte den Himmel orange und hüllte die Wolken in geisterhaftes Glühen. Zusammen mit der Sonne sanken auch die Temperaturen. Alessa vergrub die Hände wieder in den Taschen.

»Du frierst viel, oder?«

»Eigentlich ständig.«

»Wie überlebst du das im Winter, wenn es im Frühling schon so schlimm ist?«

»Ich kette mich an eine Heizung und rühre mich bis zum Frühlingsanfang nicht vom Fleck.«

Logans Lachen war wie eine warme Hand, die geradewegs nach ihrem Herzen griff. »Du bist wirklich außergewöhnlich.«

Du hast ja keine Ahnung.

»Logan, gibt es wirklich keine Neuigkeiten von Susannah? Konntet ihr denn noch gar nichts in Erfahrung bringen?«

Die Fröhlichkeit wich schlagartig aus seinen Zügen. »Ich wollte dir nichts sagen, solange wir nichts Genaueres wissen, aber –«

Seine Worte ließen schlagartig alle warmen und angenehmen Gefühle in ihr erlöschen. Ruckartig blieb sie stehen.

»Sie ist tot«, flüsterte sie.

Logan war ebenfalls stehen geblieben uns sah sie an. »Nein, das ist sie nicht.« In seinen Augen konnte sie sehen, dass er sich dessen keineswegs sicher war. »Wir haben sie tatsächlich noch nicht gefunden. Allerdings waren wir in ihrer Wohnung.«

Es fiel Alessa schwer, ihn sprechen zu lassen, statt ihn mit Fragen zu überschütten. Ihre Hände in den Jackentaschen begannen zu zittern. Um sie ruhigzuhalten, ballte Alessa sie zu Fäusten. *Bitte*, flehte sie stumm. *Keine schlechten Nachrichten.*

»Sie war nicht dort«, fuhr er fort, ohne seinen Blick von ihren Augen zu nehmen. »Meine Jungs lösen sich ab, sodass immer einer von ihnen in der Wohnung ist für den Fall, dass sie zurückkommt.«

»Für den Fall? Den *unwahrscheinlichen* Fall? Logan, sag mir die Wahrheit: Denkst du, ihr ist etwas passiert?«

Er schwieg einen Moment, dann verzog er das Gesicht. »Zumindest halte ich es nicht für ausgeschlossen. Auf dem Küchentisch standen eine Tasse Tee, in der noch der Beutel hing, und ein Teller mit einem vergammelten Sandwich. Daneben lag eine Zeitung von letzter Woche. Auf den ersten Blick wirkt alles, als sei sie überstürzt abgehauen. Dass nichts zu fehlen scheint, spricht dafür.«

»Aber?«

»Ihr Handy und ihre Geldbörse lagen ebenfalls auf dem Tisch, zumindest die beiden Sachen hätte sie wohl mitgenommen.«

Der Anblick des Maskierten drängte sich in ihrer Erinnerung nach vorne, groß, dunkel und bedrohlich. Sie sah ihn, wie er vor Susannah stand, die Pistole auf sie gerichtet, sah den Schrecken in Susannahs Zügen, kurz bevor er abdrückte.

Nein!

Dann hätten sie ihre Leiche gefunden oder zumindest einen von der Polizei abgesperrten Tatort. Doch dort war nichts weiter als eine zurückgelassene Mahlzeit und das Handy.

»Es tut mir leid, dass ich dir nichts anderes sagen kann.« Logan legte seine Hand auf ihren Arm. »Ich weiß nicht, was passiert ist, aber wir werden weiter nach ihr suchen.«

Für einen Moment spürte sie Misstrauen in sich aufsteigen. Warum sollte er nach einer völlig Fremden suchen, statt seiner Arbeit nachzugehen, wenn nicht aus dem Grund, dass er wusste, wer Susannah war? Hatte er ihren Namen womöglich bereits in seinem PC oder auf einer Liste, auf der all die Dämonenseher standen, die er einfangen sollte? Als sie jedoch in seine Augen sah, fand sie darin den wahren Grund. Er tat es für sie, Alessa.

»Danke.«

Eine Weile blickten sie einander schweigend an. Logan hob die Hand und strich ihr eine Locke aus der Stirn.

»Hast du Hunger?«, fragte er plötzlich.

Da sie sich noch nicht verabschieden wollte, nickte sie.

»In Ordnung.« Er griff nach ihrer Hand und führte Alessa die Straße entlang. Die Wärme seiner Finger drang durch ihre Haut und betäubte die Kälte und die beißende Angst, die sich in ihrem Herzen eingenistet hatte.

Sie gingen von der Royal Mile weg, tiefer in die Old Town hinein, bis er vor einem Pub stehen blieb. *Hawkins Tavern* verkündete das Schild über dem Eingang. Im Inneren erwartete sie ein behaglicher Gastraum mit dunklen Bodendielen und Bänken, deren Sitz- und Rückenflächen mit grünem Stoff bezogen waren. Im Regal hinter der Bar stand eine riesige Auswahl an Whiskys und anderen Spirituosen, eine ganze Batterie an Zapfhähnen kündete von einer ebenso reichlichen

Auswahl an Bier, was in Anbetracht der Menschentraube, die sich um die Bar herum sammelte, sichtlich Anklang fand.

Die Wände waren gespickt von ausgestopften Fischen, Schiffssteuerrädern, Angeln und unzähligen Bildern von alten Schiffen und Schifffahrtsrouten. Fischernetze hingen von der Decke in den Raum, geschmückt mit Seesternen, Muscheln und knallroten Plastikhummern.

Logan führte sie zu einem Tisch in einer Ecke. Während Alessa ihren Parka an die Garderobe beim Eingang hängte, warf er seine Lederjacke zwischen sie auf die Eckbank. Alessa war froh um die kleine Barriere, sie war ihm ohnehin schon näher gekommen, als ihr guttat.

Er schob ihr die Speisekarte hin. »Such dir etwas aus.«

Alessa warf einen Blick auf die Karte und entschied sich dann für eine Shepherd's Pie und eine Kanne Tee. Kaum hatte sie Logan das gesagt, ging er zum Tresen, um seine Order abzugeben.

Alessa lehnte sich zurück und beobachtete ihn. Die Selbstsicherheit, die er jetzt wieder ausstrahlte, war ebenso anziehend wie das Lachen, das sie vorhin zu hören bekommen hatte. Er lachte nicht oft, umso besser gefiel es ihr, wenn er es doch tat. Zu gerne hätte sie gewusst, warum er die meiste Zeit über so ernst und verschlossen wirkte. Von seinem Beruf und seiner Abneigung gegen die Gemeinschaft einmal abgesehen wusste sie so gut wie nichts über diesen Mann. Wie konnte sie jemanden mögen, der ein vollkommen Fremder für sie war, jemanden mit einem Auftrag, wie er ihn hatte?

Tatsache war, dass sie ihn mochte. Das wurde ihr einmal mehr klar, als er an den Tisch zurückkam, ein Pint Bier in der Hand. »Deinen Tee bringen sie an den Tisch, sobald das Wasser kocht.« Er stellte sein Glas ab und rutschte zu ihr auf die Bank, auf die Seite, wo seine Jacke nicht zwischen ihnen lag.

Er hatte sich kaum gesetzt, da brachte ein junger Kerl, vermutlich ein Student, der hier jobbte, die Kanne mit dem Tee.

Als Alessa sich eine Tasse einschenkte, spürte sie, dass Logan sie beobachtete. Sie stellte die Kanne zur Seite und sah ihn an.

»Was ist?«

Sein Blick ruhte auf ihren Händen. »Wie kommt es, dass du deine Handschuhe nicht ständig trägst?«

»Meine Fähigkeiten sind nicht sonderlich ausgeprägt.« Sie war drauf und dran, mehr zu sagen aus dem Wunsch heraus, sich mit ihm zu unterhalten und auf diese Weise auch mehr über ihn zu erfahren, aber ganz gleich was sie ihm über ihre Fähigkeiten erklärte, es wäre gelogen.

Doch *irgendetwas* musste sie ihm erzählen. Wenn sie all seinen Fragen auswich oder sie nur knapp beantwortete, machte sie das verdächtig. Ihr blieb gar keine andere Wahl, als etwas zu erfinden, besonders als er wissen wollte, warum sie sich vor der Gemeinschaft versteckte.

»Es ist nicht gerade üblich, dass jemand, der kein Wilder ist, sich von der Gemeinschaft löst«, sagte er. »Ich weiß, dass sie ihresgleichen beisammenhalten – zumindest das kann man ihnen zugutehalten.«

»Warum?«

»Warum was?«

»Du misstraust der Gemeinschaft, aber du findest es gut, dass sie existiert.« Alessa nippte an ihrem Tee und genoss die Wärme, die er in ihr verbreitete. »Widerspricht sich das nicht?«

»Vermutlich tut es das – aber irgendwie auch wieder nicht.« Er zog eine Grimasse. »Ich fürchte, das ist ziemlich schwer zu erklären.«

Zumindest, ohne dir meine Lebensgeschichte zu erzählen, schienen seine Augen zu sagen. Und das hatte er sichtlich nicht vor. Er beantwortete zwar ihre Fragen, doch Alessa konnte sich des Eindrucks nicht erwehren, dass er ebenso auswich, wie sie es tat, mit dem einzigen Unterschied, dass er – statt zu lügen – in seinen Antworten oberflächlich blieb.

Trotzdem wollte sie mehr über sein Verhältnis zur Gemeinschaft wissen, vor allem woher dieses Misstrauen kam.

»Ich bin für einen Erklärungsversuch offen. Vielleicht verstehe ich es ja.«

Einen Moment saß er da und sah sie an. Seine Finger strichen über die Außenseite seines Bierglases und zeichneten Muster in das Kondenswasser, das sich daran gebildet hatte. »Die Gemeinschaft hält die Seher unter einem Dach, sodass keine Wilden durch die Städte ziehen, unkontrolliert ihren Kräften freien Lauf lassen und ihre Fähigkeiten nutzen, um Verbrechen zu verüben.«

»Sind wir das für dich? Eine Horde potenzieller Verbrecher, die nur darauf wartet, von der Leine gelassen zu werden?« Alessa hatte Mühe, die Wut zu unterdrücken, die seine Worte in ihr entfachten. »Macht es automatisch einen schlechten Menschen aus jemandem, wenn er etwas kann, das andere nicht können?«

Logan hob beschwichtigend die Hände. »Nein, so habe ich das nicht gemeint. Alles, was ich sagen wollte, ist, dass die Gemeinschaft Menschen zusammenhält und ausbildet, von denen einige ohne Führung womöglich auf die schiefe Bahn geraten würden.«

Einen Moment musterte sie ihn misstrauisch, doch sie fand keine Unaufrichtigkeit in seinen Augen. Das ließ ihre Wut schwinden. »Aber wenn du das gut findest, wie kannst du die Gemeinschaft dann gleichzeitig verabscheuen?«

»Abgesehen davon, dass ich mir nicht vorstellen kann, wieso sich Menschen mit derart besonderen Fähigkeiten damit zufriedengeben sollten, eine untergeordnete Rolle in unserer Gesellschaft einzunehmen, trennt die Gemeinschaft Familien«, sagte er schließlich. »Kinder wenden sich von ihren Eltern ab.«

Kommst du aus so einer Familie? Sie wagte nicht, die Frage auszusprechen, aus Angst, ihn damit zum Schweigen zu bringen.

»Hast du dich je gefragt, wie es für Kinder wie uns ist, in einer *normalen* Familie zu leben?«, gab sie zurück. »Kannst du dir vorstellen, wie schmerzhaft die Blicke von Eltern sein können, wenn man darin nicht die Liebe sieht, wie sie Eltern für ihre Kinder empfinden sollten, sondern nur Furcht? Weißt du, wie es ist, wenn Eltern ihr eigenes Kind für etwas Abartiges, Bedrohliches halten, nur weil es über Fähigkeiten verfügt, die sie nicht verstehen?« Sie schüttelte den Kopf, einerseits als Antwort auf ihre Frage und andererseits, um die aufsteigenden Erinnerungen an ihre Eltern abzuschütteln.

Er sah sie erstaunt an. »War es so bei dir?«

Alessa war versucht seine Frage zu verneinen, doch es gab keinen Grund, ihn zu belügen – nicht in diesem Fall. »Meine Eltern hatten Angst, mich zu berühren, aus Furcht vor dem, was ich sehen und ihnen über ihre Zukunft sagen könnte.« Davon, dass sie schon damals imstande gewesen war, Gedanken zu lesen, sagte sie nichts. Sie hatte vor vielen Jahren damit aufgehört – schon zu Beginn ihrer Ausbildung in der Gemeinschaft und lange bevor man ihr den Dämon eingepflanzt hatte. Alessa respektierte die Intimsphäre anderer und hätte es unmoralisch gefunden, uneingeladen darin herumzustochern. Abgesehen davon wollte sie sich nicht selbst widersprechen, schließlich hatte sie behauptet lediglich über geringe Fähigkeiten zu verfügen. »Ich habe die Gabe unterdrückt in der Hoffnung, die Abscheu aus ihren Augen schwinden zu sehen, doch sie konnten es nicht vergessen. Für sie war ich ein Monster und würde es immer bleiben.«

»Wie können Eltern so grausam sein?«

Seine Frage erstaunte sie, hegte er doch ähnliche Gefühle gegenüber der Gemeinschaft, wie Alessas Eltern sie gegenüber ihrer eigenen Tochter empfunden hatten. Aber darin lag auch der Unterschied, das wurde ihr nun klar. Während die Abscheu ihrer Eltern sich auf sie als Person fokussiert hatte, galten Logans Gefühle der Gemeinschaft – einer Organisation, nicht einzelnen Menschen dahinter. Er verurteilte nicht die Seher für ihre Gabe, sondern die Gemeinschaft für das, was sie – in seinen Augen – daraus machte.

Beinahe hätte sie erleichtert aufgeseufzt. Um das Lächeln zu verbergen, das plötzlich auf ihre Lippen fand, hob sie die Tasse und trank. Als sie sie schließlich abstellte, hatte sie sich wieder unter Kontrolle. Es war ohnehin albern, sich so sehr darüber zu freuen, dass er keine einzelnen Personen – und damit nicht sie selbst – verabscheute, denn es änderte rein gar nichts an ihrer Situation, dafür hatte Doktor Burke mit ihren Experimenten gesorgt.

»Vielleicht verstehst du jetzt, warum ich die Gemeinschaft nicht verdammen kann. Sie haben mich aus einer Familie geholt, die mich nicht haben wollte, und gaben mir ein Zuhause und Sicherheit.«

»Warum bist du dann abgehauen?«

Es war die Frage, vor der sie sich am meisten gefürchtet hatte – die, auf die sie keine Antwort geben konnte.

»Logan, soll das ein Verhör werden?«, versuchte sie sich aus der Affäre zu ziehen.

»Nein, natürlich nicht.« Er schüttelte den Kopf. »Ich versuche nur mehr über dich zu erfahren.«

»Für deine Akten?«

»Nein. Nur für mich. Ich möchte einfach mehr über dich wissen, allerdings bin ich wohl etwas eingerostet.«

Sie blinzelte. »Eingerostet?«

»Diese ganze Kommunikationssache.« Er verzog die Lippen zu einem Grinsen, das so jungenhaft und charmant wirkte, dass sie Mühe hatte, ein Lächeln zu unterdrücken. »Ich hätte dich wohl warnen sollen, dass ich das nicht allzu oft mache.«

Keine Unterhaltungen? Die Frage lag ihr auf der Zunge, doch die Antwort war offensichtlich. Logan war niemand, der die Gesellschaft anderer suchte.

Aber warum wollte er ausgerechnet über sie so viel wissen?

Die bloße Vorstellung, er könne sich tatsächlich für sie als Mensch interessieren, ließ ihr Herz einen aufgeregten Satz machen. Ihre Handflächen begannen zu prickeln und in ihrem Bauch flackerte eine überwältigende Wärme auf, wie sie sie noch nie gespürt hatte.

Es war zum Aus-der-Haut-Fahren. Sie war gerne mit ihm zusammen und fühlte sich mehr zu ihm hingezogen als zu jedem anderen Mann, dem sie je begegnet war, aber sie wusste, dass sie diese Gefühle besser nicht zulassen sollte.

Als sie aufsah, bemerkte sie, dass Logan sie mit gerunzelter Stirn betrachtete. »Stimmt etwas nicht?«, fragte Alessa.

»Sag du es mir.«

»Was?«

»Zum Beispiel, warum du plötzlich so ernst, fast schon traurig aussiehst.«

Erschrocken darüber, dass ihr ihre Gefühle so deutlich anzumerken waren, zwang sie sich zu einem Lächeln. »Nein, es ist alles in Ordnung. Ich musste nur gerade an etwas denken.«

»Willst du deine Gedanken mit mir teilen?«

»Lieber nicht.«

Zum Glück kam in diesem Augenblick ihr Essen, und das Erscheinen der Bedienung verhinderte, dass er weitere Fragen stellen konnte. Logan hatte für sich ebenfalls Shepherd's Pie bestellt und stach nun mit der Gabel in die Oberfläche, bis heißer Dampf aus den Löchern stieg. Alessa tat es ihm nach. Der Geruch von Hackfleisch und Kartoffeln stieg ihr in die Nase und erinnerte sie daran, dass sie tatsächlich hungrig war. Sie spießte einen Bissen auf die Gabel und blies darauf, bis er weit genug abgekühlt war, dass sie ihn sich in den Mund schieben konnte. Es schmeckte hervorragend.

Eine Weile aßen sie schweigend, und während Alessa versuchte alle Gedanken von sich zu schieben, die mit Logan und seiner Nähe zu tun hatten, bemerkte sie, wie er sie verstohlen beobachtete.

»Was ist?«, durchbrach sie das Schweigen, als sie seine Blicke nicht länger ertrug.

Logan setzte zu einer Antwort an, da klingelte sein Handy. »Entschuldige.« Er legte die Gabel zur Seite, zog das Telefon aus seiner Lederjacke und meldete sich mit einem knappen »Drake.«

Einen Moment lauschte er der Stimme, die von der anderen Seite undeutlich bis an Alessas Ohr drang, dann sagte er: »Nicht heute.«

Wieder sagte der andere etwas.

Logan warf einen kurzen Blick in ihre Richtung. »Nein, jetzt geht es nicht. Morgen, um zehn in Roberts' Büro.« Dann legte er auf und verstaute das Telefon wieder. »Entschuldige, das war geschäftlich.«

Während sie aßen, sprachen sie über unverfängliche Dinge. Logan erzählte ihr von seinen Einsätzen für die Behörde und unter welchen Umständen die Spezialeinheit damals gegründet worden war, während Alessa seine Fragen zu ihrer Arbeit in Mr Farnsworths Laden beantwortete.

Nachdem sie gegessen hatten, entschuldigte sie sich und ging zur Toilette, um sich die Hände zu waschen. Sie ließ warmes Wasser über ihre Finger laufen und war froh, für einen Moment Logans wachsamen Blicken entkommen zu sein. In seiner Gegenwart fühlte sie sich, als müsse sie ständig auf der Hut sein, als genüge ein falscher Blick oder ein falsches Wort, um ihn wissen zu lassen, was sie vor ihm verbarg. Es war Unsinn, denn sichtlich hatte er noch immer keine Ahnung, *was* sie war, und doch war dieser Abend für sie ein Spagat zwischen dem, was gesagt, und dem, was nicht gesagt wurde. Ein ähnlicher Balanceakt war es für ihre Gefühle, die Vernunft auf der einen und der Wunsch nach Nähe auf der anderen Seite.

Mit dem festen Entschluss, den Abend zu beenden und nach Hause zu fahren, solange sie noch imstande war, klar zu denken, trocknete sie sich die Hände ab und kehrte in den Gastraum zurück.

Schon von Weitem sah sie, dass Logan nicht mehr allein war. Ein Mann hatte sich zu ihm gesetzt, den Mantel über die Lehne eines Stuhls gelegt, der vorhin noch nicht da gestanden hatte. Er saß mit dem Rücken zu Alessa, sodass sie erst nach einigen Schritten einen Blick auf sein Profil erhaschen konnte. Doch es waren nicht seine freundlichen Züge und auch nicht das akkurat sitzende Haar, die Alessas Aufmerksamkeit auf sich zogen, sondern die farblich zu seinem Anzug passenden hellgrauen Lederhandschuhe.

Ein Seher!

Sein Anblick ließ sie mitten im Schritt innehalten und hinter den Schutz eines hölzernen Raumteilers zurückweichen. Sie kannte den Mann, hatte ihn in der Gemeinschaft oft gesehen. Wenn sie nicht gewusst hätte, dass er sich dort im Dunstkreis des Rates bewegte, wäre sie womöglich zu dem Schluss gekommen, es könne sich um einen Informanten handeln, der Logan unter der Hand mit Informationen über die Gemeinschaft versorgte.

Andererseits gab es keinen Grund, warum er nicht trotzdem Interna an Logan weitergeben konnte, auch wenn der über das Erscheinen des Sehers alles andere als begeistert zu sein schien.

Alessa spähte hinter der Trennwand hervor und musterte den Mann. Wie war sein Name noch mal? Es dauerte einen Moment, ehe sie darauf kam. Devon. Devon Drake.

Drake.

»O mein Gott«, flüsterte sie.

Warum war ihr das nicht sofort aufgefallen? Devons Züge waren weicher und weniger markant als die seines Bruders, doch die Ähnlichkeit zwischen Logan und ihm ließ sich nicht verleugnen, auch wenn sie vom Typ her kaum verschiedener hätten sein können. Der eine ein teuer gekleideter Geschäftsmann, der andere ein lässig angezogener, aber ernster Agent der Behörde.

Da erinnerte sie sich an die Worte des Professors. *Wenden Sie sich an Devon Drake, das neue Oberhaupt des Rates.* Alessas Hände begannen zu zittern. War er die Hoffnung, die sie bereits begraben geglaubt hatte? Der Professor schien ihm vertraut zu haben. Devon Drake konnte dem Spuk womöglich ein für alle Mal ein Ende setzen.

Ihr Blick richtete sich auf Logan. Er sprach ruhig, doch in seinen Augen glommen eisige Funken, als er seinen Bruder ansah. Zu ihrem eigenen Erstaunen traute sie der Kälte in seinem Blick mehr als den Worten des Professors.

Alessa mischte sich unter eine Gruppe Jugendlicher, die auf dem Weg zum Ausgang war, schnappte sich ihren Parka von der Garderobe und verließ *Hawkins Tavern* ohne Abschied.

12

Logan entlockte das Auftauchen seines Bruders nur wenig Begeisterung.

»Ich habe doch gesagt, wir treffen uns morgen bei Roberts«, sagte er ungehalten.

Devon schien sich nicht an dem unfreundlichen Empfang zu stören. Er schlüpfte aus seinem Mantel und legte ihn über die Lehne eines Stuhls, ehe er sich setzte. »Und ich habe dir gesagt, dass ich dich sprechen will.«

»Und du bekommst immer, was du willst.«

»Nein, aber ich habe es nicht so mit der Geduld – das liegt wohl in der Familie«, gab Devon lächelnd zurück. Er warf einen Blick auf Alessas Tee. »Du hast Gesellschaft?«

»Nicht mehr.« Logan verzog das Gesicht. »Wie hast du mich überhaupt gefunden? Hast du mein Handy angepeilt?«

»Ich habe gespürt, wo du bist.«

Wie mächtig bist du, verdammt noch mal? Statt Fragen zu stellen, auf die er ohnehin nur eine ausweichende Antwort bekommen würde, wollte er lieber versuchen, seinen Bruder so schnell wie möglich loszuwerden – und zwar bevor Alessa zurückkam.

Logan wusste nicht, warum sie sich vor der Gemeinschaft versteckte, trotzdem würde er nicht zulassen, dass sie ausgerechnet dem Oberhaupt des Rates in die Arme lief. Immer wieder warf er verstohlene Blicke in Richtung der Toilette, erwartete zu sehen, wie sie durch den Gastraum auf den Tisch zuging, aber sie kam nicht.

Logan stand auf. »Ich hole mir noch ein Bier.«

Er bot nicht an, Devon eines mitzubringen, und sein Bruder bat ihn auch nicht darum.

Logan schob sich durch die Menschen, die den Tresen umlagerten, und bestellte ein Pint Lager. Während er wartete, dass der Barkeeper das Bier zapfte, behielt er den Zugang zu den Toiletten im Blick.

Was musste Devon ausgerechnet jetzt aufkreuzen! Es gab Hunderte von Abenden, an denen Logan allein unterwegs war, aber sein Bruder musste sich natürlich den aussuchen, an dem er Gesellschaft hatte.

Dass Alessa eine Seherin war, hatte ihn nicht wirklich überrascht, es hatte genügend Anzeichen dafür gegeben. Was ihn jedoch erstaunt hatte, war die Tatsache, dass es ihm vollkommen gleichgültig war. Und wenn sie dem Rat selbst angehört hätte – es hätte nichts daran geändert, dass er sie mochte. Ihre Nähe brachte eine Seite in ihm zum Vorschein, die er nicht kannte. Eine, die sich wünschte, mit ihr zusammen zu sein. In manchen Situationen wirkte Alessa hilflos und verzweifelt, dann wieder strotzte sie vor Energie und Temperament. Diese

Mischung aus Zerbrechlichkeit und Entschlossenheit machte sie nur noch anziehender. Der Abend hätte so schön sein können und wäre womöglich hier noch lange nicht zu Ende gewesen – wenn Devon nicht aufgetaucht wäre.

»Haben Sie die Frau gesehen, mit der ich hergekommen bin?«, fragte er den Barkeeper, als dieser ihm das Bier vor die Nase stellte und abkassierte.

Der Mann schüttelte den Kopf und deutete auf die Menschenmenge, die sich um den Tresen scharte. »Zu viel los. Da habe ich nur Augen für Biergläser und Bezahlung. Fragen Sie mal Meggie.« Er deutete in Richtung einer blonden Bedienung, die am Tisch hinter ihnen stand. »Die hat selbst hinten Augen.«

Logan nahm sein Glas und machte kehrt. »Meggie?«, sprach er die Blonde an, und als sie sich zu ihm herumdrehte, sah er, dass es dieselbe Frau war, die ihnen das Essen gebracht hatte. »Haben Sie zufällig meine Begleitung gesehen? Sie ist zur Toilette und schon ziemlich lange weg.«

»Ich fürchte, dein Date ist dir abgehauen, Süßer.« Meggie deutete in Richtung der Tür. »Sie hat vor ein paar Minuten ihre Jacke genommen und ist raus. Aber vielleicht raucht sie ja auch nur eine.«

»Danke.« Logan ging zum Tisch zurück.

Alessa war nicht rauchen gegangen, und auch wenn er bedauerte, dass ihr gemeinsamer Abend so abrupt ein Ende gefunden hatte, war er froh, dass sie Devon rechtzeitig gesehen und die Flucht ergriffen hatte.

»Ich habe von Roberts gehört, dass Sparks tot ist«, sagte sein Bruder, kaum dass Logan sich wieder gesetzt hatte. In Devons Augen war ein Anflug von Trauer zu sehen, ein Ausdruck dafür, wie sehr er diesen Mann geschätzt hatte. »Habt ihr schon eine Spur des Mörders?«

»Sollen wir den Mörder jagen oder die Monster, die ihr erschaffen habt?«

Natürlich interessierte es Logan, wer den Professor umgebracht hatte, vermutlich stand der Maskierte in direkter Verbindung zu seinem eigenen Auftrag – einmal ganz davon abgesehen, dass der Kerl versucht hatte Alessa zu töten –, trotzdem wollte er nicht mit Devon über seine Arbeit sprechen.

Devon seufzte. »Ich weiß, dass in der Vergangenheit einiges passiert ist, das du mir nicht verzeihen willst. Aber kannst du nicht versuchen, deine persönliche Abneigung aus der Sache herauszulassen und sachlich mit mir über diesen Fall sprechen?«

»Ich bin sachlich«, gab Logan zurück. »Derjenige, der sich nicht professionell verhält, bist du. Andernfalls hättest du mich nicht mit deinen Zauberkräften aufgespürt, sondern dich an den Termin gehalten.«

»Es ist nun einmal wichtig.«

»Du willst ein Update über unseren Fortschritt, keine lebensrettende Herz-OP – das hätte Zeit gehabt. Aber da du nun schon einmal hier bist, können wir es genauso gut hinter uns bringen. Der Professor ist nicht das einzige Opfer. Einer der anderen aus deiner Akte ist ebenfalls tot – Kopfschuss wie bei Sparks. Vermutlich dieselbe Waffe und derselbe Täter. Meine Jungs sind an der Sache dran.«

»Deine Jungs? Und was bitte machst *du*?«

»Ich habe nicht vor, mich vor dir zu rechtfertigen.« Logan wurde zunehmend gereizter. Devon brauchte nicht zu wissen, dass er bis jetzt noch nicht einmal dazu gekommen war, sich die Akte anzusehen. »Wir erledigen diesen Job auf unsere Art, und im Gegensatz zu deinen Leuten haben wir innerhalb weniger Tage vier dieser Dämonenseher aufgespürt.«

»Die vier sind alle tot – und dazu der Professor!«, rief Devon ein wenig zu laut. Mit einem Blick zu den Seiten vergewisserte er sich, dass ihn niemand gehört hatte, ehe er leiser fortfuhr: »Eure Aufgabe ist es, diese Menschen lebend zurückzubringen.«

»Und eure Aufgabe ist es, Menschen nicht zu Monstern zu machen.« Er atmete tief durch und zwang sich zur Ruhe. »Wir werden diese Leute finden, aber ich lasse nicht zu, dass sich meine Männer unnötig in Gefahr bringen.«

Es war eine sinnlose Diskussion, denn sein Team hatte weder den Professor noch den anderen getötet, der durch einen Kopfschuss ums Leben gekommen war. Selbst die drei auf dem Land, die sie aufgespürt hatten, bevor überhaupt die Rede davon gewesen war, dass sie die Seher lebend zurückbringen sollten, waren tot gewesen, ehe sie sie erreichten – zerrissen von dem, was die Wissenschaftler in ihre Körper gepflanzt hatten.

»Ich bin an jemandem dran, der uns möglicherweise auf die Spur des Mörders führen kann, und meine Jungs kümmern sich um die Gesichter aus deiner Akte.«

»Ein Zeuge?«

»Darüber werde ich dir nichts Näheres sagen, um diese Person nicht in Gefahr zu bringen.« Er hatte nicht vor, ihm über die Umstände zu berichten, unter denen Alessa den Mord beobachtet hatte, und würde ihm auch nicht verraten, dass es einen Anschlag auf ihr Leben gegeben hatte. Verdammt, er würde ihm nicht einmal sagen, dass es sich um eine Frau handelte!

Devon dachte einen Moment darüber nach, schließlich nickte er. »Das kann ich verstehen. Was mir jedoch schwerfällt zu akzeptieren, ist deine Haltung mir gegenüber. Wenn wir den Versuchsopfern helfen und Gefahr für die Bevölkerung abwenden wollen, müssen wir an einem Strang ziehen. Du solltest dich bemühen, mir gegenüber ein wenig offener zu sein.«

Logans Zorn kochte hoch. »Hast du eine Ahnung, wie es zu Hause war, nachdem sie dich geholt haben? Weißt du, wie es ist, unsichtbar zu sein? Nein! Du hast nicht die geringste Ahnung, denn du hast uns ja im Stich gelassen. Also erzähl mir nicht, dass ich offener sein soll.«

»Vielleicht sollten wir ein andermal in Ruhe darüber sprechen.« Logans Worte hatten Devon getroffen, das war ihm anzusehen, doch er war schon immer derjenige Bruder gewesen, der über mehr Gelassenheit verfügte. »Lass uns erst das Geschäftliche klären: Ich werde deinem Team einen meiner Seher zur Seite stellen.«

»Kommt nicht infrage.«

Jetzt war es auch um Devons Ruhe geschehen. »Benimm dich gefälligst wie ein Profi!«, zischte er.

»Das tue ich«, entgegnete Logan. »Deshalb will ich nicht, dass sich deine Leute in die Angelegenheiten der Behörde mischen.«

»Du vergisst, dass wir in diesem Fall eure Auftraggeber sind. Ich bin sicher, Mr Roberts würde mir da zustimmen. Du bekommst einen meiner Leute – jemanden, der mein uneingeschränktes Vertrauen genießt und über die Versuche Bescheid weiß. Sorg dafür, dass er Zugang zu den Tatorten bekommt. Vielleicht finden wir ja auf diese Weise etwas, das uns auf die Spur des Mörders führt.«

»Der Kerl sorgt zumindest dafür, dass die Dämonen nicht zur Gefahr werden können«, knurrte Logan.

»Er bringt *meine* Leute um«, erwiderte Devon scharf.

Logan war zu weit gegangen, das war ihm in dem Augenblick klar geworden, in dem die Worte seinen Mund verlassen hatten. Er mochte der Gemeinschaft misstrauen und die Forscher für ihre Experimente mit den Dämonen verabscheuen, doch das gab ihm noch lange nicht das Recht, den – womöglich ahnungslosen – Versuchskaninchen den Tod zu wünschen.

»Entschuldige. Ich habe nicht nachgedacht.«

Devon seufzte und schüttelte langsam den Kopf. »Ich wusste nicht, dass es so schlimm für dich war.« Dass er das Gespräch einmal mehr auf die private Ebene brachte, überraschte Logan. Devon war so sehr am Wohlergehen seiner

Seher interessiert, dass er nicht den Eindruck erweckte, als würde ihn die Vergangenheit noch interessieren. »Ich hätte dort nicht länger leben können, Logan.«

»Dieses *dort* war dein Zuhause. Der Ort, an dem du zehn Jahre lang gelebt hast! Und plötzlich hast du uns nicht mehr ertragen?«

»Das ist Quatsch, Logan«, widersprach sein Bruder. »Das alles hatte doch nichts mit dir oder Mom und Dad zu tun. Wenn es nur um euch gegangen wäre … Hast du mich je mit anderen Kindern gesehen?«

Logan schüttelte den Kopf.

»Und weißt du auch warum?«, hakte Devon nach und gab die Antwort gleich selbst: »Mit einem wie mir wollten sie nichts zu tun haben. Ich war anders und das wäre ich dort immer gewesen – auch als Erwachsener.«

Devon war immer für ihn da gewesen – deshalb hatte sein Weggang Logan so sehr geschmerzt. Natürlich war ihm aufgefallen, dass Devon nie mit anderen Kindern spielte, er hatte jedoch geglaubt, dass sein Bruder seine Zeit lieber mit ihm verbrachte als mit anderen. Warum hatte er nie gesehen, dass sie ihn mieden? *Weil du es nicht sehen wolltest.* Er war viel zu sehr damit beschäftigt gewesen, Devon für seinen Weggang zu verfluchen, dass er sich nie gefragt hatte, wie es für einen Jungen mit seinen Fähigkeiten in einer normalen Umgebung gewesen sein mochte.

Für sie war ich ein Monster und würde es immer bleiben, hatte Alessa über ihre Eltern gesagt. Womöglich war es Devon ähnlich ergangen. Nicht mit Mom und Dad; die hatten ihren Ältesten abgöttisch geliebt und waren an seinem Weggang zerbrochen, aber mit seinem weiteren Umfeld. Mitschüler, Nachbarn, Verwandte. Es hatte immer argwöhnische Blicke von Onkeln und Tanten gegeben und manchmal waren Scheiben zu Bruch gegangen. »Spielende Kinder«, hatte sein Vater immer gesagt. Aber womöglich steckte mehr dahinter –

Menschen, die Devons Fähigkeiten fürchteten und jemanden wie ihn nicht in ihrer Nähe haben wollten.

All diese Hinweise waren immer da gewesen, doch er hatte immer nur gesehen, dass Devon sie verlassen hatte. Das *Warum* hatte ihn nie interessiert.

»Du hättest uns besuchen können.«

»Das hätte ich wohl«, gab Devon ihm recht. »Ich dachte nur, es wäre einfacher, wenn ihr nicht ständig daran erinnert werdet, dass es mich gibt.«

»Sehr umsichtig von dir«, schnappte Logan. »Mom hätte sich bestimmt nach jedem Besuch von dir die Augen ausgeheult – so hat sie es jeden Tag getan. Definitiv besser.«

Obwohl Logan verstand, warum Devon es getan hatte – auch wenn er das Vorgehen seines Bruders für kurzsichtig hielt –, brachte er es nicht über sich, die Vergangenheit abzuschütteln. »Lassen wir das.« Ohne dass er sein Bier angerührt hatte, stand er auf und griff nach seiner Jacke. »Dein Seher soll sich morgen früh um zehn im Hauptquartier melden. Ich sorge dafür, dass sich jemand um ihn kümmert.«

13

Ach du Scheiße«, murmelte Parker, als er hinter Alessa ihre Wohnung betrat und die Kartons musterte, die sich im Gang stapelten. »Auf einer Briefmarke ist mehr Platz als hier.«

Kent drängte sich an den beiden vorbei. Im Zimmer blieb er stehen und drehte sich einmal um die eigene Achse. »Das ist ein Wohnklo, aber keine Wohnung. Gut, dass du jetzt zu uns kommst.«

»Es ist um einiges geräumiger als ein Isolationstank.«

Alessas Worte erstickten alle weiteren Scherze der beiden im Keim, doch die Betroffenheit, die sich plötzlich in ihren Gesichtern zeigte, gefiel ihr weit weniger als das inzwischen gewohnte Grinsen. Es war nicht ihre Absicht gewesen, Mitleid zu erwecken, sie hatte lediglich das plötzliche Bedürfnis verspürt, die kleine Wohnung zu verteidigen, die ihr während der letzten Jahre Schutz und Zuflucht geboten hatte.

»Nun ja«, Parkers Grinsen kehrte zurück, als er sich weiter umsah, »auch wenn wir es hier also mit einer Nachbildung des Thronsaals aus dem Edinburgh Castle zu tun haben, finde ich, dass du bei uns trotzdem besser aufgehoben bist.«

»Unbedingt«, stimmte Kent ihm zu und deutete in den Raum. »Ich meine, wer hält all diesen Luxus hier auf Dauer aus? Es wird wirklich höchste Zeit, dass du in ein normales Spießbürgerhaus ziehst und das einfache Leben kennenlernst, ehe du völlig verwöhnt und verzogen bist.«

»Ein bisschen Demut kann mir vermutlich nicht schaden«, grinste Alessa, froh darüber, dass die beiden ihre Betroffenheit so schnell überwunden hatten.

Gestern Abend war sie sich noch nicht sicher gewesen, ob sie wirklich zu ihnen ziehen sollte. Als sie von ihrem Treffen mit Logan ins Haus zurückgekehrt war, hatten Parker und Kent im Wohnzimmer gelegen und geschlafen, der eine im Sessel, der andere auf der Couch. Da sie nicht wusste, ob die beiden ihr Angebot, sie könne bei ihnen einziehen, nicht bereits bereuten, hatte sie den Schlüssel auf den Couchtisch gelegt, ehe sie schlafen gegangen war.

Beim Frühstück hatte Parker ihn ihr über den Esstisch zugeschoben. »Den hast du liegen lassen.«

»Ihr wollt immer noch, dass ich …?«

Die beiden nickten gleichzeitig.

»Das Haus ist groß genug«, sagte Kent. »Abgesehen davon ist es schön, jemanden um sich zu haben, vor dem man sich nicht verstellen muss.«

»Hey, was ist mit mir?«, beschwerte sich Parker. »Bin ich etwa niemand?«

Kent seufzte. »Du bist so etwas wie mein siamesischer Zwilling, das zählt nicht.«

Alessa wusste nur zu gut, was er meinte. Seit Susannah verschwunden war, hatte es niemanden mehr gegeben, mit dem sie über die Dinge sprechen konnte, die sie bewegten, und niemanden, der die Wahrheit über sie wusste – bis Parker und Kent in ihr Leben geplatzt waren.

Sie kannte die beiden gerade einmal zwei Tage, trotzdem hatte sie Vertrauen gefasst. Zum ersten Mal seit langer Zeit fühlte sie sich nicht einsam. Der Einzige, dem es bisher gelungen war, ihr dieses Gefühl zu nehmen, war Logan. Doch von ihm sollte sie sich in Zukunft besser fernhalten.

Der Bruder des Obersten Rats.

Einmal würde sie noch Kontakt zu ihm aufnehmen, um herauszufinden, ob er seinen Bruder für vertrauenswürdig hielt, und ihn – falls er das tat – darum zu bitten, ein Treffen zu arrangieren. Danach war es besser, wenn sie ihn nicht mehr traf, und auch bei diesem Treffen sollte sie sich jedes persönliche Wort, am besten jeden Blick und Gedanken gleich dazu, verkneifen. Sie fühlte sich in Logans Nähe zu wohl und fürchtete, eines Tages zu vergessen, dass es Dinge gab, die sie ihm nicht sagen konnte – nicht sagen *durfte*. Früher oder später würde er ohnehin herausfinden, *was* sie war. Spätestens dann wäre alle Sympathie, die er womöglich jetzt für sie empfand, verloren.

Dass er nichts von ihrem Umzug wusste, war ihr nur recht. Auf diese Weise konnte sie bestimmen, wann und wie sie ihn kontaktierte, und musste nicht fürchten, er könne plötzlich vor ihrer Tür stehen, sei es nun, um sie zu sehen oder um sie festzunehmen.

Noch heute würde sie sich ein neues Handy zulegen. Parker hatte ihr von einem Bekannten erzählt, der bereit wäre, es auf seinen Namen anzumelden, wenn sie ihm dafür fünfzig

Pfund zahlte. Das wollte sie gerne tun, wenn sie danach nicht länger Gefahr lief, von Logan über ihr Handy aufgespürt zu werden. Jeden weiteren Kontakt zu ihm würde sie über eine Telefonzelle aufnehmen.

Kent klatschte tatendurstig in die Hände und riss Alessa damit aus ihren Gedanken. »Dann lass uns mal loslegen«, meinte er. »Was sollen wir alles einpacken?«

»Meine Tasche steht gleich neben der Couch. Mehr habe ich nicht.«

Die beiden starrten auf die Tasche, dann sahen sie Alessa an, ehe sie den Blick wieder auf die Tasche richteten.

Parker wirkte fassungslos. »Das ist *alles*? Drei Jahre und du hast nicht mehr als das da? Keine Lieblingstasse? Einen Lieblingszahnputzbecher? Kerzenständer? DVD-Player? *Irgendwelchen* Kram, den ihr Frauen so gerne anhäuft?«

»Nein, nichts davon.«

Wenn sie ein Buch lesen wollte, hatte sie sich eines der Taschenbücher aus dem Laden ausgeliehen. Sich in der Bücherei anzumelden war zu riskant, und ihr Geld hatte sie lieber zurückgelegt, als es für Bücher, CDs oder anderen Kram auszugeben. Auf diese Weise hatte sie nun zumindest ein paar Rücklagen, wenn sie die Stadt verließ.

»Ich glaube, wir werden dir wenigstens eine schöne Tasse besorgen müssen«, meinte Parker.

Der große Pott, aus dem sie heute Morgen ihren Tee getrunken hatte, war vollkommen in Ordnung. Etwas anderes brauchte sie nicht. Wichtiger war die Gesellschaft, die sie zum Frühstück gehabt hatte. Parker und Kent hatten sich in einer Tour gegenseitig aufgezogen. Ob sie das immer taten oder ob es Alessas Anwesenheit war, die die beiden anstachelte, war ihr dabei egal. Sie hatte dieses Stückchen Normalität genossen, zumindest bis zu dem Zeitpunkt, als Kent sich nach ihrem Date, wie er es nannte, erkundigt hatte.

»Wie ist es gelaufen?«

Alessa hatte mit sich gerungen, unsicher, wie viel sie den beiden verraten sollte. Wenn sie ihr jedoch schon ihre Gastfreundschaft anboten und über den Dämon Bescheid wussten, war es nur fair, ihnen die ganze Geschichte zu offenbaren. Deshalb hatte sie ihnen erzählt, wie Logan am Tag nach dem Mord vor ihrer Tür gestanden und sie später herausgefunden hatte, dass er für die Behörde arbeitete. Sie erzählte von Susannahs Verschwinden und dass sie fürchtete, die Gemeinschaft könne sie in die Finger bekommen haben. Als sie schließlich fertig war, wussten Parker und Kent alles einschließlich der Tatsache, dass es sich bei Logan um den Bruder des Obersten Rates handelte, dem die Aufgabe zufiel, die entkommenen Probanden aufzuspüren und der Gemeinschaft zu überstellen.

»Du solltest diesem Behördenfuzzi künftig lieber aus dem Weg gehen«, meinte Parker, nachdem er seinen ersten Schock mit einem kräftigen Schluck Kaffee hinuntergespült hatte.

»Erst möchte ich herausfinden, was der Rat über die Experimente weiß.«

An dieser Stelle waren die beiden mit dem Vorschlag gekommen, ihr ein neues Handy zu besorgen und das alte zu vernichten.

Kent hob ihre Reisetasche vom Boden auf und drehte sich zu ihr herum. »Ich schätze, dann sind wir bereit zu verschwinden. Die Kündigung für die Wohnung kannst du bei uns am PC schreiben und abschicken.«

Das war eine gute Idee. Auf diese Weise konnte sie sich noch einige Tage Zeit lassen, um sich über die Zukunft klar zu werden. Dass sie nicht mehr hierher zurückkehren würde, war ihr bewusst, und zu ihrem Erstaunen verspürte sie einen Anflug von Bedauern. In dieser Wohnung zu bleiben war zu gefährlich geworden. Noch schwieriger, als das Zimmer zu verlassen, war das Wissen, dass sie sich gleichzeitig von Mr Farnsworth verabschieden musste. Sie hatte den alten Mann, der ihr nicht nur eine Wohnung und einen Job, sondern auch seine Freundlichkeit gegeben hatte, ins Herz geschlossen. Er würde ihr fehlen.

Am Ende würde er eine Vermisstenanzeige aufgeben, wenn sie nicht zur Arbeit erschien und weder in ihrer Wohnung anzutreffen noch telefonisch zu erreichen war. Sie zog ihr Handy aus der Tasche. »Ich muss nur noch schnell meinen Chef anrufen und mich abmelden.«

Sie wählte im Telefonverzeichnis Mr Farnsworths Nummer aus und wartete auf das Klingeln. Es dauerte nicht lange, bis sich der alte Mann meldete. Alessa erzählte ihm, dass sie zu ihrer plötzlich erkrankten Tante nach London fahren müsse. Sie bat ihn um ein paar Tage Urlaub und war nicht überrascht, dass er sie ihr genehmigte. Mr Farnsworth gehörte zu den Menschen, die stets Verständnis für die Probleme anderer hatten, und versuchte zu helfen, wo er nur konnte.

Es war ein kurzes Gespräch, in dem kein Raum für Abschied oder den Dank war, den er verdiente – tatsächlich fühlte sie sich, als würde sie seine Hilfsbereitschaft mit Füßen treten. Sie konnte nur hoffen, dass er ihr Verhalten nicht zum Anlass nahm, den Menschen künftig mit mehr Argwohn und weniger Selbstlosigkeit zu begegnen.

Sie stieß einen Seufzer aus, dann nickte sie. »In Ordnung, wir können gehen.«

Parker legte ihr eine Hand auf die Schulter. »Keine Sorge, jetzt wird alles besser.«

Alessa drehte sich zu ihm herum und versuchte sich an einem Lächeln. »Ich hoffe, du hast recht.«

»Klar hat er das«, mischte sich Kent grinsend ein. »Der Typ ist so ein Klugscheißer, dass er immer recht hat. Wenn es also einer weiß, dann er.«

Diesmal musste sie wirklich lachen. Parker und Kent zu begegnen war das Beste, was ihr während der letzten Jahre passiert war. Es tat gut, wieder Menschen um sich zu haben, vor denen sie sich nicht verstellen musste. Menschen, denen sie nicht nur vertrauen, sondern denen sie sich auch *an*vertrauen konnte. Umso bedauerlicher war es, dass ihr Gastspiel bei den beiden schon bald beendet sein würde.

»Sag mal, Mädel«, sagte Parker da, »kennst du dich eigentlich mit Buchhaltung und Bürokram aus?«

»Die Grundlagen kriege ich sicher gebacken, warum?« Alessa zog eine Augenbraue in die Höhe. »Ihr macht doch wohl keine Steuererklärung, oder?«

Parker grinste. »Ich dachte eher, dass wir in unserem Laden noch jemanden brauchen könnten, der sich mit diesem ganzen Krempel auskennt.«

»Manchmal hat er doch ganz brauchbare Ideen«, brummte Kent hinter ihm. »Es wird natürlich noch ein Weilchen dauern, bis wir den Laden endlich eröffnen können – und wir sind uns nicht so ganz einig, in welcher Stadt das sein soll, aber das Angebot steht.«

»Ihr bietet mir einen Job an?« Erstaunt sah sie von einem zum anderen. Parker und Kent nickten mit breitem Grinsen. Das war mehr, als sie je zu hoffen gewagt hatte »Kann mich mal jemand kneifen, ob ich … Au! Das hat wehgetan, Parker.« Dann grinste auch sie. »Also kein Traum. Dann, schätze ich, ist meine Antwort Ja.«

Kents Grinsen wurde breiter und Parker legte ihr einen Arm um die Schulter und führte sie in Richtung des Flurs. »Dir ist aber hoffentlich klar, dass du eine Menge über Comics lernen musst, oder?«

»Ich schätze, ihr werdet mir Nachhilfe geben.«

Zum ersten Mal seit sehr langer Zeit fühlte Alessa sich auf eine ungewohnte Art ausgelassen und fröhlich. Sie hätte vor Freude lachen, sich im Kreis drehen und weinen können – alles auf einmal.

Parkers Arm lag noch immer um ihrer Schulter, als sie, gefolgt von Kent, den Flur betraten.

Vor ihnen flog die Wohnungstür mit einem ohrenbetäubenden Krachen aus den Angeln und knallte so heftig gegen die Wand, dass sie hängen blieb. Im Türrahmen zeichnete sich die Silhouette eines Mannes ab, die sich wie eine Statue aus erstarrter Dunkelheit im Gegenlicht erhob.

Alessa hielt den Atem an, als sie den Maskierten erkannte. Wie schon bei ihren letzten Begegnungen war er komplett in Schwarz gekleidet, das Gesicht vollständig unter einer Sturmhaube verborgen, in seiner Rechten die Pistole mit dem Schalldämpfer.

Schweigend stand er da und blickte den Flur entlang.

Zwischen jedem ihrer Atemzüge schien eine Ewigkeit zu verstreichen, während sie auf den Killer starrte. In ihrem Kopf schossen Gedanken hin und her, wie die Funken eines Feuerwerks, auf der Suche nach einem Ausweg. Sie mussten hier raus! Doch es gab keinen Weg an dem Bewaffneten vorbei. Ebenso wenig gab es eine Feuerleiter oder zumindest einen Balkon, über den sie hätten fliehen können. Die Fenster waren so schmal, dass Kent womöglich nicht einmal hindurchgepasst hätte, ganz davon abgesehen, dass sie darunter der blanke Asphalt erwartete. Wenn sich einer von ihnen etwas brach, war es vorüber.

Das war es ohnehin.

»Auf ihn!«, brüllte Parker plötzlich und stürmte vor.

Der Maskierte hob den Arm. Er richtete seine Waffe auf Parker und drückte ab. Mit einem gedämpften Knall verließ die Kugel den Lauf und streckte Parker nieder. Alessa schrie, doch niemand würde ihre Schreie hören. Nicht hier. Die Anonymität des verlassenen Hauses, die sie immer so geschätzt hatte, war jetzt zur Falle geworden. Niemand würde ihnen zur Hilfe kommen.

Obwohl der Schuss gedämpft gewesen war, dröhnte ihr das Echo noch immer in den Ohren. Ihr Blick war auf Parker gerichtet, der am Boden lag und sich nicht mehr rührte. Unter ihm breitete sich eine Blutlache über das Parkett aus. Alessa starrte darauf, unfähig sich zu rühren.

»Alessa!«, rief Kent hinter ihr.

Sie wusste, sie sollte zurückweichen in den Raum, wo ihr die Möbel zumindest ein wenig Deckung boten, doch sie konnte sich nicht bewegen. Vielleicht war es besser, wenn sie den Maskierten tun ließ, wozu er gekommen war. Womöglich würde er Kent dann verschonen.

Nein, das wird er nicht!

Dieser Mann war ein Profi. Er würde keine Zeugen zurücklassen.

Vor ihr hob der Maskierte die Pistole und legte auf sie an. Alessa war noch immer wie gelähmt, nicht imstande, sich zu bewegen oder ihre Gedanken zu kontrollieren, die wie kleine Explosionen hinter ihrer Stirn tobten. Dann spürte sie eine Hand an ihrem Arm. Ein Ruck ging durch ihren Körper, als Kent sie zurückriss. Im selben Augenblick knallte ein weiterer Schuss. Die Kugel traf Kents Arm. Blut spritzte, ein grauenvoller warmer Regen, der Alessa im Gesicht traf. Die Wucht des Treffers ließ Kent gegen die Kisten taumeln, wo er zu Boden sackte, eine blutige Spur auf den Kartons hinterlassend.

Als der Maskierte erneut auf Kent anlegte, erwachte Alessa endlich aus ihrer Starre. Sie wollte nicht sterben, nicht, ohne alles versucht zu haben. Sie kämpfte gegen das unbändige Verlangen an, ihre Kräfte freizulassen und den Maskierten von den Beinen zu fegen.

Wenn der Dämon freikam, wäre es endgültig vorüber.

Statt ihre Schutzschilde fallen und ihre Kräfte freizulassen, sprang sie vor und stürzte sich auf den Maskierten. Der Schuss ging los und hallte trotz des Schalldämpfers wie ein Donnerschlag in ihren Ohren wider. Alessa klammerte sich an den Schützen, der wankend zwei Schritte nach hinten tat, ehe er sein Gleichgewicht wiederfand.

Sie krallte ihre Finger in den Kragen seiner Jacke und trat

mit den Füßen nach ihm. Der Maskierte gab keinen Ton von sich. Um ihn herum war es so still, dass Alessa sich fragte, ob er überhaupt atmete. Natürlich tat er das! Sein Brustkorb hob und senkte sich, und dort, wo ihr Hals in der Nähe der Mundöffnung seiner Maske war, spürte sie seinen heißen Atem, der ihre Haut zu versengen schien. Mit der freien Hand griff er nach ihr und packte sie beim Arm, dann hob er die Waffe. Alessa trat und schlug schreiend auf ihn ein in der Hoffnung, ihm zu nah zu sein, sodass er keinen Schuss wagen würde, um sich nicht selbst zu verletzen.

Er schoss nicht.

Stattdessen schlug er mit der Pistole nach ihrem Gesicht. Alessa riss den Kopf zur Seite, wich seinen Attacken aus. Einmal. Zweimal. Dreimal. Beim vierten Mal knallte der Griff gegen ihre Schläfe. Ihre Hände rutschten von seinem Kragen. Er verstärkte den Griff um ihren Arm und schleuderte sie von sich.

Sie prallte mit dem Rücken gegen den Türstock und ging auf der Schwelle zum Wohnzimmer zu Boden. Der Aufprall riss ihr den Atem aus den Lungen und erstickte ihren Schrei. Neblige Dämmerung breitete sich vor ihren Augen aus. Sie schüttelte heftig den Kopf, um sie zu vertreiben, das Blut ignorierend, das warm und klebrig von der Schläfe über ihre linke Gesichtshälfte rann. Als sich ihre Sicht wieder klärte, sah sie, wie der Maskierte auf sie zukam. Im Vorübergehen schlug er Kent, der sich gerade auf die Beine kämpfte, die Waffe gegen den Schädel und nahm seinen Blick nur lange genug von Alessa, um sich zu überzeugen, dass der Seher keine Gefahr darstellte.

Auf allen vieren kriechend zog sich Alessa weiter in den Wohnraum zurück. Ihre Hände ertasteten ihre Tasche, die sie packte und nach ihrem Verfolger warf, der einen schnellen Schritt zur Seite machte. Mit einem dumpfen Schlag fiel die Tasche neben ihm zu Boden, ohne Schaden anzurichten.

Dann schoss er.

Alessa warf sich um die Ecke und krabbelte auf die Küchenzeile zu. Wenn es ihr gelang, ein Messer zu fassen zu bekommen … *Was soll das bringen?* Messer gegen Pistole. Geübter Killer gegen verängstigte Frau. Nicht gerade ein Sinnbild für Chancengleichheit.

Sie kämpfte gegen die Panik an, die erneut in ihr aufzusteigen drohte. Wenn sie jetzt die Fassung verlor, war das ihr Todesurteil.

Der Killer richtete seine Waffe auf sie. Dunkel starrte ihr der Lauf entgegen, kalt und bar jeden Lebens.

Während er langsam näher kam, richtete Alessa ihre Aufmerksamkeit nach innen. Sie brauchte ihre Gabe, sonst waren sie alle verloren. Aber sie musste sie gezielt einsetzen, ohne den Dämon dabei freizulassen. Die Schutzschilde mussten um jeden Preis halten!

Wenn ihre Kräfte aus ihr herausbrachen wie in der Wohnung des Professors, wäre es um sie geschehen. Noch einmal würde sie die Mauern bei einem derartigen Ausbruch nicht halten können.

Der Schatten des Maskierten legte sich über sie.

Alessa senkte ihre Schutzschilde gerade weit genug, um auf die gebündelte Energie zugreifen zu können, die sie dahinter erwartete.

Die Kräfte durchströmten einen Teil ihres Geistes, während der andere Teil den Dämon zurückdrängte, der rasend vor Zorn und Hunger gegen die Mauern anstürmte, die ihn gefangen hielten.

Du musst ihn halten!, beschwor sie sich selbst.

Im Augenblick konnte sie es, doch sobald sie ihre Energie freiließ, würde er sich daran laben und weiter an Stärke gewinnen. Ob sie ihm dann noch gewachsen wäre, würde sich zeigen.

Als der Maskierte über ihr stehen blieb und die Pistole auf sie richtete, ballte sie ihre Kräfte und verpasste ihm einen mentalen Stoß, der ihn quer durch den Raum taumeln ließ.

Ein weiterer Stoß entriss ihm die Waffe, und ehe er danach greifen konnte, ließ Alessa sie in ihre Hand fliegen. Sie wog schwer, weit schwerer, als sie vermutet hatte.

Der Maskierte hatte sich gefangen und war an der Tür zum Flur zum Stehen gekommen. Alessa richtete die Waffe auf ihn. Sie wusste, sie sollte schießen und dafür sorgen, dass er niemandem mehr etwas antun konnte, doch die Vorstellung, ein Leben auszulöschen, auch wenn es das eines Mörders war, ließ ihre Hand zittern.

Der Maskierte tat einen Schritt auf sie zu, und Alessa war sicher, dass er unter seiner Sturmhaube lächelte. Er amüsierte sich über ihre Unfähigkeit, ihm etwas anzutun. Ein Unvermögen, das sie selbst jetzt noch das Leben kosten konnte!

Nein!

Ihre Augen mussten ihre Entschlossenheit verraten haben, denn in dem Augenblick, als sie den Abzug durchzog, sprang er in den Gang zurück. Die Kugel schlug in den Türstock ein, und alles, was sie noch hörte, waren der Nachhall des Schusses und das leiser werdende Echo seiner Schritte.

Selbst als unten die Haustür zufiel, wagte sie nicht, die Waffe zu senken. Noch immer auf die Tür zielend kam sie umständlich auf die Beine und ging in Richtung des Flurs.

»Parker? Kent?«

Sie verstand die Antwort nicht, wusste nicht einmal, ob ihr einer der beiden überhaupt geantwortet hatte, denn in diesem Augenblick brüllte der Dämon in ihr so laut, dass sie zu spüren glaubte, wie der Boden unter ihren Füßen vibrierte.

»O mein Gott!« Sie ließ die Pistole fallen und fuhr zusammen, als der Dämon immer heftiger gegen die Mauern seines Gefängnisses drängte, erfüllt von der zusätzlichen Kraft, die der Einsatz ihrer Gabe ihm gegeben hatte. Er riss so heftig an den Schutzschilden, dass Alessa auf die Knie stürzte, verzweifelt bemüht, die Mauern zu halten.

»Er bricht aus!«

Plötzlich kniete Kent vor ihr und griff nach ihren Armen. »Die Mauer, Alessa! Du musst sie halten. Du kannst es!«

Doch die Mauer bröckelte zunehmend unter dem wuchtigen Ansturm des Dämons. Alessa wankte und wäre gefallen, hätte Kent sie nicht fester an den Armen gepackt. Es war, als sauge ihr der Dämon alle Energie aus den Gliedern. »Ich … kann nicht. Keine Kraft …«

Kent nahm eine Hand von ihrem Arm. Mit den Zähnen zog er den blutigen Lederhandschuh aus und befreite sich auch aus dem zweiten. »Gib mir deine Hände!«

Alessa hörte die Worte, doch es kostete sie all ihre Konzentration, den Dämon abzuwehren, sodass sie unmöglich tun konnte, was Kent von ihr verlangte. Er griff nach ihren Händen. Seine Finger mit ihren verschränkt, die Handflächen fest aneinandergepresst, spürte sie, wie seine Energie in sie strömte und sie mit neuer Kraft erfüllte. Mit einem entschiedenen Ruck richtete sie die Mauer auf und lenkte ihre verbliebene Energie darauf, sie zu verstärken, bis das Brüllen des Dämons verstummte.

Dann fiel sie gegen Kents Brust und die Welt um sie herum versank im Nichts.

14

Am nächsten Morgen fuhr Logan ins Hauptquartier, um den Seher in Empfang zu nehmen, den Devon ihnen auf den Hals gehetzt hatte. Logan hatte entschieden, sich selbst um den Mann zu kümmern und ihn zu den Tatorten zu bringen. Auf diese Weise konnten Avery und die anderen ungestört ihre Suche fortsetzen – nach den Dämonensehern und nach Alessas Freundin.

Bevor er in den Besprechungsraum ging, in dem der Seher ihn erwartete, trommelte er seine Jungs in einem der anderen Räume zusammen und setzte sie über die Anwesenheit des Mannes ins Bild.

»Wir werden Devons Spitzel vermutlich eine Weile am Hals haben. Sorgt dafür, dass er keine Interna zu sehen bekommt, und meidet jeden Hautkontakt.« Nur so war auch wirklich gewährleistet, dass der Seher nicht in die Gedanken seiner Männer eindringen und Dinge erfahren konnte, die ihn nichts angingen.

Daran, wie Devon ihn gestern gefunden hatte, und dass es womöglich gar keiner Berührung bedurfte, um die Gedanken aufzufangen, wollte er gar nicht erst denken. Die wenigsten Seher verfügten über Fähigkeiten, die über die Hellsichtigkeit hinausgingen. Devon war einer von ihnen.

»Wie sieht es aus, Avery, haben die CCTV-Aufnahmen schon weitere Treffer ergeben?«

»Bis jetzt nicht.«

»Lass die Bilder weiter durchlaufen und gib mir Bescheid, sobald du etwas gefunden hast.« Logan stellte seine Kaffeetasse zur Seite und stand auf. »Dann werde ich mir jetzt mal den Kerl ansehen, der uns die Arbeit erleichtern soll.«

»Boss«, rief Fletcher hinter ihm her, als er zur Tür ging.

Logan blieb stehen und wandte sich noch einmal um. »Ja?«

»Vergiss es.« Fletcher schüttelte den Kopf und grinste. »Nicht wichtig, du wirst es sowieso gleich sehen.«

Logan zuckte die Schultern und ging zum Besprechungszimmer.

Als er den Raum betrat, wusste er sofort, was Fletcher gemeint hatte: Devons Seher war eine Frau.

Am Tisch saß eine zierliche Blondine von beinahe ätherischer Schönheit und hielt eine Tasse Kaffee zwischen ihren behandschuhten Fingern. Als sie Logan bemerkte, hob sie den Kopf und sah ihn aus tiefblauen Augen an. Ein strahlendes Lächeln breitete sich über ihre Züge und ließ sie nicht nur noch schöner, sondern auch zerbrechlicher wirken.

Wie eine Elfe, schoss es ihm durch den Kopf.

Das konnte ja heiter werden! Ausgerechnet für eine Morduntersuchung musste Devon ihm eine Märchenfee schicken, die vermutlich beim ersten bösen Wort aus den Schuhen kippte. Von den Abscheulichkeiten, die sie am Tatort *sehen* würde, ganz zu schweigen.

Was ihn beinahe noch mehr irritierte als die Tatsache, dass es sich um eine Frau handelte, war ihr Lächeln. Es wollte ihm nicht in den Kopf, warum sie sich freuen sollte, jemanden von der Behörde zu sehen – noch dazu jemanden von seiner Einheit, die nicht gerade in dem Ruf stand, tiefe Freundschaft mit den Sehern zu pflegen.

Wenn Devon sich erhoffte, Logan ließe sich von diesem Püppchen und ihrem Lächeln um den Finger wickeln, hatte er sich gewaltig geirrt.

Während Logan mit dem Gedanken spielte, Devon anzurufen und ihn aufzufordern, ihm einen vernünftigen Seher zu schicken, einen, der auch belastbar war, stand die Elfe auf und kam auf ihn zu.

Noch immer lächelnd gab sie ihm die behandschuhte Hand. »Ich bin Jackie. Und wenn ich dich so ansehe, kannst du niemand anderes als mein Schwager Logan sein.«

»Schwager?« Er musste sich verhört haben.

»Er hat dir also nicht erzählt, dass wir verheiratet sind.« Es war eine Feststellung, keine Frage.

»Er hat mir nicht einmal gesagt, dass er mir eine Frau auf den Hals hetzen will – ganz zu schweigen davon, dass es *seine* Frau ist.«

Zu seinem Erstaunen lachte sie, wurde jedoch rasch wieder ernst. »Ihr beiden redet nicht viel«, sagte sie, dann schüttelte sie den Kopf. »Wirklich eine Schande, wenn man bedenkt, wie nah ihr euch einmal gestanden habt.«

»Das hat er erzählt?«

»Nein, das fühle ich.«

Erst jetzt wurde ihm bewusst, dass sie noch immer seine Hand hielt. Sie trug Handschuhe! Wie konnte sie da etwas auffangen?

Doch Jackie lachte. »Nein, nicht durch das Leder, keine Sorge. Aber zu Hause trage ich die Dinger nicht. Deshalb weiß ich, was in Devon vorgeht, wenn dein Name fällt.«

Zum ersten Mal fragte er sich, wie es für einen Seher sein mochte, einen anderen Menschen ohne Handschuhe zu berühren. Wie ließen sich die Bilder, Gedanken und Gefühle, die sie von anderen empfingen und die zweifelsohne nicht immer erfreulich waren, ertragen?

Was mochte Alessa empfinden, wenn sie ihn berührte?

»Was hast du gedacht?«

Jackies Frage riss ihn aus seinen Gedanken.

»Dass wir Seher keine Gefühle haben? Dass wir uns nicht verlieben wie jeder andere auch?«

Ich hoffe sehr, dass ihr das tut. Zumindest eine von euch.

»Was ist, gehen wir es an?«, wollte Jackie wissen. »Bringst du mich zum ersten Tatort?«

»Sicher.«

Er führte Jackie zu seinem Defender und hielt ihr die Tür auf, ehe er selbst einstieg.

Als Erstes wollte er ihr die Wohnung des Professors zeigen. Wenn sie beim Anblick des Blutes und der Dinge, die sein Auge nicht erfassen konnte, nicht zusammenklappte, würde er den zweiten Tatort mit ihr anfahren.

Unterwegs erzählte Jackie viel von seinem Bruder. Logan hörte kleine Anekdoten, erfuhr, welche Dinge Devon gerne tat und was er nicht ausstehen konnte. An einiges erinnerte sich Logan noch gut, anderes war neu.

Es war seltsam, doch Jackies Geschichten gaben ihm das Gefühl, Devon neu kennenzulernen, mehr über den Mann zu erfahren, zu dem er geworden war. Und vielleicht konnte er ihn sogar ein wenig besser verstehen.

Trotzdem hatte Devon seine Familie verlassen, ohne sich noch einmal umzudrehen. Sicher, er war sie besuchen gekommen – zumindest anfangs –, doch selbst da war die Distanz bereits zu spüren gewesen, die sein Weggang geschaffen hatte. Als hätte jemand eine dicke Glasscheibe zwischen sie geschoben, sodass sie einander zwar sehen, aber nicht länger verstehen konnten.

Während sie an einer roten Ampel standen, sah Jackie ihn an. »Wusstest du, dass Devon ein Foto von dir in seiner Brieftasche hat? Kein Bild, so wie du jetzt aussiehst, sondern von einem kleinen, grinsenden Jungen mit Zahnlücken. Du warst ziemlich niedlich.«

Zu seiner eigenen Überraschung stellte Logan fest, dass er Jackie mochte. Seine Schwägerin war eine offene und fröhliche Frau, die so gar nicht in die Gemeinschaft zu passen schien. »Du bist so vollkommen anders als jeder Seher, der mir bisher begegnet ist.« Von Alessa einmal abgesehen. »Wie hältst du es dort aus? Wie erträgst du die starren Regeln der Gemeinschaft?«

»Bei uns geht es nicht anders zu als in jeder Stadt und jedem Land. Als Basis für ein vernünftiges Miteinander sind Regeln nun einmal wichtig. Wir halten uns an die Gesetze der normalen Welt, und unsere, wie du es nennst, starren Regeln sorgen dafür, dass sich jeder Seher seiner Gaben bewusst ist und sie nicht zu seinem eigenen Vorteil einsetzt oder damit Schaden anrichtet. Ich würde es als eine Art Hausordnung sehen.«

»Hausordnung?« Jackies pragmatische Sichtweise veranlasste ihn zu einem Grinsen. Wie sie die Dinge erklärte, erschienen sie ihm vollkommen einleuchtend, während er, wenn Devon früher von den Regeln erzählt hatte, die Fußfesseln beinahe vor sich gesehen hatte, die die Gemeinschaft ihren Mitgliedern anlegte.

Gestern hatte er mit Alessa über die Gemeinschaft gesprochen, doch ehe er Gelegenheit gefunden hatte, das Thema zu vertiefen, war Devon aufgetaucht. Mit seiner Schwägerin, von deren Existenz er vor einer Stunde noch nicht einmal etwas geahnt hatte, so offen darüber zu reden, fühlte sich seltsam an. Er hatte immer geglaubt, die Seher würden nicht viel über ihre Gemeinschaft preisgeben, im Augenblick jedoch sah es eher danach aus, als sei er es gewesen, der jede Gelegenheit zu einem Gespräch vermieden hatte.

»Die meisten Seher sind ziemlich gewöhnlich«, fuhr Jackie fort. »Wir unterscheiden uns nur durch unsere Fähigkeiten von euch Normalos. Das Anwesen ist kein Knast, den wir nur bei guter Führung verlassen dürfen.« Sie breitete die Arme aus und präsentierte sich lächelnd. »Ich bin auch draußen, wie du siehst.«

»Du bist mit dem Obersten Rat verheiratet und hier, um deinen Job zu tun.«

»Schwager, du bist eine verdammt harte Nuss.«

»Und weil ihr so frei seid, sieht man euch außerhalb der Arbeit so oft mit uns *Normalos* herumhängen.« Die Mitglieder der Gemeinschaft hielten sich von den Menschen fern und führten ihr eigenes Leben hinter den Mauern des Anwesens oder innerhalb von Fensmore. Sie ließen sich nicht in die Karten sehen.

Jackie schüttelte den Kopf. »Das hängt eher damit zusammen, dass die meisten Menschen unsere Fähigkeiten fürchten. Die haben die Hosen gestrichen voll. Polizisten, Versicherungsbeamte und all die anderen, die unsere Dienste sonst gerne in Anspruch nehmen, haben Schiss vor uns. So nützlich wir sind, außerhalb der Arbeit wollen die meisten lieber nichts mit uns zu tun haben. Wir sind anders – und das fürchten sie. Möchtest du mit jemandem ein Bier trinken gehen, von dem du weißt, dass er hinter deinem Rücken das Zeichen gegen den Bösen Blick macht und erleichtert aufatmet, wenn du den

Raum verlässt? Ich nicht. Deshalb bleiben wir unter uns, nicht weil wir etwas zu verbergen haben.«

Natürlich wusste Logan, dass viele Leute die Seher argwöhnisch beäugten. Sie waren nützlich, aber auch fremd und unheimlich. »Ihr seid wohl so etwas wie der Klassenstreber, von dem man sich gerne seine Hausaufgaben machen lässt, mit dem man aber sonst nichts zu tun haben möchte.«

Jackie zuckte nur die Schultern. »Vielleicht solltest du dein Bild von uns noch einmal überdenken.«

Womöglich sollte er das. Aber konnte er sich all die Jahre wirklich so sehr getäuscht haben?

»Weißt du«, fuhr Jackie fort, »für mich war es ein Segen, von der Gemeinschaft aufgenommen zu werden. Zu Hause – bei meinen leiblichen Eltern – habe ich mich immer wie eine Aussätzige gefühlt. Die skeptischen Blicke, Menschen, die mich mieden oder mit dem Finger auf mich zeigten und mich eine Missgeburt nannten, all das gehörte zu meinem Leben wie Kartoffelbrei zu Haggis. Dass es sich eher wie Zahnschmerzen anfühlte, wurde mir erst bewusst, als ich in die Gemeinschaft kam. Erst dort lernte ich, dass es keineswegs normal war, verlacht, gefürchtet und verprügelt zu werden, für das, was ich konnte.«

Was sie sagte, ähnelte dem, was er schon von Alessa und Devon gehört hatte. Womöglich war es für begabte Kinder tatsächlich das Beste, unter ihresgleichen aufzuwachsen. Aber war es deshalb rechtens, Familien auseinanderzureißen? Nicht alle Eltern hassten oder fürchteten ihre Kinder, nur weil diese anders waren.

Vor dem Haus des Professors stellte er den Wagen ab und führte Jackie hinein. Er stieg vor ihr die Stufen hinauf und blieb auf dem Treppenabsatz stehen, als er das zerrissene Absperrband sah, das im Luftzug hin und her schwang. Das Polizeisiegel über dem Schloss war gebrochen.

»Stimmt etwas nicht?« Jackie spähte über seine Schulter.

»Sieht so aus, als wäre jemand hier gewesen.«

»Vielleicht noch einmal die Spurensicherung?«

Logan schüttelte den Kopf. Wenn es jemand von der Polizei gewesen wäre, hätten sie beim Verlassen der Wohnung das Siegel erneuert und auch das Absperrband wieder angebracht.

»Du bleibst hinter mir.« Er holte eine Kreditkarte aus der Tasche und schob sie ins Schloss. Als es knackte und aufsprang, zog er seine SIG. Die Pistole erhoben schob er langsam die Tür auf. Sein Blick schoss den Flur entlang, auf der Suche nach einem Eindringling, und wanderte weiter zur Wohnzimmertür. Er wollte Jackie gerade sagen, sie solle draußen auf ihn warten, während er sich drinnen umsah, doch sie kam ihm zuvor.

»Die Wohnung ist verlassen.«

»Woher weißt du das?«, fragte er, ohne den Blick vom Flur abzuwenden oder die Waffe sinken zu lassen.

»Seher-Fähigkeit Nummer zwölf.«

Irritiert sah er nun doch zu ihr. »Was?«

»Ich spüre so etwas.«

Einen Moment noch lauschte Logan in die Wohnung, und als nichts zu hören war, ließ er die Waffe sinken und trat ein. Der ganze Flur war ein einziges Durcheinander. Der halbe Hausrat schien auf dem Boden verstreut zu liegen, und zwischen zerbrochenem Geschirr, verbogenem Besteck, Büchern, Zeitungen und anderem Kram fanden sich die Umrisse des Toten, als habe jemand versucht, sie unter all dem Schrott zu vergraben.

»Was zum Teufel ist hier passiert?« Die Spurensicherung hatte dieses Chaos nicht hinterlassen. Vielmehr sah es nach einer Horde Plünderer aus, die in die leer stehende Wohnung eingedrungen war und alles durchsucht hatte. Doch das Durcheinander beschränkte sich auf den Flur und den Durchgang zum Wohnzimmer und zur Küche. Im Wohnzimmer selbst war alles an seinem Platz, zumindest, soweit er das beurteilen konnte.

»Warte hier«, sagte er an Jackie gewandt, die ihm in den Flur gefolgt war. »Ich will erst sichergehen, dass wir wirklich allein sind.«

Mit der Pistole in der Hand durchquerte er das Wohnzimmer, nicht ohne diesmal einen Blick in den Wandschrank zu werfen, ging ins Schlafzimmer und sah sich in Bad und Küche um. Schließlich steckte er die Waffe weg.

»Alles klar.«

Jackie bedachte ihn mit einem spöttischen Blick, der ein deutliches »Das hab ich dir doch gesagt« beinhaltete. Sie sparte sich jedoch jeden Kommentar, was Logan ihr anrechnete, und besah sich stattdessen das Chaos im Flur. Länger als an jeder anderen Stelle blieb ihr Blick an den Umrissen hängen, die den Leichenfundort markierten, ehe er zu der Wand dahinter glitt, an der noch immer Blut, Splitter von Schädelknochen und eine schwer definierbare Masse hingen.

»Was für ein grauenvolles Ende«, murmelte Jackie. »Ein derart brillanter Mann, und dann verteilt jemand sein Gehirn über die Tapete.«

Logan konnte ein Grinsen nicht unterdrücken. Diese Frau war härter im Nehmen, als er gedacht hatte.

Sie löste ihren Blick von der Wand und ließ ihn langsam über das Durcheinander auf dem Boden wandern. Interessiert beobachtete Logan, wie sie den rechten Handschuh abstreifte, in die Hocke ging und die Fingerspitzen auf einen Briefbeschwerer legte, der eine tiefe Delle im Parkett hinterlassen hatte.

Er hatte viel über die Arbeit gehört, die die Seher für die Polizei erledigten, das meiste davon von Morgan, selbst jedoch hatte er bisher noch kein Mitglied der Gemeinschaft in Aktion erlebt.

Jackies Blick war im Nichts, irgendwo zwischen ihrer Nasenspitze und der Deckenleuchte, hängen geblieben. Eine Weile verharrte sie so, schien nicht einmal mehr zu atmen, einzig ihre Finger bewegten sich wie eine Liebkosung über den Briefbeschwerer.

Dann sah sie ruckartig auf und plötzlich war ihr Blick wieder klar und wirkte kein bisschen mehr abwesend. »Da war jemand von uns am Werk.«

»Ein Seher?«

Sie nickte und ließ ihre nackte Hand über den Boden gleiten, berührte einen Gegenstand nach dem anderen, ehe ihre Finger schließlich auf dem Parkett vor der Tür zum Halten kamen. Mit gerunzelter Stirn starrte sie auf die Holzdielen.

»Das ist unmöglich!«, sagte sie kopfschüttelnd. »Die Kräfte, die hier am Werk waren – kein registrierter Seher verfügt über derartig viel Macht.«

Ihre Worte waren erschreckend genug, doch weitaus beunruhigender war die Mischung aus Überraschung und Furcht, die in ihren Augen flackerte.

»Könnte es ein Wilder gewesen sein? Einer, der seine Kräfte nicht unter Kontrolle hatte?«

»Nein, kein Wilder.« Ihre Finger fuhren noch immer über das Parkett, als spürten sie der Essenz jener Person nach, die für die Verwüstung verantwortlich war. Schließlich zog sie die Hand zurück und sah wieder auf. »Wohl eher einer, der auf deiner Liste steht. Wenn ich Devon richtig verstanden habe, verstärkt der Dämon die Fähigkeiten eines Sehers. Zumindest, bis …«

»Bis er ihn zerreißt.«

Jackie stand auf und ging langsam durch den Flur ins Wohnzimmer. Immer wieder blieb sie kurz stehen, um etwas zu berühren. Lediglich von der Stelle, an der die Leiche gelegen hatte, und von den Blutflecken hielt sie sich fern.

Logan folgte ihr, den Blick zwischen seiner Schwägerin und dem Raum hin und her schweifen lassend. Die Anwesenheit eines Wilden wäre schwer zu erklären gewesen. Ein Dämonenseher passte besser ins Bild, auch wenn Logan sich fragte, was der Kerl vom Professor gewollt haben mochte. *Um dich zu rächen, warst du ein wenig zu spät dran, Kumpel.* Aber vielleicht war derjenige auch gar nicht auf Rache aus gewesen, sondern hatte sich Hilfe erhofft. Die dritte Alternative, die ihm einfiel, war, dass der Killer zurückgekehrt war. Am Tag des Mordes hatte Logans Ankunft ihn aufgescheucht. Womöglich war er nicht nur gekommen, um den Professor zu töten, sondern auch auf der Suche nach etwas.

»Wonach könnte er gesucht haben?«

»Was?« Jackie war stehen geblieben und hatte sich zu ihm herumgedreht.

Logan erklärte ihr seine Vermutung hinsichtlich des zurückgekehrten Mörders. »Hast du hier schon etwas gefunden, das uns weiterhilft?«

»Hier sind zu viele andere Leute durchgetrampelt. Polizei, Spurensicherung, du.« Sie schob sich an ihm vorbei und kehrte in den Flur zurück. »Das hier ist anders. Vieles von dem, was ich hier auffange, ist erst geschehen, nachdem die Polizei bereits abgerückt war.«

Vor der Tür blieb sie stehen und betrachtete die Dielen, als hätte der Eindringling dort unsichtbare Fußspuren hinterlassen. Wieder ging sie in die Hocke und berührte den Boden, diesmal in einem weiteren Radius. Langsam tastete sie sich voran. Von Zeit zu Zeit verharrte sie mit geschlossenen Augen an einer Stelle, ehe ihre Hände die Erkundung fortsetzten. »Ich spüre die Anwesenheit mehrerer Personen.«

»Alles Dämonenseher? Oder ist ein Teil der Spuren bereits älter?«

Sie schüttelte den Kopf. »Die, die ich hier spüre, sind alle gleich alt, höchstens zwei oder drei Tage. Nur eine ist stark, die anderen sind … gewöhnlich.«

»Normale?«

»Nein, gewöhnlich für Seher.«

Was zum Teufel hatte ein Dämonenseher in der Gesellschaft anderer Seher verloren? Nach allem, was er über die Experimente wusste, konnte Logan sich nur schwer vorstellen, dass Mitglieder der Gemeinschaft einzelne Dämonenseher schützten und vor der Entdeckung bewahrten. Jeder Narr musste erkennen, welches Risiko er damit einging!

Jackies Hand lag noch immer auf dem Parkett. »Da ist noch etwas.« Ihre Züge waren angespannt, fast schon starr. »Eine Kraft«, fuhr sie fort. »Hass und unbändige Stärke und …« Sie zog die Hand zurück, als hätte sie sich die Finger verbrannt. »Das ist der Dämon. Ich kann ihn spüren! Er ist bereits sehr mächtig und scheint …«

»Scheint was?«

»Es ist schwer zu beschreiben. Ein Gefühl, als würde sich sein Bild vor das des Sehers schieben – nicht ständig, aber an manchen Stellen.« Sie sah Logan an. »Er muss bereits sehr dicht unter der Oberfläche seines Trägers sein.«

»Kurz davor, auszubrechen?«

»Ziemlich wahrscheinlich.«

Das hatte ihm gerade noch gefehlt! »Wir müssen den Kerl finden, bevor der Dämon ausbricht und ein Blutbad anrichtet. Kannst du herausfinden, wer der Kerl ist – am besten mit einer gültigen Adresse.«

Jackie verzog die Lippen zu einem freudlosen Grinsen. »Ich fürchte, du stellst dir meinen Job ein wenig zu einfach vor. Das ist nicht wie Videoüberwachung. Ich kann nicht einfach meine Hand auf den Boden legen, die Rückspultaste drücken und den Film noch mal sehen, der hier vor ein paar Tagen abging.«

Videoüberwachung! Das war das Stichwort! »Sieh du dich weiter um, ich muss kurz telefonieren.« Logan zog seinen Blackberry aus der Jackentasche und ging in die Küche, wo Jackie ihn nicht hören konnte.

Ehe er die Nummer des Hauptquartiers drücken konnte, ging der Vibrationsalarm los. Er warf einen Blick auf das Display, wo Averys Name aufleuchtete, und nahm das Gespräch an.

»Bist du jetzt auch unter die Hellseher gegangen, Avery? Ich wollte dich gerade anrufen.«

»Keine Hellseherei hier, Boss. Nur wir Jungs und ein Haufen cooler Technik.«

»Hör zu, du musst die CCTV-Aufzeichnungen aller Kameras überprüfen, die in unmittelbarer Nähe zur Wohnung des Professors angebracht sind – nimm die letzten drei Tage. Sparks hatte nach seinem Tod noch einmal Besuch – von einem Dämonenseher. Jackie meint, der Dämon stünde kurz vor dem Ausbruch. Wir müssen ihn vorher finden!«

Avery fluchte. »Wenn sich wirklich einer von denen dort herumgetrieben hat, hätte das Programm längst Alarm schlagen müssen. Ich lasse die Fotos hier doch nicht umsonst durchlaufen!«

»Wenn derjenige sein Gesicht verborgen hat, hilft uns der Fotoabgleich nicht weiter.« Eine Mütze, ein Hut oder eine Kapuze würden genügen, um die Technik auszutricksen. »Sichtet das Material. Ich will, dass ihr jeden überprüft, der seit dem Tod des Professors das Haus betreten oder verlassen hat. Absolut jeden!«

»Alles klar. Ich kümmere mich darum.«

Logan wollte das Gespräch schon beenden, als er sich daran erinnerte, dass es Avery gewesen war, der ihn angerufen hatte, nicht umgekehrt. »Und was wolltest du? Hast du Neuigkeiten?«

»So kann man es wohl nennen. Wir haben einen von den Dämonensehern ausfindig gemacht. Fletcher, Reese und Jones sind auf dem Weg zu seiner Wohnung.« Avery schwieg einen Moment, dann sagte er: »Da ist noch etwas. Ich hatte ebenfalls die Idee, die CCTV-Aufzeichnungen zu sichten, allerdings im Fall dieser Susannah Hensleigh.«

Logan horchte auf. »Hast du sie etwa gefunden?«

»Nein, aber ich habe etwas entdeckt, das dir nicht gefallen wird.« Ein gedämpftes Klopfen war durch die Leitung zu hören, als trommle Avery mit einem Stift auf die Tischplatte. »Eine der Aufnahmen zeigt, wie jemand aus dem Haus getragen wird, in dem diese Susannah lebte, datiert auf denselben Tag wie die Zeitung, die auf ihrem Küchentisch lag. Es sieht ganz danach aus, als hätten sie das Mädel in ein Auto geladen und wären dann mit ihr abgedampft.«

»Kennzeichen?«

»Negativ.« Das Klopfen des Stiftes wurde stärker, schwoll zu einem Hämmern an. »Sie haben dafür gesorgt, dass sich das Auto nicht aufspüren lässt.«

Das würde Alessa nicht beruhigen.

»Immerhin war sie noch am Leben«, fuhr Avery fort, »und wir haben noch eine Chance, sie zu finden. Wenn es der Maskierte gewesen wäre, hätten wir statt einer Zeitung nur ihre Leiche gefunden.«

Logan horchte auf. »Was hat der Maskierte damit zu tun?«

»Killt er nicht Dämonenseher?«

»Scheiße!«

»Du hast es nicht gewusst?«

»Nein.« Logan beendete die Verbindung, wechselte das Menü und klickte auf den Ordner, in dem er Devons Akte abgespeichert hatte. Schon beim Öffnen der Datei hatte er ein schlechtes Gefühl. Bild um Bild ging er durch. Da war sie: Susannah Hensleigh.

»Lass das nicht wahr sein«, flehte er und blätterte weiter. Bis er auf das Foto einer jungen Frau mit rotbraun schimmernden Locken und tiefgrünen Augen stieß. In einer Mischung aus Entsetzen und aufkommender Wut starrte er auf Alessas Bild.

Sie hatte ihn die ganze Zeit über belogen! Nein, nicht belogen. Er hatte sie nie gefragt, ob sie eine von *ihnen* war. Die ganze Zeit, die er in ihrer Nähe gewesen war, hatte er nichts bemerkt! Sicher, er hatte sehr wohl herausgefunden, dass sie eine Seherin war, aber welche Bedrohung wirklich in ihr steckte, hatte er nicht einmal geahnt.

Wenn du deinen scheiß Job gemacht und die Akte studiert hättest, statt ihr wie ein läufiger Hund hinterherzurennen, hättest du es längst gewusst. Stattdessen hatte er die Akte vollkommen vergessen und sich von diesen großen, traurigen Augen in Bann schlagen lassen. Himmel, zum ersten Mal in seinem Leben war er drauf und dran gewesen, mehr für eine Frau zu empfinden – und dann das!

»Du bist ein Idiot, Drake«, schalt er sich selbst. »Ein blinder Narr!«

Zumindest wusste er nun, wo er eine weitere Zielperson finden konnte. Auch wenn der Gedanke schmerzte, sie dem Rat zu übergeben, diese Frau hatte ihn nicht nur belogen, sie war auch eine Gefahr. Er musste nicht lange überlegen, um zu dem Schluss zu kommen, dass es ihre Essenz – und ihr Dämon – sein mussten, die Jackie im Flur spürte. Sie war hier gewesen, um den Professor um Hilfe zu bitten – und nach seinem Tod war sie noch einmal zurückgekehrt in der Hoffnung, Aufzeichnungen zu finden, die ihr verraten würden, was der Professor nicht mehr aussprechen konnte.

Aber warum hatte sie sich immer wieder freiwillig in Logans Nähe begeben, wenn sie seinen Auftrag kannte? Sie wusste, dass das ein Risiko war, dennoch hatte sie ihn gebeten nach Susannah zu suchen. Wenn es stimmte, was Devon und Jackie sagten, musste sie über Fähigkeiten verfügen, die jenseits seiner Vorstellungskraft lagen. Fähigkeiten, mit deren Einsatz sie ihre Freundin längst hätte aufspüren müssen.

»Warum, zum Teufel, setzt sie die nicht ein?« Oder hatte sie es versucht und war aus irgendeinem Grund gescheitert?

Sie schien tatsächlich weder gewusst zu haben, wo Susannah wohnte, noch, was ihr zugestoßen war. Darin, dass es nicht der Maskierte gewesen war, der Susannah verschleppt hatte, stimmte er mit Avery überein. Womöglich hatte die Gemeinschaft ihre Finger im Spiel.

Er trat auf die Schwelle zum Flur, wo seine Schwägerin noch immer auf dem Boden kniete und nach Spuren suchte. Sie wirkte erschöpft, trotzdem tasteten ihre Finger unaufhörlich über herumliegende Gegenstände, Dielen und Wände.

»Habt ihr in den letzten Tagen oder Wochen weitere Dämonenseher eingefangen?«

Jackie sah auf. »Devon baut darauf, dass du mit deinen Leuten mehr Glück hast.«

Wer hatte dann Susannah Hensleigh entführt? »Weiß außerhalb der Gemeinschaft noch jemand vom Projekt Samenkorn?

»Nein.« Sie schüttelte den Kopf. »Und das soll auch so bleiben.«

Susannah konnte das Opfer einer zufälligen Entführung geworden sein, was er jedoch ausschloss, denn soweit er von Morgan wusste, war bei der Polizei bisher keine Vermisstenanzeige aufgegeben worden. Abgesehen davon hatten Entführungsopfer Angehörige; Menschen, die bereit waren, Geld für die Freilassung ihrer Liebsten zu zahlen. Susannah war allein. Kein Entführer, der halbwegs bei Verstand war, würde sie als Opfer aussuchen.

Womöglich hatte doch jemand außerhalb der Gemeinschaft von den Versuchen Wind bekommen und erhoffte sich durch Studien an einer lebenden Dämonenseherin mehr über das Projekt und seine Wirkung herauszufinden.

Als Letztes blieb noch die Möglichkeit, dass die Experimente zwar offiziell für beendet erklärt und verboten worden waren, aber dennoch im Verborgenen fortgesetzt wurden.

Wenn ich herausfinde, dass du mich angelogen hast, Devon, dann reiß ich dir den Arsch auf!

Sein Handy klingelte.

»Was?«, bellte er in das Gerät, als er das Gespräch annahm.

»Logan?«

Es war Alessa. Ihre Stimme klang fremd und eigenartig gepresst. Nur mit Mühe unterdrückte er den Impuls, sie anzuschreien. Wenn er ihr jetzt Vorwürfe machte und sie wissen ließ, dass er ihr Geheimnis herausgefunden hatte, würde sie untertauchen und ihm – zumindest für den Augenblick – entwischen. Das wollte er nicht riskieren.

Einmal mehr zog er sich in die Küche zurück, um Jackie nicht jedes Wort des Gesprächs mithören zu lassen. Weder sie noch Devon brauchten zu erfahren, dass er Alessa auf den Leim gegangen war.

»Bist du dran?«

»Ja.« Dieses eine Wort kostete ihn all seine Beherrschung.

»Ich brauche deine Hilfe.«

Erst jetzt begriff er, was ihrer Stimme diesen eigenartigen Klang verlieh. Sie weinte. Ihre Tränen berührten einen Punkt in ihm, der seine Wut besänftigte. Er wusste, dass es falsch war, so zu empfinden. Natürlich tat sie ihm leid, doch sein Mitleid würde ihn nur in Schwierigkeiten bringen.

»Was ist passiert? Wo bist du?«

»Im Krankenhaus.« Sie war vollkommen aufgelöst, sodass es ihm schwerfiel, ihren folgenden Worten viel Sinn abzutrotzen. Alles, was er deutlich heraushören konnte, war, dass sie sich auf der Intensivstation der Royal Infirmary befand.

»Ich bin unterwegs.« Er unterbrach die Verbindung und kehrte mit großen Schritten in den Flur zurück. »Ich muss weg, Jackie. Einer meiner Jungs wird dich einsammeln und an den anderen Tatort bringen.«

Ohne eine Erklärung oder ein Wort des Abschieds stürmte er aus der Wohnung, die Treppen nach unten. Auf dem Weg zu seinem Wagen rief er Avery an und beauftragte ihn, dafür zu sorgen, dass jemand Jackie abholte.

15

Logan jagte den Defender durch die Innenstadt, am Holyrood Park vorbei und stadtauswärts in Richtung Südosten. Auf der Old Dalkeith Road überholte er jedes Fahrzeug, das ihm in die Quere kam, und raste weiter.

Er wagte gar nicht, sich auszumalen, was Alessa zugestoßen sein mochte. Im Moment konnte er nur hoffen, dass es nichts mit dem Dämon zu tun hatte und dass es sie nicht das Leben kosten würde. Dass sie immerhin imstande gewesen war, ihn anzurufen, minderte seine Sorge nicht im Geringsten.

Auf dem Krankenhausparkplatz stellte er den Wagen ab und rannte auf die Glasfront des Haupteingangs zu. An einem Pult hinter der Tür saß eine Empfangsdame und telefonierte.

»Die Intensivstation?«, rief Logan. »Wo ist die?«

Einen Moment lang sah sie ihn vorwurfsvoll über den Hörer hinweg an, als wolle sie ihn über seine Unhöflichkeit belehren. Beim Anblick seines Gesichtes schien sie es sich anders zu überlegen und deutete in einen Gang zu ihrer Linken. »Folgen Sie den Schildern.«

Logan rannte los.

Seine Schritte hallten über den hellen Linoleumboden, der ebenso neu war wie das gesamte Gebäude. Die weißen Wände, die großflächigen Fensterfronten und eine Menge verbauten Stahls ließen den Bau kalt und steril wirken. Dieselbe Kälte, die er in seinen Eingeweiden verspürte. Er war noch immer wütend und fest entschlossen, Alessa an die Gemeinschaft zu übergeben. Erst jedoch musste er herausfinden, was ihr zugestoßen war.

Er folgte den Wegweisern durch eine doppelflüglige Tür, hinter der ein breiter Gang auf eine Fensterfront zuführte, wo er in einem offenen Wartebereich endete. Die Wände wurden von Regalen gesäumt, in denen sich Kittel und Gesichtsmasken stapelten, die die Besucher der Intensivstation tragen mussten, um die Patienten vor Keimen zu schützen. Im Wartebereich wich das sterile Weiß, das sich überall wie ein Virus ausgebreitet hatte, einem freundlicheren Ambiente mit blassblauen Wänden und einem dazu passenden blaugrauen Teppich. Vor den Wänden und um einen Tisch herum standen klobige Stühle mit einem Rahmen aus hellem Holz und einer Polsterung im selben Blaugrau wie der Bodenbelag. In einer Ecke stand ein Ledersofa.

Bis auf eine Frau, die vor dem Fenster saß und Kaffee aus einem Plastikbecher trank, war niemand zu sehen. Logan blickte sich nach einem Schwesternzimmer um, als die Schleuse zur Intensivstation aufging und eine Gestalt im Kittel herauskam. Er erkannte Alessa, noch bevor sie die Gesichtsmaske herunterzog. Sie blieb vor der Tür stehen und fuhr sich über die Augen, da entdeckte sie Logan.

Mit einem gemurmelten »Gott sei Dank«, das er mehr von ihren Lippen ablas, als dass er es tatsächlich hörte, kam sie auf ihn zu. Ihre Bewegungen wirkten ungelenk, als hätte sie Schmerzen, und auf ihrer Stirn prangte ein großes Pflaster, trotzdem wurde sie mit jedem Schritt schneller, bis sie beinahe rannte. Dann hatte sie ihn erreicht und warf sich ihm an die Brust.

Wie erstarrt stand Logan da und wusste nicht, was er tun oder wie er reagieren sollte. Er konnte ihre Angst und ihre Verzweiflung spüren, ebenso ihr Zittern. Nach einem langen Augenblick des Zögerns schloss er die Arme um sie.

Erst jetzt, da er sie so nah bei sich spürte, wurde ihm bewusst, wie groß seine Sorge um sie gewesen war. Die ganze Zeit über hatte er gedacht, er würde sie auf der Station finden, schwer verletzt, womöglich im Sterben liegend. Die Angst um ihr Leben hatte seine Wut gedämpft. Da er nun wusste, dass sie unversehrt war, hätte sein Zorn zurückkommen sollen, doch stattdessen verspürte er nur Erleichterung.

Sie wirke so hilflos und zerbrechlich in seinen Armen und er zog sie noch enger an sich. In diesem Moment erkannte er, dass er verloren war. Vielleicht hatte er nie eine wirkliche Chance gehabt gegen sie und die Gefühle, die sie in ihm hervorrief. In diesem Moment war es Logan vollkommen gleichgültig, was sie war – und wenn ihr Name tausendmal in Devons beschissener Akte stand, sie lag hier unversehrt in seinen Armen, alles andere war plötzlich nicht mehr wichtig. Er würde einen Weg finden, ihr zu helfen und sie von dem Dämon zu befreien, koste es, was es wolle.

»Du zitterst.« Logan löste seine Umarmung und griff stattdessen nach ihrer Hand, doch sie entzog sich seinem Griff und trat einen Schritt zurück.

Tränen schimmerten in ihren Augen. »Es tut mir leid, dass ich dich da mit reinziehe, aber ich wusste nicht … Es gibt sonst niemanden, den ich anrufen könnte.«

»Mach dir um mich keine Sorgen.« Er hob die Hand und strich vorsichtig am Rande des Pflasters entlang, das auf ihrer Schläfe klebte. Behutsam schob er Alessa in den Wartebereich und brachte sie dazu, sich neben ihn auf das Ledersofa zu setzen »Was ist passiert?«

»Wir waren in meiner Wohnung, als plötzlich der Maskierte auftauchte.«

Atemlos hörte Logan zu, wie sie von ihrem Kampf gegen den Maskierten berichtete und davon, dass er zwei ihrer Freunde niedergeschossen hatte und schließlich geflohen war. »Kent hat eine Kugel in den Arm bekommen und Parker …« Sie atmete tief durch und unterdrückte ein Schluchzen. »Er wurde gerade operiert. Im Augenblick ist sein Zustand stabil, aber die Ärzte sagen, dass er noch nicht über den Berg ist. Die Kugel hat sein Herz nur knapp verfehlt.«

»Wie ist es euch überhaupt gelungen, den Kerl in die Flucht zu schlagen?«

»Nachdem er seine Waffe verloren hatte, ist er abgehauen.«

Wieder strich er über das Pflaster an ihrer Stirn. »Hat er dir das angetan?«

Alessa nickte und schloss müde die Augen. Eine Weile saßen sie still da, so nah beieinander, dass er ihren Herzschlag zu spüren glaubte. In diesem Augenblick fragte er sich, wie er auch nur einen Moment lang daran gedacht haben konnte, sie an die Gemeinschaft auszuliefern. Er würde mit ihr über den Dämon sprechen müssen – und darüber, dass er kurz davor war, auszubrechen – und dann würden sie gemeinsam einen Weg finden, diese Kreatur loszuwerden und Alessa vor der Gemeinschaft zu schützen.

»Ich habe nicht gewagt, mich an die Polizei zu wenden, aus Angst, die Gemeinschaft könnte davon erfahren«, sagte sie nach einer Weile. »Hast du vielleicht jemanden, der auf Parker aufpassen kann, solange er hier ist?«

Logan glaubte zwar nicht, dass der Maskierte kommen würde, um den Kerl umzulegen – zumindest nicht, solange er nicht ebenfalls auf der Liste der Dämonenseher stand, trotzdem nickte er. »Ich werde dafür sorgen, dass jemand hier ist und ein Auge auf deinen Freund hat.«

»Danke, Logan.«

Ob du mir immer noch danken würdest, wenn du wüsstest, dass ich dein Geheimnis kenne?

Er zog den Blackberry aus der Tasche und wählte die Nummer des Hauptquartiers. Als sich Buckingham meldete, erklärte er ihm, dass er sich auf den Weg in die Royal Infirmary machen sollte, um jemanden zu bewachen.

»Alles klar, Boss«, bestätigte Buckingham. »Bin schon unterwegs. Es gibt übrigens gute Nachrichten. Fletch und die anderen haben wieder einen von unserer Liste erwischt. Sie liefern den Kameraden gerade ab. Roberts ist ebenfalls schon informiert.«

»Gut.« Logan legte auf und verstaute das Handy in seiner Jacke. »Für Schutz ist gesorgt«, sagte er zu Alessa. »Aber vielleicht verrätst du mir jetzt auch, wer die beiden Kerle überhaupt sind.« *Und was sie in deiner Wohnung zu suchen hatten.*

Alessa schwieg so lange, dass er schon dachte, sie würde überhaupt nicht antworten, bis sie schließlich leise sagte: »Die beiden sind Seher, allerdings sind sie vor einigen Jahren ausgestiegen. Ich bin ihnen zufällig über den Weg gelaufen – sie haben mir sozusagen aus der Klemme geholfen.«

Logan hätte gerne gewusst, was für eine Art von Klemme das gewesen sein sollte, doch Alessa erweckte nicht den Eindruck, als wolle sie mehr dazu sagen. Früher oder später würde er es auch so herausfinden.

»Die beiden haben mir angeboten, eine Weile zu ihnen zu ziehen«, fuhr sie fort. »So lange, bis der Maskierte keine Gefahr mehr darstellt. Wir wollten meine Sachen aus der Wohnung holen, als er kam.«

Ein Teil von ihm war erleichtert zu hören, dass sie nicht länger allein in ihrer Wohnung bleiben wollte, gleichzeitig versetzte es ihm einen Stich, dass sie nicht ihn um Schutz gebeten hatte.

Von seinen eigenen Gedanken überrascht sah er auf. Wie konnte er darauf eifersüchtig sein, dass sie bei Fremden Hilfe suchte, wenn er bis vor Kurzem daran gedacht hatte, sie höchstpersönlich an die Gemeinschaft zu überstellen!

Ehe er etwas erwidern konnte, öffnete sich die Schleuse zur Intensivstation. Heraus kam ein Kerl, der so riesig war, dass ihm der Kittel nur bis zu den Oberschenkeln reichte, was diesen wie ein übergroßes Sabberlätzchen wirken ließ. Nur ein Arm ragte aus dem Kittel, der zweite war unter dem Stoff verborgen. Noch während er mit der behandschuhten Hand die Schutzmaske vom Gesicht zog, sah er sich um. Als er Alessa entdeckte, hellten sich seine müden Züge ein wenig auf.

Logan glaubte eine Schlinge zu sehen, die den Arm unter dem Kittel in Position hielt. Das war also der andere, der eine

Kugel abbekommen hatte. Wie ein Seher sah er tatsächlich nicht aus. Die meisten, die bisher seinen Weg gekreuzt hatten, waren am ehesten mit beherrschten Geschäftsleuten zu vergleichen. Dieser hier wirkte eher wie ein Bodyguard, der den Anzug gegen verwaschene Jeans und die Slipper gegen Turnschuhe getauscht hatte.

Kurz bevor er die Couch erreichte, stand Alessa auf und ging ihm die letzten Schritte entgegen. Sie griff nach seiner unversehrten rechten Hand und drückte sie. »Wie geht es ihm?«

»Unverändert.« Müdigkeit und Sorge waren ihm deutlich anzusehen, zugleich wirkte er wachsam. Als sein Blick an Alessa vorbei zu Logan wanderte, gesellte sich Misstrauen dazu. »Wer ist der Vogel?«, fragte er leise, doch nicht leise genug, dass Logan es nicht gehört hätte.

Logan stand auf. »Der Vogel ist hier, um für euren Schutz zu sorgen.«

Der Blick des Sehers wanderte zu Alessa und kehrte, nachdem sie genickt hatte, zu Logan zurück. »Dann darfst du mich einen Vogelfreund nennen«, sagte er und streckte ihm die Hand entgegen. »Ich bin Kent.«

Logan schüttelte ihm die Hand. »Wie der von Barbie?«

»Nicht Ken, sondern Kent – wie Superman, wenn du verstehst.«

»Superman?« Logan runzelte die Stirn, doch allmählich dämmerte ihm der Ursprung der beiden Namen. Erst seine Schwägerin und jetzt Parker und Kent. Wie viele Seher mit Humor gab es noch da draußen?

»Nicht weiter wichtig«, winkte Superman-Kent ab. »Ich nehme mal an, du bist dann wohl der Behördenfuzzi.«

Logan warf einen Seitenblick zu Alessa, die nur entschuldigend die Hände hob. »Sichtlich ist mir mein Ruf vorausgeeilt.«

Da schlug Kent ihm lachend auf die Schulter. »Du bist in

Ordnung, Kumpel! Zumindest sagt sie das«, fügte er hinzu und deutete auf Alessa.

Die Fröhlichkeit dieses Typen war irritierend. Der Himmel allein wusste, was Alessa diesem Kent über ihn erzählt hatte. Logan war drauf und dran, nachzufragen, als Buckingham den Gang entlangkam.

»Versteck dein Gesicht«, zischte er Alessa zu und trat Buckingham entgegen. Ihm entging die stumme Frage in ihren Augen nicht, doch ihm blieb weder die Zeit, ihr etwas zu erklären, noch *wollte* er das im Augenblick. Wichtig war nur, dass sie seiner Aufforderung folgte und sich die Schutzmaske über Mund und Nase zog.

Logan gab Buckingham die Anweisung, sich von Kent zeigen zu lassen, wen er zu bewachen hatte, und diesen Kerl dann unbedingt im Auge zu behalten. Während Buckingham sich einen der Kittel holte, kehrte Logan zu Alessa und Kent zurück.

»Warum die Geheimnistuerei?«, fragte sie leise.

»Er ist ebenfalls ein Behördenfuzzi und wir hatten uns ja darauf geeinigt, deinen Namen aus den Akten herauszuhalten«, behauptete er. »Dasselbe gilt für dein Gesicht.«

Tatsache war, dass Buckingham die Bilder aus der Akte eingehender studiert hatte als Logan selbst und Alessa vermutlich sofort erkennen würde.

Alessa nickte. »Danke. Für alles.«

Sie drückte kurz seine Hand und wollte gehen, doch Logan hielt sie zurück. »Wo willst du hin?«

»Zurück zu Parker.«

»Nein, Alessa.« Es war Kent, der aussprach, was Logan dachte. »Ich will nicht, dass du hierbleibst. Geh mit ihm.« Er deutete auf Logan. »Er wird auf dich aufpassen.«

Sie zögerte. »Was ist mit dir?«

»Ich bleibe hier.«

Alessa sah ihn lange an. »Bist du sicher?«

Er nickte.

Logan zog eine seiner Visitenkarten aus der Tasche, nahm einen Kugelschreiber vom Tisch und kritzelte seine Adresse drauf, ehe er Kent die Karte reichte.

»Was ist das?«

»Da steht, wie du den Behördenfuzzi erreichen kannst, falls es Ärger im Reich der Superhelden gibt.« Dann wandte er sich an Buckingham, der mittlerweile angezogen war. »Du gehst mit Kent und hast ein Auge auf seinen Kumpel. Ruf an, wenn es Probleme gibt.«

Buckingham nickte.

Logan wartete, bis die beiden durch die Schleuse verschwunden waren, ehe er Alessa zunickte. Sie streifte den Kittel und die Atemmaske ab und warf beides in die dafür vorgesehenen Behälter. Sobald sie fertig war, legte Logan ihr eine Hand auf die Schulter. Wieder entzog sie sich seiner Berührung und ging voran auf den Ausgang zu.

Logan lotste sie aus dem Gebäude und über den Parkplatz zum Defender. Im Wagen angekommen sank Alessa im Sitz zurück und schloss die Augen, nur um sie einen Herzschlag später wieder zu öffnen.

»Danke, Logan«, sagte sie noch einmal. »Mir ist klar, dass es dir nicht leichtfällt, zwei Sehern zu helfen. Umso mehr weiß ich es zu schätzen.«

Ihre Worte erstaunten ihn, schienen sie doch so gar nicht zu ihrem distanzierten Verhalten zu passen. Nachdem sie sich ihm vorhin zunächst in die Arme geworfen hatte, war sie auf Abstand gegangen und seinen Berührungen ausgewichen, als versuche sie jede Nähe zu meiden. Auf der Suche nach einem Grund für ihr Verhalten fand er nur eine plausible Antwort: Sie wusste um seinen Auftrag. Vermutlich hatte sie beschlossen, ihm künftig aus dem Weg zu gehen. Zugleich schien er der Einzige zu sein, dem sie so weit vertraute, dass sie ihn um Hilfe bat.

Wie zerrissen musste sie sich in dieser Situation fühlen. Zerrissen und einsam.

Es war wirklich höchste Zeit für ein offenes Gespräch. Erst jedoch wollte er dafür sorgen, dass sie sich von dem Schrecken erholen und neue Kraft schöpfen konnte.

»Ich hatte heute eine lange Unterhaltung«, sagte er in die Stille hinein, die ihren Worten gefolgt war, »und mir ist dabei klar geworden, dass ich wohl damit aufhören sollte, die komplette Gemeinschaft zu verurteilen. Auch wenn ich es nicht gerne zugebe, sind wohl nicht alle Seher durch die Bank schlecht, sondern nur einzelne Individuen.« *Wie bei uns Normalos auch.* Es würde nicht leicht werden, das Misstrauen abzulegen, das ihn nun schon seit so vielen Jahren begleitete. Ganz sicher war das etwas, das er nicht von heute auf morgen schaffen würde. Trotzdem war es an der Zeit, es zumindest zu versuchen.

Ein schwaches Lächeln ließ ihre Mundwinkel zucken. »Schade, dass ich es nicht war, die dir die Augen geöffnet hat.«

»In gewisser Weise warst du es schon.«

»Ach ja?«

»Ohne die Begegnung mit dir wäre ich vermutlich gar nicht bereit gewesen, mich überhaupt auf dieses Gespräch einzulassen.« Er hätte Jackie nicht einmal zugehört, geschweige denn etwas von dem geglaubt, was sie erzählte, wenn er nicht zuvor schon mit Alessa über die Gemeinschaft gesprochen hätte. Eine Gemeinschaft, die sie noch immer in Schutz nahm, obwohl sie ihr übel mitgespielt hatte. *Nein,* korrigierte er sich. Nicht die Gemeinschaft hatte ihr übel mitgespielt, sondern ein Forscherteam, das sich verbotenen Experimenten verschrieben hatte.

»Mit wem hast du gesprochen?«, wollte sie wissen.

»Das ist eine lange Geschichte.«

»Gibt es eine Kurzfassung?«

»Es war meine Schwägerin.«

Alessa sah ihn erstaunt an. »Ich wusste nicht, dass du eine Schwägerin hast.«

Es gibt so einiges, das du noch nicht weißt. »Bis heute Morgen hatte ich ebenfalls keine Ahnung.«

Eine Weile schwiegen sie.

»Was ist mit den beiden Superhelden?«, wollte er dann wissen. »Aus welcher Klemme haben sie dir geholfen?«

»Lange Geschichte.«

Plötzlich musste er grinsen. »Wie wäre es mit der Kurzfassung?«

»Lassen wir die beiden aus der Sache raus«, bat sie. »Es ist auch so schon schlimm genug, was ihnen meinetwegen zugestoßen ist.«

Logan zog den Blackberry aus der Tasche und drückte eine Kurzwahltaste.

»Wen rufst du an?«

»Jemanden, der dafür sorgen wird, dass deine Helden keine Schwierigkeiten bekommen.«

Beim dritten Klingeln, dröhnte eine tiefe Stimme: »Cassidy.«

»Ich bin es, Logan. Du musst dafür sorgen, dass eine Schusswunde nicht in den Polizeiakten auftaucht. Falls es dafür schon zu spät ist, sorg dafür, dass sich niemand für die Hintergründe interessiert.« Ärzte und Krankenhäuser waren verpflichtet, Schussverletzungen an die Polizei zu melden. Ohne Morgans Hilfe würde bald ein Polizist vor Parkers Krankenbett stehen und unangenehme Fragen stellen. Fragen, deren Antworten ihn am Ende zu Alessa führten, wenn die beiden Super-Seher sie nicht mit Bedacht wählten.

»Hast du jemanden umgenietet?«

»Nein.« In knappen Worten schilderte Logan ihm, um wen es ging und wann sich die Schießerei in etwa ereignet hatte. Das *Wo* beschränkte er auf den Stadtteil.

»Dir ist schon klar, dass ich dafür eine genauere Erklärung

will – eine, die nicht in den Akten auftauchen wird«, knurrte Morgan. »Wo steckst du?«

»Auf dem Heimweg.«

»Salami?«

Logan sah zu Alessa. »Magst du Salamipizza?«

16

Einmal mehr holte der Stich einer Spritze und das durch ihre Venen strömende Mittel Susannah aus dem künstlichen Schlaf. Mit jedem Mal, wenn die Prozedur wiederholt wurde, fiel es ihr schwerer, den Kopf klar zu bekommen.

Die Kälte, die sich in ihren Knochen eingenistet hatte, war so durchdringend, dass es ihr nicht einmal gelingen wollte, die Arme zu bewegen. Sie konnte nur daliegen und die beiden Weißkittel ansehen, die sie über den Rand des Isolationstanks hinweg anstarrten.

Einer der beiden packte sie und hievte sie mit einer Mühelosigkeit aus ihrem Gefängnis, bei der ihr ganz schwindlig wurde. Als er sie auf den Boden stellte, gaben ihre Beine nach. Sie wollte dic Arme ausstrecken, um ihr Gleichgewicht zu halten, doch die ließen sich nicht bewegen. Es war nicht die Kälte, die ihre Glieder lähmte, es waren die Lederbänder, mit denen man ihre Arme an den Körper fixiert hatte.

Die Weißkittel fingen sie auf und packten sie. Ihre Beine schleiften haltlos über den Boden, als sie sie der Tür entgegenzerrten.

Ganz gleich, was es sie kosten würde, sie konnte hier keinen Tag länger bleiben. Die bloße Vorstellung, dass man sie erneut in künstlichen Tiefschlaf versetzen und ihr Wochen und Monate ihres Lebens rauben würde, nur um weitere Tests an ihr durchzuführen, brachte sie schier um den Verstand. Die Angst, eines Tages einfach nicht mehr zu erwachen, wenn sie ihr das Mittel spritzten, und für den Rest ihrer Tage in zeitloser Dunkelheit dahinzuvegetieren, bis der Tod sie endlich erlöste, war mehr, als sie ertragen konnte.

Nicht noch einmal. Kein Schlaf mehr.

Es musste einen Weg hier heraus geben, sie musste ihn nur finden.

Im Griff der Weißkittel hängend ließ sie ihren Blick umherschweifen. Von dem Tank einmal abgesehen war der Raum vollkommen leer. Hier gab es nichts, das ihr bei einem Fluchtversuch helfen konnte.

Es musste also geschehen, ehe die Männer sie hierher zurückbrachten.

Ohne den Einsatz ihrer Kräfte würde sie sich nicht von den Fesseln befreien können. Doch sich zu befreien war nicht genug. Sie musste den Männern entkommen!

Der Gedanke, auf ihre Fähigkeiten zurückzugreifen, ließ Übelkeit in ihr aufwallen. Seit mehr als zwei Jahren hatte Susannah sie nicht mehr benutzt. Nicht, seit sie aus dem Labor entkommen waren. Das Wissen, was früher oder später geschehen würde, wenn sie darauf zugriff, hatte sie jeden Tag aufs Neue davon abgehalten, es zu tun. Sie war nicht einmal in Versuchung gekommen.

Diesmal jedoch gab es keinen anderen Weg.

Sie konnte nur hoffen, dass sie die Kontrolle über den Dämon nicht verlieren würde. Einmal, während der Testreihen im Labor, hatte sie gespürt, wie sich die Kreatur in ihr geregt hatte. Der Zorn und der Hunger, den das Monster ausgestrahlt hatte, waren derart grauenvoll gewesen, dass sie es nie wieder spüren wollte.

Zu ihrem Erstaunen führten die Weißkittel sie nicht in eines der Labore, sondern in Doktor Burkes Büro. Die Oberfläche des großen Schreibtisches war mit Papieren und Akten übersät und ließ gerade noch Platz für den Computerbildschirm und die Tastatur. Selbst auf den metallenen Aktenschränken, die jede freie Wand flankierten, stapelten sich Unterlagen.

Eine Neonröhre sandte ihr kaltes Licht von der Decke und erhellte den fensterlosen Raum. Obwohl es hell genug war, brannte zusätzlich eine Schreibtischlampe.

Doktor Burke saß hinter dem Schreibtisch und studierte einige Unterlagen. Als die Männer Susannah in den Raum zerrten, sah sie auf.

»Ah, Miss Hensleigh«, empfing sie die Ärztin, als sei sie aus freien Stücken zu einem Termin gekommen. »Bitte nehmen Sie Platz.«

Die Weißkittel schoben Susannah zu einem der beiden Stühle, die vor dem Schreibtisch standen, und drückten sie in den Sitz. Die Arme noch immer an die Seiten gefesselt sank sie in den Stuhl, der sie wie ein Schraubstock umfangen hielt. Auf ein Nicken der Ärztin hin entfernten sich die beiden Assistenten von ihr.

Umso besser. Je weniger Leute hier waren, desto größer waren ihre Chancen, zu entkommen. Unglücklicherweise blieben die beiden Männer neben der Tür stehen.

Doktor Burkes Blick richtete sich erneut auf Susannah. Sie betrachtete sie so eingehend, als sei sie ein Bakterium unter einem Mikroskop. Doch auch Susannah nutzte die Gelegenheit, die Ärztin zu mustern. Ihr aschblondes Haar hatte jeden Glanz verloren und hing wie welker Schnittlauch um ihren Kopf. Die wasserblauen Augen wirkten trüb und müde und in ihrem Gesicht hatten sich tiefe Furchen eingegraben.

Als Susannah die Ärztin das letzte Mal gesehen hatte, war sie eine attraktive Mittdreißigerin gewesen. Heute jedoch, zwei Jahre später, war sie vor ihrer Zeit gealtert.

Es scheint stressig zu sein, diese Experimente vor der Öffentlichkeit zu verstecken, dachte Susannah nicht ohne Genugtuung. *Verrecken soll sie für das, was sie getan hat!*

»Ich spare mir die üblichen Floskeln, Miss Hensleigh, denn um ehrlich zu sein, ist es mir vollkommen gleichgültig, wie es Ihnen während der letzten Jahre ergangen ist.« Was durchaus eine Beleidigung sein konnte, klang aus dem Mund der Ärztin lediglich wie der dringende Wunsch, nicht noch mehr Zeit zu verschwenden. »Doktor Cummings erzählte mir, dass Sie erst kürzlich Kontakt zu Miss Flynn hatten. Wo ist sie?«

»Keine Ahnung.« Es waren ihre ersten Worte, seit sie aus dem Isolationstank geholt worden war. Klebrig rollten sie von ihrem Gaumen und stolperten aus ihrem Mund. *Und wenn ich es wüsste, würde ich es dir nicht verraten!*

»Miss Hensleigh«, sagte die Ärztin überfreundlich, »wir können dies auf die einfache oder auf die komplizierte Art erledigen. Warum helfen Sie uns nicht und verraten mir, wo Alessa Flynn ist? Wollen Sie wirklich, dass jemand in ihrem Gehirn herumstochert und nach den Informationen sucht, die Sie mir vorzuenthalten versuchen?«

»Sie können ruhig stochern und meinetwegen auch schütteln und umrühren, Sie werden dort nichts finden, denn ich kenne die Antwort auf Ihre Frage nicht.«

Alles, was sie in ihrem Gehirn finden würden, wären ihre Fluchtgedanken. Und das durfte nicht passieren.

»Hören Sie, Doktor, ich weiß nicht, wo Alessa ist. Ich weiß weder, wo sie wohnt, noch, wo sie arbeitet, ob sie Freunde hat oder was sie sonst so treibt. Wir haben unsere Sicherheitsvorkehrungen getroffen.«

Doktor Burke lehnte sich in ihrem schwarzen Ledersessel zurück und faltete die Hände über dem flachen Bauch. Lange Zeit sagte sie kein Wort, unterzog Susannah nur einer stillen Musterung, die so intensiv war, dass sie sich fragte, ob die Ärztin überhaupt einer Berührung bedurfte, um in ihren Kopf einzudringen.

Je länger Doktor Burke nichts weiter tat, als sie anzusehen, desto nervöser wurde Susannah. Sie war dankbar um die Fesseln, die sie so eng in den Stuhl pressten und dadurch verhinderten, dass sie unruhig hin und her rutschen konnte. Nur mühsam gelang es ihr, eine gleichgültige Miene zur Schau zu stellen, während sich in ihrem Innersten die Gedanken überschlugen.

Einmal hatte sie mit Alessa über die Kräfte gesprochen, die sie seit Beginn des Experiments dazugewonnen hatten. Während es bei Alessa die Telekinese zu sein schien, die deutlich an Ausprägung zugenommen hatte, war es bei Susannah das Talent, Temperaturen zu beeinflussen. Abgesehen davon, dass sie wegen des Dämons ohnehin nicht auf ihre Kräfte zugreifen durfte, hatte sie sich immer gefragt, was sie mit einer derart nutzlosen Fähigkeit anfangen sollte. Temperaturen zu beeinflussen war ungefähr so spannend wie eine Zahnsteinentfernung.

Im Augenblick jedoch hätte sie kaum eine passendere Gabe besitzen können.

Auf dem Gang gab es eine Nische, in der Sauerstoffflaschen gelagert wurden. Wenn es ihr gelang, so weit auf die Temperatur Einfluss zu nehmen, dass diese explodierten, sollte das genügend Panik und Verwirrung stiften, um ihre Flucht zu decken. Alles, was sie dann noch zu tun brauchte, war, sich aus diesen unseligen Fesseln zu befreien. Zumindest dafür sollte ihr telekinetisches Talent ausreichen.

»Gefällt Ihnen der Tank?«, durchbrach Doktor Burke plötzlich die Stille.

Susannah blinzelte irritiert. »Was soll das für eine Frage sein?«

Ein Lächeln zeigte sich auf den verhärmten Zügen der Ärztin und ließ sie nur noch älter und matter wirken. »Ich möchte wissen, ob Sie gerne dort sind oder ob es Ihnen lieber wäre, nicht noch einmal dorthin zurückzumüssen.«

»Ich verstehe die Frage noch immer nicht.« Susannah hatte

keine Lust, Spielchen zu spielen. Wenn Burke etwas von ihr wollte, sollte sie es gefälligst aussprechen.

Doch Doktor Burke ließ sich Zeit. Wieder verrannen endlose Augenblicke, während deren sie nichts anderes tat, als Susannahs Züge zu studieren, ehe sie endlich sagte: »Ich möchte Ihnen ein Angebot machen, Miss Hensleigh.«

Susannah runzelte die Stirn, erwiderte aber nichts.

»Sie wissen etwas, das mich interessiert«, fuhr die Ärztin bedächtig fort. »Ich möchte Ihnen einen Tauschhandel anbieten. Sie verraten mir, wo ich Alessa Flynn finde, und ich sorge dafür, dass Sie den Dämon loswerden und nie wieder in diesen Tank zurückmüssen. Ich denke, das ist mehr als ein faires Angebot.«

Den Dämon loswerden.

Wieder und wieder hörte Susannah die Worte in ihrem Kopf, wobei es ihr zunächst schwerfiel, deren Bedeutung zu erfassen. Ob es an den Medikamenten lag, die man ihr eingeflößt hatte, oder nur daran, dass es ihr nach all den Jahren wie ein Wunder erschien, dies könnte überhaupt möglich sein, wusste sie nicht. Tatsache war, dass es sich um die wunderbarsten und verlockendsten Worte handelte, die sie je gehört hatte.

Nie wieder zurück in den Tank. Ein normales Leben, bei dem sie nicht länger zu fürchten brauchte, der Dämon könne die Mauern durchbrechen, hinter denen sie ihn gefangen hielt. Allein bei dem Gedanken stiegen ihr Tränen der Sehnsucht in die Augen. Sie würde all ihre Freunde wiedersehen können und … Nein, nicht all ihre Freunde, denn der Preis für diese Freiheit war ihre beste Freundin.

Konnte sie Alessa das antun?

Ohne sie wäre es ihnen niemals gelungen, aus dem Labor zu fliehen. Die Versuche wären weitergegangen, hätten den Dämon genährt und wachsen lassen, bis er sie von innen heraus zerrissen hätte.

Sie verdankte Alessa ihr Leben.

»Nun, was meinen Sie, Miss Hensleigh?«

»Ich meine«, stieß Susannah zwischen zusammengepressten Lippen hervor, »dass Sie mich jetzt besser zurückbringen lassen – es sei denn, Sie wollen noch irgendwelche Tests vornehmen.«

Doktor Burke seufzte. »Das darf ich dann wohl als ein Nein auffassen.«

Eine knappe Kopfbewegung der Ärztin brachte die Weißkittel dazu, sich in Bewegung zu setzen. Einer von ihnen packte Susannah und zog sie auf die Beine, der andere öffnete die Tür.

»Miss Hensleigh«, rief Doktor Burke ihr nach, ehe sie auf den Gang traten. »Denken Sie noch einmal in Ruhe über mein Angebot nach.«

Dann führten die Männer sie aus dem Büro und die Tür fiel hinter ihnen ins Schloss.

Für Susannah gab es nichts, worüber sie noch nachzudenken brauchte. Sie wusste, welchen Weg sie gehen musste, um nicht länger im künstlichen Schlaf dahinvegetieren zu müssen. Unendlich behutsam senkte sie die Schilde, die ihre Kräfte und den Dämon vor ihrem Bewusstsein abschotteten. Ihr Blick richtete sich auf die Sauerstoffflaschen.

17

Ehe Logan Alessa zu sich nach Hause brachte, machten sie einen Abstecher in ihre Wohnung, um ihre Sachen zu holen. Seine Sorge, Alessas Vermieter könne den Überfall inzwischen bemerkt und die Polizei gerufen haben, erwies sich zum Glück als unbegründet. Die Tür war weder mit Absperrband verklebt noch deutete sonst etwas auf die Anwesenheit der Polizei hin. Logan betrat das Apartment mit gezogener Waffe, Alessa dicht bei sich haltend und bereit, sie jederzeit in Deckung zu stoßen. Zu seiner Erleichterung war das gar nicht nötig. Das Einzige, das an den Maskierten erinnerte, waren die Blutspuren im Gang und Alessas hektischer Blick, mit dem sie jeden Winkel des Zimmers zu erfassen versuchte. Gleichzeitig vergrub sie die Hände in den Jackentaschen, als wolle sie sich darin verkriechen.

Ihre Reisetasche in der einen Hand, die Waffe, die er beim Verlassen des Hauses unter seiner Jacke verbarg, in der anderen kehrten sie zu seinem Wagen zurück.

Als sie kurz darauf vor seinem Haus ausstiegen, nahm Logan ihre Tasche und führte Alessa die Treppen nach oben. Im Dachgeschoss wartete Morgan bereits vor der Tür. Seine Krawatte und sein Sakko saßen wie immer korrekt, und die beiden Pizzakartons in seiner Hand wirkten so fehl am Platz wie ein Rugbyspieler auf einer Dinnerparty. Als er Logan sah, hellte sich seine Miene auf, dann bemerkte er Alessa und zog überrascht eine Augenbraue in die Höhe. Morgans Reaktion erstaunte Logan nicht sonderlich. Es kam nicht gerade häufig vor, dass er sich in Gesellschaft einer Frau blicken ließ. Natürlich hatte er all die Jahre nicht enthaltsam gelebt, in seine Wohnung hatte er jedoch nur selten jemanden mitgebracht.

Vor der Tür angelangt warf er einen Blick auf Morgan. Er würde nicht darum herumkommen, ihn in alles einzuweihen. Der Bulle war der Einzige, dem er außerhalb seiner Spezialeinheit vertraute, und wenn er sich die Akte angesehen hatte, kannte er Alessas Gesicht ohnehin. Die Wahrheit würde so oder so ans Licht kommen, da war es besser, wenn er sie von Logan selbst erfuhr.

Morgan hatte ihm schon mehr als nur einmal aus der Patsche geholfen und ihn dabei noch nie enttäuscht. Wenn Logan ihn darum bat, Stillschweigen zu bewahren, würde er das auch tun.

»Der feine Pinsel hier ist Morgan Cassidy«, sagte er an Alessa gewandt.

Sie nickte. »Wir sind uns bereits begegnet. Auf dem Polizeirevier.«

Daran hatte Logan gar nicht mehr gedacht. Morgan war es gewesen, der versucht hatte, ihr gegenüber seine falsche Identität als Polizist aufrechtzuerhalten, wenn auch mit mäßigem Erfolg.

»Allerdings haben Sie es damals vermieden, mir Ihren Namen zu verraten, und lieber die Flucht ergriffen«, grinste Morgan. »Vielleicht kommen wir heute ja weiter?«

Statt sofort zu antworten, sah sie zu Logan, als wolle sie sich versichern, ob sie dem Mann tatsächlich vertrauen konnte. Erst als er nickte, nannte sie ihm ihren Namen.

»Nachdem das nun geklärt wäre, könnten wir eigentlich reingehen, ehe die Pizzen vollkommen kalt sind. Mach schon, Drake! Sperr endlich auf!«

Logans Gedanken kreisten so sehr um Alessa, weshalb er gar nicht bemerkt hatte, dass sie noch immer im Hausflur standen. Schnell kramte er nach seinem Schlüssel und schloss auf.

Morgan betrat die Wohnung als Erster. Zielstrebig ging er ins Wohnzimmer und hängte seinen Mantel über einen der Stühle am Esstisch, die Pizzakartons brachte er gewohnheitsmäßig zum Couchtisch.

Logan stellte Alessas Tasche im Gang ab und warf seine Jacke über die Garderobe. Das Schulterholster mit der SIG behielt er um. Alessa schälte sich aus dem Parka. Als er ihn ihr abnahm, um ihn aufzuhängen, sah er, wie sie die Arme um den Körper schlang.

»Geh ruhig schon ins Wohnzimmer«, sagte er. »Morgan beißt nicht und ich bin auch gleich da.«

Während Alessa durch die Wohnzimmertür aus seinem Blick verschwand, machte Logan einen Rundgang durch seine Wohnung und drehte in jedem Zimmer die Heizung auf. Als er ins Wohnzimmer kam, um sich dort am Heizkörper zu schaffen zu machen, saß Alessa bereits auf der Couch.

Morgan hatte es sich ihr gegenüber im Sessel bequem gemacht und sich mittlerweile sogar von seinem Sakko getrennt. »Es kommt nicht oft vor, dass Logan jemanden mit hierherbringt«, hörte Logan ihn zu Alessa sagen. »Nein, eigentlich habe ich noch nie erlebt, dass er Damenbesuch hier gehabt hätte. Es würde mich wirklich interessieren, wie Sie das geschafft haben. Entweder haben Sie mit seinem aktuellen Fall zu tun oder aber er hat tatsächlich etwas für Sie übrig, was ich –«

»Morgan, hör auf mit deinem Verhör!« Logan war nicht entgangen, wie unwohl sich Alessa unter seinen Bemerkungen fühlte, obwohl sie sich zu einem tapferen Lächeln zwang. Kunststück! Sie war nur knapp einem Mordversuch entgangen, zwei ihrer Freunde waren verletzt und dann löcherte Morgan sie auch noch mit Fragen, die sich weniger auf den Fall bezogen als vielmehr auf die Frage, *wie* nahe Logan und sie sich standen. »Du bekommst deine Antworten – zumindest auf den Teil, der dich etwas angeht –, aber du bekommst sie von mir, also lass Alessa in Ruhe.«

Der dankbare Blick, den sie ihm zuwarf, entfachte ein warmes Feuer in ihm. Er ging in die Küche und holte zwei Dosen Bier aus dem Kühlschrank. Die eine warf er wie gewohnt Morgan über den Tresen hinweg zu, die andere riss er gleich in der Küche auf und nahm einen Schluck, ehe er den Wasserkocher vollaufen ließ und anschaltete.

Logan holte gerade die Teekanne aus dem Schrank und hängte ein paar Beutel hinein, als er Morgan leise fragen hörte: »Wo haben Sie Logan kennengelernt?«

»Du brauchst gar nicht zu flüstern«, rief er über die Schulter hinweg. »Ich höre dich trotzdem und sage dir, halt die Klappe, Bulle! Hör auf, meinen Gast in Verlegenheit zu bringen.«

Er schnappte sich ein Messer und drückte es Morgan in die Hand. »Mach dich lieber nützlich und zerteil die Pizza. Teller kommen gleich.«

Morgan sah ihn an, als hätte er den Verstand verloren. »Teller?«, echote er mit hochgezogener Augenbraue. »Am Ende erzählst du mir jetzt auch noch, dass du Besteck besitzt?«

Bisher hatte es Logan nie gestört, dass er wie der typische Junggeselle lebte. Sicher, die Wohnung war aufgeräumt und sauber, darauf legte er Wert, doch sein Essverhalten war das eines alleinstehenden Mannes. Meistens aß er, während der Fernseher lief, den Teller auf dem Schoß, die Füße auf dem Couchtisch liegend. Den Esstisch hatte er, außer um einen Stadtplan oder irgendwelche Unterlagen darauf auszubreiten, noch nie benutzt.

Alessa schien kaum etwas von seinen Versuchen, sich zivilisiert zu benehmen, zu bemerken. Ihr Blick ruhte auf Morgan, sichtbar auf der Hut vor seinen nächsten Fragen.

Als das Teewasser kochte, kehrte Logan in die Küche zurück. Er goss den Kräutertee auf, brachte die angedrohten Teller und stellte schließlich eine dampfende Kanne vor Alessa auf den Tisch.

Logan setzte sich neben sie und verfrachtete jeweils ein Stück Pizza auf ihren und eines auf seinen eigenen Teller. Sie nahm ihm den Teller ab und rutschte ans äußerste Ende der Couch. Nur Timbuktu wäre in diesem Moment noch weiter weg gewesen als Alessa.

Ehe er etwas sagen konnte, stellte sie die Pizza auf den Tisch zurück. »Macht es dir etwas aus, wenn ich unter die Dusche gehe?«

»Nein, natürlich nicht.« Er stand auf. »Komm, ich zeige dir, wo alles ist.« Auf dem Gang griff er Alessas Tasche und nahm sie mit ins Schlafzimmer, wo er sie auf dem Bett abstellte.

Er nahm ein Handtuch aus dem Schrank, reichte es ihr und deutete auf die Tür neben dem Bett. »Das Badezimmer ist dort. Duschgel und Shampoo stehen über der Wanne. Falls du sonst noch etwas brauchst, ruf mich einfach. Du kannst dich ruhig hier ausbreiten. Solange du hier bist, schlafe ich auf der Couch.«

Alessa drückte das Handtuch wie einen Schutzschild an die Brust, trotzdem lächelte sie. »Ich weiß gar nicht, wie ich das wiedergutmachen kann.«

»So unbequem ist meine Couch nun auch wieder nicht.«

»Du weißt, dass ich das nicht meine. Ich …«

»Schon gut.« Er war versucht, die Hand nach ihr auszustrecken, um sie zu berühren, da er jedoch fürchtete, dass sie ihm ausweichen würde, tat er es nicht. »Wenn du fertig bist, wärmen wir deine Pizza auf.« *Und sobald Morgan fort ist, reden wir endlich.*

Logan verließ das Schlafzimmer und zog die Tür hinter sich zu. Es war eigenartig, wie sehr er sich an der Distanz störte, die Alessa zwischen ihnen aufbaute. Noch vor ein paar Stunden war er entschlossen gewesen sie festzunehmen, und jetzt, da ihm bewusst geworden war, dass er das nicht konnte, wollte er nichts anderes tun, als diese Wand niederzureißen, hinter der sie sich versteckte.

»Was ist, Drake«, meinte Morgan kauend, als Logan ins Wohnzimmer zurückkehrte und sich auf die Couch fallen ließ, »willst du mir jetzt endlich erklären, was los ist?«

»Alessa wurde heute in ihrer Wohnung überfallen«, fasste er zusammen. »Die beiden Männer, die angeschossen wurden, sind Seher – allerdings welche, die ausgestiegen sind. Wenn die Schusswunden in den Akten auftauchen und jemand nachzuforschen beginnt, werden diese Nachforschungen unweigerlich auch zur Gemeinschaft führen. Dort soll aber niemand erfahren, dass die beiden am Leben sind.«

Morgan aß ein weiteres Stück Pizza und ließ Logans Worte auf sich wirken. »Ich weiß nicht, was mich mehr erstaunt«, meinte er dann. »Dass du versuchst ein paar Seher zu schützen oder dass ich dich in Gesellschaft einer Frau antreffe.«

Logan hatte nicht vor, mit Morgan über Alessa und sich zu diskutieren, schon gar nicht, solange er keine Gelegenheit gehabt hatte, mit *ihr* über alles zu sprechen. Er wusste noch nicht einmal, ob sie ihn überhaupt mochte. Die Art, wie sie seine Nähe zu meiden versuchte, ließ ihn daran zweifeln. »Tu nicht so, als hättest du mich noch nie zuvor mit einer Frau gesehen.«

»Zumindest noch mit keiner, die du so angesehen hast wie sie«, grinste Morgan.

Logan verzog das Gesicht. Was auch immer Morgan in seinem Blick zu sehen glaubte, machte die Situation nicht einfacher. Er war ein Profi, der nach festen Richtlinien handelte und für den es immer eine ganz klare Einteilung gegeben hatte, was richtig und was falsch war. Dann war er Alessa begegnet, und plötzlich stimmten die Grenzen, die sein Verstand zog, nicht mehr mit dem überein, was er empfand.

»Wie wäre es jetzt mit der ganzen Geschichte?«, schlug Morgan vor. »Wer ist diese Frau? Warum ist sie dir so wichtig? Wenn ich es nicht besser wüsste, würde ich glatt sagen, du bist verknallt.«

Logan sagte nichts, was Morgan zu einem Stirnrunzeln veranlasste.

»Moment! Für gewöhnlich kann ich so einen Satz nicht einmal komplett aussprechen, ohne von dir zum Schweigen gebracht zu werden.« Er stieß einen leisen Pfiff aus. »Du *bist* verknallt!«

»Darum geht es hier nicht.« Logan hatte keine Lust, mit Morgan über etwas zu sprechen, das er selbst gerade erst zu begreifen begann. Stattdessen kehrte er zum eigentlichen Thema zurück. »An dem Tag, an dem Alessa auf dem Revier aufgetaucht ist und nach mir gefragt hat, wolltest du wissen, warum sie sich als Zeugin ausgegeben hat. Sie hat sich nicht nur dafür ausgegeben, sie ist es tatsächlich.«

»Jetzt machst du mich wirklich neugierig.«

Diesmal erzählte er Morgan von dem Parka, den er am Tatort gefunden und der ihn schließlich zu Alessa geführt hatte, und auch davon, was sie von ihrem Versteck im Schrank aus beobachtet hatte. »Ich habe mich an sie drangehängt in der Hoffnung, dass sie mehr über die Hintergründe weiß. Irgendetwas, das mir weiterhelfen könnte, diesen Maskierten zu schnappen.«

»Warum interessiert dich der Maskierte plötzlich so sehr? Ist es nicht dein Job, die Dämonenseher einzusammeln, statt dich um den zu kümmern, der die Stadt von der Gefahr befreit, die diese Kreaturen über sie bringen?«

»Dieser Kerl hat auch Alessa angegriffen!« Logan berichtete von dem Überfall auf der Royal Mile und davon, wie er gerade noch rechtzeitig dazugekommen war. »Und heute war er in ihrer Wohnung.«

»Ihm ist also nicht entgangen, dass sie sich im Schrank versteckt und ihn gesehen hat«, folgerte Morgan. »Und jetzt macht er Jagd auf sie.«

Logan seufzte. »Ich fürchte, das ist nicht der einzige Grund.«

Er berichtete, was er seit seiner ersten Begegnung mit Alessa herausgefunden hatte. An der Stelle, an der er davon erzählte, wie er Alessa zur Stadtgrenze gebracht hatte, um seinen Verdacht zu bestätigen, dass sie der Gemeinschaft angehörte, stieß Morgan einen erneuten Pfiff aus.

»Heute schaffst du es wirklich, mich zu erstaunen«, meinte er kopfschüttelnd. »Eine Seherin in deiner Wohnung. Deinem Schlafzimmer.«

Seine Miene war nicht mehr ganz so freundlich wie zu Anfang der Unterhaltung, und Logan wusste, dass es noch schlimmer werden würde.

»Morgan, vertraust du mir?«

»Ach du Scheiße, ist es so ernst?« Die Worte waren als Scherz gemeint, doch Logans Miene ließ den Bullen innehalten. »Es ist wirklich ernst. Raus mit der Sprache!«

Der Reihe nach erzählte er von Alessas verschwundener Freundin, von seinem Besuch am Tatort und davon, wie er heute Morgen – war es wirklich erst ein paar Stunden her? – die Akte auf seinem Blackberry geöffnet hatte. »Sie ist eine von ihnen. Alessa steht auf der Liste.«

»Du machst Witze!«

Als Logan den Kopf schüttelte, sprang Morgan auf. Eine Weile marschierte er im Wohnzimmer auf und ab, blieb immer wieder stehen und war drauf und dran, etwas zu sagen, setzte dann jedoch seinen Weg durch das Zimmer schweigend fort. Schließlich fuhr er abrupt herum.

»Bist du vollkommen übergeschnappt?«, brüllte er. »Wie kannst du hier so ruhig sitzen mit einem Monster in deiner Wohnung – in deinem *Schlafzimmer*! Ist das der Grund, warum sie hier ist? Damit du mit ihr ins Bett steigen kannst? Himmel, Drake! Ich hätte dir wirklich mehr Verstand zugetraut!«

Logan schüttelte den Kopf. »Sie brauchte Hilfe, deshalb ist sie hier. Glaub nicht, dass es mich kaltlässt, zu wissen, was sie ist. Ja, sie trägt einen Dämon in sich, aber sie ist auch ein Mensch. Sie hat nichts von dem verdient, was man ihr angetan hat! Ich habe mir geschworen ihr zu helfen, und das werde ich auch tun.«

Morgan funkelte ihn aus zusammengekniffenen Augen an. »Sie ist eine tickende Bombe!«

»Ich werde dafür sorgen, dass das aufhört.« Jackie hatte ihm gesagt, dass der Dämon dicht unter ihrer Oberfläche schlummerte und kurz davor war, auszubrechen, doch Logan glaubte an Alessa. Er vertraute auf ihre Kraft und darauf, dass er das Schlimmste verhindern konnte. »Sie lebt seit mehr als drei Jahren mit der Kreatur, weit länger als es den anderen gelungen ist.« Er wollte den Leith Walk nicht erwähnen, auf dem Morgans Frau durch genau diese Dämonen ums Leben gekommen war. Morgans Verhalten ließ ohnehin keinen Zweifel daran, dass er jene Nacht noch immer deutlich vor Augen hatte. »Ich weiß nicht, wie sie es macht, aber ich glaube, sie hat einen Weg gefunden, den Dämon unter Kontrolle zu halten.«

Morgans Hand krampfte sich um die Stuhllehne, über der sein Mantel lag, und knüllte den Stoff zusammen. »Du bist mein Freund«, sagte er beherrscht. »Wenn du meine Hilfe brauchst, werde ich da sein. Aber erwarte nicht von mir, dass ich ihre Nähe ertrage.« Er nahm Mantel und Sakko und wollte das Wohnzimmer verlassen. Auf der Schwelle hielt er noch einmal inne. »Unterschätze die Kreatur in ihr nicht.«

Dann machte er kehrt und kurz darauf verkündete das Schlagen der Tür, dass er fort war.

Fluchend ließ sich Logan in die Polster fallen und schloss die Augen. Es würde nicht leicht werden, Morgan davon zu überzeugen, dass Alessa nicht das Monster war, sondern es nur in sich trug. Vermutlich würde er nicht mehr in ihre Nähe kommen, solange der Dämon existierte, doch immerhin würde er ihm helfen – wenn es nötig war.

Er lehnte den Kopf zurück und atmete tief durch. So schlecht war es gar nicht gelaufen. Sicher, Morgan hatte ein bisschen gebrüllt und sein Puls war ordentlich nach oben geschossen, doch immerhin hatte er ihm zugehört.

»Wie lange weißt du es schon?«

Logan fuhr hoch.

Alessa lehnte im Türstock. Sie hatte seinen Bademantel angezogen und den Gürtel verknotet, trotzdem klaffte der Stoff weit genug auf, um einen deutlichen Blick auf ihre Beine zu gestatten. Das Haar hing ihr in feuchten Locken ins Gesicht, und ihr Blick zuckte zwischen Logan und der Wohnungstür hin und her, als würde sie ernsthaft darüber nachdenken, die Flucht zu ergreifen.

Ehe sie das tun konnte, stand Logan auf und ging zu ihr.

»Seit heute früh.«

Sie sah zu ihm auf. »Wirst du mich jetzt zurückbringen?«

»Weder jetzt noch irgendwann sonst.«

Das Erstaunen ließ ihre Augen größer werden und brachte das dunkle Braun, das ihre Pupillen umringte, zum Leuchten. Logan strich ihr das Haar aus der Stirn. »Ich werde nicht zulassen, dass dir etwas zustößt«, sagte er leise. »Weder durch die Hand dieser Forscher noch durch den Dämon. Wir finden einen Weg, dich davon zu befreien. Das verspreche ich dir.«

»Warum tust du das?«, flüsterte sie.

»Das hört sich jetzt vielleicht seltsam an, aber seit ich dir begegnet bin … es ist schwer zu beschreiben. Du bist mir wichtig geworden und ich möchte, dass es dir gut geht.« Schon lange hatte er sich in der Gesellschaft eines anderen Menschen nicht mehr so wohlgefühlt wie in ihrer Nähe. Er umfasste ihr Gesicht mit seinen Händen und zwang sie, ihn anzusehen. »Ich tue das alles aus sehr egoistischen Gründen, denn ich wünsche mir, dass du bei mir bist.«

»Ich –«

Logan erstickte ihre Worte mit einer sanften Berührung seiner Lippen. Alessa erstarrte. Sofort zog er den Kopf zurück, ohne seine Hände von ihrem Gesicht zu nehmen. »Bin ich dir zu schnell?«

»Nein.« Ein unsicheres Lächeln stahl sich in ihre Züge. »Ich hätte nur nicht gedacht, dass du …«

»Dass ich etwas für dich empfinden könnte – trotz meines Auftrags?«

Sie nickte.

»Und du hast Angst?«, forschte er weiter.

Wieder ein Nicken. »Ich verkörpere alles, was du so sehr verabscheust.«

Er strich mit dem Daumen über ihre Wange und sah ihr fest in die Augen. »Ich verabscheue nicht dich, sondern die Leute, die dir das angetan haben – und das, was in dir wächst. Das ist ein Unterschied. Ein ziemlich gewaltiger.«

»Ja, das ist es.« Sie lehnte sich an seine Brust und ließ zu, dass er die Arme um sie schloss.

Dann küsste er sie erneut.

Anfangs berührten seine Lippen die ihren nur leicht. Er konnte spüren, wie die Anspannung von ihr abfiel, da zog er sie enger an sich und vertiefte seinen Kuss. Zärtlich und besitzergreifend zugleich nahmen seine Lippen die ihren in Besitz, und als sie dem Spiel seiner Zunge nachgab und den Mund öffnete, stieß sie einen gedämpften Seufzer aus und erwiderte seinen Kuss mit zunehmender Leidenschaft.

Sie grub ihre Finger in sein Haar und drängte sich enger an ihn, bis Logan sich nicht länger zurückhalten konnte. Er löste den Gürtel, der den Bademantel zusammenhielt, schob die Hände unter den aufklaffenden Stoff und ließ seine Finger über ihre Seiten gleiten. Ihre Haut war noch feucht von der Dusche und schien bei jeder Berührung wie elektrisiert zu knistern. Langsam wanderten seine Hände weiter, strichen erst über ihren Rücken, dann wieder über die Seiten, ehe sie über ihren Bauch nach oben zu ihren Brüsten fuhren. Ein leises Stöhnen stieg in ihrer Kehle auf und ließ seine Lippen an ihren vibrieren.

Er war kurz davor, ihr den Bademantel vom Leib zu reißen und sie auf der Stelle zu nehmen, doch er zügelte seine Erregung und ließ seinen Mund weiterwandern, über ihr Ohrläppchen und an ihrem Hals entlang nach unten, zu ihren Brüsten. Langsam glitt seine Zunge über ihre Knospe, leckte und knabberte daran, bis Alessa sich ihm entgegenbäumte, die Arme fest um ihn geschlungen. Ihre Nähe und das Verlangen, das ihr aus jeder Pore strömte, steigerten seine Lust nur noch mehr. Während seine Hände tiefer wanderten und dort die Erkundung ihres Körpers fortsetzten, kehrten seine Lippen zu ihrem Mund zurück und eroberten ihn in einem weiteren stürmischen Kuss. Er wollte mehr. Seine Hand glitt über ihren Bauch, zwischen ihre Beine. Sanft strich er über die feuchten Locken. Ihr Atem beschleunigte sich, ebenso ihr Herzschlag, den er wie seinen eigenen an seiner Brust spürte. Als er mit dem Finger in sie drang, keuchte sie überrascht auf. Sie schloss die Augen und reckte sich seiner Hand entgegen, bereit, den nächsten Schritt zu tun, doch obwohl seine Erektion beinahe schmerzhaft in seiner Hose pochte, hatte Logan etwas anderes im Sinn.

»Logan«, stieß sie hervor. »Ich …«

»Lass dich fallen«, hauchte er und ließ seine Zunge über ihr Ohrläppchen gleiten, während er sie immer weiter liebkoste, bis sie sich stöhnend unter seinen Händen wand und mit einem gedämpften Aufschrei kam. Ihr Höhepunkt war so heftig, dass er spüren konnte, wie sich ihr Körper um ihn herum zusammenzog. Schwer atmend lehnte sie sich gegen ihn, während sie immer neue Wellen durchzuckten. Logan hörte nicht auf, sie zu streicheln. Erst als ihre Erregung allmählich abebbte, zog er seine Hand zurück. Seine Finger glitten über ihren Rücken, die Hitze ihrer Haut, gefangen unter dem Bademantel, war so verführerisch, dass er nicht länger an sich halten konnte.

»Ich glaube nicht, dass ich jetzt aufhören kann«, flüsterte er und küsste sie.

»Dann sollten wir das auch nicht tun.«

Ohne von ihren Lippen abzulassen, hob er sie hoch und trug sie ins Schlafzimmer. Als er sie auf dem Bett absetzte, gab er sie gerade lange genug frei, um das Schulterholster mit der SIG abzustreifen und auf den Nachttisch zu legen. Noch immer stehend zog er Alessa an sich, um sie erneut zu küssen.

»Zieh das aus«, verlangte sie und zupfte ungeduldig an seinem Pullover.

Logan streifte ihn ab und ließ ihn fallen.

Für einen Moment betrachtete sie ihn so eingehend, dass er glaubte, die Hitze ihres Blickes auf seiner Haut zu spüren. Dann streckte sie die Hände nach ihm aus und strich über seine Brust. Sie folgte dem Pfad seiner Muskeln mit ihren Fingern und ihren Lippen. Ihre sanften Berührungen jagten ihm einen wohligen Schauer nach dem anderen über den Rücken und entlockten ihm ein Keuchen.

Wie hatte er auch nur daran denken können, diese Frau an die Gemeinschaft auszuliefern? Sie war so süß und so stark, sie würde bis zum letzten Atemzug dagegen ankämpfen, dass der Dämon die Oberhand gewann.

Aus dem Bedürfnis heraus, ihre Haut auf seiner zu spüren, zog er sie enger an sich. Seine Hände strichen über ihren Rücken nach unten, glitten über ihren Hintern und liebkosten ihre Pobacken, ehe sie wieder nach oben wanderten. Er streifte ihr den Bademantel von den Schultern und ließ ihn hinabgleiten, während seine Hände weiter über ihre Haut strichen. Über dem Schulterblatt ertastete er eine harte Wölbung. Als er darüberfuhr, zuckte sie zurück.

»Nicht!«, rief sie atemlos.

Logan sah sie an. »Warum nicht?« In ihrem Blick fand er den Grund für ihre Zurückweisung. »Ist das *Er*?«

Schlagartig war das Verlangen aus ihren Augen gewichen und hatte Hoffnungslosigkeit und einen Anflug von Scham darin zurückgelassen. Als sie von ihm abrücken wollte, schlang Logan die Arme fester um sie und verhinderte ihre Flucht.

Der Dämon war größer, als Logan vermutet hatte. Er wusste nicht genau, wie er sich die Kreatur in ihrem Körper vorzustellen hatte, damit jedoch, dass er das Monster unter ihrer Haut spüren könnte, hatte er nicht gerechnet. Für den Moment wollte er einfach nicht weiter daran denken. Alles, was er im Augenblick spüren wollte, war Alessa.

Er legte eine Hand unter ihr Kinn, dann neigte er den Kopf

zu ihr und küsste sie. »Wir finden einen Weg«, flüsterte er zwischen zwei Küssen. »Das verspreche ich dir.«

Langsam wich die Anspannung aus ihren Zügen, und als seine Zunge erneut den Weg in ihren Mund fand, spürte er, wie ihre Hände über seinen Bauch nach unten fuhren. Sie öffnete seine Hose und ließ ihre Hand hineingleiten. Alessas Finger schlossen sich um sein hartes Glied und Logan stöhnte auf. Während ihr anfänglich sanftes Streicheln schnell fordernder wurde, befreite sie ihn mit der anderen Hand aus seinen Jeans und streifte ihm ungeduldig die Boxershorts von den Beinen.

Logan drückte Alessa in die Kissen und beugte sich über sie. Seine Zunge glitt über ihren Mund und neckte sie, bis sie leise seufzte. Er knabberte an ihrer Lippe, ehe er seinen Mund tiefer wandern ließ, an ihren Brüsten vorbei, über ihren Bauch nach unten.

»Logan, nicht!«

»Was meinst du?«, fragte er und sah lächelnd zu ihr auf. »Das?« Er legte seine Hände auf ihre Schenkel und drückte sie sacht auseinander, dann berührten seine Lippen die Locken zwischen ihren Beinen in einem sanften Kuss, ehe er seine Zunge über ihre Weiblichkeit gleiten ließ. Alessa seufzte auf. Ihre Erregung schmeckte süß und ließ ihn nur noch härter werden, während er einen Rhythmus fand, der sie dazu brachte, seinen Namen zu rufen. Als ihr Keuchen immer heftiger wurde und er spürte, dass sie kurz vor dem Höhepunkt war, zog er sich zurück.

»Nicht aufhören«, protestierte sie. »Nicht jetzt!«

»Keine Sorge, das habe ich nicht vor.«

Rasch nahm er ein Kondom aus der Nachttischschublade, riss die Packung mit den Zähnen auf und streifte es sich über. Die Arme rechts und links über ihren Schultern auf die Matratze gestützt, spreizte er ihre Beine und drang mit einem tiefen Stoß in sie. Alessa stieß einen überraschten Laut aus, der schnell in ein leises Stöhnen überging, als er sich in ihr zu bewegen begann.

18

»Über Stunden hinweg hatten sie sich geliebt, hatten einander erforscht und dem tiefen Bedürfnis nach Nähe nachgegeben, bis Alessa in seinen Armen eingeschlafen war.

Eine Weile noch hielt er sie fest, nicht in der Lage, den Blick von ihr zu wenden oder das Gefühl zu vergessen, als sie die Beine um ihn geschlungen hatte, um ihn noch tiefer in sich aufzunehmen. Im Schein der kleinen Nachttischlampe wirkte ihre Haut bleich, fast schon wächsern. Die Strapazen des zurückliegenden Tages waren ihr immer noch anzusehen, doch die Anspannung war aus ihren Zügen gewichen. Logan glaubte sogar ein leises Lächeln zu sehen, das im Schlaf um ihre Mundwinkel strich.

Noch immer wollte er nicht begreifen, wie er sich ausgerechnet von einer Frau angezogen fühlen konnte, die all das verkörperte, was er so sehr verabscheute. Doch so schnell der Gedanke gekommen war, so schnell war er auch wieder verflogen. Alessa war nicht der Feind. Sie war nur ein Opfer.

Vorsichtig, um sie nicht zu wecken, stand er auf. Auf halbem Weg ins Bad kehrte er noch einmal zum Bett zurück. Die Decke war ihr von den Schultern gerutscht und offenbarte einen Streifen heller Haut. Der bloße Anblick reichte aus, um erneute Erregung in ihm zu wecken. Da er sie nicht aus dem Schlaf reißen und sich auch nicht wie ein Tier auf sie stürzen wollte, zog er ihr die Decke bis zum Kinn nach oben in der Hoffnung, dass es ausreichen würde, die Kälte von ihr fernzuhalten.

Dann ging er ins Bad. Es bedurfte einer ausgedehnten kalten Dusche, um sich davon abzuhalten, einfach nach nebenan zu gehen und sie zu wecken, damit sie dort anknüpfen konnten, wo sie vor einer Stunde aufgehört hatten.

Als er schließlich mit einem Handtuch um die Hüften aus dem Bad kam, fühlte er sich bereit, zumindest für ein paar Stunden die Hände von ihr zu lassen. Auf der Schwelle zum Schlafzimmer blieb er stehen, um das Licht im Bad auszuschalten, als er aus dem Augenwinkel eine Bewegung im Bett bemerkte. Erfreut darüber, dass Alessa schon wach war, wandte er sich zu ihr um und erstarrte.

Sie lag zusammengerollt auf der Seite, die Decke war erneut verrutscht und offenbarte den Blick auf ihre Schulter, wo die dunkle Erhebung wie ein schwarzes Herz unter ihrer Haut pulsierte. Über ihr kauerte ein Schatten. Eine Kreatur mit einer dämonischen Fratze voll messerscharfer Reißzähne und tödlicher Klauen.

Der Dämon!

Jackie hatte ihn gewarnt. Sie hatte ihm erklärt, dass der Dämon kurz vor dem Ausbruch stehe, doch Logan hatte geglaubt, ihm bliebe noch genügend Zeit, Alessa zu retten. Dabei hatte er nicht einmal die Gelegenheit bekommen, mit ihr über die Kreatur zu sprechen. Und jetzt war sie tot! Zerrissen von dieser Bestie!

Entsetzt kehrte sein Blick zu ihr zurück und Logan betrachtete erneut die pulsierende Stelle an ihrer Schulter. Die Haut war unversehrt! Die Klauen des Dämons ruhten auf ihr, aber sie schienen sie nicht zu berühren.

Was zum …?

Als das Monster Logan bemerkte, richtete es sich auf und spreizte drohend die ledrigen Schwingen. Glühend gelbe Augen bohrten sich in Logan, und ihm schien, das Vieh versuche ihn mit einem einzigen Blick in ein Häufchen Asche zu verwandeln.

»Scheiße, bist du hässlich!«

Der Gargoyle fauchte.

Logan sah sich nach seiner Waffe um. Die SIG lag auf dem Nachttisch, zu nah bei der Kreatur, als dass er sie rechtzeitig hätte erreichen können, ehe das Vieh sich auf ihn stürzen würde. Zu seiner Rechten, am Fußende des Bettes, befand sich der Kamin und davor ein Ständer mit Schürhaken – nicht viel, aber immerhin ein Stück weiter vom Dämon entfernt als seine Pistole. Wenn er schnell genug war, konnte er einen Schürhaken packen und der Kreatur einen Hieb verpassen, der sie nach hinten warf. Das sollte ihm die nötige Zeit verschaffen, um an die SIG zu kommen.

Ohne den Blick von der Kreatur zu wenden, sprang Logan vor. Das Handtuch rutschte ihm von den Hüften und glitt zu Boden. Er machte einen Satz darüber hinweg, ehe er sich darin verfangen konnte, und streckte die Hand nach dem Schürhaken aus. Als sich seine Finger um den kühlen Messinggriff schlossen, regte sich Alessa.

Nein! Nicht jetzt! Halt still!

Er brauchte so viel freie Angriffsfläche wie möglich. Wenn sie sich bewegte, lief er Gefahr, sie zu treffen.

Ich muss schneller sein!

Er riss den Schürhaken aus der Halterung, fuhr herum und holte aus.

Alessa öffnete die Augen.

Die Kreatur über ihr flimmerte wie ein schlechtes Fernsehbild und verblasste.

»Was tust du da?«, fragte sie verschlafen.

Logan, der noch immer die Stelle anstarrte, an der das Monster über ihr gekauert hatte, ließ seine improvisierte Waffe sinken. Nur langsam dämmerte ihm, dass das nicht der echte Dämon gewesen sein konnte, sondern lediglich ein Abbild. Ein Vorbote dessen, was bald aus ihr herausbrechen würde.

»Ich dachte, du hättest vielleicht gerne ein gemütliches Feuer im Kamin.«

Alessa setzte sich auf. »Und deshalb schwingst du das Teil wie einen Knüppel?«

In ihren Augen lag kein Misstrauen und ihre Stimme war frei von Argwohn, doch ein falsches Wort von ihm konnte das schlagartig ändern. Was, wenn sie auf den Gedanken käme, er hätte vorgehabt sie anzugreifen?

Das ist doch Unsinn! Warum sollte sie denken, ich wolle mit einem Schürhaken auf sie losgehen, wenn eine Pistole auf dem Nachttisch liegt?

»Golf. Das ist so eine Angewohnheit von mir.« Er schwang den Schürhaken erneut und hoffte, dass die Geste dem Schwung eines Golfschlägers ähnelte. »Ich spiele eigentlich nicht, aber manchmal …« Er zuckte die Schultern und hängte den Schürhaken wieder an seinen Platz, wohl wissend, dass er sich wie ein Idiot anhören musste.

Sag ihr, was du gesehen hast! Sag ihr, dass es höchste Zeit ist, etwas zu unternehmen!

»Golf?«, hakte sie nach, bevor er etwas über den Dämon sagen konnte. Mit einem breiten Lächeln musterte sie ihn von oben bis unten, ehe ihr Blick auf seiner Männlichkeit hängen blieb. »Nackt?«

»Deswegen gehe ich nicht auf den Golfplatz.« Er zog die Schlafzimmertür zu und schlüpfte zu ihr unter die Decke. Während er sich fragte, ob der Dämon von jetzt an immer ausbrechen würde, sobald sie schlief, zog er sie in seine Arme und küsste sie.

»Du bist ganz kalt.« Sie begann mit den Händen über seinen Körper zu reiben, um ihn aufzuwärmen, doch es war nicht allein seine Haut, die sich dabei erhitzte. Es fiel ihm schwer, nicht wie ein Teenager im Hormonrausch über sie herzufallen, und sich stattdessen in Erinnerung zu rufen, dass es einiges zu besprechen gab.

Als ihre Hände seiner Mitte gefährlich nahe kamen, zog er sie an seine Brust und küsste sie auf die Stirn. »Ich glaube, ich habe dir noch nicht von meinem Bruder erzählt.«

Ihre Hände hielten an seinen Hüften inne. »Nein, das hast du nicht. Aber ich weiß inzwischen, wer er ist. Ich habe ihn gesehen – gestern im Pub.«

Logan nickte. Das hatte er sich bereits gedacht. »Er hat uns im Stich gelassen.« Schon lange hatte er einem anderen Menschen gegenüber nicht mehr als zwei Sätze über seine Kindheit verloren. Selbst Morgan kannte nur eine Kurzfassung. Alessa jedoch sollte alles erfahren, deshalb offenbarte er ihr jetzt Stück für Stück, was damals geschehen war, wie sehr er seinen Bruder vergöttert und wie sich alles verändert hatte, nachdem er von der Gemeinschaft aufgenommen worden war. »Drei Jahre durften wir ihn nicht sehen, nicht einmal mit ihm telefonieren. Das war die Zeit seiner Ausbildung, in der er lernte, seine Gabe bewusst einzusetzen.«

Selbst nach so vielen Jahren schmerzte die Erinnerung noch immer. Er hätte schweigen können, doch er wollte, dass Alessa verstand, warum sein Verhältnis zu seinem Bruder so zwiespältig war. Abgesehen davon war es für sie vermutlich auch nicht leicht gewesen, über ihre Eltern zu sprechen, die ein Monster in ihr gesehen hatten.

»Als er uns endlich besuchen kam, war er ein anderer Mensch«, fuhr er fort, darum bemüht, die Bilder der Vergangenheit nicht zu deutlich in sich aufsteigen zu lassen, was ihm jedoch nicht gelang. Er sah alles so plastisch vor sich, als wäre es eben erst geschehen. Die maskenhaft erstarrten Gesichter seiner Eltern, Devons Lächeln, das so fremd gewirkt hatte. »Die Vertrautheit, die früher zwischen uns geherrscht hatte, war fort. Seine Verbindung zur Gemeinschaft war enger als die zu seiner eigenen Familie. Entsprechend schnell war sein Besuch auch wieder vorbei. Danach sahen wir ihn nur noch selten. Meistens meldete er sich zu Weihnachten oder an Geburtstagen – anfangs rief er noch an, später schickte er bloß noch Postkarten. Irgendwann nicht mal mehr das.«

»Und deine Eltern?«, fragte Alessa leise. »Wie haben sie es aufgenommen?« Ihre Hand war auf seiner Hüfte erstarrt, als fürchtete sie, ihre Bewegung könnte ihn zum Schweigen bringen. Doch darüber war Logan längst hinaus.

»Sie sind nie darüber hinweggekommen. In den ersten Monaten haben sie es zumindest noch versucht. Sie benahmen sich, als wäre er im Ferienlager und würde bald zurückkommen. Erst als er uns tatsächlich besuchen kam, schienen sie die Wahrheit zu begreifen.« Es gelang ihm nicht länger, die Bitterkeit aus seiner Stimme herauszuhalten. »Ab da haben sie nicht länger gelebt, sondern nur noch funktioniert. An den meisten Tagen war es, als wäre ich unsichtbar. Ich dachte, wenn ich mich nur genug anstrenge, würden sie mich bemerken. Ich habe mir den Arsch aufgerissen, damit sie endlich sehen, dass ich auch noch existiere, aber egal wie gut meine Noten waren und was immer ich sonst tat, ein knappes Nicken war alles, was ich ihnen jemals an Anerkennung entlocken konnte.«

»Mein Gott«, flüsterte Alessa an seiner Brust. »Ich wusste nicht, dass es auch so sein kann.«

»Bis ich dir begegnet bin, hatte ich nicht die geringste Ahnung, dass das nicht der übliche Fall ist«, gestand er. »Ich wäre nicht einmal auf den Gedanken gekommen, dass Eltern nicht unter dem Verlust ihres Kindes leiden könnten.«

»Wie auch? Du kanntest es schließlich nicht anders.« Ihre Finger streiften über seine Seite. »Es muss schrecklich gewesen sein, so aufzuwachsen.«

Das Verhalten seiner Eltern hatte ihn zweifelsohne geprägt. Er war durchaus in der Lage, sich einzufügen, doch in einer Gruppe Menschen fühlte er sich meistens, als stünde er am Rand eines Spielfeldes und würde den anderen bei einem Rugbymatch zusehen, bei dem er nicht mitspielen durfte.

Schon früh hatte er begonnen, sich in Arbeit zu stürzen und alles andere um sich herum auszublenden. Wenn er genug zu tun hatte, war alles in Ordnung.

»Du bist viel allein«, sagte sie, als könne sie seine Gedanken erraten.

»Morgan ist wohl der Einzige, der mich erträgt.« Und die Freundschaft zu ihm stand auf wackligen Beinen, seit der Polizist die Wahrheit über Alessa kannte.

»Was ist mit deinem Team?«

»Ich bin ihr Vorgesetzter«, sprach er aus, was er sich in Gedanken so oft selbst gesagt hatte, »mit ihnen herumzuhängen wäre nicht professionell und würde obendrein meine Autorität untergraben.«

»Blödsinn.«

Logan zog eine Augenbraue in die Höhe.

»Ich glaube eher, dass du dich im Laufe der Jahre so sehr an das Alleinsein gewöhnt hast, dass du gar nicht mehr weißt, wie gut es tun kann, Gesellschaft zu haben.«

Damit hatte sie zweifelsohne recht. Doch die Einsamkeit machte ihm schon lange nichts mehr aus – zumindest war das so gewesen, bis er ihr begegnet war.

»Hast du es denn schon einmal getan?«

»Was?« Logan blinzelte.

»Zeit mit deinen Leuten verbracht.«

Er schüttelte den Kopf. Er war noch nie mit ihnen im Pub gewesen, ebenso wenig ging er auf die Scherze ein, mit denen sie sich oft gegenseitig aufzogen.

»Vielleicht solltest du es einmal versuchen.«

Vielleicht sollte ich das. Zu seinem eigenen Erstaunen erschien ihm alles, was sie sagte, vollkommen logisch und nachvollziehbar. Jeder bereitet sich sein eigenes Bett, hieß es nicht so? Vermutlich war er nicht ganz unschuldig daran, wie er sich in Gesellschaft anderer fühlte.

»Wie bist du zur Behörde gekommen?«, fragte sie weiter.

Logan zuckte die Schultern. »Nachdem ich mit der Schule fertig war, hätte ich alles getan, um von zu Hause fortzukommen. Der schnellste Weg führte über die Army. Nach einer Weile landete ich bei den Special Forces und von dort hat mich die Behörde rekrutiert.«

»Ist es das, was du gewollt hast?«

Darüber hatte er sich noch nie Gedanken gemacht. Er wusste nicht, welchen Weg sein Leben genommen hätte, wenn Devon bei ihnen geblieben wäre. Womöglich hätte er studiert und würde für einen großen Konzern arbeiten, hätte ein Haus und Frau und Kinder. »Gewollt habe ich es nicht«, sagte er nach einer Weile, »aber es ist nichts Schlechtes. Was ich tue, hilft die Welt ein Stückchen sicherer zu machen.«

»Wie lange hast du deinen Bruder nicht mehr gesehen?«

»Seit seinem letzten Besuch zu Hause – vor ungefähr fünfzehn Jahren.«

»Und dann?«

»Traf ich ihn vor ein paar Tagen im Büro meines Vorgesetzten, wo er uns beauftragte … Den Auftrag kennst du ja.«

»Hast du mit ihm gesprochen?«

»Nicht viel.« Logan dachte an die Unterhaltung zurück, die sie gestern im Pub geführt hatten, ein Gespräch, bei dem immer wieder all die ausgesprochenen und unausgesprochenen Probleme aufgeflackert waren. Dann war er Jackie begegnet und hatte etwas begriffen, das ihm bisher nicht einmal bewusst gewesen war. »Ich weiß jetzt, dass das Leben meines Bruders ohne die Gemeinschaft vollkommen anders verlaufen wäre – weniger erfolgreich und vermutlich auch um ein ganzes Stück weniger glücklich.« Dass seine Eltern so sehr unter dem Verlust ihres Ältesten gelitten hatten, war womöglich wirklich ein seltener Fall. Durchaus wahrscheinlicher erschien es ihm, dass die meisten Eltern froh waren, wenn sie das andersartige Kind mit seinen beängstigenden Fähigkeiten nicht länger um sich haben mussten. »Ich denke, es ist nicht so einfach, ihm –

oder den Sehern im Allgemeinen – die Schuld an allem zuzuschreiben. Die Bösen sind diejenigen, die diese beschissenen Experimente durchführen und sie decken – aber solche Leute gibt es in der menschlichen Gesellschaft ebenso.«

»Wir sind auch Menschen.«

»Das weiß ich doch.« Er beugte den Kopf zu ihr herunter und küsste sie, erst auf die Stirn, dann auf die Lippen. »Wie soll ich uns dann nennen? Gewöhnliche? Normalos?« So wie Jackie es getan hatte.

»So nennen *wir* euch zumindest«, plötzlich lächelte sie, »auch wenn du alles andere als normal oder gewöhnlich bist.«

»Ach ja?«, grinste er und zog sie näher heran. »Darüber würde ich gerne mehr hören.«

Doch statt weiterzusprechen, küsste sie ihn. Es fiel Logan schwer, es bei einem Kuss zu belassen, doch es gab noch ein Thema, das sie bisher vermieden hatten.

»Wie kam es dazu?«, fragte er leise.

Mit einer Miene, so ausdruckslos wie eine Maske, erzählte Alessa ihm von den Experimenten. Je mehr er zu hören bekam, desto größer wurde sein Entsetzen. Dabei hatte es so harmlos begonnen, nichts weiter als ein paar Tests, die die Ausprägung ihrer Fähigkeiten dokumentieren sollten. Dass die Forscher Alessa und die anderen Probanden so lange über die wahre Natur ihrer Versuche im Unklaren gelassen hatten, weckte den Wunsch in ihm, jedem einzelnen von ihnen die Zähne einzuschlagen – für den Anfang. Diesen Menschen war das Recht genommen worden, selbst über sich zu bestimmen. Hätte Alessa nicht zufällig Mikeys Tod mit angesehen und das darauf folgende Gespräch belauscht, wären sie alle ahnungslos in den Tod gegangen.

Die Skrupellosigkeit dieser Wissenschaftler erschreckte ihn. Natürlich brauchte es Nachdruck und Durchsetzungsvermögen, um Experimente durchzuführen, und manchmal musste man sich auch gegen Widerstände stemmen, andernfalls hätte es viele wissenschaftliche Errungenschaften, die heute so viel Gutes bewirkten, niemals gegeben. Eine Versuchsreihe fortzusetzen, bei deren erster Stufe es bereits zu Todesfällen gekommen war, ohne sicherzustellen, dass etwas Ähnliches nicht noch einmal vorkommen konnte, war jedoch unverantwortlich.

Diese Doktor Burke hatte das Leben ihrer Probanden willentlich und wissentlich aufs Spiel gesetzt, in dem vollen Bewusstsein, dass ein Großteil von ihnen die Experimente nicht überleben würde. Lediglich dafür, dass die Öffentlichkeit vor den Dämonen geschützt war, hatte sie gesorgt, indem sie ihren Versuchskaninchen verboten hatte das Labor zu verlassen.

»Als ich zu mir kam, war es um mich herum dunkel.« Alessas Augen waren starr auf seine Brust gerichtet. »Meine Schulter schmerzte und mir war furchtbar kalt. Ich lag in einem Isolationstank, in völliger Dunkelheit.«

»Der Stahltank ist auch der Grund dafür, dass dir ständig so kalt ist, oder?«

Alessa nickte. »Sie haben uns nicht mehr gelassen als einen Krankenhauskittel. Keine Decke, nicht einmal Strümpfe – und das über Monate hinweg. Es grenzt an ein Wunder, dass ich nicht an einer Lungenentzündung gestorben bin.«

Logan vermutete eher, dass es auf den Medikamentencocktail zurückzuführen war, den die Forscher laut Alessas Erzählung ihren Probanden verabreicht hatten, um sie bei Gesundheit zu halten. Selbst jetzt zitterte sie in seinen Armen, wobei es diesmal wohl eher an den Erinnerungen als an der Kälte lag, denn er hielt sie noch immer fest umschlungen und ließ sie seine Wärme spüren.

Dass man Alessa und die anderen zwischen den Versuchen weggesperrt und oft sogar in künstlichen Schlaf versetzt hatte, machte ihn nur noch wütender. Die Menschenverachtung, mit der diese Wissenschaftler vorgingen, war an Kälte kaum zu überbieten.

Alessa rückte enger an ihn heran und legte ihren Kopf an seine Schulter. Eine Weile sagte sie kein Wort, zeichnete nur geistesabwesend mit dem Finger Kreise auf seine Hüfte. Logan wagte kaum sich vorzustellen, wie die letzten Jahre für sie gewesen sein mussten. Er hatte sich aus freien Stücken für das Alleinsein entschieden, Alessa hingegen war nach ihrer Flucht zur Einsamkeit gezwungen gewesen. Wie oft mochte sie sich nach der Nähe eines vertrauten Menschen, nach einer Berührung oder ein paar tröstenden Worten gesehnt haben in einer Zeit, in der Kälte und Furcht ihre einzigen Begleiter waren?

»Was für Versuche waren das?« Je mehr er darüber wusste, desto eher würde er einen Weg finden, Alessa von dem Dämon zu befreien, der ihr Leben schon viel zu lange beherrschte.

»Sie haben immer wieder die Ausprägung unserer Fähigkeiten gemessen und aufgezeichnet«, sagte sie, ohne den Kopf von seiner Brust zu nehmen. »Bluttests standen auf der Tagesordnung, abgesehen davon haben sie uns gezwungen unsere Fähigkeiten einzusetzen, während sie hinter dickem Panzerglas standen und alles beobachteten. Wir wussten, dass jeder Einsatz den Dämon nährte, doch obwohl wir während unserer Ausbildung gelernt hatten unsere Kräfte zu beherrschen, war es mit dem Dämon anders. Es funktionierte nicht. Ich hatte mich nicht unter Kontrolle, reagierte nur automatisch auf äußerliche Reize, indem ich auf meine Fähigkeiten zugriff – und jedes Mal, wenn ich das tat, spürte ich, wie dieses *Ding* in mir wuchs.« Ihre Stimme zitterte, trotzdem fuhr sie fort: »Es hat einige Zeit gedauert, bis ich einen Weg fand, diesen Automatismus zu stoppen.«

»Wie hast du es geschafft?«

»Ich habe herausgefunden, dass ich eine Art Mauer in meinem Geist aufbauen kann. Einen Schutzschild, der zum einen den Dämon und zum anderen meine Kräfte vom Rest meines

Bewusstseins abtrennt. Auf diese Weise gelang es uns, unsere Fähigkeiten zu unterdrücken.«

»Euch?«

»Ich habe dieses Wissen an die anderen weitergegeben.«

»Also haben sie doch zugelassen, dass ihr euch seht?«

Sie schüttelte den Kopf. »Durch den Dämon sind meine Fähigkeiten tatsächlich gewachsen. Ich war schon früher in der Lage, Gedanken anderer aufzufangen, doch nachdem … ich kann mit anderen in Gedanken kommunizieren. Auf diesem Weg habe ich ihnen gesagt, was sie tun müssen – und so haben wir unsere Flucht geplant.«

»Muss ich fürchten, dass du auch in meinem Kopf herumstocherst?«

»Abgesehen davon, dass ich die Mauer fallen lassen müsste, um das zu tun, habe ich schon sehr früh gelernt, dass es etwas ist, was man nicht tut.« Ihre Stimme hatte das Zittern verloren, er glaubte sogar ein Lächeln aus ihren Worten herauszuhören. »Wenn du deine Gedanken also mit mir teilen möchtest, wirst du nicht darum herumkommen, sie laut auszusprechen.«

»So ist es mir auch am liebsten.« Er küsste sie auf den Haaransatz. »Was kannst du sonst noch?«

»Ich kann Menschen beeinflussen.«

»War es das, was du versucht hast, als du mir bei meinem zweiten Besuch sagtest, ich wolle gar nicht hier sein?« Damals hatte er sich gewundert, jetzt jedoch erschienen ihm ihre Worte in einem anderen Licht.

Alessa nickte. »Nur dass es bei dir nicht gewirkt hat.«

»Warum eigentlich nicht?«

»Das habe ich mich auch gefragt«, meinte sie. »Normalerweise sind nur Seher dagegen immun – und von denen auch nur die wenigsten. Ich glaube, es liegt daran, dass in deiner Familie Seherblut fließt. Dein Bruder ist ein Mann mit sehr mächtigen Fähigkeiten. Du bist vielleicht kein Seher, trotzdem hast du sichtlich eine Gabe – Immunität gegen Beeinflussung.«

»Ich würde es eher Starrsinn nennen.«

»Vielleicht hast du recht«, schmunzelte sie.

Das Lächeln schwand jedoch schlagartig, als Logan zum Thema zurückkehrte. »Ihr habt also eure Fähigkeiten nicht mehr eingesetzt. Was passierte dann?«

»Anfangs waren sie irritiert und ließen die Versuche wieder und wieder durchführen, doch die Ergebnisse wurden immer schlechter statt besser. Sie schoben es darauf, dass der Samen nicht die gewünschte Wirkung zeigte und etwas mit der Kreatur darin nicht stimmte.« Die Anspannung kehrte in ihre Stimme zurück. »Ab da wurden wir zur Nebensache. Sie pumpten uns mit Medikamenten voll und ließen uns in den Stahltanks dahinvegetieren, während sie ihre Studien den Samen und der Essenz darin zuwandten. Uns holten sie nur noch, um die Auswirkung von Medikamenten und verschiedenen Behandlungsmethoden auf unsere Kräfte zu testen. Sie jagten uns Stromstöße durch den Leib, versuchten es mit Hitze und Kälte, versetzten uns in Erschöpfungszustände und pumpten uns mit Drogen voll. Erstaunlich, dass es uns gelungen ist, die Mauern in unserem Geist aufrechtzuhalten, ganz gleich wie vernebelt unser Verstand auch war.«

Logan spürte ihre Tränen auf seiner Haut. Da hob er ihren Kopf und zwang sie, ihn anzusehen. »Es ist vorbei«, sagte er ruhig, »und ich werde nicht zulassen, dass sie noch einmal Hand an dich legen.«

»Logan, du bist mir gegenüber zu nichts verpflichtet, nur weil wir …«

»Weil wir miteinander geschlafen haben?«

Sie nickte.

»Ich weiß nicht, ob das, was zwischen uns passiert ist, dir etwas bedeutet, aber ich kann dir sagen, dass ich noch nie einem Menschen wie dir begegnet bin.« Dass sie ihm unterstellte, sich nur für sie verantwortlich zu fühlen, da sie miteinander im Bett gewesen waren, versetzte ihm einen Stich. Bisher hatte er seinen Gefühlen womöglich nicht mit Worten Ausdruck verliehen, doch er hatte gehofft, sie würde auch so spüren, was sie mit ihm machte. »Du bist die Erste, die es jemals geschafft hat, mich zu faszinieren. Seit ich dich das erste Mal gesehen habe, bekomme ich dich nicht mehr aus meinen Gedanken. Wenn du jetzt also glaubst, es sei mir nur um eine schnelle Nummer gegangen, dann muss ich dir sagen, dass du auf dem Holzweg bist.«

»Logan, ich wollte nicht –«

»Ich bin noch nicht fertig«, unterbrach er sie, zu zornig für das, was er ihr sagen wollte, doch er konnte weder die Worte zurückhalten noch seiner Stimme einen weicheren Klang verleihen. »Du bist die Frau, die ich lieben könnte – wenn du mich lässt.«

Alessa starrte ihn an. »Ist das deine übliche Art, eine Liebeserklärung zu machen?«

»Keine Ahnung.« Er zuckte die Schultern. »Das ist die erste. Wenn sie dir nicht gefällt, können wir gerne noch ein wenig daran feilen. Vielleicht wirkt es besser, wenn ich dabei stehe oder zumindest ein paar Blumen in der Hand habe. Hosen wären vermutlich auch nicht schlecht, damit du nicht zu sehr von meinen Worten abgelenkt bist. Was meinst du?«

»Ich finde, dass es genau richtig war«, sagte sie lachend und weinend zugleich. »Höchstens die Wut könntest du beim nächsten Mal ein wenig drosseln.«

»Daran können wir arbeiten.« Unter leidenschaftlichen Küssen drängte er sie zurück, bis er über ihr lag. Seine Hände glitten zwischen ihre Schenkel. »Am besten frische ich als Erstes deine Erinnerung daran auf, wie es sich anfühlt, mit jemandem zu schlafen, der mehr als nur Sex von dir will.«

19

Nachdem sie sich erneut geliebt hatten, lag Alessa in Logans Armen und zum ersten Mal seit langer Zeit fror sie nicht. Sie war müde, aber so glücklich wie selten zuvor. Dass ausgerechnet er, der eigentlich ihr Feind sein sollte, bereit war ihr zu helfen und sie zu schützen, erstaunte und berührte sie gleichermaßen. Was ihr Herz jedoch vor Glück rasen ließ, war die unausgesprochene Liebe, die in jeder Berührung und in jedem Blick von ihm lag.

Wie schon damals bei ihrer ersten Begegnung, als sich ihre Hände zufällig gestreift hatten, hatte sie auch dieses Mal etwas gespürt, sobald sie in Kontakt mit seiner Haut gekommen war. Doch die Kälte von damals war einem Gefühl von Wärme, Liebe und Lust gewichen. Logans Empfindungen zu teilen, während sie sich liebten, war so erregend wie nichts, das sie je zuvor erlebt hatte. Trotzdem ging das, was sie empfand, weit über körperliche Bedürfnisse hinaus.

Anfangs war es ihr schwergefallen, über den Dämon und ihre Zeit im Labor mit all den Experimenten zu sprechen. Jetzt, nachdem sie es getan hatte, fühlte sie sich gut. Erleichtert. Befreit. Und vor allem fühlte es sich *richtig* an.

Von Anfang an hatte sie sich zu Logan hingezogen gefühlt. Sie mochte seine Nähe und die ruhige Kraft, die er ausstrahlte. Er gab ihr ein Gefühl von Sicherheit und Wärme, gleichzeitig brachten seine Berührungen sie fast um den Verstand. Alessa war schon früher in ihrem Leben verliebt gewesen, diesmal jedoch erlebte sie alles ganz anders. Was sie für Logan empfand, ging tiefer. Sie wollte ihn küssen, ihn berühren und in sich spüren, und wenn sie ihn ansah, war da noch so viel mehr – etwas, das über bloßes körperliches Verlangen hinausging: der Wunsch nach einer gemeinsamen Zukunft.

Ihre Finger zeichneten träge Kreise auf seine Brust. Sie war versucht ihre Hand weiterwandern zu lassen, doch sie war mittlerweile so müde, dass sie nicht glaubte, seinen Verführungskünsten ein weiteres Mal gewachsen zu sein – zumindest nicht im Augenblick.

Auch Logans Gedanken schienen andere Wege zu gehen. Als ihr die Augen zufielen, glaubte sie zu spüren, wie sich etwas an seiner Haltung veränderte, nicht viel, aber genug, um sie die Anspannung in jedem Muskel seines Körpers spüren zu lassen.

Sie öffnete die Augen und suchte seinen Blick. Die Sorge, die sie darin fand, erschreckte sie. »Stimmt etwas nicht?«

Er schüttelte den Kopf. »Es ist alles in Ordnung, schlaf ein wenig.«

»Wenn alles in Ordnung wäre, würdest du mich nicht so ansehen.« Ihre Müdigkeit war wie weggewischt, vertrieben von einer diffusen Angst, die sich auf einmal in ihren Eingeweiden ausbreitete.

Hatte er gerade nach seiner Waffe geschielt?

»Logan, was ist los?«

Statt sofort zu antworten, strich er ihr erst über das Haar, dann über die Schultern, ehe seine Hand auf ihrem Rücken innehielt, unmittelbar neben der Stelle, an der der Dämon unter ihrer Haut pulsierte. »Hast du in letzter Zeit deine Fähigkeiten eingesetzt?«

Alessa zögerte, dann wurde ihr jedoch bewusst, dass es keinen Grund mehr gab, etwas vor ihm zu verheimlichen. »Ein paarmal«, gab sie zu.

»Du darfst es auf keinen Fall noch einmal tun.«

Seine Fürsorge war wie eine warme Decke. »Ich versuche es – glaub mir, das tue ich wirklich.«

»Versuchen reicht nicht mehr.«

»Was?« Diesmal war sein Tonfall so alarmierend, dass sie sich aufsetzte. »Logan, was weißt du?«

Ihm war anzusehen, dass er gar nicht darüber sprechen

wollte, doch schließlich seufzte er und setzte sich ebenfalls auf. »Als du mich aus dem Krankenhaus angerufen hast, war ich gerade mit meiner Schwägerin in der Wohnung des Professors. Devon hat sie mir aufs Auge gedrückt in der Hoffnung, dass sie dort Spuren findet, die für die Spurensicherung unsichtbar sind.« Er griff nach ihren Händen. »Sie hat etwas gespürt.«

Alessa runzelte die Stirn. »Mich?«

»Nicht nur.« Sein Blick fing den ihren ein. »Es war der Dämon. Sie sagte, er sei stark und bereits dicht unter der Oberfläche – kurz davor, auszubrechen.«

Alessa wusste, dass er gewachsen war und an Kraft gewonnen hatte, sie erkannte es an dem schmerzhaften Pulsieren, das sich von oberhalb des Schulterblattes über den Rücken ausdehnte. Wie groß das Samenkorn geworden war, ließ sich bei einem Blick in den Spiegel schon lange nicht mehr ignorieren. Dass jedoch jemand anderes, eine vollkommen Fremde noch dazu, spüren konnte, wie mächtig die Kreatur in ihr war, hob alles auf eine vollkommen neue Ebene.

»Alessa, das ist nicht alles.«

Sie war nicht sicher, ob es eine Steigerung für das eben Gehörte geben könnte. Wenn sie allerdings in sein Gesicht sah, fürchtete sie, dass nach oben noch eine Menge Luft war. Die Anspannung in seinen Zügen und der Ernst in seinem Blick verhießen nichts Gutes.

»Eigentlich wollte ich dir das nicht sagen«, fuhr er fort. »Aber vielleicht ist es nötig, um dir klarzumachen, dass du deine Fähigkeiten auf keinen Fall noch einmal benutzen darfst.«

Als ob ich das entscheiden könnte.

»Als ich vorhin aus der Dusche kam, hast du geschlafen – und über dir kauerte der Dämon.«

»Was?!« Sie entzog ihm ihre Hände und richtete sich kerzengerade auf, als könne die Distanz zwischen ihnen seine

Worte rückgängig machen, die ihr den Boden unter den Füßen wegzuziehen drohten. »Du musst dich irren. Wenn du den Dämon tatsächlich gesehen hättest, wäre ich jetzt tot!«

Er schüttelte den Kopf. »Ich weiß, wie diese Biester aussehen. Er war da. Ich war drauf und dran, ihn anzugreifen – deshalb der Schürhaken –, aber in dem Augenblick, in dem du aufgewacht bist, ist er verschwunden. Verblasst wie ein Gespenst bei Tageslicht.«

Nur zu gerne hätte sie ihm entgegengeschleudert, dass das Blödsinn war und sie den Dämon unter Kontrolle hatte, aber die Erinnerung daran, wie schwer es gewesen war, die Mauer wieder hochzuziehen, nachdem sie den Maskierten in ihrer Wohnung in die Flucht geschlagen hatte, war noch zu frisch. Ohne Kent hätte sie es nicht geschafft.

Am liebsten wäre sie aufgesprungen und davongelaufen, doch aus diesem Albtraum gab es kein Entkommen, ganz gleich wie schnell sie rannte. Logan hatte den Dämon *gesehen*. Wie lange würde es dauern, bis er endgültig aus seinem Gefängnis ausbrach? Ein paar Stunden? Tage? Eine Woche?

»Es muss eine Art Projektion gewesen sein«, spekulierte Logan. »Ich weiß nicht, ob er mich tatsächlich hätte angreifen können. Aber vielleicht verstehst du jetzt, warum du auf keinen Fall noch einmal auf deine Gabe zurückgreifen darfst. Bitte versprich es mir, Alessa.«

Ihre Zunge klebte am Gaumen fest. »Ich weiß nicht, ob das geht«, quetschte sie heraus. »Es gibt Situationen – vor allem wenn ich mich bedroht fühle –, da bricht es einfach aus mir heraus, ohne dass ich etwas dagegen tun kann.«

»Dann musst du dagegen ankämpfen«, sagte er fest. »Finde einen Weg, deine Schutzschilde zu verstärken und diesen Dreckskerl hinter so dicken Mauern verschwinden zu lassen, dass er nicht einmal mehr herauskäme, wenn du es wolltest.«

Sie nickte, nicht länger imstande, etwas zu sagen, als hätte das Grauen mit seinen eisigen Fingern ihre Stimme erstickt.

Logan redete auf sie ein. Seine Lippen bewegten sich, seine Mimik arbeitete, doch sie verstand kein Wort. Panik summte in ihren Ohren, wurde immer lauter und brachte alles andere um sie herum zum Verstummen.

Es musste einen Weg geben.

Diese Kreatur durfte nicht gewinnen. Nicht jetzt, wo sie endlich jemanden gefunden hatte, der mehr für sie war, als es ein anderer Mann je hätte sein können. Sie wollte nicht zulassen, dass ihr dieses Glück sofort wieder entrissen wurde.

Einen Weg.

Sie musste nachdenken.

Aber solange Logan sie so ansah, voller Sorge und von dem Wunsch besessen, ihr zu helfen, konnte sie unmöglich einen klaren Gedanken fassen. Stattdessen würde sie sich noch mehr im Selbstmitleid suhlen und auf ein Wunder hoffen – bis es zu spät war.

»Alessa?« Eine Berührung an ihrem Arm riss sie in die Wirklichkeit zurück. »Du zitterst. Komm, leg dich wieder hin. Schlaf ein wenig.«

Schlafen? Und dabei riskieren, dass dieses Ding erneut auftauchte und ihn diesmal vielleicht angriff? Abgesehen davon, dass sie sowieso keine Ruhe finden würde, war das so ziemlich das Letzte, was sie wollte. Sie schüttelte den Kopf. Ehe Logan sie aufhalten konnte, sprang sie aus dem Bett und flüchtete ins Bad. Sie sperrte die Tür hinter sich ab und kauerte sich in der Ecke zwischen Wanne und Wand zusammen. Am liebsten hätte sie geheult, die Tränen brannten schon in ihren Augen, doch sie wollte jetzt nicht schwach sein.

Es dauerte nicht lange, bis es klopfte.

»Alessa?«

Hastig fuhr sie sich über die Augen und schluckte die Tränen hinunter, die sich in ihrer Kehle festgesetzt hatten, ehe sie ein heiseres »Ja?« herausbrachte.

»Ist alles in Ordnung?«

»Nein. Ja. Ich …« Sie schüttelte den Kopf. Nichts war in Ordnung und vielleicht würde es das nie wieder sein, wenn sie nicht endlich einen Weg fand, dieses Ding loszuwerden! »Ich bin okay«, brachte sie schließlich heraus. »Ich möchte nur duschen. Gib mir einfach ein paar Minuten, ja?«

Stille folgte auf ihre Worte, als müsse er abwägen, ob er sie jetzt tatsächlich allein lassen konnte. Schließlich sagte er: »Sicher.«

Sie stand auf und legte die flache Hand auf die Tür. »Danke«, flüsterte sie so leise, dass er es nicht hören konnte.

Dann ging sie zur Dusche und drehte den Wasserhahn auf. Statt jedoch unter den Strahl zu steigen, setzte sie sich auf den Wannenrand und starrte auf die hellen Fliesen. Sie war allein – so wie sie es während der letzten Jahre immer gewesen war. Nur dass es sich dieses Mal schlimmer anfühlte als jemals zuvor.

Ihre Schulter pulsierte mittlerweile so heftig, dass es schmerzte. Sie spürte ein Brennen unter der Haut und hatte das Gefühl, als würde es sie innerlich zerreißen. Entsetzt sprang sie auf und drehte sich so weit, bis sie die Stelle im Spiegel sehen konnte. Dunkel pochte das Samenkorn unter ihrer Haut. War es beim letzten Mal noch faustgroß gewesen, so hatte es mittlerweile den Umfang eines Säuglingskopfes. Mit jedem Pochen zeichneten sich die Umrisse deutlich sichtbar unter der Haut ab und schienen tatsächlich eine Art von Gesicht darzustellen – eine Fratze, die keinerlei Ähnlichkeit mit dem unschuldigen Gesicht eines Säuglings hatte.

Sie kniff die Augen zusammen. »Du wirst mir nicht länger das Leben zur Hölle machen, du verdammter Drecksack!«

Er musste verschwinden. Ein für alle Mal!

Auf der Suche nach einem Verbandskasten riss sie eine Schublade nach der anderen auf. Im Schrank unter dem Waschbecken fand sie nicht nur einen großen Verbandskasten, sondern eine ganze Batterie an Desinfektions- und

Schmerzmitteln, Salben und Tabletten, Spritzen, verschiedene Scheren, eine Schachtel mit einer Nadel, wie Ärzte sie zum Nähen von Wunden verwendeten, und die dazugehörigen Fäden.

Auf den ersten Blick war die schiere Menge der Mittel und Werkzeuge ein erschreckend deutlicher Hinweis darauf, dass Logans Arbeit alles andere als ein harmloser Schreibtischjob war. Dann entdeckte sie ein kleines Lederetui, in dem ein Skalpell steckte, und hätte beinahe triumphierend aufgeschrien. *Ein Skalpell sollte in keinem guten Haushalt fehlen*, schossen ihr Parkers Worte durch den Kopf, als sie es auf den Waschtisch legte.

»Das hätte ich schon viel früher tun sollen!« Warum hatte sie Parker und Kent nicht gleich darum gebeten, ihr das Vieh mitsamt dem Chip herauszuschneiden? Womöglich lag es daran, dass sie gar nicht auf den Gedanken gekommen war, die Lösung könnte so einfach sein. Das war wohl auch der Grund, warum sie es nicht einmal versucht hatte. Vielleicht hatte ihr auch der Mut gefehlt. Aber warum sollte es nicht einfach sein? Was mit dem Chip funktioniert hatte, würde auch bei ihm klappen. Es *musste* einfach!

Mit einem Gummi, den sie in einer der Schubladen gefunden hatte, band sie sich das Haar hoch, ehe sie das nötige Verbandszeug heraussuchte und es neben dem Waschbecken in Reichweite legte. Mit dem Desinfektionsspray reinigte sie das Skalpell. Den Rest sprühte sie großflächig auf ihre Schulter, wo es sich kühl über ihre Haut legte und ihr eine Gänsehaut verursachte.

Alles war bereit.

Sie stand vor dem Waschbecken, die Hände rechts und links auf den Rand gestützt, und sah ihrem bleichen Abbild in die Augen, das ihr aus dem Spiegel entgegenstarrte.

Bei dem Gedanken daran, was sie vorhatte, vollkommen ohne Betäubung und ohne Schmerzmittel, wurde ihr schlecht.

Doch es gab kein Zurück mehr. Wenn sie es jetzt nicht tat, würde alles nur noch schlimmer werden.

Entschlossen griff Alessa nach dem Skalpell. Ihre Finger zitterten, als sie sich um das kühle Metall legten und es vom Waschtisch nahmen. Einen Moment hielt sie es in der Hand und wartete, bis sie sich ein wenig beruhigte.

Dann setzte sie an.

Sie musste den Arm weit strecken, um die Stelle oberhalb des Schulterblattes zu erreichen, und es würde alles andere als saubere Arbeit werden, doch ein paar Narben kümmerten sie nicht, solange es funktionierte.

Als das Messer in ihre Haut schnitt, verzog sie das Gesicht. Dabei war es nur ein oberflächlicher Ritzer, noch lange nicht tief genug, um das Samenkorn zu erreichen. Sie presste die Zähne aufeinander, bis ihre Kiefer schmerzten, und schnitt tiefer. Es fühlte sich nicht an wie eine Klinge. Vielmehr glaubte sie die Klauen des Dämons zu spüren, die sich in ihr Fleisch gruben und sich weigerten, sie freizugeben, solange *Er* nicht bereit war, ihren Körper zu verlassen.

Als die Spitze des Skalpells auf Widerstand stieß, vergrößerte sie den Schnitt in der Länge und zog die Ränder mit einem Glitschen auseinander. Ihre Beine zitterten und die Übelkeit wurde so stark, dass sie glaubte, sich jeden Moment übergeben zu müssen – wenn sie nicht vorher umkippte. Heftig schluckend kämpfte sie gegen den Brechreiz an und lehnte sich gegen das Waschbecken.

Es kostete sie alle Überwindung, in die Wunde zu greifen und nach dem Samenkorn zu tasten, doch sosehr sie sich auch bemühte, es zu fassen zu bekommen, es entglitt ihr jedes Mal – als entzöge es sich bewusst ihrem Griff – und verkroch sich tiefer in ihren Körper.

Ihre Beine verwandelten sich endgültig in Pudding. Alessa fiel auf die Knie. Das Skalpell rutschte ihr aus der Hand und fiel klappernd zu Boden. Noch immer tasteten ihre Finger in der Wunde herum. Wenn sie sie jetzt zurückzog, würde sie nicht mehr den Mut und auch nicht die Kraft finden, den Schnitt noch einmal zu berühren.

Tränen verschleierten ihre Sicht, als sie weiter nach dem Samenkorn tastete.

Jedes Mal wieder entglitt es ihr.

Sie hob das Skalpell auf und stach es sich in die Schulter, in der Hoffnung, den Dämon zumindest zu zerstören, wenn sie ihn schon nicht entfernen konnte. Wieder und wieder stieß sie zu, bis sie den Kampf gegen den Schmerz verlor. Der Boden raste ihr entgegen. Dann war da nichts mehr.

*

Alessa war schon viel zu lange fort.

Die Dusche lief noch immer, doch abgesehen vom gleichförmigen Rauschen des Wassers war nicht der geringste Laut zu hören. Kein Hantieren mit dem Duschgel, kein Klappern der Brause und auch nicht das Tappen von Schritten.

Logan hielt das Warten nicht länger aus. Er klopfte an die Badezimmertür.

»Alessa?«, rief er und klopfte noch einmal, als sie ihm nicht antwortete.

Schweigen antwortete ihm.

Noch einmal rief er ihren Namen. Diesmal lauter.

Es blieb still.

Seine Fantasie gaukelte ihm in schillerndsten Farben vor, was alles passiert sein konnte. Dass sie unter der Dusche ausgerutscht und gestürzt sein mochte, gehörte noch zu den harmlosen Bildern. Es half nichts. Er musste hinein! Im schlimmsten Fall würde sie ihn für einen paranoiden Spinner halten, dann konnte er immer noch so tun, als hätte er lediglich zu ihr unter die Dusche steigen wollen, um mit ihr zusammen zu sein.

Mit einem Ruck warf er sich gegen die Tür. Der Türstock

splitterte und die Tür flog auf. Das Erste, was er sah, war ein blutiger Handabdruck auf dem Waschbecken.

Dann entdeckte er sie.

Alessa lag unter dem Waschtisch in ihrem eigenen Blut. Aus einer tiefen Wunde oberhalb ihres Schulterblatts wuchs ein Schatten empor, eine messerscharfe Klaue, die sich langsam über ihre Schulter vorantastete.

Mein Gott, er bricht aus!

Logan packte das blutige Skalpell, das neben Alessa auf dem Boden lag, bevor er damit jedoch nach den Klauen schlagen konnte, regte sich Alessa.

»Nein«, murmelte sie und hob kraftlos den Arm, um das Monster zu verscheuchen, das sie zu überwältigen versuchte. »Verschwinde …«, keuchte sie. »Du … verdammtes … Vieh.«

Das Abbild der scharfen Krallen flackerte und erlosch.

Alessas Kopf sackte auf die Fliesen zurück.

Mit einem unterdrückten Knurren ließ Logan das Skalpell fallen und drehte Alessa zu sich herum. »Alessa? Kannst du mich hören?«

Als er ihren Oberkörper ein Stück anhob, stöhne sie auf. »Zerstören«, flüsterte sie unter Tränen. »Du musst ihn zerstören. Bitte, Logan.«

»Und dich dabei weiter aufschneiden, so wie du es getan hast?«

Das Wissen, dass sie versucht hatte diese Kreatur zu töten, machte ihn beinahe verrückt. Er wusste nicht, ob er sie festhalten sollte, erleichtert darüber, dass sie lebte, oder ob er sie angesichts dieser Wahnsinnstat schütteln und anschreien sollte.

Sie brauchte einen Arzt. Jemanden, der ihre Wunde fachmännisch versorgte, doch er konnte nicht riskieren, dass jemand sah, was sich unter ihrer Haut versteckte. Er musste selbst tun, was nötig war, und konnte nur hoffen, dass es genügen würde.

Vorsichtig legte er sie auf den Boden und zog den Verbandskasten zu sich. Alessa bewegte sich und wollte sich aufsetzen, doch Logan legte ihr eine Hand auf den Arm und zwang sie liegen zu bleiben. Der Boden musste scheußlich kalt sein und die Schmerzen unerträglich, aber bevor er auch nur daran denken wollte, sie zu bewegen, musste er die Blutung stillen.

Mit ruhigen Handgriffen, die er während seiner Zeit bei der Behörde und den Special Forces schon so oft durchgeführt hatte, machte er sich ans Werk. Er holte ein starkes Schmerzmittel aus einem der Schränke, zog eine Spritze damit auf und injizierte es ihr in den Arm.

Während er wartete, dass das Mittel wirkte, presste er eine Bandage auf die Wunde. Sobald sie aufhörte zu bluten, suchte er das nötige Verbandszeug zusammen und legte Nadel und Faden bereit. Vorsichtig wusch er das Blut von ihrer Schulter und desinfizierte die Wunde. Es sah schlimm aus. Rund um den Schnitt herum hatten unzählige Stiche die Haut perforiert, als hätte sie versucht den Dämon zu erstechen.

Wie verzweifelt musste sie gewesen sein, um sich selbst etwas derart Schreckliches anzutun?

»Ich habe dir ein Schmerzmittel gegeben«, erklärte er in gezwungener Ruhe, »trotzdem wirst du es spüren, wenn ich nähe. Schaffst du das?«

Sie nickte matt, ohne die Augen zu öffnen.

Logan versuchte so schnell wie möglich zu arbeiten, doch es waren viele Stiche nötig, um die Wundränder zusammenzuziehen. Bei jedem Stich gab Alessa ein unterdrücktes Keuchen von sich. Schweiß bedeckte ihre Stirn und rann über ihr Gesicht. Dann sank ihr Kopf zur Seite und sie war nicht mehr zu hören. Logan vergewisserte sich, dass sie nicht ersticken konnte, dann beeilte er sich, es zu Ende zu bringen, ehe sie wieder zu sich kam.

Sobald die Naht fertig war, legte er einen Verband an und wusch ihr das restliche Blut vom Rücken. Er stellte die Dusche ab und holte einen Pyjama aus dem Schrank. Sie wachte weder auf, als er ihn ihr anzog, noch als er sie zum Bett trug und unter die Decken legte.

Er selbst zog sich einen Stuhl heran und blieb an ihrer Seite sitzen, die SIG in der Hand für den Fall, dass der Dämon sich erneut zeigte. Doch die Kreatur blieb verschwunden.

Von Zeit zu Zeit flößte er Alessa ein wenig Wasser ein, und nach ein paar Stunden, als sie unruhig zu werden begann und sich der Schmerz in ihren Zügen zeigte, spritzte er ihr noch einmal etwas von dem Schmerzmittel. Sie entspannte sich sichtlich und er ging ins Bad und machte sauber.

Zu wissen, dass es ihr Blut war, das er da vom Boden wischte, war beinahe noch schwerer zu ertragen als ihr Anblick. Er wusste, warum sie es getan hatte, umso wütender machte es ihn, dass sie dieses Risiko auf sich genommen hatte, ohne auch nur mit ihm zu sprechen. *Ich hätte es ihr ausreden können.* Vermutlich war das auch der Grund, warum sie nichts gesagt hatte.

Fest entschlossen, nicht zuzulassen, dass sie etwas Ähnliches noch einmal versuchte, kehrte er zu ihr ins Schlafzimmer zurück.

*

Ein dumpfer Schmerz weckte Alessa aus dem Schlaf. Es fühlte sich an, als würde jemand durch eine dicke Schicht Watte gegen ihre Schulter drücken – mit einem Schraubstock.

Bilder flammten wie zuckende Blitze vor ihrem inneren Auge auf. Das Skalpell. Blut. Viel Blut. Schmerz. Und dann war er da gewesen – Logan. Alessa konnte sich kaum erinnern, was danach geschehen war. Sie glaubte, dass er ihr etwas gespritzt hatte und dass er wütend gewesen war.

Langsam zählte sie bis zehn und – als das nicht half – weiter bis zwanzig. Als sie schließlich bei fünfzig war und sich noch immer nichts verändert hatte, gab sie auf und öffnete die Augen.

Verschwommen nahm sie die Silhouette eines Kissens und einer Decke wahr, die sie bis zur Nasenspitze hochgezogen hatte. Sie lag auf der Seite, den Blick auf ein Nachtkästchen gerichtet, dessen Umrisse sich unscharf aus dem Halbdunkel schälten. Blinzelnd starrte sie darauf, bis sie die Lampe darauf klar erkennen konnte, deren Licht der Dunkelheit ihren Schrecken nahm.

Logan lag hinter ihr, einen Arm hatte er um ihre Taille geschlungen und war so dicht herangerückt, dass sie nicht nur die Wärme seines Körpers, sondern auch seinen Herzschlag fühlte.

Sobald sie sich bewegte, spürte sie, wie sich seine Muskeln in ihrem Rücken anspannten. »Wie fühlst du dich?« Er klang wesentlich sanfter als vorhin im Badezimmer.

»Okay«, sagte sie heiser und hätte um ein Haar ihre Stimme selbst nicht erkannt, so rau und brüchig klang sie.

»Okay?« Er richtete sich auf und beugte sich über sie, sodass sie sein Gesicht sehen konnte. Er war noch immer wütend, sie sah es an seinen Augen, doch sein Ton war ruhig, als versuche er sie nicht aufzuregen. »Einfach so? Keine Schmerzen?«

»Ein wenig.« Das war gelogen. In ihrer Schulter pulsierte es jetzt wieder heftiger, aber das wollte sie ihm nicht sagen, um ihn nicht zu beunruhigen.

Logan strich ihr das Haar aus dem Gesicht. »Du hast mir einen gewaltigen Schrecken eingejagt.«

Alessa hielt den Atem an. Gleich würde er ihr sagen, dass es zu gefährlich war, sie weiterhin frei herumlaufen zu lassen, und dass er sie doch lieber der Gemeinschaft übergeben würde, ehe der Dämon endgültig ausbrach.

Wieder strich seine Hand über ihren Arm. »Ich weiß, warum du es getan hast«, flüsterte er, »aber du musst mir versprechen, dass du nie wieder so etwas Dummes tun wirst.«

»Aber –«

»Versprich es mir!«

Alessa wusste nicht, ob sie das konnte.

Er seufzte. »Ich kann deine Verzweiflung und deine Angst verstehen, aber ich vertraue auch darauf, dass du ihn unter Kontrolle halten kannst. Wir schaffen das, du musst nur daran glauben.«

»Denkst du nicht, die Seher, die auf dem Leith Walk gestorben sind, hätten ebenfalls geglaubt, die Oberhand behalten zu können? Der Dämon wächst in mir und gewinnt an Macht. Und wenn er erst einmal stark genug ist, werde ich ihn nicht länger halten können. Er wird mich zerreißen, und es gibt nichts, was ich dagegen tun kann.«

»Wir werden einen Weg finden. Gemeinsam. Das verspreche ich dir.« Logan strich ihr das Haar aus der Stirn und sah ihr so fest in die Augen, dass sie ihm alles geglaubt hätte. Seine Zuversicht und sein Vertrauen verschlugen ihr den Atem.

»Ich dachte, ich könnte ihn loswerden so wie den Chip, doch dieses Ding … es entzieht sich jedem Versuch, es zu packen.« Tränen der Frustration und Angst schossen ihr in die Augen. »Als ich geschlafen habe, ist er da wieder aufgetaucht?«

»Nicht direkt«, sagte er ausweichend.

Nicht direkt? Da war etwas gewesen. Im Badezimmer, als sie besinnungslos auf dem Boden gelegen hatte. Alessa glaubte sich an eine Berührung zu erinnern, doch sie hätte nicht sagen können, ob es Logans Hand oder die Klaue des Dämons gewesen war. An eines jedoch erinnerte sie sich: die *Präsenz* des Dämons. Sie war so deutlich spürbar gewesen, dass sie das Gefühl gehabt hatte, das Biest berühren zu können, wenn sie nur die Hand nach ihm ausgestreckt hätte.

Sie lauschte in sich hinein, spürte der Kreatur nach und suchte nach Spuren ihrer Anwesenheit. Sie war da, Alessa konnte sie hinter der Mauer spüren, doch sie verhielt sich vollkommen ruhig. Als hätten sie die Schmerzmittel ausgeknockt.

»Hast du den Schatten unter meiner Haut gesehen?«

Logan nickte.

»Wie groß war er?«

Er hielt seine Faust in die Höhe. »Ungefähr so groß.«

Alessa schloss die Augen. Es mochte ihr nicht gelungen sein, ihn zu entfernen, aber er war definitiv kleiner geworden. Wäre er noch weiter geschrumpft, wenn sie ein paarmal mehr auf ihn eingestochen hätte?

Der Einsatz des Skalpells hatte ihr Zeit verschafft. Alessa bezweifelte jedoch, dass es lange dauern würde, bis der Dämon seine ursprüngliche Größe wieder erreichte. Sie befürchtete, dass es genügen würde, ein-, wenn sie Glück hatte, vielleicht zweimal auf ihre Kräfte zurückzugreifen. Etwas, wozu sie während der letzten Tage immer wieder gezwungen gewesen war.

Konnte sie überhaupt noch wagen, in der Nähe eines anderen Menschen zu schlafen? Was, wenn der Dämon wieder angriff?

Sie schlug die Decke zurück und setzte sich auf. Sofort wurde ihr schwindlig. Sie krallte die Finger in das Bettlaken und wartete darauf, dass das Schlafzimmer aufhörte, sich um sie herum zu drehen. Als ihr Kreislauf in Schwung kam, wurde auch das Pochen in ihrer Schulter schlimmer. Es hämmerte so sehr, dass sie die Zähne aufeinanderpressen musste, um nicht laut aufzustöhnen.

»Wo willst du hin?« Logan klang alarmiert.

Noch bevor ihre Füße den Boden berührten, war Logan aufgesprungen, hatte das Bett umrundet und kam vor ihr zum Halten. Vorsichtig legte er ihr die Hände auf die Arme und hinderte sie daran, aufzustehen. Seine Berührung fühlte sich an wie unzählige kleine Stromschläge, die über ihre Haut wanderten und Bilder in ihrem Gehirn erzeugten. Sie sah das Entsetzen in seinen Augen, als er sie im Bad gefunden hatte, spürte die Sorge, die ihn um ein Haar gelähmt hatte, und wünschte sich, dieses Erlebnis nicht mit ihm teilen zu müssen. Zu sehen, wie viel Angst sie ihm eingejagt hatte, tat beinahe körperlich weh. Wie würde er erst reagieren, wenn der Tag kam, an dem der Dämon sie umbrachte? Was, wenn er dann bei ihr war und die Kreatur ihn ebenfalls tötete?

Alessa entwand sich seinem Griff. In dem Moment, in dem Logans Hände nicht länger ihre Haut berührten, verblasste das Echo seiner Gefühle. Vergessen konnte sie sie deshalb noch lange nicht.

Was sie gesehen und gespürt hatte, bestärkte sie nur in ihrem Entschluss: Wenn sie ihn schützen wollte, musste sie gehen.

Hastig überprüfte sie ihre Schutzwälle: Die Mauer, hinter der der Dämon zusammen mit ihren Fähigkeiten gefangen war, stand und der Dämon rührte sich nicht. Sie hätte überhaupt nicht imstande sein dürfen, eine Vision zu haben, ohne die Schutzschilde zu senken und ihre Kräfte anzuzapfen. Trotzdem geschah es bei Logan immer wieder.

»Alessa!« Nur undeutlich drang Logans Stimme zu ihr durch. »Du bist weiß wie eine Wand. Leg dich sofort wieder hin, bevor du mir umkippst!«

Als er nach ihr griff, um ihr zu helfen, streifte sie seine Hand ab und stand auf.

»Sei vernünftig!«

Genau das wollte sie sein. Vernünftig. Nicht egoistisch. Wäre sie Letzteres, würde sie sich in seine Arme flüchten und zulassen, dass ihre Befürchtungen grausame Realität wurden. Sie ging zu dem Sessel, auf dem ihre Klamotten lagen, und fühlte sich dabei wie eine Hundertjährige, die von einem Bus überfahren worden war. Als sie nach ihrem Pullover griff, legte Logan seine Hand auf ihre.

»Alessa, was soll das?«

»Ich muss gehen.«

»Du machst Witze.« Er musterte sie aus zusammengekniffenen Augen, dann schüttelte er den Kopf. »Nein, danach siehst du nicht aus. Aber glaubst du allen Ernstes, dass ich dich in diesem Zustand auch nur allein bis zum Wohnzimmer gehen lasse?«

»Logan, ich muss –« Sie versuchte seine Hand abzustreifen und den Pullover anzuziehen, doch er ließ sich nicht so leicht abschütteln. »Bitte, du verstehst das nicht. Wenn ich nicht gehe, wird etwas Schreckliches passieren.«

»Du hast etwas gesehen?«

»Nicht direkt.«

Er hob eine Augenbraue.

»Es … ich weiß einfach, dass das nicht gut enden wird.«

»Ach ja? Sagt wer?«

»Der gesunde Menschenverstand.«

»Derselbe, der einem auch sagen sollte, dass man besser nicht mit einem Skalpell in seinem eigenen Fleisch herumschneidet?« Er schüttelte den Kopf. »Du gehst nirgendwohin.«

»Logan, bitte.« Sie hob den Kopf und sah ihm in die Augen in der Hoffnung, dass er die Dringlichkeit begriff, wenn er nur tief genug blickte. »In meiner Nähe bist du nicht sicher. Niemand ist das noch.«

»Und allein bist *du* nicht sicher.« Er hielt noch immer ihre Hand mit dem Pullover fest, doch sein Griff hatte sich gelockert. »Gib jetzt nicht auf. Du hast schon so lange durchgehalten«, sagte er ruhig. »Ich glaube an dich.«

»Sagst du das auch noch, wenn ich das nächste Mal einschlafe und der Dämon dir die Kehle herausreißt?«

»Das wird nicht passieren.« Seine Entschlossenheit ließ sie beinahe glauben, dass er recht haben könnte. Aber nur beinahe.

»Ich weiß nicht, ob ich noch länger die Kraft habe, gegen ihn zu kämpfen.«

Logan nahm ihr den Pullover aus der Hand und ließ ihn fallen, dann zog er sie an sich. »Du hast sie.« Sein Atem strich warm über ihren Hals. »Und ich werde dafür sorgen, dass du sie nicht verlierst.«

20

Nachdem sie einsehen musste, dass Logan sie nicht gehen lassen würde, ließ Alessa sich von ihm zurück zum Bett führen. Sie war froh, sich wieder hinlegen zu können, denn ihre Beine fühlten sich an wie wabbeliger Gummi. Dass sie überhaupt so weit gekommen war, grenzte schon an ein Wunder; wie sie es hätte schaffen sollen, ihn tatsächlich zu verlassen, wusste sie selbst nicht.

Doch so groß ihre Erleichterung auch sein mochte, ihre Furcht überwog.

Als Logan sich anzog und nach nebenan ging, damit sie in Ruhe schlafen konnte, lag sie da und starrte an die Wand. Die Augen zu schließen, wagte sie nicht, aus Furcht vor dem, was der Dämon dann tun würde. Wenn er das nächste Mal ihren Körper verließ, würde er vielleicht nicht so einfach verschwinden.

Alle Versuche, sich einzureden, dass er kleiner geworden war und damit vielleicht – zumindest vorerst – die Fähigkeit eingebüßt hatte, sich zu materialisieren, beruhigten sie nicht. Wach zu bleiben war das Einzige, was sein Auftauchen sicher verhindern konnte.

Das Schmerzmittel machte sie müde. Der Dämon hingegen schien langsam wieder zu sich zu kommen. Alessa konnte spüren, wie er sich hinter der Mauer regte. Da sie fürchtete, dass eine weitere Dosis zwar sie selbst, aber nicht ihn aus den

Schuhen hauen würde, lehnte sie ab, als Logan sie fragte, ob sie noch etwas gegen die Schmerzen brauchte.

Ihr war bewusst, dass sie auf Dauer nicht wach bleiben konnte, deshalb stellte sie den Wecker so ein, dass er alle zehn Minuten ein Signal gab, das sie aus dem Schlaf reißen sollte. Sie hoffte, es würde genügen, um den Dämon zu vertreiben, falls er sich blicken ließ.

Der wenige Schlaf, den sie auf diese Weise fand, war alles andere als erholsam, und nach einigen Stunden fühlte Alessa sich so gerädert, dass selbst der Kaffee, den Logan ihr auf ihren Wunsch in Mengen brachte, nichts daran änderte. Dabei war Kaffee für sie als Teetrinkerin für gewöhnlich ein zuverlässiger Wachmacher.

Wollte sie das länger durchhalten, würde sie etwas Stärkeres brauchen. Soweit sie sich erinnern konnte, standen im Badschrank zwar alle möglichen Schmerzmittel, aber nichts, das aufputschte oder wach hielt. Logan darum zu bitten, ihr etwas zu besorgen, kam nicht infrage. Er würde sich weigern und ihr versichern, dass er mit dem Dämon schon fertig werden würde, falls er tatsächlich auftauchte.

Ihre Rettung erschien am späten Nachmittag in Gestalt von Kent. Der Wecker klingelte im mittlerweile fast gewohnten Zehnminutentakt. Als sie danach tastete, um daraufzuschlagen, war das Klingeln bereits verstummt. Träge öffnete sie die Augen und blickte in Kents besorgtes Gesicht.

Er hielt den Wecker, der in seinen Pranken winzig aussah, und drehte ihn hin und her, als versuchte er herauszufinden, was sie damit wollte. »Du solltest lieber schlafen, statt dich von dieser Höllenmaschine stören zu lassen.« Mit Schwung stellte er den kleinen Kasten wieder auf den Nachttisch, zu weit weg, als dass sie ihn mit ausgestrecktem Arm noch hätte erreichen können.

»Was machst du für Sachen, Mädel? Hat dir niemand gesagt, dass Skalpelle nicht gut für die Haut sind?«

Sie setzte zu einem Widerspruch an, doch er war schneller. »Komm mir jetzt nicht mit dem Chip«, sagte er, als könne er ihre Gedanken lesen. »Das winzige Ding saß direkt unter der Haut, sodass nicht mehr als ein Kratzer nötig war. Was du hier veranstaltet hast, war eine halbe Schlachtung, wenn ich Drake richtig verstanden habe.«

»Ich musste es versuchen«, erwiderte sie matt.

»Weißt du eigentlich, wie gefährlich das war?«

»Ich lebe noch. Der Schmerz wird vergehen.« Aber die Kreatur war noch immer in ihr.

Kent schüttelte den Kopf. »Das meine ich nicht. Zumindest nicht ausschließlich. Denk doch mal nach!« Er strich sich die Haare aus dem Gesicht und fuhr sich über die Augen. So müde hatte sie ihn noch nie gesehen. »Bist du schon mal auf die Idee gekommen, dass du das Vieh mit deiner Aktion nicht hättest vernichten, sondern befreien können? Was, wenn es genügt hätte, dieses Samenkorn anzuritzen, um ihn rauszulassen? Dann hätte er erst dich abgemurkst und sich dann deinen Behördenfuzzi vorgeknöpft. Erzähl mir nicht, dass das dein Plan war!«

Alessa starrte ihn entsetzt an. Der Gedanke, dass sie alles noch schlimmer hätte machen können, war ihr gar nicht gekommen.

»Den Blick werte ich mal als ein Nein.« Er streckte den unversehrten Arm aus und griff nach ihrer Hand. »Mensch, Mädel, es reicht wirklich, wenn ich mir um Parker Sorgen machen muss.«

»Mach dir meinetwegen keine Gedanken«, versuchte sie ihn zu beruhigen. »Ich komme schon wieder in Ordnung. Und ich versuche es garantiert nicht noch einmal. Geh lieber wieder zu Parker, statt deine Zeit bei einer Fremden zu verbringen.«

Kent zog eine Augenbraue in die Höhe und bedachte sie mit einem vorwurfsvollen Blick. »Nach dem, was wir in der kurzen Zeit zusammen erlebt haben, bist du alles andere als eine Fremde für uns. Ich sag dir mal, wie ich das sehe.« Ohne ihre Hand loszulassen, beugte er sich nach vorne. »Es gibt nicht viele Seher, die aus der Gemeinschaft ausgestiegen sind. Genau genommen kenne ich nur uns drei persönlich. Und weißt du was? Irgendwie macht uns das zu einer Familie. Vielleicht nicht die übliche Form, aber du gehörst genauso zu uns wie unsere Comics. Entsprechend wird es mir wohl gestattet sein, mich um dein Wohl zu sorgen.«

»Wow.« Es fiel Alessa schwer, etwas zu sagen, denn seine Worte hatten sie tatsächlich berührt. »Bewegende Ansprache. Ich hab es kapiert.«

»Umso besser.«

»Wieso bist du überhaupt hier? Was macht dein Arm und wie geht es Parker?«

»Der fängt schon an, sich über das Essen und den fehlenden Fernseher auf der Intensiv zu beschweren – es scheint also bergauf zu gehen. Und mein Flügel hier«, er hob den Arm mit der Schlinge leicht an, »kommt auch wieder in Ordnung. Ich wäre ja gar nicht hier – und hätte überhaupt nicht mitbekommen, was du für Blödsinn machst –, wenn mich die Schwester nicht rausgeworfen hätte. Sie meinte, ein paar Stunden Schlaf und eine Dusche würden mir guttun und ich bräuchte mich vorher überhaupt nicht mehr blicken lassen.«

»Und anstatt zu schlafen, kommst du hierher.«

Er zuckte die Schultern und verzog gleich darauf schmerzhaft das Gesicht. »Ich wollte mich davon überzeugen, dass bei dir und dem Behördenfuzzi alles in Ordnung ist.«

»Logan«, verbesserte sie schläfrig. »Sein Name ist Logan.«

Kent verdrehte die Augen. »Du bist wirklich ziemlich verschossen in den Kerl, was?«

»Verschossen reicht vielleicht nicht.«

»Ich hoffe, deine Menschenkenntnis ist besser als deine Operationsideen.«

»Das ist sie. Ganz bestimmt.« Sie warf einen Blick zur Tür, doch die war geschlossen. »Wo ist er überhaupt?«

»Telefoniert. Wohl mit seinen Leuten. Es klang so, als würde ihm jemand Bericht erstatten. Vermutlich Bucky.«

»Wer?«

»Buckingham. Der Typ, der auf Parker aufpassen soll. Schräger Vogel. Ziemlich cool, aber ein grauenvoller Pokerspieler«, grinste Kent. »Ich hoffe, seine Ablösung hat es besser drauf. Es macht einfach keinen Spaß, die Kerle auszunehmen, wenn sie solche Anfänger sind.«

»Pokern?«

Dieses Mal beschränkte sich sein Schulterzucken auf die unverletzte Seite. »Die Zeit kann sich ziemlich in die Länge ziehen, wenn einen das Piepen dieser Höllenmaschinen auf jeden Herzschlag aufmerksam macht.«

Alessa war froh, dass es den beiden gut ging und dass Logan für ihren Schutz gesorgt hatte. Ob sie dabei nun pokerten oder die Decke anstarrten, konnte ihr vollkommen gleichgültig sein.

Es war schon erstaunlich, welche Wendung ihr Leben während der letzten Tage genommen hatte. Nach all der Zeit allein waren da plötzlich wieder Freunde, Menschen, die sich um sie sorgten und bereit waren, ihr zu helfen. Sie würde nicht zulassen, dass einem von ihnen etwas zustieß.

Womöglich konnte Kent ihr dabei helfen, das zu verhindern. Umständlich setzte sich auf und sog scharf die Luft ein, als ein scharfer Stich durch ihre Schulter fuhr. Kent stopfte ihr ein Kissen in den Rücken, sodass sie aufrecht sitzen konnte. Es war anstrengend und kostete erschreckend viel Kraft, trotzdem zwang sie sich sitzen zu bleiben, statt sich wieder zusammenzurollen und die Augen zu schließen, wie sie es am liebsten getan hätte. Mit zittrigen Fingern rückte sie den Flanellpyjama zurecht.

»Hast du schlimme Schmerzen?«

»Das Mittel lässt allmählich nach.« Tatsächlich schwand die Wirkung rapide und das anfänglich dumpfe Pochen wuchs sich mehr und mehr zu einem heftigen Brennen und Ziehen aus.

»Ich sage ihm, dass du noch etwas brauchst.«

»Nein, nicht.«

Er runzelte die Stirn. »Machst du einen auf Supergirl?«

Sie schüttelte den Kopf. »Glaub mir, wenn ich eine andere Wahl hätte, würde ich mich bis oben hin mit dem Zeug vollpumpen lassen.«

»Ist das wieder eine deiner gefährlichen Ideen? Nimm kein Schmerzmittel in der Hoffnung, dass der Dämon verreckt?«

»Leider nein.« Ehe er doch noch gehen und Logan rufen konnte, erzählte sie ihm von dem Abbild des Dämons, das Logan gesehen hatte, als sie schlief. »Ich weiß nicht, ob er tatsächlich imstande gewesen wäre, Schaden anzurichten, und ich habe nicht vor, es herauszufinden. Das Schmerzmittel macht mich müde, beim ersten Mal hat es auch den Dämon ausgeknockt, aber er scheint sich daran gewöhnt zu haben. Das Risiko, einzuschlafen, während er hellwach ist, ist mir einfach zu groß.«

Kent warf einen Blick auf den Nachttisch. »Deshalb der Wecker?«

»Ich habe ihn so eingestellt, dass er alle zehn Minuten losgeht, aber ich weiß nicht, ob das noch lange funktioniert.« Früher oder später würde sie einschlafen, und daran würde dann nicht einmal mehr eine Marschkapelle etwas ändern, die lautstark musizierend an ihrem Bett vorbeizog. »Kent, du musst mir einen Gefallen tun.«

Eine Weile betrachtete er sie nachdenklich, schien abzuwägen, was er sagen oder tun sollte, und Alessa hoffte inständig, dass er nicht aufspringen und Logan von ihrer Weigerung zu schlafen erzählen würde. Schließlich stand er auf und ging zum Fenster. Im Gegenlicht wirkte er so riesig und kantig, dass sie sich plötzlich wieder daran erinnerte, welchen Namen sie ihm gegeben hatte, ehe er sich ihr vorgestellt hatte: der Kühlschrank.

Glücklicherweise war er weit weniger kalt.

»Eigentlich traue ich mich kaum zu fragen.« Er seufzte. »Was für ein Gefallen soll das sein?«

»Ich brauche etwas, das mich wach hält.«

»Versuch es mit Kaffee.«

»Nicht stark genug.«

»Dann hole ich dir ein paar Koffeintabletten.«

»Verigss es, die werden kaum mehr bringen als Kaffee, und das andere Zeug aus der Apotheke wird vermutlich auch nicht viel taugen – zumindest nicht das, was man ohne Rezept bekommt.« Und zu einem Arzt gehen konnte sie nicht. Abgesehen davon, dass der zu viele Fragen stellen würde, würde er ihr wohl kaum ein Rezept über Retalin oder etwas Ähnliches ausschreiben, ohne sie gründlich zu untersuchen – nicht, wenn er ein verantwortungsbewusster Vertreter seiner Zunft war.

Kent starrte sie aus zusammengekniffenen Augen an. »Bittest du mich gerade darum, dir Drogen zu besorgen?«

»Amphetamine.«

»Crystal Meth«, nannte er das Kind beim Namen. »Bist du irre?!«

»Kent, bitte«, sagte sie eindringlich. »Ich muss wach bleiben! Anders schaffe ich es nicht.«

»Ich komme später noch mal vorbei, bevor ich ins Krankenhaus zurückfahre.« Er atmete tief durch. »Ich werde sehen, was ich tun kann.«

»Danke.« Sie streckte die Hand nach ihm aus, doch er hatte sich bereits abgewandt und ging ohne ein weiteres Wort.

Während der nächsten Stunden fiel es ihr zunächst nicht schwer, wach zu bleiben. Der stechende Schmerz in ihrer Schulter trug seinen Teil dazu bei. Wann immer sie einzunicken drohte, war er es, der sie sofort wieder die Augen öffnen ließ.

Logan sah in regelmäßigen Abständen nach ihr. Jedes Mal, wenn er sie wach vorfand, verzog er das Gesicht. »Du solltest dich wirklich ausruhen.«

»Ich kann nicht schlafen«, behauptete sie.

»Soll ich dir eine Schlaftablette besorgen?«

Alessa schüttelte nur den Kopf. Etwas zu sagen, wagte sie nicht aus Angst, er würde sie sofort durchschauen und herausfinden, dass sie absichtlich wach bleiben wollte.

Am Abend brachte er ihr ein Sandwich und einen Teller Tomatensuppe ans Bett und leistete ihr Gesellschaft, während sie aß. Sie hatte nicht viel Hunger und kämpfte darum, zumindest einen Teil zu essen. Mit einem missbilligenden Blick betrachtete er das halbe Sandwich, das sie auf dem Teller liegen gelassen hatte, nahm ihn ihr jedoch ohne Kommentar ab und brachte ihn raus.

Kurz darauf kehrte Kent zurück. Sie hörte ihn im Gang mit Logan sprechen und wartete darauf, dass er endlich zu ihr kam und ihr das Zeug brachte, um das sie ihn gebeten hatte. Sie hörte Schritte, doch die entfernten sich, dann wurde die Wohnungstür geöffnet und einen Moment darauf wieder geschlossen. Die Stimmen waren verstummt. Alessa konzentrierte sich. Sie lauschte in die Stille. Kent konnte unmöglich wieder gegangen sein! Sicher hatte er nur etwas vergessen und würde jeden Augenblick zurückkommen.

Nach dem Essen und dem langen Tag, der hinter ihr lag, war sie mittlerweile so müde, dass es ihr selbst im Sitzen schwerfiel, die Augen offen zu halten. Nicht einmal der Schmerz hatte verhindern können, dass sie bereits zweimal eingenickt war.

Sie brauchte das Zeug!

Doch es war nicht Kent, der jetzt ins Schlafzimmer kam, sondern Logan. Er blieb im Türrahmen stehen und sah sie so lange schweigend an, dass Alessa mulmig wurde.

»Kent kommt morgen wieder«, sagte er schließlich. »Allerdings ohne diesen Dreck, um den du ihn gebeten hast.«

Alessa erstarrte. »Er hat es dir gesagt.«

»Das schlechte Gewissen ist ihm fast aus den Ohren gequollen.«

»Es war nicht seine Schuld, Logan.«

»Das weiß ich.« Logan schüttelte den Kopf. »Ich glaube auch nicht, dass es ihm leichtgefallen ist, mir das zu erzählen – und ganz sicher hätte er dir diesen Dreck nicht besorgt. Dafür hat er mir gesagt, warum du nicht schlafen willst.« Er seufzte. »Du kannst dich wirklich glücklich schätzen, einen Freund wie ihn zu haben. Allerdings solltest du versuchen, ihn nicht für einen derartigen Blödsinn zu benutzen.«

»Logan, ich ...« Was sollte sie sagen? Gab es überhaupt eine Erklärung für das, was sie getan hatte – eine, die er verstehen würde?

Doch Logan brauchte keine Erklärungen. Langsam kam er näher und setzte sich zu ihr auf die Bettkante. »Mein Gott, Alessa, du bist so stark«, sagte er ruhig. »Viel stärker, als du denkst. Du brauchst so einen Mist nicht!« Wieder schüttelte er den Kopf, dann fuhr er fort: »Ich möchte, dass du mir etwas versprichst.«

Schon wieder? »Keine Drogen?«

»Ich weiß, dass du es nicht noch einmal versuchen wirst.«

Er klang weitaus überzeugter, als Alessa sich fühlte. Aber er hatte recht. Genau genommen wusste sie selbst nicht, was sie sich überhaupt dabei gedacht hatte, Kent darum zu bitten, ihr dieses Zeug zu besorgen. Sie hatte noch nie Drogen genommen, noch nicht einmal Zigaretten geraucht. Vermutlich würde schon ein Joint genügen, um sie aus der Bahn zu werfen, aber dieses Zeug ...

Logan schüttelte den Kopf. »Nein, ich will, dass du mir versprichst, deine Ängste nicht mehr für dich zu behalten und mit mir darüber zu sprechen.«

»Du schreist mich nicht an?«

»Ich will, dass es dir gut geht.« Er griff nach ihren Händen. Den linken Arm zu bewegen schmerzte, trotzdem entzog sie sich seinem vorsichtigen Griff nicht. »Der Dämon ist kleiner geworden, das hast du selbst gesagt. Ich denke, dass es eine Weile dauern wird, bis er wieder stark genug ist, um außerhalb deines Körpers zu erscheinen, und vielleicht kommt es gar nicht mehr so weit, wenn es dir gelingt, deine Fähigkeiten zu unterdrücken.«

Er stand auf und zog sich den Stuhl heran. »Schlaf jetzt, ich bin hier und passe auf dich auf. Aber erst hole ich dir etwas gegen die Schmerzen.«

21

Während der folgenden Tage wich Logan kaum von Alessas Seite. Er war froh, dass sie sich nicht länger gegen das Schmerzmittel und den Schlaf wehrte und darauf vertraute, dass er sie beschützte. Die Pistole hatte er immer in Reichweite, ebenso wie den Schürhaken, doch der Dämon zeigte sich nicht.

Als Kent sie das nächste Mal besuchen kam, schlief Alessa und wachte die ganze Zeit über nicht auf, die er an ihrem Bett saß. Logan war froh, dass der Seher ihren Wunsch nicht erfüllt und sich stattdessen an ihn gewandt hatte. Das rechnete er ihm hoch an.

Am vierten Tag ging es Alessa bereits besser. Sie schlief nicht mehr so viel und die Schmerzen schienen allmählich nachzulassen. Die Fäden hielten und an den Wundrändern deutete nichts auf eine beginnende Entzündung hin.

»Ich gebe eine Salbe auf den Verband, damit es besser

heilt«, erklärte er beim Verbandswechsel und schraubte die Tube auf.

Alessa nickte. »Was ist mit dem Dämon? Ist er größer geworden?«

Während er die Salbe aus der Tube auf den frischen Verbandmull drückte, warf er einen Blick auf den Schatten, der allen Angriffen zum Trotz unverändert unter dem Schnitt lag. Die Haut wölbte sich leicht, doch soweit er es beurteilen konnte, war er nicht wieder gewachsen. »Sieht gut aus. Immer noch faustgroß. Ich glaube nicht, dass er sich von deinem Skalpellangriff erholt, solange du ihn nicht mit deinen Kräften auftankst.«

Sie schloss erleichtert die Augen und hielt still, bis er den Verband befestigt und ihren Pyjama wieder zurechtgezogen hatte. Erst dann sah sie auf. »Wie geht es jetzt weiter?«

»Darüber brauchst du dir deinen Kopf erst zu zerbrechen, wenn du wieder auf den Beinen bist.«

»Glaubst du wirklich, dass das funktioniert?«

»Dich dazu zu bringen, stillzuhalten?« Er seufzte. »Vermutlich nicht.«

»Du hast dir doch sicher schon Gedanken gemacht«, bohrte sie weiter.

»Als Erstes müssen wir meine Männer einweihen.« Andernfalls bestand die Gefahr, dass sie früher oder später auf Alessa stießen. Er wollte nicht warten, bis es so weit war, sondern schon vorher mit ihnen sprechen. Schon mehr als einmal hatte er den Blackberry in der Hand gehabt, um Avery anzurufen und ihm zu sagen, dass sie Alessa von ihrer Suchliste streichen sollten, hatte das Telefon aber stets wieder weggelegt. Es war besser, persönlich mit seinen Männern zu sprechen – und Alessa sollte dabei sein. Natürlich hätte er einfach befehlen können, dass sie Alessa in Ruhe ließen, er wollte jedoch, dass sie ihre Geschichte hörten. Auf diese Weise würden sie nicht nur blind einen Befehl ausführen, sondern auch begreifen, warum er das von ihnen verlangte.

»Wir fahren zu ihnen, sobald es dir besser geht.«

»Wir?« Er sah die Angst in ihren Augen aufflackern.

»Ich habe lange darüber nachgedacht und bin zu dem Schluss gekommen, es ist das Beste, wenn sie dich kennenlernen«, legte er seine Gedanken offen. »Offiziell muss ich weiter meiner Arbeit nachgehen und kann deshalb vielleicht nicht rund um die Uhr bei dir sein – auch wenn ich das natürlich versuchen werde. Wenn ich wirklich wegmuss, will ich dich nicht ohne Schutz lassen. Dazu brauche ich das Team.«

»Und wenn du ihnen nicht sagst, auf wen sie aufpassen müssen, und ich sperre mich im Schlafzimmer ein, solange einer von ihnen da ist?«

Er schüttelte den Kopf. »Die Jungs sind nicht dumm. Früher oder später würden sie Verdacht schöpfen – spätestens dann, wenn sie uns zusammen auf CCTV-Aufnahmen sehen. Es gibt einfach zu viele Zufälle, und ich will nicht, dass sie die Wahrheit auf diesem Weg herausfinden. Sie sollen es von mir persönlich hören.« Andernfalls würden sie ihr Vertrauen in ihn verlieren.

Alessa schien über seine Worte nachzudenken. »Du hast recht«, stimmte sie schließlich zu. »Ich denke, bis morgen bin ich wieder fit.«

»Übertreib es nicht«, mahnte er. »Wenn es ein paar Tage länger dauert, macht es auch nichts. Du bist hier in Sicherheit. Alles andere kann warten.«

*

Zwei Tage später ging es Alessa gut genug, dass sie darauf bestand, aufzustehen. »Bringen wir das Gespräch mit deinem Team hinter uns«, drängte sie und fügte leise hinzu: »Bevor mich der Mut verlässt. Und danach möchte ich Parker besuchen.«

Logan musterte sie eingehend, suchte nach Anzeichen für Schmerzen und Schwäche, doch abgesehen davon, dass ihre Bewegungen vorsichtiger als gewöhnlich waren und sie nach dem Frühstück ein paar Schmerztabletten einwarf, schien es ihr gut zu gehen. Gut genug für einen Ausflug ins Hauptquartier.

Nachdem Logan in der Zentrale angerufen hatte, um sicherzustellen, dass die Männer auch da sein würden – und dass Jackie nicht in der Nähe war –, machten sie sich auf den Weg.

Während der Fahrt sprach Alessa kaum ein Wort. Die meiste Zeit saß sie nur da und starrte aus dem Fenster. Sie wirkte vollkommen ruhig, lediglich ihre Hände, die sie in ihrem Schoß so fest ineinander verschränkt hatte, dass die Knöchel weiß hervortraten, verrieten ihre Nervosität.

An der Costorphine Road angekommen stellte Logan den Wagen im Hof ab und stieg aus, um Alessa herauszuhelfen. »Diesmal möchte ich, dass du *mir* etwas versprichst«, sagte sie, kaum dass ihre Füße den Kies berührten.

»Und was soll das sein?«

»Versprich mir, dass du nicht zulassen wirst, dass dieser Dämon jemanden in Gefahr bringt. Nie! Ich will dein Wort, dass du ihn in dem Moment, in dem du ihn siehst, abknallst – ohne Rücksicht auf mich.«

Sie sah ihm fest in die Augen. Die Entschlossenheit, die er in ihrem Blick fand, gefiel ihm nicht. Einen derartigen Schwur wollte er nicht leisten.

Wenn der Dämon ausbricht, ist sie ohnehin tot, meldete sich die Stimme der Vernunft zu Wort. Die Kreatur würde sie entweder zerreißen oder sich an ihrem Fleisch nähren – so oder so hatte sie keine Chance mehr, sollte es so weit kommen.

»Ich werde dich beschützen, das schwöre ich.«

Sie schüttelte den Kopf. »Nicht mich, zumindest nicht mich allein.«

»Du wirst dich damit zufriedengeben müssen. Immerhin bedeutet es, dass alle anderen ebenfalls in Sicherheit sind, wenn ich nicht zulasse, dass der Dämon dir etwas antut. Er bleibt schön brav da, wo er ist, zumindest so lange, bis wir einen Weg gefunden haben, ihn loszuwerden. Bis dahin werde ich auf dich aufpassen – und danach auch noch, wenn du das möchtest.«

»Mit dir zu verhandeln ist nicht leicht«, stellte sie fest und konnte sich dabei ein Lächeln nicht ganz verkneifen. »Allmählich wird mir klar, warum du so sicher bist, dass deine Männer auf dich hören und mich nicht auf der Stelle an die Gemeinschaft ausliefern werden.«

»Ich weiß nun einmal, wo meine Qualitäten liegen.«

Ihr Lächeln wurde breiter. »Jemanden niederzuquatschen ist beileibe nicht deine einzige Qualität.«

»Darüber solltest du mir mehr erzählen, wenn wir wieder in meinem Schlafzimmer sind – oder wenigstens in der Wohnung.« Das musste allerdings noch eine Weile warten. »Bist du bereit?«

»So bereit man eben sein kann.«

Er ließ ihre Hand nicht los, als er sie zum Haus führte, und auch drinnen gab er sie nicht frei. Vor dem Besprechungsraum angekommen blieb er stehen. Durch die Tür waren die Stimmen seiner Männer zu hören, die sich unterhielten und wie üblich lachend ihre Witze rissen.

Logan sah zu Alessa. »Niemand wird dir etwas tun«, sagte er wohl zum hundertsten Mal, seit er den Vorschlag gemacht hatte, mit den Männern zu sprechen und ihnen alles zu erklären. »Sie werden es verstehen.«

Heute würde er herausfinden, wie gut er sein Team tatsächlich kannte. Wenn seine Einschätzung stimmte, würde es keine Probleme geben. Sollte er sich jedoch irren … aber daran wollte er in diesem Moment nicht denken. Er hatte jeden Einzelnen selbst überprüft und ausgewählt. Er kannte die Männer und wusste, wie sie tickten – auch ohne dass er mit ihnen durch die Pubs zog. Das Team verließ sich auf ihn und vertraute darauf, dass er wusste, was er tat. Und auf dieses Vertrauen setzte er jetzt.

»Überlass einfach mir das Reden.« Er gab ihr einen Kuss, dann ließ er ihre Hand los und öffnete die Tür.

Fletcher und Buckingham saßen auf dem Tisch, Jones und Reese lehnten an einem der hohen Aktenschränke. Alle vier hatten sie Kaffeetassen in Händen, und auf dem Tisch stand ein offener Pappkarton voller Scones, Apfeltaschen und Muffins, oder was davon noch übrig war.

Als sie Logan bemerkten, sahen ihm vier Augenpaare über die Kaffeetassen hinweg entgegen, wobei sie Logan nur für einen kurzen Moment mit Aufmerksamkeit bedachten, ehe sich ihre Blicke auf Alessa hefteten. Fletchers und Reese' Gesichtsausdruck glichen dem von Morgan, als er Alessa zum ersten Mal gesehen hatte, eine Mischung aus Überraschung und Neugierde.

Logan nickte den Jungs zur Begrüßung zu. »Danke, dass ihr gekommen seid.« Es war nicht die übliche Einleitung, denn für gewöhnlich setzte er die Anwesenheit bei einer Besprechung voraus, entsprechend brachte es ihm auch einige verwunderte Blicke ein, doch dieses Meeting war alles andere als gewöhnlich. »Wo ist Avery?«

»Hat Dienst bei den Superhelden«, kommentierte Buckingham grinsend. »Meine Herren, Boss, wo hast du die zwei Typen ausgegraben? Die sind wirklich unschlagbar – also, wenn man bedenkt, dass sie Seher sind.«

»Ich schätze, man kann die beiden wohl als Zeugen bezeichnen«, meinte Logan trocken. »Und als Lebensretter.« Er deutete auf die Stühle. »Setzt euch, ich möchte euch einen Gast vorstellen.«

Sobald die Jungs ihre Plätze eingenommen hatten, winkte Logan Alessa neben sich. »Das ist Alessa Flynn, die Zeugin, von der ich euch erzählt habe«, begann er. »Sie hat den Mord am Professor mit angesehen und wurde vor ein paar Tagen selbst Opfer eines weiteren Anschlags des Maskierten.«

Er sah das Stirnrunzeln, das Alessas Anblick und ihr Name auf den Gesichtern seiner Männer hervorriefen, und wusste genau, dass sie sie wiedererkannten. Es dauerte nur wenige Herzschläge, ehe Jones sich räusperte.

»Boss«, setzte er an. »Kann ich dich mal kurz unter vier Augen sprechen? Wegen unserem Fall. Ich habe da –«

»Das wird nicht nötig sein. Ich weiß, wer sie ist.«

Schweigen folgte seinen Worten. Obwohl die Männer noch immer scheinbar normal dasaßen, entging Logan die Wachsamkeit nicht, mit der sie Alessa bedachten. Und nicht nur einer hatte die Hand näher an die Waffe gerückt.

Logan gab vor, es nicht zu bemerken. Er legte Alessa eine Hand auf die unverletzte Schulter und führte sie zu einem Stuhl. Selbst durch ihre Jacke hindurch konnte er ihre Anspannung spüren, als hätte sich ihr Körper unter den Blicken der Männer in Stein verwandelt.

Er wartete, bis sie sich gesetzt hatte, ehe er sich im Stuhl neben ihr niederließ und in die Runde sah. »Während der letzten Tage ist einiges geschehen, worüber ich mit euch sprechen möchte. Ihr alle wisst von dem Mord an Professor Sparks.« Zum ersten Mal berichtete er ihnen davon, was Alessa in der Wohnung des Professors gesehen hatte und wie sie bald darauf selbst von dem Maskierten angegriffen worden war. Er erzählte von ihrer verschwundenen Freundin und wie er durch Averys Anruf herausgefunden hatte, dass sie auf seiner Liste stand. »Ich war schon auf dem Weg, nach ihr zu suchen, um sie an die Gemeinschaft auszuliefern«, sagte er mit Blick auf sie, »als sie mich anrief – aus dem Krankenhaus.« In knappen Worten schilderte er den erneuten Angriff auf Alessa, bei dem auch Parker und Kent verletzt worden waren. Schließlich fasste er noch zusammen, was er über die beiden ausgestiegenen Seher wusste.

»Alessa hat einen Weg gefunden, den Dämon unter Kontrolle zu halten, sodass er keine Gefahr ist – zumindest nicht, solange sie nicht auf ihre Kräfte zurückgreift.« Er sah zu Alessa. »Vielleicht kannst du uns kurz beschreiben, wie du es machst.«

Sie lächelte unsicher. »Ich habe gelernt eine Art Mauer aufzubauen, hinter der ich meine Kräfte und den Dämon abschotte«, erklärte sie ein wenig stockend. »Solange ich meine Fähigkeiten nicht einsetze, bekommt der Dämon keine Nahrung und kann auch nicht wachsen.«

»Ich verstehe nicht, worauf du hinauswillst, Boss«, gab Reese zu. »Warum ist sie hier? Warum hast du sie noch nicht an die Gemeinschaft übergeben?«

»Ich habe nicht vor sie auszuliefern, weder jetzt noch irgendwann«, sagte er fest. »Ich werde sie von diesem Dämon befreien. Vielleicht allein, vielleicht in Zusammenarbeit mit der Gemeinschaft – sofern sie mir für ihre Sicherheit und Unversehrtheit garantieren können. Aber eines werde ich nicht zulassen: dass ihr etwas zustößt.«

»Ich bin mir nicht sicher, ob *wir* zulassen können, dass sie weiterhin frei herumläuft.« Jones saß aufrecht in seinem Stuhl. Seine anfängliche Gelassenheit war jetzt nur noch Fassade. Seine Haltung war angespannt, er war bereit zu handeln, falls es nötig sein sollte. »Wir haben alle gesehen, was auf dem Leith Walk passiert ist. Verdammt, es ist gerade mal eine Woche her, dass diese Dämonenbiester drei Seher zerrissen haben – und ich persönlich habe diese Bilder noch sehr deutlich vor Augen. Ich möchte das nicht noch einmal sehen müssen.«

Logan spürte, wie ein Ruck durch Alessa ging. »Drei von uns sind tot?«, flüsterte sie, schlagartig bleich geworden. »Wer war es? Wie ist es passiert?«

»Sichtlich haben sie vergessen, wie man diese Mauer baut«, sagte Fletcher kalt.

»Logan, wer war es?«, verlangte sie zu wissen.

Logan hatte überhaupt nicht daran gedacht, dass sie die Toten kannte, vielleicht sogar mit ihnen befreundet gewesen war, deshalb hatte er ihr nichts davon erzählt. Es dauerte einen Moment, bis er sich an die Namen aus der Akte erinnerte. »Hartford, Milton und Vern«, sagte er, dann fügte er hinzu: »Ferguson ist ebenfalls tot. Der Maskierte.«

»O mein Gott.« Sie fuhr sich mit der Hand über das Gesicht. Als sie wieder aufsah, schimmerten Tränen in ihren Augen. »Das muss ein Ende haben.«

»Da gebe ich Ihnen recht.« Wieder war es Jones, der das Wort ergriffen hatte. Er stand auf und stellte sich hinter seinen Stuhl, die Hände auf die Lehne gestützt beugte er sich vor und musterte Alessa eingehend. »Ich glaube Ihnen durchaus, wenn Sie sagen, dass Sie den Dämon einsperren können. Die Frage ist: Können Sie ihn auch kontrollieren?«

Sag jetzt nichts Falsches, beschwor Logan sie in Gedanken.

»Ich mache seit drei Jahren nichts anderes«, erwiderte sie ruhig. »Und ich bin mir sicher, dass die Männer und Frauen, die auf dem Leith Walk gestorben sind, das ebenfalls getan hätten, wenn sie gewusst hätten, wie es geht.«

Jetzt stand auch Logan auf und sah Jones direkt in die Augen. »Ich weiß, dass ich nicht von euch verlangen kann, die Gefahr zu ignorieren und gegen alles zuwiderzuhandeln, das unsere Arbeit ausmacht. Trotzdem bitte ich euch um Hilfe.« Sein Blick wanderte von einem zum anderen. »Ihr habt richtig gehört, ich *bitte* euch. Ich will und kann euch das nicht befehlen, deshalb stelle ich es euch frei, ob ihr uns helft oder dem Auftrag folgt. Entscheidet ihr euch für Letzteres, bin ich nicht länger ein Teil dieser Einheit. Dann bitte ich euch nur noch um eines: Gewährt Alessa und mir freien Abzug und lasst uns einen Vorsprung, ehe ihr die Jagd eröffnet.«

Reese stöhnte. »Logan, niemand will dich jagen.«

»Und was mich angeht«, fügte Buckingham hinzu, »bist du unser Boss.«

Fletcher zuckte die Schultern. »Ich habe eigentlich auch keinen Bock darauf, dir und deiner Zuckerschnecke durch das halbe Land nachzujagen.«

Darauf hatte Logan gehofft. Sein Blick kehrte zu Jones zurück. »Was ist mit dir?«

Jones verschränkte die Arme vor der Brust. »Kannst du mich mit einem vernünftigen Plan davon überzeugen, dass wir es tatsächlich schaffen können, diese Dämonenbrut loszuwerden?«

»Wir brauchen die Unterlagen aus dem Labor, ganz besonders die, die sich mit dem Samenkorn und den darin befindlichen Essenzen beschäftigen. Vielleicht liegt in diesen Akten der Schlüssel zu allem.«

Es war ein reichlich vager Plan, das wusste er selbst. Doch es war ein Anfang. Wie es weiterging, konnten sie sich überlegen, wenn sie die Unterlagen hatten. Vielleicht würden die ihnen den weiteren Weg zeigen.

Alles hing jetzt von Jones' Entscheidung ab. Solange MacGowan mit dem Rest des Teams in Glasgow war, stand ihm das Kommando zu für den Fall, dass Logan den Dienst quittierte – oder ihm etwas zustieß.

»Mir gefällt das alles nicht«, sagte er grimmig. »Aber vielleicht ist es besser, wenn wir die Sache in die Hand nehmen, statt sie der Gemeinschaft zu überlassen. Abgesehen davon vertraue ich dir.«

Logan warf einen kurzen Blick zu Alessa. Sie war noch immer angespannt, doch sie wirkte nicht länger, als würde sie gleich aufspringen und davonlaufen. Dann nickte er. »Um ehrlich zu sein, hatte ich darauf gehofft.«

Er ging zur Kaffeemaschine, stellte zwei Tassen darunter und drückte den Knopf. Während er darauf wartete, dass der

Kaffee durchlief, wandte er sich wieder den Männern zu. »Alessa und ich fahren nachher ins Krankenhaus«, erklärte er. »Ich werde Avery in alles einweihen. Vielleicht kann er sich in die Daten dieses weiblichen Frankensteins hacken.«

»Und wenn er nichts findet?«, wollte Fletcher wissen.

»Dann soll er uns zumindest die Blaupausen des Anwesens besorgen, damit wir dort nicht blind herumtappen müssen.« Logan schaltete die Kaffeemaschine aus, goss Milch in die Tassen und löffelte Zucker hinein, ehe er zum Tisch zurückkehrte und Alessa eine Tasse reichte.

Wie gewöhnlich schloss sie sofort die Finger um das Porzellan und wärmte sich daran, ehe sie wieder aufsah. »Ich weiß nicht, ob das Labor überhaupt in irgendwelchen Blaupausen zu finden ist«, gab sie zu bedenken. »Aber ich kenne das Anwesen. Ich kann euch führen.«

»Das würde uns enorm weiterbringen!«, meinte Reese.

Während die anderen schwiegen, wirkte Jones skeptisch. Er mochte Logan vertrauen, doch für Alessa galt das noch lange nicht. Aber selbst ohne das Misstrauen in Jones' Zügen dachte Logan nicht im Traum daran, Alessas Angebot anzunehmen. Es reichte ihm schon, nur genau hinsehen, um zu erkennen, wie ihre Finger bei der Vorstellung zitterten, ins Labor zurückzumüssen.

»Das kommt überhaupt nicht infrage!« Logan stellte seine Tasse so heftig auf den Tisch, dass Kaffee über den Rand schwappte. »Du wirst nicht einmal in die Nähe des Anwesens kommen, Alessa!«

»Aber wenn ich euch helfen kann …«

»Ich weiß, wie viel Angst dir der bloße Gedanke daran macht, und ich werde nicht zulassen, dass du das auf dich nimmst. Wir schaffen es auch so.«

»Sie könnte uns leiten«, warf Fletcher ein.

Logan fuhr herum. »Ich sagte Nein!«

»Von hier aus. Über Funk.«

Logan signalisierte ihm mit einem Nicken, fortzufahren.

»Wenn wir die kleinen Kameras nehmen, kann sie sehen, wohin wir gehen«, schlug Fletcher vor. »Sie kann uns führen und vor Wachen oder anderen Dingen warnen, die auf den Blaupausen nicht zu sehen sein werden.«

Das war schon eher nach Logans Geschmack. Alessa wäre in Sicherheit und könnte ihr Wissen trotzdem mit ihnen teilen. Er warf ihr einen fragenden Blick zu, und als sie erleichtert nickte, wandte er sich wieder an Fletcher. »Hervorragende Idee!«

»Und was machen wir, wenn wir die Unterlagen haben?« Buckingham lehnte sich zurück und blickte ratlos in die Runde. »Wer soll die für uns auswerten? Wo finden wir jemanden, der uns das Zeug von dem Wissenschaftler-Blabla, in dem es vermutlich verfasst ist, in verständliche Worte übersetzt?«

»Was wir brauchen, ist kein Wissenschaftler, sondern ein Dämonenbeschwörer«, knurrte Fletcher.

»Du meinst wohl eher einen Exorzisten.«

Logan warf Reese einen finsteren Blick zu, bis der die Schultern zuckte. »War nur ein Witz.«

»Was ist mit einer Operation?«, wandte sich Buckingham an Alessa. »Ich meine, was man hineinbekommt, muss man doch auch wieder rauskriegen, oder?«

Alessa schüttelte den Kopf.

»Wir haben es versucht«, sagte Logan vage. »Aber das Samenkorn entzieht sich jeder Berührung.«

»Abgesehen davon«, fügte Alessa hinzu, »weiß ich nicht, was passieren würde, wenn man es versehentlich anritzt.«

Logan starrte sie an. Auf den Gedanken war er überhaupt nicht gekommen – und sie sichtlich auch erst später. Andernfalls hätte sie es gar nicht erst versucht.

Die nächsten dreißig Minuten spielten sie alle möglichen Gedanken und Varianten durch, wie es ihnen gelingen konnte, in das Anwesen einzudringen, und was sie mit den Unterlagen tun sollten, sofern sie sie fanden. Schließlich begannen sie sich im Kreis zu drehen.

»Ich denke, das genügt fürs Erste. Lasst uns weitersprechen, wenn wir die Blaupausen haben und wissen, ob Avery sich in die Systeme hacken kann.« Logan stand auf. Es war Zeit, zu gehen, bevor sie Jackie in die Arme liefen. Er reichte Alessa die Hand, half ihr auf und ging mit ihr zur Tür. Dort wandte er sich noch einmal um. »Wenn das vorbei ist, gebe ich einen aus.«

Unter den erstaunten Blicken der Männer führte er Alessa nach draußen.

»Das ist besser gelaufen, als ich dachte«, sagte er, kaum dass er die Tür hinter sich geschlossen hatte. »Die Jungs haben wir auf unserer Seite und den Rest schaffen wir auch noch.« Kleinigkeiten, wie ein Einbruch in ein Labor innerhalb des gesicherten Anwesens und eine Dämonenaustreibung.

Alessa lächelte. »Und sichtlich hast du dich an meine Worte erinnert.«

»Ach ja?«, fragte er, obwohl er genau wusste, wovon sie sprach. »Welche meinst du?«

»Zeit mit deinen Männern verbringen«, gab sie zufrieden zurück. »Einen auszugeben ist ein Anfang.«

Logan zog sie an sich und küsste sie. »Sieht so aus, als würdest du in Zukunft auf mich aufpassen.«

»Einer muss es ja tun.« Schulterzuckend griff sie nach seiner Hand. »Lass uns gehen.«

Sie waren schon fast aus dem Haus, als ihnen jemand entgegenkam. Es kostete Logan nur einen Blick, um die elfenhafte Gestalt seiner Schwägerin zu erkennen, die beschwingt den Gang entlangschritt.

»Bleib hinter mir und halt den Kopf unten«, raunte er Alessa zu.

Sofort fiel sie weit genug hinter Logan zurück, um sich

hinter seiner Schulter zu verstecken, und senkte den Kopf, bis ihr die Haare wie ein Schleier vor das Gesicht fielen.

»Logan!«, begrüßte seine Schwägerin ihn freudestrahlend. »Wie geht es dir?«

»Hallo, Jackie.« Er spürte, wie Alessa sich hinter ihm versteifte. »Die Jungs warten sicher schon auf dich.«

»Ich fürchte, die haben während der letzten Tage schon bemerkt, dass Pünktlichkeit nicht meine Stärke ist«, lachte sie und tippte auf ihre Armbanduhr. »Aber heute bin ich sogar zu früh dran.«

Ihr Blick wanderte an Logan vorbei zu Alessa, deren Finger sich in seine Schulter gruben. Jackie runzelte die Stirn. »Alessa? Bist du das?«

»Das ist meine Freundin Kate«, behauptete Logan. »Entschuldige uns, wir sind in Eile und du solltest die Zeit meiner Männer nicht verschwenden, indem du sie warten lässt.«

»Halt die Luft an, Drake.« Wieder richtete sie ihre Aufmerksamkeit auf Alessa und strich ihr, ehe sie zurückweichen konnte, das Haar aus dem Gesicht. »Mein Gott, du bist es wirklich!«

Logan konnte spüren, dass Alessa drauf und dran war, die Flucht zu ergreifen. Er konnte es ihr nicht verdenken. Ausgerechnet der Frau des Obersten Rates in die Arme zu laufen – etwas Schlimmeres hätte kaum passieren können.

Jackie ignorierte, dass Alessa vor ihr zurückwich, und griff nach ihrer Hand. »Ich weiß gar nicht, was ich sagen soll. Meine Güte, weißt du, was für Sorgen ich mir gemacht habe, nachdem du verschwunden bist? Seit ich von diesen Versuchen gehört habe …« Sie schüttelte den Kopf. »Ich bin froh, dass du lebst. Du kannst mir glauben, dass wir alles tun werden, um dir zu helfen.«

»Darum werde ich mich selbst kümmern«, erwiderte Logan hart. »Und du vergisst am besten, dass du uns gesehen hast.«

Jackies Blick ruhte lange auf Alessa, ehe sie sich wieder Logan zuwandte. »Pass gut auf sie auf, Drake. Wenn ihr deinetwegen etwas zustößt, bekommst du es mit mir zu tun! Klar?« Sie ließ Logan gar keine Gelegenheit zur Antwort und richtete ihre Aufmerksamkeit stattdessen wieder auf Alessa. »Lass dich von ihm nicht einschüchtern. Der ist wie sein Bruder – gar nicht so hart, wie er tut. Ich hoffe wirklich, dass wir uns wiedersehen, wenn das alles vorbei ist.«

Dann winkte sie den beiden noch einmal zu und marschierte davon.

Alessa stand wie gelähmt da.

»Ihr kennt euch?«, fragte Logan überrascht.

»Sie war eine meiner besten Freundinnen, bevor … Was hat sie hier zu suchen?«

»Ich habe dir doch von meiner Schwägerin erzählt.«

»Sie?!«

22

Auf der Fahrt zum Krankenhaus konnte Alessa an niemand anderes als Jackie denken. Es gab viele Fragen, die sie ihr hätte stellen wollen, doch sie war so sehr von ihrem Auftauchen überrascht gewesen, dass es ihr nicht einmal gelungen war, einen einzigen Ton herauszubringen.

Das letzte Mal hatten sie einander gesehen, kurz bevor Alessa sich auf den Weg ins Labor gemacht hatte. Sie musste sich große Sorgen gemacht und wer weiß wie lange nach Alessa gesucht haben.

Als der Schock, den die Begegnung mit Jackie in ihr hervorgerufen hatte, sich allmählich legte, begann sich Alessa zu fragen, ob sie ihnen nicht vielleicht sogar helfen konnte.

Wenn es ihr gelang, Jackie auf ihre Seite zu bringen, standen ihre Chancen wesentlich besser, die Unterlagen aus dem Labor in die Hand zu bekommen.

Oder sie geht geradewegs zu ihrem Mann.

Sie konnten nicht riskieren, dass der Rat von ihrem Vorhaben Wind bekam und ihnen einen Strich durch die Rechnung machte. Auch wenn es verlockend war, Jackie um Hilfe zu bitten, war es am Ende vermutlich sicherer, sie aus allem herauszuhalten.

Wenigstens war das Gespräch mit Logans Team gut gelaufen.

»Alles klar?«

Logans Frage riss sie aus ihren Gedanken. »Ja.« Sie seufzte. »Ich weiß nur nicht, ob das Zusammentreffen mit Jackie gut oder schlecht war.«

»Ich fürchte, das wird sich erst im Laufe der Zeit herausstellen. Ich werde später noch einmal mit ihr sprechen. Vielleicht finde ich ja heraus, ob sie vorhat uns einen Strick zu drehen.«

»Ich glaube nicht, dass sie uns verraten wird – zumindest nicht, wenn sie noch die Jackie ist, die ich kenne.«

»Witzig und leicht durchgedreht?«

Alessa nickte.

»Dann hat sie sich nicht verändert.«

Plötzlich musste Alessa lachen.

»Du findest das lustig?«

»Eigentlich ist es eher verrückt, aber ja: irgendwie auch lustig.« Von allen Männern hatte ihre beste Freundin ausgerechnet den Bruder des Mannes geheiratet, in den Alessa sich verliebt hatte. Manche Zufälle waren einfach merkwürdig.

Bis sie das Krankenhaus erreichten, ging es Alessa besser. Sie hatte ihren Schrecken überwunden und fühlte sich nach ihrer Begegnung mit Jackie eigenartig beschwingt, als hätte das Schicksal ihr einen Blick auf ihr altes Leben gestattet –

und ihr einen Vorgeschmack auf die Zukunft gegeben. Eine Zukunft, in der Jackie ebenso ein Teil ihres Lebens sein konnte wie Logan.

Wenn alles gut ging.

»Hast du schon einmal daran gedacht, deinen Bruder um Hilfe zu bitten?«

»Solange ich nicht mit Sicherheit ausschließen kann, dass er uns nicht benutzt, um lediglich seine Versuchskaninchen zurückzubekommen, habe ich das nicht vor.« Er sah sie an. »Wir schaffen das auch ohne ihn.«

»Sicher.« *Hoffentlich.*

Alessa war froh, dass Logan trotz seines Drangs, sie zu beschützen, nicht versucht hatte ihr den Besuch im Krankenhaus auszureden. Seine gerunzelte Stirn und der verkniffene Ausdruck um seinen Mund waren ein deutliches Zeichen, dass es ihm nicht gefiel. Alessa mochte dieses Gefühl, von Sicherheit, das sie in seiner Nähe verspürte, und war froh, dass er bei ihr war und auf sie achtgab, doch nach all der Zeit im Labor konnte sie es nicht ertragen, eingesperrt zu sein. Logan schien das zu spüren, andernfalls hätte er sie vermutlich nicht aus dem Haus gelassen.

Beim Anblick der Royal Infirmary fühlte Alessa sich an den Tag erinnert, an dem Parker und Kent eingeliefert worden waren. Sie war mit den beiden im Krankenwagen mitgefahren, doch von der Fahrt waren ihr lediglich der Anblick von Parkers Blut und das Piepsen des Herzmonitors im Gedächtnis geblieben.

Am Empfang erfuhren sie, dass Parker auf Station B, Zimmer 356 verlegt worden war, und ließen sich den Weg dorthin erklären, ehe sie dem hellen Gang zu den Aufzügen folgten und in den dritten Stock fuhren.

Sie hielten einander bei der Hand, ohne ein Wort zu sagen. Logan schien ebenso sehr in Gedanken vertieft zu sein wie Alessa. Sie fragte sich, ob auch er sich darüber den Kopf zerbrach, wie sie es in das Anwesen der Gemeinschaft hinein- und – ohne gefasst zu werden – wieder nach draußen schaffen sollten. Vielleicht stand für ihn auch gar nicht zur Diskussion, *dass* sie es schaffen würden, und er war längst mit der Frage beschäftigt, wie es danach weitergehen sollte. Alessa für ihren Teil machte sich große Sorgen. Das Anwesen war gut bewacht und gesichert. Bisher hatte noch niemand versucht dort einzubrechen. Von Zeit zu Zeit kletterten ein paar Jugendliche über die Mauer, um ihren Mut vor ihren Freunden zu beweisen, und wurden aufgegriffen, noch ehe sie einen Fuß auf das Grundstück setzen konnten. Meistens warfen die Wachen sie einfach wieder raus, nur bei denen, die sie bereits zum wiederholten Mal erwischten, riefen sie die Polizei und erstatteten Anzeige wegen Hausfriedensbruchs.

Aber wie würden die Wachen reagieren, wenn sie ein Team der Behörde aufgriffen, das im Begriff war, ins Labor einzudringen? Alessa wusste nicht einmal, ob die Männer nicht vielleicht Order hatten, sich selbst um die Eindringlinge zu kümmern und diese verschwinden zu lassen.

Das sind Wachen und keine Mörder! Im schlimmsten Fall würden sie die Polizei rufen. Zumindest hoffte sie das.

Als sie den Gang erreichten, auf dem Parkers Zimmer lag, wurde Logan langsamer. Vor Zimmer 356 stand ein leerer Stuhl.

»Wo ist Avery?« Sein Blick schoss den Gang entlang, am Schwesternzimmer vorbei, zum Kaffeeautomaten und wieder zurück zum Stuhl. Ein paar Schwestern eilten geschäftig über den Gang und ein Mann mit Krücken schleppte sich langsam voran. Sonst war niemand zu sehen.

Als sie näher kamen, hörten sie Lärm aus dem Zimmer. Jemand schrie.

»Du wartest hier.« Logan schob Alessa an die Wand und drückte ihr seinen Autoschlüssel in die Hand. »Wenn ich sage

›lauf‹, dann hau ab«, sagte er gedämpft. »Warte nicht auf mich. Nimm den Wagen und fahr zum Hauptquartier zurück. Die Jungs sollen auf dich aufpassen.«

Wieder ein Schrei. Eindeutig Kent.

Die Waffe in der Hand riss Logan die Tür auf, stürmte in den Raum und blieb abrupt stehen.

Diesmal war es Parker, doch unter seinen Protestschrei mischte sich nun auch Gelächter. »Mann, das ist nicht dein Ernst«, hörte Alessa ihn rufen.

»Doch. Her mit der Kohle!« Kent.

Dann wurde es still.

Alessa sah um die Ecke und hätte um ein Haar laut aufgelacht. Parker saß aufrecht im Bett. Auf der einen Seite hatte sich Kent einen Stuhl herangezogen, auf der anderen saß ein Mann mit blondem Bürstenschnitt. Das Tablett des Nachttischs schwebte über dem Bett und diente ihnen als Pokertisch. Zwischen den Karten lagen ein paar Münzen, doch keiner der Männer hatte mehr ein Auge für sein Blatt. Sie alle starrten Logan an, der endlich seine Waffe sinken ließ.

Der Blonde warf seine Karten auf den Tisch und sprang so schnell auf, dass sein Stuhl ins Wanken geriet. »Boss! Alles im Griff.«

»Das sehe ich.«

Parker und Kent grinsten.

»Ich geh dann wohl besser auf meinen Posten zurück.« Der Blonde nahm seine Jacke von der Stuhllehne und schlüpfte hinein, sodass sein Schulterholster nicht mehr zu sehen war. »Dann könnt ihr euch in Ruhe unterhalten.«

Sein Haarschnitt und seine Bewegungen wirkten so militärisch, dass Alessa erwartete, ihn salutieren zu sehen, ehe er an Logan vorbeiging, doch das tat er nicht.

»Vergiss nicht, deine Schulden einzulösen«, rief Kent ihm hinterher.

Ohne sich umzudrehen, zeigte der Blonde ihm den Finger, was Kent nur zum Lachen brachte, und trat auf den Gang. Als er Alessa sah, runzelte er für einen Moment kaum merklich die Stirn, ehe er ihr knapp zunickte und neben der Tür Posten bezog.

Alessa folgte Logan in der Gewissheit ins Zimmer, dass der Mann sie erkannt hatte. Zumindest war sie ihm bekannt vorgekommen, und spätestens in ein paar Minuten würde er sich wohl auch daran erinnern, wo er ihr Gesicht schon einmal gesehen hatte.

Logan muss dringend mit ihm sprechen.

»Lausige Pokerspieler, alle miteinander«, beschwerte sich Parker. »Ich hoffe, die sind im Kampf besser.« Dann sah er Alessa und streckte die Arme nach ihr aus. »Schön, dich zu sehen, Sorgenkind.«

»Du nennst mich so?« Sie ging zum Bett und umarmte ihn vorsichtig. »Wie fühlst du dich?«

»Grauenvoll«, seufzte er. »Nur öffentliches Fernsehen in der blöden Kiste. Kein Comic-Kanal. Nicht mal Comic-Verfilmungen. Der Laden hier ist echt die Pest in Tüten!«

»Das soll heißen, er ist auf dem Weg der Besserung«, übersetzte Kent.

Logan nickte. »Den Eindruck habe ich allerdings auch«, grinste er und ging zur Tür. »Ich werde Avery alles erklären.« Kaum hatte er die Worte ausgesprochen, war er auch schon aus dem Zimmer.

»Was will er ihm erklären?«, wollte Parker wissen. »Wie man pokert?«

»Wohl eher, dass er mich besser nicht einfängt und an die Gemeinschaft ausliefert.« Alessa setzte sich auf den freien Stuhl, froh darüber, nicht länger stehen zu müssen. Obwohl der Schmerz halbwegs erträglich war, fühlte sie sich nach den Tagen, die sie größtenteils benebelt im Bett verbracht hatte, schwach und wackelig auf den Beinen. Ihr Ausflug ins Hauptquartier und die Anspannung, die den ganzen Morgen wie ein dicker Knoten in ihrem Magen gesessen hatte, hatten sie mehr Kraft gekostet, als sie zugeben wollte.

Parker machte große Augen. »Sag bloß, dein Behördenfuzzi hat es bisher versäumt, sein Team aufzuklären?«

»Nein, nicht ganz – nur Avery weiß es noch nicht.« Sie berichtete den beiden von ihrem Besuch im Hauptquartier und von Logans Plänen, in das Labor einzubrechen, um die Unterlagen zu stehlen.

»Der Typ fackelt nicht lange, was?« Parker drückte einen Knopf an der Seite seines Bettes und fuhr die Rückenlehne ein Stück weiter nach oben. »Wie können wir ihm unter die Arme greifen?«

»Das wird nicht nötig sein«, wehrte Alessa ab. Parker sah nicht aus, als könne er im Augenblick *irgendjemandem* unter die Arme greifen. Er war noch immer blass und seine Wangen wirkten eingefallen, als hätte er die letzten Tage nicht sonderlich viel gegessen. Sein Anblick erinnerte an einen Totenschädel. Und der Tod war es, den er ihretwegen beinahe gefunden hätte. Sie wollte nicht, dass einer der beiden noch einmal sein Leben für sie aufs Spiel setzte. Es war schon schlimm genug, dass Logan dazu bereit war.

»Ich habe bereits angeboten, ihn und sein Team durch das Anwesen zu lotsen.« Als sie den erschrockenen Ausdruck auf den Gesichtern der beiden sah, fügte sie schnell hinzu: »Aus sicherem Abstand, über Funk.«

Kent atmete erleichtert aus, doch Parker wollte nicht lockerlassen. »Es gibt noch ein oder zwei Leute drin, die uns einen Gefallen schulden. Vielleicht könnten wir einen von denen dazu bringen, uns die Unterlagen zu besorgen.«

Noch mehr Pokerschulden? Alessa schüttelte den Kopf. »Ich glaube nicht, dass das so eine gute Idee ist. Je weniger Leute Bescheid wissen, desto besser.« Abgesehen davon wollte sie nicht auf die Hilfe von Menschen vertrauen, die weder sie noch Logan kannte. Sie wagte ja nicht einmal Jackie einzuweihen und da sollten sie sich auf jemand vollkommen Fremden verlassen?

»Vermutlich hast du recht«, meinte Parker nachdenklich. »Ich komme mir nur so nutzlos vor. Seit Tagen liege ich hier herum und langweile mich zu Tode, während ich draußen gebraucht werde!«

Alessa legte ihm eine Hand auf den Arm. »Du hast wirklich schon genug für mich getan – ihr beide habt das –, und ich möchte nicht, dass ihr euch noch einmal meinetwegen in Gefahr begebt. Überlassen wir den Rest den Profis.«

Parker stöhnte. »Ich weiß echt nicht, ob die Fernbedienung das aushält.« Er griff danach und hielt sie in die Höhe. »Sieh dir das an! Die ist schon ganz abgenutzt von meiner verzweifelten Suche nach einem erträglichen Programm.«

Alessa deutete auf die Spielkarten auf dem Nachttisch. »Die sehen aber auch nicht mehr ganz neu aus. Ich möchte wetten, dass ihr zwei bis zu deiner Entlassung wahre Pokermeister seid.«

»Sind wir jetzt schon«, sagte Kent nicht ohne Stolz.

Alessa erwartete ein triumphierendes Grinsen in Parkers Zügen zu sehen, doch der Seher blickte überraschend ernst drein. »Hör mal«, sagte er plötzlich und klang dabei sehr nachdenklich. »Kent hat mir erzählt, was du versucht hast, und um ehrlich zu sein, hat mir das eine Scheißangst eingejagt. Versprich mir, dass du so etwas nicht noch einmal probierst.«

In letzter Zeit schien es, als müsse sie vielen Leuten viele Dinge versprechen. Sie verzog das Gesicht zu einem schiefen Grinsen. »Mein Wort darauf, dass ich kein Skalpell mehr anfasse.« Auf den Schmerz, der sie mit jedem Herzschlag an ihre Dummheit erinnerte, konnte sie in Zukunft gerne verzichten. Es musste einen anderen Weg geben – und Logan würde ihn finden.

»Und Finger weg von Drogen«, fügten Parker und Kent gleichzeitig hinzu.

Sie verkniff es sich zu sagen, dass es ihr gar nicht gelungen war, überhaupt ein Päckchen in die Finger zu bekommen. »Versprochen.«

Nachdem das geklärt war, ging Kent dazu über, ihr von seinem Krankenhausalltag mit Parker zu berichten, was in erster Linie bedeutete, dass er sich über seinen ewig nörgelnden Kumpel beklagte, der seiner Meinung nach auch noch beim Pokern betrog. Alessa musste viel lachen und ihn schließlich bitten, über etwas anderes zu sprechen, da sonst ihre Schulter explodieren würde. Der Schmerz war mittlerweile so weit angeschwollen, dass sie eine der Schmerztabletten nahm, die Logan ihr am Morgen in die Jackentasche gesteckt hatte.

Als Logan schließlich ins Zimmer zurückkam, war Avery bei ihm. Der blonde Soldat blieb vor Alessas Stuhl stehen und musterte sie, dann nickte er.

»Sie sind mir gleich bekannt vorgekommen.« Plötzlich hielt er ihr die Hand hin. »Mein Wort darauf, dass ich Ihnen nichts tun und Sie vor dem Maskierten und der Gemeinschaft beschützen werde.«

Es waren die ersten freundlichen Worte, die einer von Logans Männern an sie richtete. Das war ein Anfang. Erleichtert ergriff Alessa seine Hand und erwiderte seinen festen Händedruck. »Danke.«

»Ich muss noch mal weg«, sagte Logan an sie gewandt. »Du wartest am besten hier auf mich, dann kann Avery gleich beweisen, wie ernst es ihm mit seinem Versprechen ist.«

»Was hast du vor?«

»Ich werde mich noch mal in der Wohnung des Professors umsehen.«

»Das kannst du dir sparen, Kumpel«, meinte Kent. »Da ist nichts.«

Alessa wusste inzwischen, dass bei seinem letzten Besuch

Jackie bei ihm gewesen war, und bevor er sich selbst an die Arbeit machen konnte, hatte sie selbst ihn aus dem Krankenhaus angerufen.

»Habt ihr alles durchsucht?«, wollte Logan wissen.

»Nun ja, das kommt wohl auf deine Definition von *durchsucht* an.« Auf Logans grimmigen Blick hin schüttelte er den Kopf. »Nein, nicht direkt. Aber der Professor sagte, dass alles vernichtet ist.«

»Etwas zu sagen und es zu tun, sind zwei Paar Stiefel, so viel solltet ihr Helden aus euren Comics gelernt haben. Ich bin bald zurück.« Er gab Alessa einen Kuss und war fort, ehe einer noch etwas erwidern konnte.

Eine Weile herrschte Stille, dann grinste Parker. »Zieh dir einen Stuhl ran, Avery. Mal sehen, ob du deine Kohle zurückgewinnen kannst.« Er sah zu Alessa. »Was ist mit dir? Du bist doch dabei?«

Sie pokerten, bis die Schwester kam, um Parker sein Mittagessen zu bringen. Kent holte für Avery, Alessa und sich selbst ein paar Sandwiches aus dem Automaten, die sie mit Cola hinunterspülten. Kaum war das Essen beendet, griff Parker schon wieder zu den Karten. Alessa fand es erstaunlich, wie viel Spaß sie dabei hatte. Ungeachtet aller Sorgen und Schmerzen schaffte sie es tatsächlich, die meiste Zeit nicht an ihre Probleme zu denken. Avery wirkte kein bisschen abweisend, er behandelte sie sogar noch freundlicher als zuvor, und schon bald gingen sie zum Du über. Und Parker und Kent waren … nun ja, eben Parker und Kent. Die wohl durchgeknalltesten Typen, denen Alessa je begegnet war.

»Wisst ihr, woran mich das erinnert?«, meinte Kent nach einer Weile.

Parker warf einen Blick auf die Wand. »An die scheußlich langweiligen Tapeten in deinem Zimmer?«

»Quatsch! Nicht die Wand, du Idiot!« Kent schlug spielerisch nach ihm, bremste den Hieb aber ab, bevor er Parker treffen konnte. »Ich musste gerade an eine Stephen-King-Verfilmung denken. Zumindest glaube ich, dass es King war. Da saßen die Helden auch im Krankenhaus versammelt und waren gut drauf. So wie wir gerade.«

Alessa fühlte sich kein bisschen wie eine Heldin, schon eher wie jemand, der von einem Sog gepackt und in einen Strudel aus Ereignissen gerissen worden war, aus dem sie sich nicht mehr aus eigener Kraft befreien konnte. Es waren Hilflosigkeit und der Wunsch, einen Ausweg aus ihrer misslichen Lage zu finden, die sie vorantrieben, kein Heldenmut.

»Einspruch!«, rief Parker energisch. »Ich bin der Verletzte! Wenn das derselbe Film ist, an den ich mich auch erinnere, würde mir das die Rolle des Typen geben, der später den Löffel abgibt. Ich verzichte dankend.«

»Miesmacher«, brummte Kent und warf eine Münze in die Mitte des Tabletts. »Ich will euer Blatt sehen, ihr Versager!«

Alessa warf ihre Karten auf den Tisch. »Ich würde gerne mal sehen, wie viele Asse ihr beide in euren Ärmeln stecken habt«, beschwerte sie sich, als Kent sein Blatt aufdeckte.

»Das Glück ist mit den Tüchtigen«, grinste Parker. »Sieh es so: Alles, was wir gewinnen, fließt in unsere Gemeinschaftskasse und das bedeutet: immer leckeres Frühstück. Auch für dich, Herzchen.«

Alessa schnitt eine Grimasse. »Dann will ich künftig aber auch Schokohörnchen für mein Geld sehen, ihr Halsabschneider!« Sie hatte es bisher vermieden, mit Logan darüber zu sprechen, wie es mit ihnen beiden weitergehen sollte, wenn das alles vorüber war – *falls* es das je sein würde. Daran, dass er etwas für sie empfand, zweifelte sie nicht. Aber würde er sie auch bitten, bei ihm zu bleiben? Es fiel ihr schwer, sich vorzustellen, wie der Alltag an Logans Seite sein würde. Die Tage, die sie bisher zusammen verbracht hatten, waren alles andere als alltäglich gewesen, und Logan schien nicht der Typ zu sein, der seine Abende mit einer Schüssel Chips vor dem Fernseher verbrachte. Sie konnte sich gut mit ihm unterhalten und der Sex war einfach fantastisch, doch obwohl sie mittlerweile das Gefühl hatte, ihn mehr als nur oberflächlich zu kennen, fiel ihr zum ersten Mal auf, dass sie kaum etwas über seine Gewohnheiten und Vorlieben wusste. Was mochte er zum Frühstück? Wie verbrachte er seine Freizeit? Welche Filme und Bücher mochte er?

Alessa musste sich bremsen, ehe immer weitere Fragen ihren Verstand überschwemmten. Sie würde die Antworten früh genug erfahren – einen Teil davon kannte sie ohnehin schon. Logan hatte nur wenig Privatleben; nicht dass ihm seine Aufgaben keine Zeit dafür gelassen hätten, er schien einfach keines zu wollen. *Kein Wunder, wenn er ständig allein ist.* Vielleicht konnte sie etwas an diesem Zustand ändern. Ein wenig mehr Lebensfreude schadete ihm sicher nicht.

Am liebsten wäre sie jetzt bei ihm gewesen, auch wenn sie nicht wusste, ob sie den Mut aufbringen würde, mit ihm über die Zukunft zu sprechen – eine Zukunft, von der sie selbst nicht einmal wusste, ob es sie überhaupt geben würde.

Das Klingeln ihres Handys riss sie aus ihren Gedanken. Sie ging zur Fensterbank, wo sie ihren Parka abgelegt hatte, kramte nach dem Telefon und warf einen Blick darauf. Logan war schon lange kein *Unbekannter Teilnehmer* mehr, wie ihn das Display jetzt vermeldete. Trotz der Gewissheit, dass es nur ein Telefonverkäufer sein konnte oder jemand, der sich verwählt hatte, nahm sie das Gespräch an.

»Hallo?«

»Alessa? Gott sei Dank!«

Alessa erstarrte. »Susannah? Bist du das?«

»Ich bin es.«

Sie schloss erleichtert die Augen. »Geht es dir gut? Bist du verletzt?«

»Nein, alles okay.« Susannah zögerte kurz. »Aber ich stecke in Schwierigkeiten und musste untertauchen.«

»Wirst du verfolgt?«

»Nicht mehr.«

Hier, bei ihnen, wäre Susannah in Sicherheit. Allerdings wollte Alessa ihr nicht sagen, wo sie war – für den Fall, dass sie noch immer verfolgt wurde. Wenn es ihr jedoch gelänge, Susannah einzusammeln und auf dem Weg hierher alle Verfolger abzuhängen, hätten sie eine Chance. Ihr Blick glitt zu Avery. Vielleicht konnte sie ihn überreden. Er wäre ganz sicher in der Lage, Verfolger auszumachen und loszuwerden.

»Wo bist du jetzt?«, wollte sie wissen.

»In einem Pub in der Innenstadt.« Tatsächlich waren im Hintergrund Stimmen über gedämpfter Musik zu hören, immer wieder unterbrochen von Gelächter, dem Klappern von Geschirr und dem leisen Klirren von Gläsern. »Ich werde die Stadt noch heute verlassen. Aber vorher würde ich dich gerne noch einmal sehen.«

»Was ist mit dem Chip?«

»Folie – wie immer.«

»Ich kann dir helfen.« Wenn es ihr nur gelang, Logan zu überzeugen, Susannah ebenfalls zu verstecken! »In einer Stunde am üblichen Ort.«

Susannah schwieg. Sie schien darüber nachzudenken. Schließlich sagte sie: »In Ordnung, ich denke, dort ist es sicher. Ich werde da sein. Und du, sei vorsichtig: Burke ist hinter dir her.« Dann legte sie auf.

Susannahs letzte Worte hallten wie ein Paukenschlag in Alessas Gehirn nach.

Als sie ihr Handy wieder in die Tasche schob und sich zu den Männern umwandte, hatten die drei in ihrem Kartenspiel innegehalten und sahen sie an.

Parker war der Erste, der die Stille brach, die sich schlagartig wie ein Leichentuch über den Raum gelegt hatte. »Du kannst nicht von hier fort.«

»Auf keinen Fall«, stimmte Kent ihm zu.

»Bitte«, flehte Alessa. »Sie ist meine Freundin. Wenn wir einen Weg finden, mir zu helfen, dann geht es auch bei ihr. Ich kann sie nicht ohne Hoffnung da draußen lassen.« Sie schüttelte den Kopf und fügte leise hinzu: »Ich weiß noch zu gut, wie das ist – allein zu sein.« Die Angst war das Schlimmste, sie überwog die Einsamkeit bei Weitem. *Burke ist hinter dir her.* Alessa wusste nicht, was Susannah durchgemacht hatte, wenn sie jedoch daran dachte, was Logan ihr über den Zustand von Susannahs Wohnung erzählt hatte, der entweder von einer Entführung oder einem sehr plötzlichen Aufbruch zeugte, bezweifelte sie, dass sie es im Augenblick zu genau wissen wollte.

»Bitte«, sagte sie noch einmal, diesmal eindringlicher.

Avery schüttelte den Kopf. »Logan wird mir den Arsch aufreißen, wenn ich dich allein gehen lasse.«

»Dann lass sie nicht *allein* gehen.« Die Ruhe und Entschlossenheit in Kents Stimme täuschte Alessa nicht über sein Pokerface hinweg. Er hatte Angst um sie, doch er schien genau zu wissen, wie wichtig Susannah für Alessa war – und dass sie sich nicht aufhalten lassen würde. Auch wenn sie im Augenblick nicht die geringste Ahnung hatte, wie sie an einem Schrank wie Avery vorbeikommen sollte, wenn er es darauf anlegte, sie hierzuhalten.

Avery sah Kent lange an, dann wanderte sein Blick zu Parker. »Seid ihr sicher?«

Die beiden nickten.

»Ich glaube nicht, dass Parker und ich wirklich in Gefahr sind. Wir waren lediglich zur falschen Zeit am falschen Ort. Obwohl«, sagte er mit einem Blick zu Alessa, »ich froh bin, dass wir dort waren.«

Und ich erst.

Dem blonden Agenten war deutlich anzusehen, wie wenig ihm das alles gefiel. Er verließ seinen Poker-Sessel, baute sich vor Alessa auf und musterte sie eingehend. »Wenn wir gehen

– und ich meine *falls* überhaupt –, wirst du dann auf das hören, was ich dir sage?«

Er wirkte so ernst und militärisch, dass Alessa Mühe hatte, nicht die Hacken zusammenzuschlagen und zu salutieren. Ein »Jawohl, Sir« konnte sie sich allerdings nicht verkneifen.

Grinsend warf Avery einen Blick auf seine Uhr. »Meine Ablösung müsste ohnehin bald kommen. Können wir noch so lange warten?«

Alessa schüttelte den Kopf. »Es ist Rushhour und ich habe mit Susannah vereinbart, in einer Stunde am Treffpunkt zu sein.«

»Dann sollten wir wohl besser aufbrechen.« Er bückte sich, schob das rechte Bein seiner Camouflagehosen nach oben und offenbarte den Blick auf ein Holster, in dem eine kleine Pistole steckte. Mit geübten Griffen schnallte er es ab und reichte es Parker. »Am besten lässt du es in einer Schublade verschwinden, damit die Schwester keinen Schreianfall bekommt.«

23

Im Eilschritt hetzten sie den Flur entlang und aus dem Gebäude zum Wagen. Alessa war froh, Avery an ihrer Seite zu haben. Sie wäre allein gegangen, wenn es hätte sein müssen. Nach allem, was in den letzten Tagen passiert war, fühlte sie sich so jedoch wesentlich wohler. Einen Moment lang war sie versucht, Logan anzurufen und ihm zu sagen, was sie vorhatte, da sie ihn jedoch nicht beunruhigen wollte, ließ sie das Handy stecken.

»Okay«, sagte Avery, kaum dass sie im Wagen saßen. »Wo müssen wir hin?«

»Zur Nationalgalerie.«

Er ließ den Motor an und fuhr los. Eine Weile konzentrierte er sich auf den Verkehr, ehe er seine Aufmerksamkeit wieder auf Alessa richtete. »Wie hast du Logan dazu gebracht, dir zu helfen?«

»Es war wohl eher andersherum«, sagte sie. »Er hat mich überzeugt, dass ich mir von ihm helfen lassen sollte.«

»Sprechen wir über denselben Mann?« Avery wirkte so baff, dass sie Mühe hatte, sich ein Lachen zu verkneifen.

»Er ist anders, als ihr denkt.« Ihr gegenüber war er weit weniger kühl, als er im Umgang mit seinem Team wirkte, und die Tatsache, dass er den Jungs in Aussicht gestellt hatte, einen auszugeben, war ihr Beweis genug, dass sie den wahren Logan kennengelernt hatte.

»Ich glaube eher, es liegt an dir«, meinte Avery. »Du scheinst einen guten Einfluss auf ihn zu haben.«

Das zumindest schien auf Gegenseitigkeit zu beruhen. Seit sie Logan kannte, fühlte sie sich freier und glücklicher als je zuvor. Er hatte sie aus ihrer Einsamkeit geholt und ihre Hoffnung am Leben gehalten, dass doch noch alles gut werden konnte. Allein dafür würde sie ihm ewig dankbar sein.

»Weißt du«, fuhr Avery nachdenklich fort, »bisher habe ich mir nie Gedanken über die Menschen gemacht, in denen der Dämon steckt. Ich habe immer nur diese Kreatur gesehen, aber nie, dass es ein Schicksal dahinter gibt. Auf den Gedanken, dass ihr das womöglich nicht freiwillig gemacht haben könntet, bin ich bis jetzt gar nicht gekommen.«

»Ich schätze, wenn so ein Biest vor dir steht, bleibt auch nicht viel Zeit, Fragen zu stellen.«

»Nein, eher nicht.«

Am Ziel angekommen stellte er den Wagen in der Busspur vor den Princes Street Gardens ab und legte seine Parkberechtigung deutlich sichtbar auf das Armaturenbrett.

»Praktischer geht es nicht«, grinste er. »Kein Ärger mit

Strafzetteln und Abschleppwagen. Falls ich jemals bei der Behörde aufhöre, werde ich mir so ein Teil mitnehmen.«

Im Eilschritt liefen sie die wenigen Meter die Straße hinunter, überquerten den Platz und tauchten in die Schatten des Säulengangs. Avery ging so dicht neben ihr, dass sein Arm sie bei jeder Bewegung streifte. Sein Blick war wachsam und glitt unaufhörlich von einer Seite zur anderen, als würde er den Raum scannen.

Es war bereits Nachmittag. Die Galerie würde in weniger als einer Stunde ihre Pforten schließen und viele Besucher hatten das Gebäude schon verlassen. Die meisten der übrig gebliebenen drückten sich in der Nähe der Garderobe herum, während die Gänge und Treppen nur noch spärlich bevölkert waren.

Alessa konnte es kaum erwarten, Susannah endlich zu sehen. Sie war besorgt und zugleich begierig zu erfahren, in welchen Schwierigkeiten ihre Freundin steckte.

Je näher ihre Begegnung mit Susannah rückte, desto schneller wurde Alessa. Sie hielt sich nach links und steuerte auf den Flügel zu, in dem sie sich treffen würden.

»Wenn wir in den Ausstellungsraum kommen«, sagte sie leise zu Avery, »würde ich dich bitten Abstand zu halten.« Sie wollte Susannah nicht mit Averys Erscheinen erschrecken und sie erst in Ruhe darauf vorbereiten, dass sie ab jetzt Hilfe hatten.

»Unter einer Bedingung.«

Alessa sah ihn an und wartete, dass er fortfuhr.

»Ich werde ein paar Schritte vorausgehen und erst einmal eine Runde durch den Saal drehen und mich umschauen. Wenn mich auch nur ein Gemälde falsch ansieht, sind wir draußen!«

Sie bezweifelte, dass er überhaupt Augen für eines der Bilder haben würde. »Einverstanden.«

»Gibt es weitere Türen?«

»Nein, nur den Eingang. Der Ausstellungsraum ist ziemlich weitläufig.«

Avery nickte. »Dann werde ich mich in der Nähe des Eingangs postieren, sobald ich den Laden inspiziert habe. Von dort sehe ich gleich, wer ein- und ausgeht.«

Nach wenigen Schritten standen sie am Eingangsportal. Beide Türflügel waren weit geöffnet. Avery sah sich kurz nach hinten um, ehe er an Alessa vorbeiging und mit zwei Metern Vorsprung durch den Raum marschierte, nicht ohne immer wieder einen Blick zu ihr zurückzuwerfen.

Mein Gott, wenn er könnte, würde er mich vermutlich mit einer Kette an sein Handgelenk binden. Auch wenn ihr die Sorge eines beinahe Unbekannten befremdlich erschien, wusste sie doch, warum er es tat: Logan würde ihm unter Garantie die Hölle heißmachen, wenn etwas schiefging.

Averys Vorsicht war ansteckend. Alessa erwischte sich dabei, wie sie jeden Besucher im Vorübergehen misstrauisch musterte, dabei waren die einzigen Anwesenden ein älteres Ehepaar, das sich die Gemälde bei der Tür ansah, und eine Gruppe, bestehend aus vier Männern und einer hübschen Brünetten, die vor einem der Gemälde standen, es immer wieder betrachteten und sich Notizen machten. Einer von ihnen deutete mit seinem Stift auf eine Stelle des Bildes und diskutierte angeregt mit seinen Kollegen. Ansonsten war niemand zu sehen.

Der Weg führte an einigen Raumteilern vorbei, die mit demselben roten Filz bespannt waren wie die Wände in den hinteren Teilen des Saals. Alessas Absätze klapperten bei jedem Schritt auf dem glatt polierten weißen Marmor. Je näher sie dem Treffpunkt kam, desto mehr wuchs ihre Aufregung. Avery hatte seinen Vorsprung vergrößert. Seine Runde durch den Saal war beinahe beendet und er war bereits auf dem Weg zurück zur Tür, um seinen Posten zu beziehen. In dem Moment jedoch, in dem sie Susannah sah, war ihr Beschützer vergessen.

Nur mühsam gelang es Alessa, sich zurückzuhalten und langsam auf Susannah zuzugehen, obwohl sie am liebsten gerannt wäre.

Ihr kurzes braunes Haar war strubbeliger als gewöhnlich und unter den großen, dunklen Augen lagen tiefe Schatten. Ihren schlanken Körper hatte sie unter einem grauen Wollmantel verborgen, aus dessen Taschen ein Paar Handschuhe herauslugte. Unablässig rieb sie sich mit den Fingern über den Handrücken, so heftig, dass die Haut bereits gerötet war. Als sie jedoch Alessa sah, hellte sich ihre Miene auf.

Nun wurden Alessas Schritte doch schneller. Dann fielen sich die beiden um den Hals. Susannahs Umarmung ließ den Schmerz in ihrer Schulter aufflammen, trotzdem machte sich Alessa nicht von der herzlichen Begrüßung frei.

»Ich hatte solche Angst um dich«, flüstere Alessa und drückte ihre Freundin noch fester. »Es ist so viel passiert in der Zeit, in der ich dich nicht erreichen konnte.«

Sie wollte Susannah von den Freunden erzählen, die sie gefunden hatte und die ihnen helfen wollten, als diese sich versteifte.

Den Blick über Alessas Schulter gerichtet, sagte sie leise: »Du musst von hier weg!«

Alessa glaubte sich verhört zu haben. Sie löste sich aus Susannahs Umarmung, um sie anzusehen. Susannah schien es gar nicht zu bemerken. Ihr Blick ruhte auf einer Stelle in Alessas Rücken, das Gesicht kreideweiß, die Züge zu einer Maske erstarrt.

»Es tut mir so leid. Ich habe einen Fehler gemacht«, flüsterte sie. »Bitte hau ab. Du bist in Gefahr!«

Die Worte griffen wie eine eisige Klaue nach Alessa. Von einer schrecklichen Vorahnung erfüllt drehte sie sich um, in die Richtung, in die Susannah noch immer starrte.

Das ältere Ehepaar war fort. Die vier Männer, die zuvor so hitzig mit der Frau über eines der Gemälde debattiert hatten, standen jetzt nicht mehr zusammen, sondern hatten sich im Raum verteilt, jeder von ihnen die Aufmerksamkeit auf ein anderes Werk gerichtet. Sie wirkten so entspannt und ruhig wie zuvor, mit dem einzigen Unterschied, dass sie ihre Notizbücher nicht mehr in Händen hielten. Die Frau konnte Alessa nirgendwo entdecken. Sie schien gegangen zu sein.

Ihr war bewusst, dass etwas nicht in Ordnung war, doch sosehr sie sich auch bemühte, sie konnte den Grund für Susannahs Furcht nicht entdecken.

Alessas Blick schoss zu Avery. Auch ihm war aufgefallen, dass etwas nicht stimmte. Eine Hand hatte er in die Jacke geschoben und sie zweifelte nicht daran, dass sich seine Finger bereits um den Griff seiner Waffe schlossen. Sein Blick wanderte wachsam über die Männer und richtete sich dann auf Alessa. In seinen Zügen lag dieselbe unausgesprochene Frage, die auch Alessa beschäftigte: Was ist hier faul?

Ich habe einen Fehler gemacht.

Da erst wurde ihr bewusst, dass die Männer Handschuhe trugen. Eine Falle! Susannah hatte sie in eine Falle gelockt!

»Wie konntest du das tun?« Alessa war nicht sicher, ob sie die Worte ausgesprochen oder lediglich gedacht hatte. Sie hätte Angst haben sollen, doch die Enttäuschung wog schwerer als ihre Furcht.

Ich habe dir vertraut, wollte sie rufen. Am liebsten hätte sie Susannah gepackt und so lange geschüttelt, bis sie ihr erklärte, *warum* zum Teufel sie das getan hatte.

Eine Bewegung hinter Avery zog ihre Aufmerksamkeit auf sich. In seinem Rücken kam die Frau näher und hob die Hand. Im ersten Moment dachte Alessa, die Frau halte eine Fernbedienung, dann jedoch erkannte sie das kleine Kästchen: Es war ein Elektroschocker.

»Avery!«, schrie Alessa. »Hinter dir!«

Er wirbelte herum, die Pistole schon in der Hand, doch die Frau war bereits zu nah. Sie sprang vor und presste ihm den Elektroschocker in die Seite. Das Knistern und Zischen, als der Strom in seinen Körper schoss, war durch den ganzen Raum zu hören. Klappernd fiel Averys Waffe auf den Marmor. Er ging in die Knie und versuchte sofort wieder auf die Beine zu kommen. Da presste ihm die Frau das Gerät gegen den Hals und verpasste ihm einen weiteren Stromstoß. Avery sackte zusammen und rührte sich nicht mehr.

Alessa fuhr zu Susannah herum. Sie hätte sie einfach stehen lassen sollen, doch sie wollte zumindest die Gelegenheit bekommen, Susannah nach dem *Warum* zu fragen. »Raus hier!«

Als sie sich nicht rührte, verpasste Alessa ihr einen Stoß, damit sie sich endlich in Bewegung setzte. Susannah stolperte los. Ein Donnern zerriss die Stille. Susannah taumelte nach vorne und stürzte. Blutspritzer färbten den hellen Marmor rot. Stöhnend versuchte sie sich aufzurappeln, sich mit den Händen hochzustemmen, und sackte wieder zu Boden.

»Sanna!«

Unter großer Mühe rollte sie sich auf die Seite, eine Hand auf den Bauch gepresst, wo das Blut zwischen ihren Fingern hervorsickerte. Sie sah zu Alessa auf, die sich über sie beugte, um ihr auf die Beine zu helfen.

»Lauf!«, keuchte sie.

Alessa schüttelte den Kopf. Sie konnte Susannah unmöglich zurücklassen.

Die vier Männer hatten sich über den Raum verteilt und kamen langsam näher, jeder von ihnen mit einer Pistole in der Hand. Die Frau hatte die Türen geschlossen und war davor stehen geblieben.

»Wir machen das gemeinsam.« Alessa griff nach Susannahs Arm und zog sie hoch, ohne sich darum zu scheren, dass ihre eigene Schulter unter der Belastung heftig schmerzte, oder sich zu fragen, wie schlimm Susannahs Verletzung sein mochte. Wenn sie nicht von hier fortkamen, würden sie auf jeden Fall sterben – beide. So hatten sie zumindest noch eine Chance. Alessa legte all ihre Kraft in den Griff und hatte Mühe, nicht von Susannahs Gewicht zu Boden gezogen zu werden. Susannah stand schon fast, als ein weiterer Knall ertönte, diesmal weniger laut. Ein Brennen durchzuckte Alessas Leib, so heftig, dass Susannah ihr entglitt. Als sie nach unten blickte, ragte ein rot gefiederter Pfeil aus ihrer Seite, wo die Spitze durch den Pullover in ihr Fleisch gedrungen war. So etwas hatte sie schon einmal gesehen. Tierärzte benutzten diese Art von Geschossen.

Sie packte den Pfeil, zog ihn mit einem Ruck heraus und ließ ihn fallen.

»Verschwinde! Alessa, bitte!«

Vor ihnen hatten sich die Männer aufgefächert und kamen langsam näher. Dafür, Susannah noch mal aufzuhelfen, fehlte Alessa die Kraft, und selbst wenn sie es geschafft hätte, würden sie nicht schnell genug vorankommen. Sie musste Susannah zurücklassen.

Sie haben es auf mich abgesehen, nicht auf sie.

Die Kerle würden Susannah ignorieren und sich stattdessen an Alessas Fersen heften. Wenn es ihr gelang, die Männer von hier wegzulocken, konnte Avery einen Krankenwagen rufen. Daran, dass der Elektroschock sein Herz zum Stillstand gebracht haben könnte, wagte sie nicht zu denken.

Sie fühlte sich seltsam, als hätte jemand die Welt in Watte gepackt. Ihr war ein wenig schwindlig und die Geräusche um sie herum, die Stimmen der Männer, das Klappern ihrer Schritte, Susannahs rasselnder Atem, klangen eigenartig dumpf. Nur ihr eigener Herzschlag dröhnte in ihren Ohren, als würde jemand in schnellem Rhythmus einen Vorschlaghammer gegen eine Wand dreschen. Dass sie noch stand, ließ sie hoffen. Vielleicht war es ihr gelungen, den Pfeil herauszuziehen, ehe zu viel Betäubungsmittel in ihren Blutkreislauf gelangen konnte.

Wenn sie es an den Männern vorbei aus dem Saal schaffte, konnte sie um Hilfe rufen. Womöglich würde das ausreichen, um die Seher in die Flucht zu schlagen.

Blieb nur noch die Frage, wie sie an den Typen vorbeikommen sollte.

Die Männer waren in einiger Entfernung zu Susannah und ihr stehen geblieben und schienen darauf zu warten, dass das Betäubungsmittel seine Wirkung zeigte. *Da könnt ihr lange warten.* Alessa verkniff sich ein grimmiges Grinsen und machte einen wankenden Schritt zur Seite, um die Seher in Sicherheit zu wiegen. Sie hielten noch immer ihre Waffen in Händen, doch keiner zielte auf Alessa.

Zu wissen, dass sie sie lebend wollten, machte ihr weit mehr Angst als der Gedanke an den Tod. Noch mehr Versuche. Der Isolationstank. Kälte. Einsamkeit. Alessa glaubte nicht, dass sie all das ein weiteres Mal ertragen konnte, ohne wahnsinnig zu werden.

Noch ein taumelnder Schritt.

Dann sprang sie vor.

Sie rannte auf eine Lücke zwischen den Sehern zu. Die Männer rückten näher zusammen, um ihr den Weg zu versperren, da warf sich Alessa mit Schwung zu Boden. Sie landete flach auf den Bauch und schlitterte mit ausgestreckten Armen, zwischen den Beinen der Seher hindurch, über den glatt polierten Marmor. Hände griffen nach ihr und langten ins Leere. Im Rücken der Männer angekommen sprang sie sofort wieder auf und rannte in Richtung Tür. Nur noch an der Frau vorbei, die zehn Meter vor ihr mit erhobenem Elektroschocker stand, als wolle sie Alessa durch den bloßen Anblick zur Aufgabe zwingen.

Acht Meter.

Hinter ihr kamen die Männer schnell näher. Einer hatte sie fast eingeholt. Alessa schlug einen Haken und lief jetzt seitlich zu ihnen. Ein heftiger Stich an ihrem Hals ließ sie zusammenfahren. Sie hob die Hand und spürte den Betäubungspfeil, der sich in ihr Fleisch bohrte. Fluchend griff sie noch im Laufen danach und wollte ihn herausziehen, doch diesmal saß er tiefer. Sie zerrte daran und spürte, wie ihre Haut aufriss. Dann hatte sie ihn in der Hand und ließ ihn fallen. Warmes Blut rann über ihren Hals, und die Wunde brannte bei jedem Herzschlag, als hätte jemand Salz hineingerieben.

»Gib auf!«

Sie hörte die Stimme hinter sich, doch obwohl sie kaum weiter als ein paar Meter entfernt sein konnte, klang sie weit entfernt und merkwürdig verzerrt. Alessa hastete weiter, der Tür entgegen.

Fünf Meter.

Darüber, wie sie die Frau umgehen sollte, würde sie sich Gedanken machen, sobald sie sie erreichte. Ihre Knie fühlten sich mit einem Mal an wie ein nasser Schwamm, wackelig und nachgiebig. Und mit jedem Schritt wurde es schlimmer.

Verstecken ... Hilfe holen.

Es fiel ihr zunehmend schwerer, einen vernünftigen Gedanken zu fassen, und bald würde ihr Körper ihr auch nicht mehr gehorchen. Schon jetzt hatte sie Mühe, klar zu sehen. Alles war verschwommen, als läge eine Milchglasscheibe zwischen ihr und dem Rest des Raumes. Ihr war schwindlig und schließlich knickten die Beine unter ihr ein. Alessa sackte zu Boden. Sofort versuchte sie sich wieder aufzurappeln, doch ihre Arme gaben nach und ihre Beine verweigerten den Dienst. Obwohl sie sie weder sehen noch hören konnte, wusste Alessa, dass die Männer näher kamen. Sie konnte sie *spüren.* Mit dem Mut der Verzweiflung kroch sie vorwärts, der Tür entgegen.

Drei Meter.

Zentimeter um Zentimeter schob sie sich voran und doch blieb ihr Ziel in weiter Ferne. Keiner der Männer fasste sie an. Sie standen nur da und warteten, auch wenn sie nicht hätte sagen können worauf. Es hatte etwas mit ihr zu tun. Mit ihrem Zustand.

Alessa kroch weiter.

Ihre Schulter schmerzte, ebenso wie ihr Hals, dort, wo sie den Pfeil herausgerissen hatte. Sekunden rannen zäh dahin, als sie langsam zu begreifen begann, dass es vorbei war. Sie würde es nicht schaffen. Dunkelheit schlich heran und legte sich über sie.

24

Als Logan ins Krankenhaus zurückkam, ging Buckingham vor der Tür auf und ab, den Blick wachsam auf den Gang gerichtet.

»Keine Pokerrunde heute?«, begrüßte Logan ihn.

Buckingham schüttelte den Kopf. »Die zwei sind zu zerstreut für ein vernünftiges Spiel. Sie sind so unaufmerksam, dass ich drei Runden gewonnen habe – das macht nicht mal mir Spaß!«

Logan hatte keine Ahnung, warum die beiden Seher so neben der Spur sein sollten, fürchtete jedoch, dass er es schnell genug herausfinden würde. Er bezweifelte, dass er für die Späße der beiden in Stimmung war. Seine Suche hatte nichts gebracht. Die Wohnung des Professors hatte er von oben bis unten auseinandergenommen, hatte Möbel verrückt, Böden von Schubladen und Rückwände von Schränken entfernt, unter Teppichen und sogar im Gefrierfach gesucht. Ohne Erfolg. Sichtlich war Professor Sparks ein konsequenter Mann gewesen, der meinte, was er sagte.

Nach diesem frustrierenden Nachmittag freute er sich darauf, mit Alessa nach Hause zu fahren. Obwohl er die ganzen letzten Tage mit ihr allein gewesen war, hatte er das Gefühl, dass er heute viel zu lange auf sie hatte verzichten müssen. Er konnte es kaum erwarten, sie wieder in seinen Armen zu halten und sie so bald wie möglich in seinem Bett zu haben. Der Ernst des Alltags würde sie schnell genug wieder einholen – spätestens, wenn Avery ihnen sagen konnte, ob er etwas über den PC hatte erreichen können oder ob sie in das Anwesen der Gemeinschaft würden eindringen müssen. Aber das hatte noch ein paar Stunden Zeit.

Heute wollte er sich darüber nicht den Kopf zerbrechen. Schon auf dem Weg zurück zum Krankenhaus hatte er kurz an einem Supermarkt angehalten und eine Flasche Wein sowie die nötigen Zutaten für ein gemütliches Candle-Light-Dinner besorgt. Mit Blumen und Kerzen, einem netten Tischtuch, Servietten und ein wenig Deko konnte er unmöglich falschliegen – zumindest waren das die Dinge, die er aus dem Fernsehen kannte und die seiner eigenen Vorstellung am nächsten kamen. Das alles wartete jetzt im Wagen.

In der Wohnung des Professors war ihm viel Zeit zum Nachdenken geblieben. Erstaunt hatte er festgestellt, dass er sich gar nicht mehr erinnern konnte, wie sein Leben ohne Alessa gewesen war – sich nicht mehr erinnern *wollte.* Die letzten Tage waren alles andere als einfach gewesen und trotzdem hätte er keine Sekunde davon missen wollen. Wenn das alles vorüber war, würde er sie darum bitten, bei ihm einzuziehen. Das würde zwar sein ganzes bisheriges Leben durcheinanderbringen und alles über den Haufen werfen, doch allmählich war ihm bewusst geworden, dass er nicht länger so weitermachen wollte wie bisher. Höchste Zeit, dass sich etwas veränderte!

Er nickte Buckingham zu, öffnete die Tür und betrat das Krankenzimmer. Kent saß an Parkers Bett. Den Kartentisch hatten sie zur Seite geschoben, der Fernseher war aus und die beiden blickten ihm schweigend entgegen.

»Wo ist Alessa?«

Die Seher wechselten einen unbehaglichen Blick.

»Sie musste mal kurz weg«, meinte Kent ausweichend.

Logan zog eine Augenbraue in die Höhe. »Jede Antwort, die nicht sagt, dass sie sich nur einen Kaffee vom Automaten holt oder mal eben aufs Klo musste, wird bei mir nicht auf Begeisterung stoßen.«

»Dann wechseln wir lieber das Thema.«

»Kent!«, schnappte Logan. »Treib keine Spielchen mit mir! Wo ist sie?«

Kent seufzte schicksalsergeben. »Sie hat einen Anruf von ihrer Freundin bekommen und wollte sich mit ihr treffen.«

»Susannah?« Logan glaubte sich verhört zu haben, doch Kent nickte. »Wo treffen sie sich?«

»Hat sie nicht gesagt«, meinte Parker. »Aber du brauchst dir keine Sorgen machen, Avery ist bei ihr.«

Das war immerhin etwas. Trotzdem hatte er kein gutes Gefühl dabei. Vermutlich hatten sie sich in der Nationalgalerie verabredet, dort, wo Alessa sich schon an dem Abend mit Susannah treffen wollte, an dem der Maskierte sie das erste Mal angegriffen hatte.

»Wie lange sind sie schon weg?«

Parker warf einen Blick auf die Uhr. »Eine halbe Stunde.«

Das war nicht allzu viel Vorsprung. Er machte kehrt und stürmte aus dem Zimmer, den Gang entlang. Den Aufzug ließ er links liegen, rannte die Treppen hinunter und raus auf den Parkplatz. Kurz darauf war er auf dem Weg in die Innenstadt. Auf der Princes Street entdeckte er Averys Wagen auf der Busspur. Er parkte den Defender dahinter und lief zur Galerie.

Auf dem Vorplatz standen zwei Krankenwagen und ein Polizeiwagen. Alle mit eingeschaltetem Blaulicht, dessen Lichtreflexe sich kalt von der hellen Fassade der Nationalgalerie abhoben.

Beim Anblick der Rettungswagen zogen sich Logans Eingeweide zu einem schmerzhaften Klumpen zusammen. Er stürmte über den Säulengang in die Galerie, bog nach links und lief in den Ausstellungsraum, in den er Alessa schon einmal gefolgt war. Den Blick fieberhaft nach allen Seiten ausgerichtet durchquerte er den Raum, auf der Suche nach Alessa. Im hinteren Teil blieben seine Augen an einer Blutlache hängen, die sich wie ein kleiner Teich über den weißen Marmor ausgebreitet hatte. Von Alessa keine Spur. Ebenso wenig von Avery.

Dann sah er die Sanitäter und hielt abrupt inne. Die beiden Männer standen an einer Bahre, einer hielt einen Infusionsbeutel in die Höhe, von dem ein Schlauch nach unten hing, um zwischen den Männern zu verschwinden. Der andere stand mit dem Rücken zu Logan und versperrte ihm den Blick auf die Bahre.

»Sie wird es nicht schaffen«, hörte er einen der Männer sagen.

Der andere nickte. »Wir werden es trotzdem versuchen.«

Die Worte brachten seinen Herzschlag aus dem Takt. *Lass es nicht Alessa sein!*

Mit angehaltenem Atem umrundete er die Trage, bis er freie Sicht hatte … und in die Züge einer Fremden blickte. Doch beim Anblick der Frau mit dem kurzen Haar wollte sich keine Erleichterung einstellen. Auch wenn er ihr noch nie persönlich begegnet war und die Atemmaske, die ihr der Notarzt über Mund und Nase gelegt hatte, einen Teil ihres bleichen Gesichts verdeckte, erkannte Logan sie sofort: Susannah Hensleigh.

Er sah sich um. Wo war Alessa? Sollte sie nicht an der Seite ihrer Freundin sein?

Nicht, wenn jemand sie davon abhält.

»Bringen wir sie raus«, hörte er einen der Sanitäter sagen.

Logan trat zu den Männern, zog seine Marke aus der Jackentasche und hielt sie vor ihnen in die Höhe. »Agent Drake, von der Behörde.« Der gewohnt geschäftsmäßige Ton half ihm nicht, vor Sorge durchzudrehen und sich auf das Wesentliche zu konzentrieren – herauszufinden, was geschehen war, und Alessa zu finden. »Ich muss mit dieser Frau sprechen.«

Der Mann, der den Infusionsbeutel hielt, warf einen Blick auf den kleinen Monitor, der neben Susannah auf der Bahre lag und ihre Herzfrequenz anzeigte. »Diese Frau muss sofort ins Krankenhaus!«

Unter anderen Umständen hätte Logan vermutlich nachgegeben und gewartet, bis die Patientin wieder ansprechbar war, doch Susannah war die Einzige, die womöglich wusste, was Alessa zugestoßen war.

»Es ist dringend!«

Der Mann machte einen Schritt zur Seite. Als Logan an die Bahre trat, war ihm klar, warum der Sanitäter ihn gewähren ließ. Susannahs Blick war unstet und verschleiert, ihr Körper wurde von Krämpfen geschüttelt und die Linie auf dem EKG war weit flacher, als sie sein sollte, Puls und Blutdruck viel zu niedrig. Sie würde es nicht bis ins Krankenhaus schaffen.

»Susannah, können Sie mich hören?«

Ihr Blick richtete sich auf ihn, versuchte ihn zu erfassen, doch Logan bezweifelte, dass sie ihn wirklich sah. Er konnte nur hoffen, dass sie ihn verstanden hatte.

»Wo ist sie? Wo ist Alessa?«

Schweigen folgte auf seine Frage, ehe Susannah unter unendlichen Mühen zum Sprechen ansetzte. Die Atemmaske verschlang ihre ersten Worte. Mit einem schnellen Griff zog Logan sie zur Seite.

»Sie haben sie«, stieß Susannah so leise hervor, dass er sich dicht über sie beugen musste, um sie zu verstehen. »Lassen Sie nicht zu … keine weiteren Experimente … sonst ist … sie … tot …« Sie rang um Luft. Rasch legte Logan ihr die Maske wieder über Mund und Nase und ließ sie zwei Atemzüge tun, ehe er sie wieder wegnahm. »Holen Sie sie zurück«, keuchte Susannah. »Sagen Sie ihr, dass es mir … habe das nicht gewollt.«

Sie schloss die Augen und Logan dachte schon, sie würde nichts mehr sagen, als sie sie noch einmal öffnete. »Sie wollten mir mein Leben zurückgeben, wenn ich …«

»Wenn Sie Alessa dafür ans Messer liefern«, vollendete Logan ihren Satz grimmig.

Susannah hörte ihn nicht mehr. Ihr Kopf fiel zur Seite und aus dem Monitor erklang ein Dauerpiepton.

Nulllinie.

Einer der Sanitäter schob Logan zur Seite. »Defi!«

Sofort war sein Kollege mit dem Defibrillator zur Stelle. Logan wich zurück, um den Männern nicht weiter im Weg zu stehen. Er hatte erfahren, was er wissen musste. Seine schlimmsten Befürchtungen hatten sich bewahrheitet.

Logan hörte das schrille Summen des sich aufladenden Defibrillators, gefolgt von einem dumpfen Schlag, als das Gerät seine Ladung abgab.

Stille folgte, lediglich unterbrochen vom Dauerpiepton der Nulllinie.

»Nichts«, rief einer der Sanitäter. »Noch mal!«

Einen Moment noch stand Logan da und beobachtete die verzweifelten Bemühungen der Einsatzkräfte, die Frau, die einmal Alessas Freundin gewesen war, ins Leben zurückzuholen, ehe er sich abwandte und nach draußen eilte.

Sie haben sie.

Sie.

Die Gemeinschaft.

Bis zu einem gewissen Grad konnte er sogar verstehen, warum Susannah sich auf den Handel eingelassen hatte. Sie hatte gehofft ihr Leben zurückzubekommen und ihre verzweifelte Hoffnung mit dem Leben bezahlt.

Jetzt lag es an ihm, zu verhindern, dass Alessa diesen Preis ebenfalls bezahlen musste.

Er stürmte durch das Foyer, an der Garderobe vorbei, auf den Säulengang zu. Draußen fiel sein Blick auf die beiden Krankenwagen, die mit offenen Türen dastanden. Das eine Fahrzeug war verlassen, die Bahre fehlte. Auf der Ladekante des zweiten Wagens saß Avery. Ein Ärmel seines Pullovers war hochgeschoben und um seinen Arm lag eine Blutdruckmanschette. Eine Sanitäterin blickte auf ein kleines Display, das das Ergebnis der Messung anzeigte. Als Logan näher kam, löste sie mit einem lauten Ratsch den Klettverschluss der Manschette. Kaum hatte sie sie zur Seite gelegt, leuchtete sie schon mit einer kleinen Stablampe in Averys Augen und begutachtete seine Pupillen.

Mit einem Nicken verstaute sie die Lampe in ihrer Tasche und hob den Finger vor Averys Nase. »Folgen Sie meinem Finger.«

Averys Blick folgte der Bewegung ihres Fingers – bis zu dem Moment, in dem er Logan entdeckte.

Den Protest der Sanitäterin ignorierend stand er auf und ging an ihr vorbei, Logan entgegen. Der taxierte ihn mit einem raschen Blick. Averys Schritte wirkten unsicher und seine Hände zitterten, doch er schien keine äußerlichen Verletzungen zu haben. Obwohl alles in Logan drängte, sich auf die Suche nach Alessa zu machen, ging er erst zu seinem Mitarbeiter.

»Was haben die mit dir angestellt?«

»Elektroschocker.« Avery schnaubte. »Ich hätte sie kommen sehen müssen! Dieses Miststück hat sich von hinten an mich herangeschlichen und ich hab es nicht einmal gemerkt!«

»Mr Avery.« Mit missbilligender Miene trat die Sanitäterin neben ihn und griff nach seinem Arm, um ihn zum Krankenwagen zurückzuführen. Davon, dass er doppelt so breit und mehr als einen Kopf größer war als sie selbst, ließ sie sich nicht abschrecken. »Sie sollten hier nicht herumlaufen, ehe wir nicht ausgiebig Ihre Vitalfunktionen gecheckt haben. Wir müssen Sie ins Krankenhaus bringen.«

Avery streifte ihre Hand ab. »Dafür habe ich jetzt keine Zeit.« Als er seine Aufmerksamkeit erneut auf Logan richtete, schüttelte er hilflos den Kopf. »Es tut mir leid, Boss. Ich hab's verbockt.«

Es wäre leicht gewesen, Avery die Schuld zu geben, doch so einfach war es nicht. Logan kannte den blonden Hünen gut genug, um zu wissen, dass ihn jemand überrumpelt haben musste. Andernfalls hätte er nicht zugelassen, dass sie Alessa mitnahmen.

»Ich hätte sie gar nicht aus dem Haus lassen dürfen.« Ebenso gut wusste er, dass er sie nicht ewig hätte einsperren können. Früher oder später wäre sie ihnen in die Hände gefallen, das hätte auch er nicht verhindern können. Jetzt war es geschehen, obwohl er ihr sein Wort gegeben hatte, sie zu beschützen.

»Fahren wir in die Zentrale und mobilisieren die Jungs.«

Logan schüttelte den Kopf. »Du fährst mit den Notärzten ins Krankenhaus und lässt dich durchchecken.« Er wandte sich an die Sanitäterin. »Stellen Sie sicher, dass auch wirklich alles in Ordnung ist, bevor Sie ihn wieder in die freie Wildbahn entlassen.«

Dann machte er kehrt.

»Was hast du vor, Boss?«

Logan wandte sich noch einmal um. »Ich hole Alessa zurück.«

25

Der Motor des Defenders heulte auf, als Logan den Wagen von der Busspur lenkte und durch den Verkehr auf der Princes Street jagte. Obwohl alles in ihm danach schrie, das Gaspedal durchzutreten, zwang er sich, die Geschwindigkeitsbegrenzung einzuhalten. Das Letzte, was er jetzt brauchen konnte, waren ein paar übereifrige Streifenpolizisten, die ihn aufhielten und sich erst beim Anblick seiner Dienstmarke dazu bewegen lassen würden, ihn weiterfahren zu lassen, das Ganze gepaart mit einer Flut von Ermahnungen, sich an die Regeln zu halten. Dafür würde seine Geduld nicht ausreichen.

Bei der ersten Gelegenheit wendete er den Wagen und folgte der Straße nach Westen bis zur Queensferry Street. Ab da führte ihn sein Weg nach Norden. In einer endlosen graubraunen Front aus Backsteinen zogen die georgianischen Häuser an ihm vorbei, ohne dass er hätte sagen können, wo das eine endete und das nächste begann.

Am Raeburn Place, keine zwei Kilometer vom Anwesen der Gemeinschaft entfernt, öffnete sich die Häuserfront zu seiner Rechten zu einer engen Durchfahrt. Er setzte den Blinker und verließ die Hauptstraße. Im Schatten der beiden Häuserseiten, die grau in den gewittrigen Himmel ragten, lenkte er den Defender an den Straßenrand und stieg aus.

Vor ihm verbreiterte sich die Straße zu einem gepflasterten Innenhof, der zu allen Seiten von winzigen zweistöckigen Häusern umgeben war. Nur vor einem der Gebäude parkte ein Auto. Sonst war niemand zu sehen.

Er ging zum Kofferraum, öffnete ihn und hob die Bodenabdeckung an. Dort, wo früher einmal das Reserverad gewesen war, hatte er eine Stahlbox eingebaut und mit einem Vorhängeschloss gesichert. Sein Schlüsselbund klirrte leise, als er nach dem passenden Schlüssel griff und das Schloss öffnete. In der Box lagen eine SIG und mehrere Magazine.

Mit einem raschen Blick vergewisserte sich Logan, dass ihn niemand beobachtete, dann zog er seine Lederjacke aus, nahm das Schulterholster ab und schlüpfte aus dem Pullover. Er zog die Kevlarweste aus einem Netz an der Kofferraumseite, legte sie über seinem T-Shirt an und schloss die Klettverschlüsse, ehe er seinen Rollkragenpullover wieder darüberstreifte, sich das Schulterholster umschnallte und schließlich die Jacke anzog.

Er nahm die Pistole aus der Kiste, lud sie und schob sie hinten in den Hosenbund, die restlichen Magazine verteilte er auf Hosen- und Jackentaschen.

In der Gewissheit, so gut vorbereitet zu sein, wie es angesichts der Umstände möglich war, setzte er sich wieder hinter das Lenkrad, zog das Handy aus der Tasche und wählte Jackies Nummer. Ungeduldig zählte er jeden Ton des Freizeichens, bis endlich das erlösende »Hallo?« kam.

»Jackie, hier ist Logan.« Es fiel ihm schwer, den Zorn aus seiner Stimme zu bannen, der seit Susannahs Verrat in ihm brodelte. »Ich bin auf dem Weg zum Anwesen, um mit Devon zu sprechen.« Was nicht einmal gelogen war, auch wenn *sprechen* in diesem Fall vielleicht ein dehnbarer Begriff sein mochte. »Kannst du mich am Tor anmelden, damit ich durchkomme?«

Er hätte die Torwachen mit Waffengewalt zwingen können, ihn einzulassen, besser war es jedoch, die Seher bemerkten erst, dass er nicht zu einem Plausch aufgelegt war, wenn er bereits drinnen war. Je weiter er kam, ohne dass sich ihm jemand in den Weg stellte, umso besser – aufhalten lassen würde er sich heute von niemandem.

»Devon ist in einer Besprechung.«

»Dann werde ich warten«, behauptete er.

»Die Zeit könnten wir nutzen, indem du mir zum Beispiel

etwas darüber erzählst, was ich heute Morgen gesehen habe«, schlug Jackie vor.

Alessa!

Seine Finger klammerten sich um den Blackberry, bis das Gehäuse knirschte. Er wagte nicht, sich auszumalen, durch welche Hölle Alessa gerade ging, allein und zurück an dem Ort, an den sie niemals wieder hatte gehen wollen. Die bloße Vorstellung, dass diese Monster im Kittel von Ärzten und Wissenschaftlern sie zu weiteren Experimenten missbrauchen wollten, trieb ihn fast zur Raserei.

»Logan?«, hakte Jackie nach.

Er zwang sich durchzuatmen und seinen Griff um das Handy zu lockern. »Meinetwegen.«

»Ich gebe am Tor Bescheid. Wie lange brauchst du?«

»Ein paar Minuten.«

»Alles klar.« Nach einer kurzen Pause sagte sie: »Ich bin froh, dass du mit mir sprechen willst.«

Logan beendete die Verbindung, schaltete das Handy ab und startete den Motor. Beinahe tat es ihm leid, dass er seine Schwägerin angelogen hatte. Ihre Sorge um Alessa schien aufrichtig zu sein – ganz im Gegensatz zu der ihres Mannes.

Wir wollen ihnen helfen, hatte Devon damals in Roberts' Büro gesagt.

»Einen Dreck willst du«, schnaubte Logan. »Du verlogener Arsch!«

Er wendete den Wagen und lenkte ihn zurück auf die Hauptstraße. Er hätte in die Zentrale fahren und die Männer zur Verstärkung zusammentrommeln können, doch bis zum Ende des Tages würde er gegen eine ganze Liste an Gesetzen verstoßen haben. Logan war bereit, die Strafe dafür auf sich zu nehmen, solange es ihm Alessa zurückbrachte, seine Männer jedoch wollte er aus der Sache heraushalten. Sein Team musste weiterhin für die Behörde einsatzbereit sein, auch dann, wenn er es nicht mehr sein konnte.

Während der letzten Tage hatte er einen Eindruck davon bekommen, wie es sein könnte, sein Leben mit jemandem zu teilen. Wenn er daran zurückdachte, waren es nicht die Momente voller Angst und Sorge, an die er sich zuerst erinnerte, sondern die Augenblicke der Zweisamkeit, in denen sie einander geliebt, miteinander geredet oder sich einfach nur im Arm gehalten hatten. Um nichts in der Welt wollte er dieses Gefühl von Geborgenheit und Zugehörigkeit missen, nachdem er es so intensiv erfahren hatte. Die Gemeinschaft hatte sein Leben einmal zerstört. Ein zweites Mal würde er es nicht zulassen.

Jetzt trat er das Gaspedal doch durch. Der Defender schoss die Straße entlang. Logan lenkte ihn durch den Verkehr, überholte langsamere Fahrzeuge in einem ungeduldigen Zickzackkurs und presste seinen Fuß nur noch fester auf das Pedal. Er passierte den Inverleith Park, bis er die ersten Ausläufer des Anwesens erreichte. Hohe Mauern umgaben ein weitläufiges Grundstück, innerhalb dessen sich das gewaltige Gebäude erstreckte, ein riesiges Herrenhaus, gesäumt von unzähligen Anbauten und einzelnen Gebäuden, alle in einigem Abstand zu den Mauern errichtet, was das Gelände für die Wachen überschaubar und gut einsehbar machte.

Als das schwere schmiedeeiserne Tor in Sicht kam, nahm Logan den Fuß vom Gas, bog in die Einfahrt und hielt vor dem Tor. Er ließ das Fenster herunter und betätigte den Knopf an der Gegensprechanlage, die in einen Pfosten am Rande der Ausfahrt eingelassen war.

Es dauerte eine Weile, ehe sich jemand meldete, Logan musste dreimal klingeln und hatte Mühe, nicht Sturm zu läuten.

»Ja?«, knisterte schließlich eine blecherne Stimme aus dem Lautsprecher.

»Logan Drake von der Behörde«, identifizierte er sich, seinen Nachnamen betonend. »Ich werde erwartet.«

»Moment.« Im Hintergrund vernahm er ein Rascheln, vermutlich die Liste mit den angemeldeten Besuchern. »Ja, hier steht es. Fahren Sie bis zum Haus hoch und benutzen sie das große Portal. Dahinter finden Sie den Empfang. Melden Sie sich dort.«

Ein tiefer Summton ließ den Lautsprecher vibrieren, dann öffnete sich das Tor automatisch. Jetzt, da Logan fast am Ziel war, ging ihm alles viel zu langsam. Es kostete ihn ebenso viel Mühe, seine Finger von der SIG zu lassen, wie er sich beherrschen musste, nicht das Gaspedal bis zum Boden durchzutreten und das Tor in voller Fahrt niederzuwalzen. Ungeduldig beobachtete er, wie die schweren Eisenflügel über den Boden schwebten und sich Zoll um Zoll öffneten. Sobald die Lücke groß genug für den Defender war, legte er den Gang ein und fuhr die Auffahrt bis zum Haus hinauf. Die Reifen wirbelten Staub auf, der aus dem Kies in die Luft stieg und das Tor samt Wachhaus im Rückspiegel hinter dichten Staubwolken verschwinden ließ.

Vor ihm wuchs das Haupthaus in die Höhe, ein gewaltiger Bau aus rotem Backstein mit weiß abgesetzten Kanten und Ornamenten, gegen den selbst das sonst so imposante Hauptquartier, in dem Logans Team untergebracht war, klein und unscheinbar wirkte. Das Gebäude mit all seinen Anbauten erstreckte sich beinahe über die gesamte Breite des Anwesens, was gut und gerne dreihundert Meter sein mochten, und Logan konnte nur vermuten, wie weit es nach hinten in das Grundstück ragte und wie viele weitere Bauten sich dort noch verbargen.

Fünf Stockwerke, mit einem zum Teil flachen, von einem Geländer umgebenen Dach, auf dem unzählige kantige Schornsteine in die Höhe ragten. Auf Mauervorsprüngen unter dem Dach und über den eckigen Erkern kauerten Wasserspeier, die erschreckende Ähnlichkeit mit dem Dämon hatten, der sich über Alessa gebeugt hatte.

Hinter den hohen Fenstern verbargen sich Wohnungen,

Büros und Gemeinschaftseinrichtungen. Hunderte von Leuten lebten hier, zum Teil mit ihren Familien, zum Teil allein. Jene, die mehr Platz benötigten, als ihnen die Apartments innerhalb des Hauses bieten konnten, waren nach Fensmore gezogen, wo sie, abgeschirmt von der menschlichen Gesellschaft, untereinanderbleiben konnten.

In all den Jahren hatte er das Anwesen bisher nur von außen gesehen und er bezweifelte, dass er heute einen Rundgang machen würde. Logan wendete den Defender vor dem Haus und parkte ihn, nahe dem Eingangsportal, mit der Front in Richtung Ausfahrt.

Normalerweise hätte er sich die Zeit genommen, sein Vorgehen sorgfältiger zu planen, doch die Umstände waren alles andere als normal. Für das, was er vorhatte, gab es ohnehin nur einen Weg.

Er ließ den Zündschlüssel stecken und stieg aus. Mit zwei schnellen Griffen vergewisserte er sich noch einmal rasch vom Sitz seiner Waffen und zog die Jacke zurecht, sodass niemand die Pistolen sehen konnte. Dann ging er auf das imposante Eingangsportal zu, das unter einem gemauerten Vordach aus weißem Stein lag. Er stieg die Stufen hinauf. Einer der Türflügel stand offen. Dahinter lag eine weitläufige Eingangshalle, deren heller Marmorboden im Licht eines Kronleuchters schimmerte. Zu seiner Linken führte eine breite Holztreppe nach oben und auf der rechten Seite lag der Empfangstresen, von dem der Wachmann gesprochen hatte.

Logan hielt darauf zu, als ein Knarren seine Aufmerksamkeit auf die Treppe lenkte. Jackie kam die Stufen heruntergelaufen. Sie sah ihn an und lächelte. Kaum lagen die letzten Stufen hinter ihr, eilte sie auf Logan zu und umarmte ihn zur Begrüßung. Weich strich das Leder ihrer Handschuhe über seinen Hals. Er unterdrückte den Impuls, seine Schwägerin von sich zu schieben, und erwiderte ihre Umarmung kurz, ehe er zurücktrat.

»Ich bin froh, dass du dich entschlossen hast, mit mir zu sprechen«, sagte sie so leise, dass die Frau hinter dem Empfangstresen sie nicht hören konnte. »Als ich Alessa gesehen habe ... Du kannst dir gar nicht vorstellen, wie sehr ich mich gefreut habe!«

Zu seinem eigenen Erstaunen glaubte Logan ihr. Was für ein hässliches Spiel ihr Mann auch trieb, Jackie wusste nichts davon.

»Wo ist Devon?«

Das Lächeln auf ihrem Gesicht erstarrte.

Logan unterdrückte einen Fluch. Wenn er ihr nicht sofort eine Knarre an den Kopf halten wollte, musste er sich zusammenreißen. »Wir könnten vor seiner Tür warten, bis er fertig ist.«

»Lass uns lieber in unsere Wohnung gehen«, meinte sie. »Dann können wir uns in Ruhe unterhalten, und wenn Devon aus seiner Besprechung kommt, kannst du mit ihm reden. Möchtest du vielleicht mit uns zu Abend essen?«

»Danke«, wehrte er ab und schob sie auf die Treppe zu, wo sie vom Empfang aus nicht mehr gesehen werden konnten, »aber ich möchte lieber vor dem Besprechungsraum warten.«

»Das ist keine gute Idee. Jemand könnte uns hören.«

»Jackie, ich fürchte, du hast mich nicht verstanden. Das war keine Bitte.«

Sie starrte ihn aus zusammengekniffenen Augen an, als versuche sie herauszufinden, ob er scherzte, doch Logan war alles andere als zum Scherzen zumute.

»Was ist los?«, bohrte sie weiter. »Stimmt etwas nicht?«

Er war jetzt vollkommen ruhig, bereit zu tun, was getan werden musste. »Es ist alles in Ordnung, wenn du mich zum Ratssaal bringst.«

Jackie schüttelte langsam den Kopf. »Nein, das werde ich nicht tun. Mit dir stimmt doch etwas nicht und ich werde nicht ...« Ihre Worte endeten in einem spitzen Schrei, als

Logan sie packte und an sich zog. Ein schneller Griff, dann hatte er die SIG in der Hand und drückte Jackie den Lauf in die Seite, ohne die Sicherung zu lösen. Er hatte nicht vor, sie zu erschießen, und hoffte, dass es genügen würde, ihr einen gehörigen Schrecken einzujagen.

So viel zu meinem Plan, unauffällig zu bleiben.

»Logan!«

»Halt den Mund«, zischte er und verstärkte den Druck des Laufes. »Bring mich zu Devon!«

»Bitte nimm die Waffe weg.« Ihre Stimme bebte, doch äußerlich wirkte sie vollkommen ruhig. »Ich weiß, dass du mir nichts antun willst.«

»Du solltest besser tun, was ich sage«, erwiderte er so kalt, dass sie sich unter seinem Griff versteifte. Sichtlich hatte sie begriffen, dass er keine Witze machte. Da ihm eine völlig verängstigte Geisel jedoch nur im Weg sein würde, zwang er sich ruhig zu bleiben. »Ich mag dich, Jackie, und es macht mir keinen Spaß, dich zu bedrohen, aber mir bleibt keine andere Wahl. Und jetzt lass uns gehen.«

»Entschuldigen kannst du dich später – wenn du nicht länger mit deiner Knarre auf mich zielst«, knurrte sie. »Wir müssen die Treppen rauf, in den ersten Stock.«

Logan legte einen Arm um ihre Schultern, die Hand mit der Waffe hielt er im Schutz seiner Jacke weiter in ihre Seite gedrückt. Jemandem, der ihnen auf dem Gang begegnete, mochten sie wie zwei alte Freunde erscheinen, die sich freuten einander wiederzusehen – zumindest solange man ihnen nicht zu genau ins Gesicht sah. Jackies Miene war noch immer versteinert, zugleich strahlte sie eine Ruhe aus, die Logan nur bewundern konnte. Wenn sie sich vor ihm fürchtete, ließ sie es sich zumindest nicht anmerken.

Im ersten Stock angekommen folgten sie einem breiten, verlassenen Gang. Die Absätze von Jackies Pumps klapperten bei jedem Schritt vernehmlich, das einzige Geräusch, das die Stille durchbrach. Sie führte ihn an einer Flut von Türen vorbei, neben denen Stühle oder Bänke für Wartende bereitstanden.

»Was ist das hier?«

»Unsere Verwaltung.«

»Warum ist niemand auf dem Gang?« Immer wieder schoss sein Blick voraus, glitt über Türen und Wände, auf der Suche nach einem Hinterhalt. Womöglich hatte die Frau am Empfang mitbekommen, wie er Jackie bedroht hatte, und Alarm geschlagen.

»Es ist Abend. Die meisten sind sicher längst zu Hause.«

Seit er an der Nationalgalerie angekommen war, hatte er nicht mehr auf die Zeit geachtet. Mittlerweile musste es nach fünf sein. Das erklärte zumindest die Ruhe und besänftigte sein Misstrauen ein wenig.

»Ist Devons Büro auch hier?«

Sie schüttelte den Kopf.

Ein paar Schritte legten sie schweigend zurück, ehe Jackie ihn ansah.

»Logan, was zum Teufel ist los?«, versuchte sie es noch einmal. »Hat das etwas damit zu tun, dass ich Alessa gesehen habe?«

Logan sagte nichts.

»Komm schon, rede mit mir!«

Er vertraute seiner Schwägerin, das wurde ihm mit jedem weiteren Schritt ein wenig mehr bewusst, doch mit ihr zu sprechen würde nichts ändern. Sie würde ihm nicht glauben und ihm dieselben Lügen erzählen, die schon Devon ihm aufgetischt hatte. Nur wusste sie eben nicht, dass es Lügen waren.

Schweigend zog er sie weiter.

Schließlich machte der Gang einen Knick nach links und endete vor einem doppelflügeligen Portal. »Hier tagt der Rat.« Jackie blieb vor der Tür stehen, hinter der gedämpfte Stimmen zu hören waren, und drehte sich zu Logan herum. »Was hast du jetzt vor? Willst du hineingehen und sie alle erschießen? Aus einem Grund, den ich nicht einmal kenne?«

»Das hängt von deinem Mann ab.«

»Logan«, flehte sie. »Bitte sprich mit mir! Sag mir, was los ist. Ich verspreche dir, wir können einen Weg –«

»Sei still!«

Jetzt war ihr die Angst wirklich anzusehen. Tränen schimmerten in ihren Augen, doch Logan kümmerte es nicht mehr. Warum sollte es ihr besser gehen als Alessa? »Was erwartet mich da drinnen? Und ich warne dich: keine Lügen!«

»Fünf Ratsmitglieder einschließlich Devon«, presste sie hervor.

»Wachen?«

»Das ist kein Hochsicherheitstrakt.«

»Alarmknöpfe?«

»Mehrere – an den Wänden und unter dem Tisch.«

Sollten sie nur versuchen Alarm auszulösen. Es würde ihnen nicht helfen. »Also gut, wir gehen jetzt da hinein. Verhalte dich ruhig und mach keine Dummheiten, dann wird dir auch nichts passieren.«

Ehe sie etwas erwidern konnte, packte er sie mit der einen Hand beim Arm und hielt ihr mit der anderen die Waffe deutlich sichtbar an den Kopf. »Mach die Tür auf!«

Ihre Hand zitterte, als sie sie nach der Klinke ausstreckte. Sie zögerte kurz, dann drückte sie die Klinke herab und stieß die Tür auf. Ein dicker roter Teppich dämpfte jeden Schritt, als er Jackie vor sich in den Raum schob. Fünf Männer saßen um einen langen Tisch aus poliertem Eichenholz. Sie waren in eine hitzige Debatte vertieft und bemerkten nicht einmal, dass sie nicht mehr allein waren. Das gab Logan kostbare Augenblicke, die er nutzte, um sich einen Überblick zu verschaffen. Abgesehen von der langen Tafel im Zentrum und den mit rotbraunem Leder überzogenen Stühlen drum herum fand sich in einer Ecke zu seiner Rechten ein kleiner runder Tisch, zu dessen Seiten zwei verwaiste Sessel standen. An der Wand, die dahinter zum Fenster führte, reihten sich einige Bücherregale an eine Anrichte, auf der Wasserflaschen und Gläser standen.

Die Wand zu seiner Linken war frei, lediglich eine Tür durchbrach das eintönige Weiß des Rauputzes. Auf der gegenüberliegenden Seite, hinter dem Tisch, zog sich eine lange Fensterfront von rechts nach links, jedes der hohen Fenster von schweren Samtgardinen flankiert, deren Rotton zum Teppich passte.

Logans Aufmerksamkeit kehrte an den Tisch zurück. Die fünf Männer hatten sich an einem Ende zusammengesetzt, um sich zu beraten. Vor ihnen standen Gläser, mehrere kleine Wasserflaschen und Teller mit Gebäck, die jedoch unangetastet aussahen. Keine sichtbaren Waffen.

Logan trat lautstark die Tür hinter sich zu und schob Jackie vor sich her, weiter in die Mitte des Raumes. Das Gespräch verstummte schlagartig. Die Köpfe der fünf Männer fuhren herum.

Zu spät bemerkte Logan, dass der Älteste im Raum, ein grauhaariger Mann, die Hand unter dem Tisch hatte. »Hände auf den Tisch, wo ich sie sehen kann!«

»Die Wachen sind bereits alarmiert.« Der Alte legte seine Hände flach auf die Tischplatte. Er war so hager, dass die Falten in seinem Gesicht und auf den Handrücken wie zerknülltes Papier aussahen. »Legen Sie die Waffe weg, bevor es ein Blutbad gibt.«

Jetzt gibt es kein Zurück mehr. Er hatte es begonnen – er musste es auch zu Ende bringen.

»Mein Gott, Logan!« Devons Blick hing an seiner Frau; die Blicke, die die beiden tauschten, waren von einer Intensität, dass Logan sich unwillkürlich fragte, ob sie sich in Gedanken miteinander verständigten oder ob es lediglich Liebe und

Sorge waren, deren sie sich mit ihren Blicken versicherten. »Was ist in dich gefahren? Lass Jackie los!«

»Deine Frau im Tausch gegen meine.«

Devon blinzelte. »Wovon sprichst du?« Er schob seinen Stuhl zurück und stand ganz langsam auf.

»Bleib, wo du bist!«

Doch sein Bruder dachte nicht daran. Er hob lediglich die Hände, sodass Logan seine offenen Handflächen sehen konnte. »Ich bin unbewaffnet«, sagte er ruhig. »Ich komme jetzt um den Tisch herum und dann reden wir.«

»Es gibt nichts zu reden«, erwiderte Logan kalt. »Gib mir Alessa zurück und ihr seid mich los. Andernfalls …«

Jackie keuchte erschrocken auf, als er sie näher zu sich heranzog und ihr den Lauf der Pistole in die Seite drückte.

»Nein!«, rief Devon und offenbarte zum ersten Mal einen Blick hinter seine Selbstbeherrschung, wo nichts anderes als die nackte Angst um seine Frau zu sehen war. Dieselbe Angst, die Logan hierhergetrieben hatte. »Mach keine Dummheiten!«

»Ihr seid diejenigen, die die Dummheiten macht«, fuhr Logan ihn an. »Eure Experimente, die Bereitschaft, Menschenleben zu opfern aus eurer gnadenlosen Gier heraus, besser und mächtiger zu werden, kosten die Leben Unschuldiger! Wie viele sollen es noch werden? Sag mir das! Wann hört ihr auf? Wenn ihr die Dämonen kontrollieren könnt? Oder ist das erst der Anfang? Ihr werdet immer weiterforschen aus dem unbezwingbaren Drang heraus, noch stärker zu werden. Die Leben, die ihr dabei auf dem Gewissen habt, interessieren euch einen Dreck! Aber damit ist jetzt Schluss! Ein für alle Mal.«

Devon war stehen geblieben, die Hände noch immer halb erhoben. Die übrigen vier Ratsmitglieder hatten sich hinter den Tisch zurückgezogen. Obwohl Logan nicht mit der Waffe auf die Männer zielte, wagte keiner sich zu bewegen. »Wovon zum Teufel sprichst du?«

»Davon, dass du mich angelogen hast.« Logans Stimme troff vor Hass und Abscheu. »Du wolltest mich für dein beschissenes Spiel benutzen. Wir sollten dir deine Versuchskaninchen zurückbringen, damit ihr weitermachen könnt. Noch mehr Leben zerstören.«

In seinem Rücken hörte er gedämpfte Schritte, begleitet von Stimmen. Die Wachen hatten den Gang erreicht. Logan drehte sich nicht um, auch dann nicht, als hinter ihm die Tür aufflog und jemand »Waffe fallen lassen!« brüllte. Er verstärkte lediglich seinen Griff um Jackies Arm und sah Devon fest in die Augen.

Mach jetzt keinen Quatsch, Bruder!

Jackie zitterte. Ein dünner Schweißfilm schimmerte auf ihrer Stirn. Logan hoffte, dass sie ihm nicht zusammenklappte. Wenn sie ohnmächtig wurde, bekam er ein Problem.

»Waffe runter!«, ertönte es erneut.

Logan konzentrierte sich auf die Schritte in seinem Rücken. Die Männer teilten sich auf und zogen einen Halbkreis um ihn herum; er schätzte, dass es mindestens sechs oder sieben Wachen waren. Vielleicht auch mehr. Trotzdem rührte er sich nicht.

»Warum hören Sie nicht darauf, was die Männer sagen?«, wagte sich nun eines der Ratsmitglieder vor, ein Mann, dessen dunkles Haar an den Schläfen leicht ergraut war, was ihm in seinem teuren Maßanzug das Aussehen eines Staatsmanns verlieh. »Geben Sie Mrs Drake frei und legen Sie die Waffe nieder, dann können wir das womöglich klären.«

Einen Dreck würde er klären! Wenn er jetzt aufgab, würden sie ihn der Polizei übergeben und er könnte sich die Welt während der nächsten zehn Jahre durch die Gitter einer Zelle ansehen. Alessa wäre dann für immer verloren.

»Ich glaube nicht, dass er das tun wird, Frank.« Devons Blick war noch immer auf Logan gerichtet. »Du wirst deine Waffe nicht weglegen, nicht wahr? Aber du wirst auch Jackie nichts antun. Du kennst sie. Sie ist deine Schwägerin.« Er wirkte mit einem Mal so gelassen, als würden sie lediglich über das Wetter diskutieren, einzig seine Haltung verriet seine Anspannung. Als die Wachen hinter Logan noch näher kamen, hob Devon die Hand. »Nicht weiter!«, befahl er den Männern, ehe er sich wieder an Logan wandte. »Ich mache dir einen Vorschlag: Du lässt Jackie gehen und nimmst stattdessen mich als Geisel.« Hinter ihm sogen einige Ratsmitglieder scharf die Luft ein, doch Devon fuhr fort. »Wir schicken die Wachen weg und gehen in mein Büro – und dann erklärst du mir, was überhaupt los ist.«

Logan war versucht das Angebot auszuschlagen, doch ihm war bewusst, dass er sich in einer Pattsituation befand, in der es kein Vorwärtskommen gab. Er konnte hier nicht ewig stehen, mit den Wachen im Rücken, früher oder später würde seine Aufmerksamkeit nachlassen und dann würden sie ihn überwältigen. Eine wertvollere Geisel als Devon würde er kaum bekommen. Wenn ihn einer zu Alessa führen konnte, dann er.

Wie konnte Devon selbst jetzt noch so tun, als wisse er von nichts! Doch seine Worte hatten überzeugend geklungen. War er ein derart guter Schauspieler, dass es ihm selbst jetzt noch gelang, vorzugeben, mit alldem nichts zu schaffen zu haben, ja nicht einmal zu wissen, was Logan so weit gebracht hatte, in das Anwesen einzudringen und eine Geisel zu nehmen? Oder war er tatsächlich so ahnungslos, wie er sich gab?

»Also gut«, stimmte Logan schließlich zu. »Du im Tausch gegen Jackie.«

Devon nickte. Erneut richtete er seine Aufmerksamkeit auf die Wachen. »Bringen Sie Ihre Männer nach draußen, Hartley, und warten Sie auf dem Gang auf weitere Anweisungen von *mir*.« Damit machte er unmissverständlich klar, dass sich keines der anderen Ratsmitglieder einmischen sollte. »Niemand wird uns folgen.«

»Sir?« Hartley schienen seine neuen Befehle nicht zu gefallen.

»Sie haben mich verstanden.«

Für einige Sekunden war es vollkommen still, als bräuchten Devons Worte einige Zeit, um ihr Ziel zu erreichen. Dann waren die Schritte der Männer zu hören und kurz darauf fiel die Tür hinter ihnen ins Schloss.

»Ich werde mich jetzt an deine rechte Seite stellen, Logan. Du wirst deine Waffe auf mich richten und Jackie gehen lassen. Sobald sie frei ist, werden wir den Raum durch diese Tür verlassen.« Er deutete auf die Seitentür, die Logan schon zuvor aufgefallen war. »Dahinter ist ein Treppenhaus, das zu meinem Büro führt. Einverstanden?«

»Einverstanden.« Etwas Besseres konnte ihm kaum passieren, als den Raum in eine Richtung zu verlassen, in der – hoffentlich – noch keine Wachen auf der Lauer lagen.

Sehr langsam und immer noch mit halb erhobenen Händen trat Devon an Logans Seite. Logan gab Jackie frei, griff nach dem Arm seines Bruders und richtete die SIG auf seine Brust. »Gehen wir.«

Jackie griff nach Devons Hand. »Versucht euch nicht gegenseitig umzubringen.« Sie strich kurz über seine Finger, dann trat sie einen Schritt zurück.

Logan zog seinen Bruder mit sich. Im Rückwärtsgang, Devon wie einen Schutzschild vor sich haltend, ging er auf die Tür zu. Er nahm seine Hand lange genug von Devons Arm, um die Klinke zu drücken, packte dann aber sofort wieder zu und schob die Tür mit der Schulter auf. Mit einem Ruck zog er seinen Bruder in das dahinterliegende Treppenhaus und warf die Tür wieder zu.

»Wohin jetzt?«

»Ein Stockwerk höher.« Devon deutete mit dem Kopf die enge Stiege nach oben, die vermutlich früher einmal ein Dienstbotenaufgang gewesen war. »Du kannst meinen Arm loslassen. Ich werde mich nicht wehren – und du hast ja immer noch deine Pistole.«

Logan löste seinen Griff von Devons Arm und drückte ihm den Lauf der SIG in den Rücken. »Du gehst vor.«

Schweigend stiegen sie die ausgetretenen Holzstufen hinauf. Devon setzte mehrmals dazu an, etwas zu sagen, doch Logan erstickte jeden Versuch einer Unterhaltung mit einem kurzen Druck seiner Waffe. Er hatte nicht vor, sich hier im Treppenhaus ablenken und überrumpeln zu lassen.

Eine Etage weiter oben blieb Devon vor einer Tür stehen, der einzigen, die aus dem Treppenhaus führte, an derselben Stelle, wie jene, durch die sie es unten betreten hatten. »Hier ist es.«

»Mach langsam die Tür auf.«

»Es ist abgesperrt. Der Schlüssel befindet sich in der Innentasche meines Sakkos.«

Logan machte einen Schritt zur Seite und tastete Devons Oberkörper ab auf der Suche nach den verräterischen Umrissen einer Waffe. Schließlich nickte er. »In Ordnung.«

Devon griff langsam in seine Innentasche und holte einen angelaufenen Messingschlüssel heraus, an dem ein hässlicher grellgrüner Plastikanhänger baumelte. »Jackies Idee«, meinte Devon, als er Logans Blick bemerkte. »Sie meinte, ich würde den Schlüssel nicht mehr ständig suchen, wenn mir das Grün schon von Weitem ins Auge sticht.« Er steckte den Schlüssel ins Schloss und drehte ihn herum. Sobald Logan das Klicken des Riegels hörte, richtete er die Waffe wieder auf Devon und bedeutete ihm voranzugehen.

Devons Büro war ebenso groß wie der Besprechungsraum, aus dem sie gerade kamen. Draußen hatte die Dämmerung eingesetzt und hüllte den Raum in Zwielicht. Logan tastete nach dem Lichtschalter und drückte ihn. Sofort sprang eine Reihe von Neonröhren an, die das Zimmer in grelles Licht tauchten.

»Ich bevorzuge die kleine Lampe«, meinte Devon und deutete in Richtung des großen antiken Schreibtisches vor dem Fenster. Eine Lampe mit grünem Glasschirm stand vor einer ledernen Schreibtischunterlage. Auf einer Seite reihten sich akkurat ein antiquierter Locher, ein Brieföffner und eine Zettelbox aneinander. Lediglich das Tastentelefon und der Flachbildschirm auf der anderen Seite wirkten modern und irgendwie fehl am Platz.

Vor dem Schreibtisch standen zwei Sessel, deren dunkler Lederbezug zu den übrigen Möbeln passte. Bücherregale und eine antike Vitrine säumten die Wände. Zu seiner Rechten gab es, wie unten auch, eine weitere Tür, daneben eine Sitzecke mit einer Couch, die dem Raum etwas Gemütliches verlieh. Was Logan jedoch stutzen ließ, war der Kicker, der mitten im Zimmer stand.

»Das ist nicht dein Ernst!«, entfuhr es ihm, als er das Gerät entdeckte.

»Ich liebe dieses Ding! Weißt du noch, wie wir früher stundenlang gekickert haben? So lange, bis Mom uns Prügel angedroht hat, wenn wir nicht endlich ins Bett gehen würden.«

Die Erinnerung daran zog Logans Eingeweide zusammen, zugleich spürte er beim Anblick des Kickers eine eigenartige Wärme in sich aufsteigen. Devon hatte nicht alles aufgegeben, was ihn an seine Familie und an sein altes Leben erinnerte.

»Macht es dir etwas aus, wenn ich mich hinter meinen Schreibtisch setze?«

»Solange du keine der Schubladen anfasst und die Finger auch sonst von allem lässt, das sich als Waffe benutzen lässt, nicht. Aber erst sperrst du die Tür ab – beide Türen.«

Ohne die Pistole zu senken oder seinen Bruder aus den Augen zu lassen, beobachtete Logan, wie Devon seiner Aufforderung nachkam. Sobald abgeschlossen war, ging er langsam zu seinem Schreibtisch, umrundete ihn und ließ sich in seinen Sessel fallen.

»Eigentlich müsste ich stinksauer auf dich sein.« Devons Blick ruhte auf Logan, abschätzend, als versuche er etwas hinter der Fassade zu finden. »Ich sollte dir eine verpassen! Jackie zu bedrohen ist wirklich das Letzte!«

»Ach ja?«, erwiderte Logan beißend. »Aber meine Frau zu entführen ist in Ordnung, denn es dient ja euren Zwecken!«

»Hör endlich auf in Rätseln zu sprechen!« Zum ersten Mal fiel die Gelassenheit von Devon ab und offenbarte die Ungeduld, die sich die ganze Zeit dahinter verborgen haben musste. »Steck die verdammte Pistole weg und erklär mir endlich, was los ist!«

»Das habe ich bereits unten getan.«

»Und ich habe kein Wort verstanden.«

»Erzähl keinen Scheiß, Devon!«

»Scheiß?«, schnappte Devon. »Hast du sie noch alle? Ich habe dir gerade deinen Arsch gerettet – und das, obwohl du meine Frau bedroht hast! Wäre es nach Frank Straub und den anderen gegangen, hätten die dich mit Freude abknallen lassen. Wenn ich dir sage, dass ich keine Ahnung habe, warum du hier bist, kannst du mir ruhig glauben, und eine Erklärung ist wohl das Mindeste, was ich nach deiner beschissenen Rambo-Aktion verdient habe!«

»Du bist der Oberste Rat! Wie kann es sein, dass du keine Ahnung hast, was in deinem Laden vor sich geht?«

»Ich würde sagen, das klären wir, wenn du mich aufgeklärt hast. Und jetzt setz dich endlich!«

Seltsamerweise ließ Devons scheinbare Ahnungslosigkeit in Logan den Wunsch aufkommen, seinem Bruder vertrauen zu können, auch wenn er noch nicht wusste, ob das wirklich eine gute Idee war. Erst musste er *sicher* sein, dass Devon ihm nichts vormachte.

Als Logan sich nicht vom Fleck rührte, sagte Devon: »Ich wusste nicht, dass du verheiratet bist.«

Im ersten Moment stutzte Logan, dann erinnerte er sich

daran, dass er Alessa als seine Frau bezeichnet hatte. »Das bin ich nicht. Sie gehört einfach zu mir.«

»Und wer ist sie?«

»Alessa Flynn.«

Devons Augen weiteten sich. »*Die* Alessa Flynn?« Er lehnte sich in seinem Stuhl zurück und betrachtete Logan, als hätte er ihn noch nie zuvor gesehen. »Ich muss gestehen, du überraschst mich. Verflixt, Logan, ich bin nicht nur ein Seher, ich bin auch dein Bruder. Fang endlich an, mir zu vertrauen!«

Logan hatte das Gefühl, als sei er die ganze Zeit über ein Beobachter in seinem eigenen Körper gewesen. Er war in das Anwesen eingedrungen, hatte erst seine Schwägerin bedroht und jetzt seinen eigenen Bruder. Das alles hatte er getan, ohne lange darüber nachzudenken, ihm war jedes Mittel recht gewesen, Alessa zurückzubekommen – das war es immer noch. Doch während er die blinde Wut zurückdrängte, die ihn die letzten Stunden angetrieben hatte, und sein Kopf allmählich wieder klar wurde, begann er zu begreifen, dass Devon womöglich wirklich nicht der Schuldige war, den er in ihm hatte sehen wollen.

Vielleicht war jetzt tatsächlich der Punkt gekommen, an dem er ihm vertrauen musste, wenn er etwas erreichen wollte. *Verdammt, er ist immer noch mein Bruder!*

Er trat von der Tür weg, auf den Schreibtisch zu. Hinter einem der Sessel blieb er stehen, die Waffe gesenkt, aber bereit, sie jederzeit wieder zu heben. Devon jedoch schien es zu genügen.

»Heute Morgen rief Jackie mich an«, berichtete Devon. »Sie war vollkommen aufgelöst und erzählte mir, sie hätte Miss Flynn gesehen. Ich musste ihr versprechen, dafür zu sorgen, dass ihr nichts zustößt – und ich halte mein Wort. Ich werde das Gefühl nicht los, dass hinter meinem Rücken etwas passiert, das mir nicht gefällt, aber solange du mir nicht sagst, was los ist, und dich stattdessen wie ein wild gewordener Amokläufer aufführst, kann ich weder dir noch deiner Alessa helfen.«

Logan musste kein Seher sein, um die Wahrheit zu erkennen. Devon hatte nichts mit Alessas Entführung zu tun. Er legte die SIG auf den Schreibtisch und ließ sich in den Sessel fallen.

Sein Bruder öffnete eine Schreibtischschublade. Sofort war Logan bereit, wieder nach der Waffe zu greifen, entspannte sich jedoch, als er sah, dass er eine Flasche Talisker und zwei Gläser auf den Tisch stellte. Er schenkte in beide Gläser einen Fingerbreit Whisky und schob eines zu Logan über den Tisch. Logan nahm das Glas in die Hand, ohne daraus zu trinken. Es hatte lange genug gedauert, bis er seine Sinne wieder beisammenhatte, das wollte er nicht durch Alkohol zunichtemachen.

»Es tut mir leid, dass ich Jackie bedroht habe. Um ehrlich zu sein, wusste ich mir nicht anders zu helfen«, gab er zu. »Die Alternative wäre wohl gewesen, hereinzukommen und wild um mich zu schießen.«

Devon betrachtete ihn eine Weile nachdenklich, dann schüttelte er den Kopf. »Ich glaube nicht, dass du das getan hättest – ebenso wenig wie ich glaube, du hättest Jackie wirklich etwas angetan. Was nicht heißt, dass ich dir nicht am liebsten eine dafür verpassen würde, dass du ihr solche Angst gemacht hast!«

»Wenn ich Alessa gefunden und in Sicherheit gebracht habe, bekommst du einen Freischlag.« Er stellte das Glas auf den Tisch zurück. »Deine feinen Wissenschaftler haben sie heute Nachmittag aus der Nationalgalerie entführt, um ihre Versuche fortzusetzen.«

Devon runzelte die Stirn. »Du warst dabei?«

»Nein. Ich war in Sparks' Wohnung, als sie den Anruf von ihrer Freundin bekam – Susannah Hensleigh.« Logan berichtete von Susannahs Verschwinden und davon, dass sie sich heute plötzlich bei Alessa gemeldet hatte. »Ich kenne nicht alle Details, aber so wie es aussieht, haben deine Frankensteins Susannah geschnappt und ihr in Aussicht gestellt, sie von dem Dämon zu befreien – oder sie zumindest freizulassen –, wenn sie ihnen im Gegenzug Alessa ans Messer liefert. Sichtlich war die Frau verzweifelt genug, um genau das zu tun. Sie hat Alessa in die Nationalgalerie gelockt, wo ihr deine Leute aufgelauert haben.«

Devon fluchte. »Ich habe unzählige Male mit Doktor Burke und ihren Assistenten gesprochen und habe mir das Labor zeigen lassen, um mich selbst davon zu überzeugen, dass dort nichts mehr passiert, das nicht sein soll. Wie kann es sein, dass diese Versuche unter meinen Augen weitergingen, ohne dass ich etwas davon bemerkt habe?«

»Das *Wie* ist mir vollkommen egal«, sagte Logan in eisiger Ruhe. »Für mich zählt nur eines: Ich muss in dieses Labor und Alessa dort herausholen.«

Devon stand auf. »Dann werde ich jetzt unseren Wachschutz zur Verstärkung rufen.«

Logan kniff die Augen zusammen. Wenn er Alessa finden wollte, blieb ihm kaum eine andere Wahl, als darauf zu hoffen, dass Devon ihm jetzt nicht in den Rücken fallen würde. Er nickte. »Okay. Ruf sie.«

Logan folgte seinem Bruder zur Tür. Er blieb neben ihm stehen und beobachtete, wie er den Schlüssel mit dem grünen Anhänger aus der Tasche zog und aufschloss. Das Schloss klickte, dann drückte Devon die Klinke und öffnete die Tür. Logan rechnete damit, Wachen zu sehen, die sich in sicherer Entfernung auf dem Gang postiert hatten, bereit, jederzeit zu stürmen, doch die Männer hatten sich an Devons Befehl gehalten. Der Flur war wie leer gefegt. Dann entdeckte er Jackie. Sie stand in einer Ecke und starrte ihm mit ausdrucksloser Miene entgegen. Logan nickte ihr zu, wohl wissend, dass mehr als das nötig sein würde, damit sie ihm verzieh.

»Hartley!«, rief Devon über den Gang. »Kommen Sie her und bringen Sie Ihre Männer mit!« Nach einer kurzen Pause fügte er hinzu: »Waffen runter!«

Es dauerte nicht lange, bis Logan Schritte hörte, das Stampfen schwerer Stiefel, dann kam ein Dutzend Männer, gekleidet in Uniformen aus schwarzem Drillich, um die Ecke. Ihre Maschinenpistolen mochten gesenkt sein, doch Logan gab sich nicht der Illusion hin, dass sich dieser Zustand nicht jederzeit ändern konnte.

Hartley war ein Muskelpaket, das den Actionhelden aus den Hollywoodfilmen durchaus Konkurrenz machen konnte. Sein dunkles Haar war kurz geschnitten und zeigte erste Spuren von Grau, seine Haut war leicht gebräunt und wirkte, als hätten Wind und Wetter sie gegerbt. Hätte Logan eine Wette abschließen müssen, dann hätte er darauf gesetzt, dass der Mann in den Highlands aufgewachsen war und auch jetzt noch viel Zeit im Freien verbrachte. Nicht zuletzt durch den ernsten Zug um seine Mundwinkel, der seine Dienstbeflissenheit verriet, erweckte er in seinem Auftreten den Eindruck, als verstünde er etwas von seinem Job.

Devon machte keine Anstalten, von der Tür zurückzutreten, was Hartley und dessen Männer zwang, auf dem Gang stehen zu bleiben. Sie bauten sich im Halbkreis vor der Tür auf, die Augen wachsam auf Logan gerichtet.

»Schicken Sie einen Ihrer Männer los«, sagte Devon an Hartley gewandt. »Er soll alle Beteiligten darüber informieren, dass mein Bruder nichts getan hat. Der Rest des Teams kommt mit uns.«

26

Während Devon seine Männer kurz über die Laborversuche informierte und darüber, dass eine Frau entführt worden war, ging Logan zum Schreibtisch und holte die SIG, die er dort abgelegt hatte. Er steckte die Waffe zurück ins Holster und kehrte zu den Männern zurück.

»Jeder, den wir im Labor antreffen, wird festgenommen«, sagte Devon und fügte mit einem Blick zu Logan hinzu: »Aussortieren, wer seinen normalen Job tut und wer in das Projekt Samenkorn verwickelt ist, können wir später. Gehen wir!«

Hartley bedeutete seinen Männern, den Weg freizugeben und Devon und Logan passieren zu lassen. Mit schnellen Schritten eilten sie, gefolgt von den Wachen, den Gang entlang und auf die Treppen zu, als Jackie zu Devon gelaufen kam und nach seinem Arm griff.

»Was ist hier los, Dev?«, fragte sie mit einem Seitenblick auf Logan, der mit den anderen stehen geblieben war.

»Mach dir keine Sorgen.« Er drückte ihre Hand. »Ich erkläre dir alles später. Erst müssen wir Alessa finden.«

Ihr Blick kehrte zu Logan zurück. »Ist sie in Gefahr?«

»Ich hoffe nicht.« Daran, was passiert sein mochte, falls Burke ihre Experimente bereits wieder aufgenommen hatte, wagte er nicht zu denken. Der Dämon war kleiner geworden. Er konnte nur hoffen, dass ihm das genügend Zeit verschaffen würde, um sie zu finden, ehe es zu spät war. *Er ist bereits sehr mächtig.* Das waren Jackies eigene Worte gewesen, als sie die Essenz des Dämons gespürt hatte. Logan versuchte sich einzureden, dass Alessa ihre Fähigkeiten unterdrücken konnte, doch er wusste auch, dass ihr das nicht gelang, wenn sie in Panik war. »Wir müssen uns beeilen.«

Jackie fuhr sich mit der Hand über die Stirn. »Geht und

findet sie – aber danach habe ich ein Hühnchen mit dir zu rupfen, Logan Drake.«

Logan senkte den Kopf zum Zeichen, dass er alles ohne Gegenwehr über sich ergehen lassen würde, ganz gleich ob sie ihn anbrüllen oder ihm eine runterhauen wollte.

»Warte zu Hause auf mich.« Devon küsste seine Frau auf die Wange, dann gab er den Männern ein Zeichen und der Trupp setzte sich wieder in Bewegung.

Sie verließen das Haus durch eine Seitentür. Kies knirschte unter ihren Schuhsohlen, als sie einen Weg einschlugen, der tiefer in das Grundstück hineinführte, durch eine Parkanlage, die von größeren und kleineren Gebäuden umgeben war. Sie folgten dem Weg zwischen Bäumen hindurch, an einem künstlichen Teich vorbei, bis sie das andere Ende des Geländes erreichten. Dort stand ein quadratisches Gebäude aus grauem Backstein, eingerahmt von einer akkurat gestutzten Buchsbaumhecke.

Logan sah an der Fassade des dreistöckigen Hauses hinauf. »Was ist das für ein Bau?«

»Hier sind unsere Ärzte untergebracht«, erklärte Devon. »Dazu ein kleines Krankenhaus und die Labors.«

»Ihr habt ein eigenes Krankenhaus?«

»Unsere Leute lassen sich nicht gerne von normalen Ärzten behandeln.«

Logan konnte sich gut vorstellen, wie sich die Seher in einer gewöhnlichen Praxis fühlen mochten. Zweifelsohne würden die Ärzte anhand von Blut- und Gewebeproben herausfinden wollen, was die Seher so besonders machte. Um dem zu entgehen, ließen sie sich hier von ihresgleichen behandeln, ohne zu ahnen, was in den angeschlossenen Laboratorien geschah.

Vor der Tür blieben sie stehen und Devon bedeutete den Männern näher zu kommen. »Jeder im Labor wird festgenommen. Achten Sie darauf, dass keine Unterlagen vernichtet werden, und halten Sie die Leute von den PCs fern.«

»Abführen und einsperren«, wiederholte Hartley nickend. »Alles klar.«

»Jetzt erzähl mir nicht, ihr habt auch noch ein Gefängnis hier.«

Devon schüttelte den Kopf. »Nur eine Zelle für Notfälle. Dort wird es heute ziemlich eng werden.«

Nicht so eng wie in diesen Isolationstanks.

Devon machte kehrt und wollte zur Tür.

»Sir?«

Er blieb noch einmal stehen und wandte sich zu Hartley um. »Ja?«

»Ich denke, Sie beide sollten das meinen Männern und mir überlassen.«

Logan war damit einverstanden, dass Devon zurückblieb. Er war der Anführer der Gemeinschaft, wenn ihm etwas zustieß, würde das den Laden gehörig durcheinanderwirbeln. Abgesehen davon verfügte er über keine Kampferfahrung. Logan selbst hingegen schon. Statt zur Seite zu gehen, stellte er sich neben die Männer, die Jacke geöffnet, bereit, jederzeit seine Waffe zu ziehen.

»Logan.« Devon schüttelte den Kopf. »Lass sie machen.«

Logan sah zu Hartley. Der Anführer der Wache wich seinem Blick nicht aus, erwiderte ihn in einer Gelassenheit, als wolle er sagen: »Wir wissen, was wir tun.« Trotzdem war Logan versucht sich den Männern anzuschließen. Dass er sich nicht auf einen Streit einließ, lag einzig und allein daran, dass er keine weitere Zeit verschwenden wollte. Zeit, die Alessa in der Gewalt dieser forschenden Irren verbringen musste.

Dieser Einsatz fiel nicht unter seine Befehlsgewalt, damit musste er sich für den Augenblick abfinden, auch wenn es ihn in den Fingern juckte, voranzustürmen, um nach Alessa zu suchen.

Einer von Hartleys Männern ging an ihnen vorbei und öffnete die Tür. Die Waffe in der Hand spähte er in die Eingangshalle. Am hinteren Ende konnte Logan eine Schwingtür aus weißem Milchglas erkennen.

»Hinter der Tür ist das Labor«, sagte Devon leise.

»Die Halle ist frei«, meldete der Mann, trat zur Seite und gab den anderen den Weg frei.

Hartley und seine Männer stürmten mit erhobenen Waffen an Devon und Logan vorbei. Mit stampfenden Schritten durchquerten sie die Halle und stießen die Milchglastür zum Labortrakt mit solcher Wucht auf, dass sie offen stehen blieb. Eines von Hartleys Teammitgliedern blieb an der Tür zurück, um sicherzustellen, dass ihnen niemand entkam. Die anderen rückten weiter vor.

Logan folgte ihnen in die Eingangshalle, um eine bessere Sicht zu haben. Angespannt starrte er in den grell erleuchteten Gang, wo sich die Männer von Tür zu Tür voranarbeiteten. Protest wurde laut, als sie die Leute aus den Räumen scheuchten und im Flur wie eine Herde Schafe zusammentrieben, wo ein Teil von Hartleys Trupp sie in Empfang nahm, während der Rest systematisch seinen Weg durch das Labor fortsetzte. Aufgeregte Schreie mischten sich unter die Rufe von Hartleys Männern und das Stampfen ihrer schweren Stiefel.

»Jetzt halt schon die Füße still!«

Von Devons Stimme aufgeschreckt fuhr Logan herum. »Was?«

»Die Lage ist unter Kontrolle, das siehst du doch. Es gibt keinen Grund, hier auf und ab zu springen wie ein durchgedrehter Schachtelteufel.«

Erst da wurde Logan bewusst, dass er sich ständig von einer Seite zur anderen reckte, damit ihm ja nichts entging, was auf dem Flur passierte. Auch wenn Devon durchaus nicht unrecht hatte, konnte er nicht aus seiner Haut. Herumzustehen und zu warten, dass andere seine Arbeit erledigten, war die Höchststrafe.

Devon legte ihm eine Hand auf den Arm. »Ich weiß, dass

du dir Sorgen machst. Hab noch ein paar Minuten Geduld, dann haben sie das Labor leer geräumt und du kannst deine Alessa wieder in die Arme schließen.«

Das versuchte er sich auch zu sagen, doch eine aufdringliche Stimme in seinem Schädel tat nichts anderes, als ihm einzureden, dass sie Alessa umbringen würden, wenn sie nicht länger an ihr experimentieren konnten – ob nun aus purer Bosheit oder aus dem Drang heraus, keine verfolgbaren Spuren zu hinterlassen, war dabei nebensächlich.

Devon kratzte sich am Kinn, dann seufzte er. »Wenn die ganze Nummer hier vorbei ist, müssen wir uns in Ruhe darüber unterhalten.«

»Ich glaube nicht, dass es dich etwas angeht, wer in meinen Armen liegt«, blockte Logan ab.

Doch Devon war nicht bereit, das Thema zu wechseln. »Wenn dieser Jemand etwas in sich trägt, das auch noch aus unseren Labors stammt, fürchte ich, dass ich durchaus ein Wörtchen mitzureden habe. Logan, ich will dir nichts Böses, das solltest du inzwischen wirklich begriffen haben, aber wir brauchen eine Lösung für das Problem mit diesem Dämon.«

»Als ob ich das nicht selbst wüsste.« Trotzdem wollte er im Augenblick nicht darüber nachdenken, wie es weitergehen sollte. Zum Glück erlöste ihn Hartleys Rückkehr davon, das Gespräch weiter zu vertiefen.

»Wir haben alle«, berichtete der Kommandant. »Das Labor ist leer.«

Devon nickte anerkennend. »Sorgen Sie dafür, dass alle Unterlagen und Dateien eingesammelt und in mein Büro gebracht werden.«

Er sagte noch mehr, doch Logan hörte nur noch mit einem halben Ohr hin. Seine Aufmerksamkeit gehörte den Menschen, die von Hartleys Leuten in die Halle geführt wurden. Nervös wanderte sein Blick über die Gesichter, ohne Alessas vertraute Züge zu finden.

Sie musste noch drin sein, vermutlich eingesperrt in einen dieser beschissenen Tanks. Er ließ Devon und Hartley stehen und marschierte in den steril weißen Labortrakt. Eine Tür nach der anderen riss er auf. Bei den meisten Räumen konnte er schon auf den ersten Blick sehen, dass sie leer waren, in den größeren und verwinkelten sah er sich genauer um. Er filzte Büros, Labors, eine Toilette, die Kaffeeküche und mehrere Untersuchungsräume. Im Zentrum des letzten Raums, am Ende des Ganges, blieb er stehen und drehte sich langsam im Kreis. Den Behandlungsstuhl, den Schreibtisch und das Tablett mit medizinischen Instrumenten nahm er kaum wahr. Alles, was er sah, war die Leere des Zimmers. Genauso verlassen wie die anderen. Panik machte sich in ihm breit.

»Wo sind die verdammten Tanks?«, murmelte er.

»Welche Tanks?«

Logan fuhr herum und sah Devon im Türrahmen stehen.

»Isolationstanks, in die sie ihre Versuchskaninchen sperren.« In den Alessa womöglich eingesperrt war.

»So etwas existiert nicht.«

»Glaub mir, sie existieren.« Logan hatte Alessa Beschreibungen des kalten Stahls, der Dunkelheit und Einsamkeit noch zu gut im Gedächtnis. »Wo ist Doktor Burke?«

»Sie war nicht unter den Verhafteten.«

»Freier Tag?«

»Burke gehört nicht zu der Sorte Mensch, der sich jemals freinimmt.«

Logan drängte sich an Devon vorbei auf den Gang und sah von links nach rechts. »Dann muss sie hier sein.«

»Was willst du damit sagen?«, fragte Devon neben ihm.

»Dass wir etwas übersehen haben.« Sein Blick fiel auf die gegenüberliegende Tür, neben der ein Schild mit Doktor Burkes Namen hing. Wenn es einen Hinweis gab, dann dort – in ihrem Büro.

Er kehrte noch einmal in den Raum zurück, den er sich

kurz zuvor bereits angesehen hatte. Ein alter Schreibtisch mit Drehstuhl, ein gewaltiger, bis zur Decke reichender Aktenschrank dahinter, zwei Besucherstühle und ein paar Regale mit medizinischen Fachbüchern. Das war alles. Keine Bilder an den Wänden, nicht einmal eine Topfpflanze. Der Anblick des Büros hinterließ einen seltsamen Eindruck bei Logan, es dauerte allerdings ein wenig, ehe er sagen konnte, woran das lag. Es waren die fehlenden Aktenstapel auf dem Tisch, keine Stifte, die herumlagen, und auch keine medizinischen Geräte. Selbst für ein Ärztezimmer wirkte der Raum viel zu steril. Ungenutzt.

»Wenn sie wirklich hier arbeitet, ist sie ein sehr penibler Mensch.« Was er jedoch in den Labors und Behandlungsräumen gesehen hatte, passte nicht zu dem Eindruck, den das Büro machte. Die anderen Zimmer waren aufgeräumt gewesen, doch sie hatten nicht verlassen gewirkt, sondern deutliche Anzeichen gezeigt, dass sich dort täglich Menschen aufhielten. Hier gab es nicht mal eine benutzte Kaffeetasse.

»Was soll das heißen?«

»Dass ich nicht glaube, dass das ihr wirklicher Arbeitsplatz ist«, erklärte Logan. »Das hier ist vielleicht das allgemeine Labor, in dem die Blutproben eurer Patienten untersucht werden und irgendwelcher Kram gemacht wird, den Laborleute eben so tun. Harmloses Zeug.« Er schüttelte den Kopf. »Die wirklichen Versuche finden an einem anderen Ort statt.«

»Ein geheimes Labor?« Devon stieß einen heftigen Fluch aus, der so gar nicht zu seiner gepflegten Erscheinung und dem teuren Designeranzug passen wollte. »Ich werde dafür sorgen, dass Hartleys Männer das Grundstück durchkämmen. Jedes Gebäude, jeden verdammten Winkel!«

Logan bezweifelte, dass ihnen so viel Zeit blieb. Wenn Doktor Burke sich nicht hier aufhielt, war ihr vielleicht nicht entgangen, was in ihrem Labor geschah. »Sobald Burke merkt, dass wir ihr an den Kragen wollen, wird sie Alessa womöglich fortbringen, ehe wir sie aufspüren«, prophezeite er düster. »Gibt es andere Räume, die an Burke oder jemand aus ihrem Team vermietet oder zugeteilt sind?«

»Dafür bräuchte ich meinen Computer.« Er griff nach dem Telefon auf dem Schreibtisch. »Ich rufe Jackie an. Sie kann das für uns überprüfen.«

Während Devon eine Nummer wählte, sah sich Logan weiter um. Er bezweifelte, dass sie auf die Schnelle etwas in Burkes PC finden würden. Die Dateien waren unter Garantie mit einem Passwort geschützt, ohne Avery kämen sie dort nicht weiter. Vielleicht gaben die Akten etwas her, das ihnen weiterhelfen konnte.

Er umrundete den Schreibtisch, auf dessen Kante Devon saß und mit Jackie sprach, und besah sich den Schrank. Es war einer dieser riesigen Metallkästen auf Rollen, oben mit Türen, weiter unten mit Hängeregistern versehen. Logan riss die oberste Tür auf. Leer. Hinter der nächsten fand er ebenfalls nichts. Vielleicht war Doktor Burke sehr klein und hatte Probleme, die oberen Fächer zu erreichen. Doch auch in den Fächern darunter befand sich nichts. Er zog an der ersten Schublade und wäre von seinem eigenen Schwung beinahe ins Stolpern geraten, als diese sich so leicht wie Luft herausziehen ließ. Und genau das war auch drin: Luft. Eine Schublade nach der anderen – überall derselbe Anblick.

»Was zum Teufel …?«

Der Schrank konnte neu sein und Burke war vielleicht noch nicht dazu gekommen, ihn einzuräumen, dann hätten aber irgendwo die Aktenstapel oder zumindest ein paar Kartons herumstehen müssen, deren Inhalt in den Schrank gehörte. Abgesehen davon sah der Schrank alles andere als neu aus. Das Metall hatte Kratzer, die Kanten waren angeschlagen und der silbergraue Lack blätterte an einigen Stellen ab. Sogar an der Wand daneben waren Lackspuren und auf dem hellen Linoleum entdeckte er Einkerbungen. Der Schrank war verschoben worden. Dass jemand sein Büro umräumte, kam vermutlich öfter vor. Aber warum hatte jemand den Schrank bloß um einen Meter verschoben und wo waren die verdammten Akten, die hineingehört hätten?

Logan ging auf die Seite des Schrankes und stemmte sich dagegen. Der Kasten glitt so leicht davon, dass er auf der anderen Seite gegen die Wand knallte. Dahinter war eine Tür.

»Heilige Scheiße! Devon, sieh dir das an!«

Sein Bruder fuhr herum, den Telefonhörer immer noch am Ohr. »Ich melde mich noch mal, Jackie. Ich glaube, wir haben gefunden, was wir suchen.« Dann legte er auf, ging zur Tür und drückte die Klinke. »Verschlossen.«

»Mach Platz für den Schlüsseldienst.« Logan schob ihn zur Seite, holte aus und verpasste der Tür einen Fußtritt, der die Tür aufschwingen ließ. Dahinter führten ausgetretene Steinstufen im Licht einer altersschwach blinkenden Neonröhre nach unten.

Logan zog die SIG und folgte der Treppe, bis sie vor einer rostigen Stahltür endete. Ohne zu zögern, öffnete er sie. Dahinter erstreckte sich ein langer Gang, von dem unzählige weitere Türen abgingen, ehe er am anderen Ende einen Knick nach links machte.

Die Neonröhren in ihren vergilbten Gehäusen waren eher dünn gesät und das schwache Licht, das sie verbreiteten, hatte den Charme von Zahnbelag. Das gelbe Linoleum war verblichen und bildete einen starken Kontrast zu den grellweißen Wänden.

»Ach du Scheiße«, flüsterte Devon neben ihm. »Das sieht größer aus als oben.«

»Ich wette, dass wir hier wesentlich weniger Mitarbeiter antreffen«, gab Logan leise zurück. »Es sei denn, die halbe Gemeinschaft arbeitet hier.«

»Wohl kaum.«

»In Ordnung, dann lass uns den Laden aufräumen.«

Devon zog eine Augenbraue in die Höhe. »Nur wir beide? Allein?«

»Du kannst auch gerne hierbleiben, wenn du es dir nicht zutraust.«

Sein Bruder zögerte einen Moment. »Ich habe keine Ahnung, ob es noch andere Ausgänge gibt. Wenn wir jetzt einen Rückzieher machen und Verstärkung holen, sind die am Ende weg, bis wir wiederkommen.« Er zuckte die Schultern. »Vermutlich hast du recht und wir finden wirklich nicht viele. Abgesehen davon: Wie viel Widerstand wird so ein Wissenschaftler schon leisten?«

Wenn er verzweifelt genug ist? Statt seine Gedanken auszusprechen, zog Logan die zweite Pistole aus seinem Hosenbund und hielt sie Devon entgegen. »Sicher ist sicher.«

Einige Herzschläge lang starrte Devon die Waffe mit derartiger Abscheu an, dass Logan erwartete, er werde ihm jeden Moment offenbaren, er sei Pazifist und werde eine Knarre nicht mal mit der Kneifzange anfassen. Dann packte er zu, vergewisserte sich mit einem schnellen Blick, dass sie geladen und einsatzbereit war, und nickte Logan zu. »Räumen wir diesen Drecksladen auf.«

Logan verkniff es sich, seinen Bruder daran zu erinnern, dass dieser *Drecksladen* in dessen Verantwortungsbereich fiel, und trat in den Gang. Die Waffen im Anschlag, sich gegenseitig Deckung gebend öffneten sie die ersten Türen rechts und links des Gangs. Dahinter fanden sich verlassene Vierbettzimmer. Dort mussten die Probanden untergebracht gewesen sein, bevor sie zur Gefahr geworden und in die Tanks umgelegt worden waren. Hinter weiteren Türen verbargen sich die Toiletten, ein Aufenthaltsraum mit Couch und Fernseher sowie eine Kaffeeküche.

Sie folgten dem Gang, öffneten Türen zu verschiedenen Labors und Untersuchungsräumen. In einem der Zimmer fanden sie einen Wissenschaftler, der verschiedene farbige

Flüssigkeiten in Reagenzgläsern mischte. Beim Anblick der Pistolen glich sich die Gesichtsfarbe des Mannes der Farbe seines Kittels an. Er riss die Hände in die Höhe, wobei ihm ein Reagenzglas entglitt und auf dem Boden zerbrach.

Logan richtete seine Waffe auf ihn. »Wo ist Doktor Burke?«

»In … in …« Schweiß sammelte sich auf seiner Stirn und rann in dicken Tropfen über seine Schläfen. »… ihrem Büro. Letzte Tür rechts, bevor der Gang einen Knick macht.«

»Haben Sie einen Schlüssel für dieses Labor?«, verlangte Devon zu wissen. Als der Mann nickte, streckte er die Hand aus. »Her damit.«

Der Wissenschaftler griff in die Tasche seines Kittels, zog einen Schlüsselbund heraus und reichte ihn Devon. »Aber ich muss abschließen, wenn ich das Labor verlasse.«

»Keine Bange«, erwiderte Logan ungerührt. »Das erledigen wir für Sie.«

Devon riss das Telefonkabel aus der Wand. »Warten Sie hier, bis Sie abgeholt werden.«

Die beiden verließen das Zimmer und zogen die Tür hinter sich zu. Devon brauchte drei Versuche, bis er den passenden Schlüssel fand, dann war der Wissenschaftler eingesperrt und sie konnten ihre Suche fortsetzen. In den folgenden Räumen fanden sie noch drei weitere Weißkittel, zwei Männer und eine Frau, und sperrten sie in das Labor, in dem sie schon den ersten festgesetzt hatten. Sobald sie sicher weggesperrt waren, ging Devon zum ersten Telefon, das er finden konnte, und wählte eine Nummer. »Drake hier«, meldete er sich. »Funken Sie Hartley an und sagen Sie ihm, er soll ein paar Männer in Burkes Büro schicken. Dort ist eine Tür, die in ein Treppenhaus führt. Sie sollen nach unten kommen, wir haben hier noch ein paar Leute für die Zelle.«

Dann setzten sie ihre Suche fort. Die folgenden Räume waren verlassen, in den nächsten führten zwei Türen. In der

Mitte war der Raum durch eine dicke Glasscheibe geteilt. Der eine Teil war komplett leer, während sich auf der anderen Seite ein Tisch, mehrere Stühle, ein PC und einige Schränke befanden. Das musste der Raum sein, von dem aus die Wissenschaftler ihre Versuchskaninchen beobachtet hatten, während sie sie zwangen, ihre Fähigkeiten einzusetzen. Logan klopfte gegen die Scheibe. Panzerglas, genau wie Alessa es beschrieben hatte.

»Feiges Pack«, knurrte er und kehrte nach draußen zurück.

Schließlich erreichten sie das Ende des Ganges und blieben vor der Tür stehen, hinter der sich Burkes Büro befinden sollte. Diesmal gab es kein Namensschild. Aus dem Zimmer war das Rascheln von Papier zu hören, unter das sich das gelegentliche Klappern einer Tastatur mischte. Logan riss die Tür auf und stürmte in den Raum.

Die Frau hinter dem Schreibtisch sah von ihren Unterlagen auf und musterte ihn über den Rand einer rahmenlosen Brille hinweg. Beim Anblick der Waffe in seiner Hand riss sie die Augen auf, für gewöhnlich ein Zeichen der Angst, bei dieser Frau jedoch wirkte es vielmehr wie ein Ausdruck von Missbilligung.

»Was zum Teufel soll das?«, schnappte sie und griff nach dem Telefon.

Mit einem schnellen Schritt war Logan bei ihr. Er nahm ihr den Hörer aus der Hand und legte ihn wieder auf. »Sparen Sie sich die Mühe, Ihre Assistenten sind verhindert.«

Burkes Blick richtete sich auf Logans Bruder, die Falten in ihrem Gesicht vertieften sich, als sie die Augen zusammenkniff. »Was hat das zu bedeuten, Mr Drake? Ich verlange eine Erklärung!«

Ihr vorwurfsvoller Ton ließ Logans Wut aufs Neue hochkochen. Sie saß hier in einem geheimen Labor, in dem verbotene Versuche vorgenommen wurden, und besaß die Frechheit, sich über das Eindringen in ihr Büro zu beschweren. Logan wartete nicht, ob sein Bruder antworten würde. Er trat hinter den Schreibtisch, packte die Ärztin beim Kragen ihres Kittels und zog sie auf die Füße. Eine Hand an ihrer Kehle, setzte er ihr mit der anderen die Pistole an die Schläfe. Ehe er jedoch seine Frage stellen konnte, spürte er Devons Hand auf seiner Schulter.

»Lass es mich auf meine Art machen«, sagte Devon neben ihm.

Alles in Logan schrie danach, die Frau nicht loszulassen, bevor sie ihm nicht gesagt hatte, was er wissen musste. Er hatte Alessa geschworen, sie zu beschützen. Wie konnte er da so kurz vor dem Ziel das Ruder aus der Hand geben? Er wusste nicht einmal, was Devon unter *seiner Art* verstand.

Trotzdem zwang er sich durchzuatmen. Während der letzten Stunde hatte sich sein Bruder durchaus als vertrauenswürdig gezeigt. Sie kämpften gegen denselben Feind. Logan zog seine Hand zurück und trat zur Seite.

Doktor Burke stand noch immer mit dem Rücken zur Wand. Das helle Haar fiel ihr in dünnen Strähnen ins Gesicht, doch sie machte sich nicht die Mühe, es zurückzustreichen. Stattdessen rieb sie sich die Kehle. »Was soll das?« Selbst jetzt schaffte sie es noch, empört zu klingen.

Du solltest die Hosen voll haben, Weib! Er war schon kurz davor, die Hand erneut nach ihr auszustrecken, als Devon sich ihm in den Weg stellte, den Blick fest auf die Ärztin gerichtet.

»Sehen Sie mich an, Doktor!«

Die Worte hatten etwas Zwingendes. Selbst Logan, der überhaupt nicht angesprochen war, spürte den Drang, seinen Bruder anzusehen. Burkes Augen hefteten sich auf Devon. Auch Logans Blick war noch immer auf seinen Bruder fixiert, bis eine Bewegung im Augenwinkel seine Aufmerksamkeit auf sich zog.

Devon mochte es gelungen sein, den Blick der Wissenschaftlerin zu fesseln, ihre Bewegungen hatte er nicht unter Kontrolle. Sie schob die Hand in ihre Kitteltasche.

»Devon!«

Logans Warnruf blieb nicht ungehört, statt jedoch seine Aufmerksamkeit auf Burkes Hand zu richten, wandte Devon sich zu Logan um. »*Ich* mach das!«, zischte er.

Die Ärztin zog eine Spritze aus der Tasche, umklammerte sie wie einen Dolch und holte aus. Logan war zu weit weg, um ihr die Spritze aus der Hand zu reißen, ehe sie Devon treffen konnte.

»Zurück!«, rief er. »Sie hat eine Waffe!«

Devon rührte sich nicht vom Fleck. Sein Blick streifte kurz die Spritze mit der farblosen Flüssigkeit, ehe er sich erneut auf die Augen der Wissenschaftlerin richtete.

»Fallen lassen!«

»Nein!« Burkes Stimme zitterte ebenso wie ihre Hand, die mitten in der Luft stehen geblieben war.

»Na los!« Diesmal packte Devon sie mit der Hand beim Genick und zog ihr Gesicht dicht an seines heran. Kleine Speicheltropfen sprühten von seinen Lippen, als er Wort für Wort betonend sagte: »Lassen Sie die Spritze fallen!«

Burkes Finger krampften sich zusammen und öffneten sich dann so abrupt, dass ihre Gelenke knackten. Die Spritze fiel zu Boden und zerbrach.

»Wo ist Alessa Flynn?«, verlangte Devon in demselben befehlenden Tonfall zu wissen.

»Ich kenne keine –«

Devon kniff die Augen zusammen und starrte die Frau an, als wolle er sie mit seinem Blick aufspießen. »Wo?«

Ein dünner Schweißfilm bildete sich auf Burkes Stirn. Ihre Pupillen zuckten hin und her, während sie darum kämpfte, sich aus Devons Blick zu lösen, doch es gelang ihr nicht, die Augen abzuwenden.

»Wo. Ist. Sie?« Devon ließ jedes Wort langsam über seine Lippen rollen, die Stimme so tief, dass es wie ein Grollen klang.

»Um die Ecke«, keuchte Burke, noch immer darum ringend, die Worte zurückzuhalten, doch sie konnte sich Devons Kräften nicht länger widersetzen. »Dritte Tür links.«

»Sperr sie zu den anderen!«, rief Logan seinem Bruder zu und war aus dem Büro, ehe dieser antworten konnte. Er rannte den Gang entlang, um die Ecke und riss die beschriebene Tür auf.

Im Zentrum stand ein sargförmiger Stahltank. Das Licht der Neonlampe spiegelte sich in der kalt glänzenden Oberfläche des geschlossenen Deckels. Aus Alessas Erzählungen wusste er, dass der Tank alles andere als ein Vergnügen war, doch was er sah, übertraf seine Vorstellungen bei Weitem. Der Isolationstank war um einiges kleiner, als er angenommen hatte. Jetzt, da er das Ding sah, begriff er zum ersten Mal das gesamte Ausmaß des Schreckens, den es auf Alessa ausübte. Wie konnte jemand so grausam sein, einen lebendigen Menschen in diesen Sarg zu sperren?

Der Tank stand auf einem Metallgestell, auf dem eine Gasflasche befestigt war, von der aus ein Schlauch in sein Inneres führte. Die weiße Farbe des Zylinders kannte Logan aus Krankenhäusern – Sauerstoff. Sein Blick wanderte zur anderen Seite des Zimmers. Dort stand neben einem Stuhl ein Spind, die einzigen Möbelstücke hier.

Mit drei schnellen Schritten war Logan beim Tank angekommen. Er griff nach dem Deckel und wollte ihn anheben, doch der rührte sich nicht. Sein Blick fiel auf ein Steuerpult, das in einer kleinen Konsole am oberen Ende des Tanks angebracht war. Auf einem Display waren der Sauerstoffgehalt der Luft und die Temperatur angegeben, die mit sechzehn Grad viel zu niedrig eingestellt war.

Er studierte die Knöpfe und Hebel. Unter einem war das Piktogramm eines Deckels mit Pfeil nach oben zu sehen. Logan legte die Hand an den Hebel, als ihn ein heftiger Schlag an der Schulter traf. Er taumelte zur Seite und fuhr herum, gerade rechtzeitig, um die Eisenstange zu sehen, die – von einem von Burkes Assistenten geschwungen – auf seinen Kopf zuraste. Logan wich dem Angriff mit einer Drehung aus, konnte jedoch nicht verhindern, dass ihn das Metall im Rücken traf, wuchtig genug, um ihn von den Beinen zu reißen. Sofort rollte er sich herum, darauf gefasst, einen weiteren Schlag abzuwehren, doch statt erneut anzugreifen, hatte sich der Weißkittel der Konsole zugewandt. Mit einem Ruck riss er den Schlauch heraus, der den Tank mit Sauerstoff versorgte. Zischend entwich das Gas in die Luft. Ein schneller Tastendruck, dann fuhr er erneut zu Logan herum und holte aus.

Diesmal fing Logan die Stange in der Luft ab. Er bekam das Metall zu fassen, packte es und riss es herum. Der Wissenschaftler taumelte Logan entgegen, und während er noch um sein Gleichgewicht kämpfte, setzte Logan zum Schlag an. Er streifte den Weißkittel an der Schläfe. Der Mann stolperte zurück und prallte gegen den Tank, ehe er sich wieder fing.

»Du bekommst sie nicht!«, rief er über das Zischen des austretenden Sauerstoffs hinweg und warf sich Logan erneut entgegen, die Stange wild über den Kopf schwingend.

Logans Blick zuckte in Richtung des losen Schlauchs, aus dem das Gas austrat. Wie lange reichte der Sauerstoff im Tank, ohne Versorgung von außen? Er duckte sich unter einem weiteren Angriff weg, erwischte den Weißkittel beim Arm und drehte ihn ihm so heftig auf den Rücken, dass er die Eisenstange fallen ließ. Mit einem wuchtigen Faustschlag ins Gesicht streckte Logan den Mann nieder und trat die Stange fort.

Er hielt sich lediglich so lange mit dem Kerl auf, um sich davon zu überzeugen, dass er ihm im Augenblick nicht gefährlich werden konnte, ehe er sich dem Tank zuwandte. Logan griff nach dem Hebel, den er schon zuvor in der Hand gehabt hatte, und legte ihn um. Ein hydraulisches Zischen erklang. Der Deckel ruckte eine Handbreit nach oben. Logan griff danach und schob ihn mit aller Kraft hoch.

Dann sah er Alessa.

Sie lag da wie tot. Der ärmellose Kittel, den man ihr angezogen hatte, reichte ihr kaum bis zu den Knien. Sie war leichenblass, der ganze Körper von einer Gänsehaut überzogen und um ihren Hals war ein Verband gewickelt.

»Alessa?«

Sie reagierte nicht. Er war nicht einmal sicher, ob sie atmete. Dann jedoch sah er, wie sich ihr Brustkorb hob und kurz darauf wieder senkte.

»Gott sei Dank!« Er legte ihr zwei Finger an den Hals und tastete nach ihrem Puls. Ihre Haut fühlte sich eisig an, doch ihr Herzschlag war stark und regelmäßig. Zärtlich strich er ihr über die Wange. »Liebes?« Als sie sich noch immer nicht rührte, zog er seine Lederjacke aus und breitete sie über ihr aus. »Ich bin gleich wieder da«, sagte er leise. »Hab keine Angst, alles wird gut.«

Er packte den bewusstlosen Wissenschaftler und schlug ihm mit dem Handrücken ins Gesicht, bis er zu sich kam. Den Kerl beim Arm gepackt zerrte er ihn hinter sich her, um die Ecke. Vor dem Zimmer, in das sie die anderen Labormitarbeiter eingesperrt hatten, waren Hartleys Männer dabei, die Festgenommenen abzuführen. Einer von ihnen schob Doktor Burke vor sich her.

»Warten Sie!«, rief Logan und zerrte seinen Gefangenen unerbittlich mit sich. »Ich brauche Burke!«

Der Mann im Drillich blieb stehen und drehte sich zu ihm herum. Logan beeilte sich ihn zu erreichen und übergab den Weißkittel an einen der Wachmänner. Dann wandte er sich an Burke.

»Wie bekomme ich sie wach?«

»Unter der Konsole ist eine kleine Schublade«, sagte die Ärztin in einem Tonfall, als ginge es lediglich um lästigen Papierkram. »Darin sind mehrere Fläschchen. Nehmen Sie das mit der gelben Flüssigkeit und spritzen Sie sie ihr subkutan. Das wird die Wirkung des Betäubungsmittels aufheben.«

Einfach unter die Haut spritzen. Das war gut, damit hatte er Erfahrung. Trotzdem war er nicht sicher, ob er Burke über den Weg trauen konnte. Er packte sie bei der Kehle und presste sie gegen die Wand. »Wenn Sie versuchen mich hereinzulegen, werden Sie es bitter bereuen!« Nicht, dass er es nicht vorher bereuen würde, wenn er auf dieses skrupellose Miststück hereinfiel.

Er fuhr herum und lief zu Alessa zurück. Die Schublade, von der Burke gesprochen hatte, war unterhalb der Konsole ein Stück zurückversetzt worden, sodass man sie nicht auf Anhieb entdeckte. Logan zog sie auf und warf einen Blick auf die beiden Fläschchen darin – eines mit gelber, das andere mit hellgrüner Flüssigkeit. Keines hatte ein Etikett.

»Scheiße.«

Er nahm eine Einwegspritze heraus und riss die Verpackung auf, ehe er nach der gelben Flüssigkeit griff und die Spritze damit aufzog. Unschlüssig stand er da und sah Alessa an. Die Vorstellung, ihr etwas zu injizieren, von dem er nicht wusste, ob es sie nicht vergiften würde, ließ ihn zögern. Er legte die Spritze in die Schublade zurück und zog sich den Stuhl heran. Vorsichtig hob er Alessa aus dem Tank und setzte sich mit ihr auf den Armen auf den Stuhl. Sobald er saß, wickelte er die Jacke fester um sie, dann drückte er sie an seine Brust und rieb ihr über Arme, Beine und Rücken, um sie aufzuwärmen.

Er würde ihr die Spritze nicht geben. Das Risiko, dass Burke ihn hereinzulegen versuchte, war ihm zu groß. Stattdessen würde er über seinen Schatten springen und Devon bitten einen Arzt zu holen – einen *vertrauenswürdigen*.

Plötzlich riss Alessa die Augen auf und fuhr so ruckartig hoch, dass er Mühe hatte, sie festzuhalten. Er verstärkte seinen Griff und zog sie fest an sich.

»Es ist alles in Ordnung«, versuchte er sie zu beruhigen. »Du bist in Sicherheit.«

Sie blinzelte verwirrt, der Blick trübe und verhangen von der Wirkung des Betäubungsmittels. »Logan?«, flüsterte sie.

»Ich bin es.« Plötzlich hatte er einen Kloß im Hals, der ihm selbst diese drei Worte schwer machte. Als er ihr über den Arm strich, lehnte sie den Kopf an seine Brust und schloss die Augen wieder.

»Ich wusste, dass du mich nicht alleinlassen würdest«, murmelte sie.

Mit ihr auf den Armen stand er auf und ging auf den Gang hinaus, wo Devon ihm in Begleitung eines grauhaarigen Mannes entgegenkam.

»Das ist Doktor Yardes«, stellte er den Bärtigen vor. »Lass ihn einen Blick auf Alessa werfen, um sicherzugehen, dass sie wieder in Ordnung kommt.«

Sie brachten Alessa in einen der Untersuchungsräume und legten sie auf eine Liege. Die ganze Zeit über, während der Doktor ihren Puls und den Blutdruck überprüfte, ihre Pupillen untersuchte und noch einige andere Tests vornahm, wich Logan nicht von ihrer Seite. Er stand am Kopfende der Liege, wo er den Arzt nicht weiter störte, und strich ihr immer wieder über die Wange oder legte seine Hand auf ihre Schultern, um ihr zu zeigen, dass er da war.

Obwohl sich Alessa alle Mühe gab, den Anweisungen des Arztes Folge zu leisten, fielen ihr immer wieder die Augen zu. Trotzdem nickte der Mann nach einer Weile.

»Ich habe gerade von Doktor Burke gehört, dass man ihr ein ziemlich starkes Betäubungsmittel verabreicht hat«, sagte er schließlich an Logan gewandt. »Soweit ich das im Augenblick beurteilen kann, fehlt ihr nichts. Alles, was sie braucht, sind ein paar Stunden Schlaf. Falls es ihr binnen vierundzwanzig Stunden nicht besser geht, rufen Sie mich an.«

Logan nickte nur stumm.

»Danke, Doc.« Devon schüttelte dem Mann die Hand und brachte ihn zur Tür. Als er zu Logan zurückkehrte, warf er einen Blick auf Alessa. »Du hast es gehört. Sorg dafür, dass sie Schlaf bekommt. Und morgen sprechen wir in Ruhe noch einmal über alles.«

Logan wollte sich bei ihm bedanken, sich vielleicht auch für sein Verhalten entschuldigen; da ihm jedoch nach all den Jahren, in denen zwischen ihnen Schweigen geherrscht hatte, die passenden Worte fehlten, streckte er seinem Bruder einfach nur die Hand entgegen. Devon ignorierte den ausgestreckten Arm. Stattdessen umarmte er ihn und schlug ihm kameradschaftlich auf die Schulter.

Es war ein ungewohnter Moment der Nähe, wie er ihn seit seiner Kindheit nicht mehr mit seinem Bruder erlebt hatte. Ein Moment, in dem er nicht so recht wusste, wie er reagieren sollte. Deshalb rettete er sich auf sicheres Terrain und kehrte zum Geschäftlichen zurück: »Ich sorge dafür, dass die Weißkittel morgen abgeholt werden.«

Er hob Alessa wieder hoch und trug sie aus dem Labor, hinaus ins Freie. Inzwischen war es dunkel geworden, das Anwesen war jedoch ausreichend beleuchtet, sodass er ohne Schwierigkeiten den Weg zurück zum Haupthaus fand. Devon folgte ihm bis zum Wagen und öffnete ihm die hintere Tür, damit Logan Alessa auf die Rücksitzbank legen konnte. Er holte eine Decke aus dem Kofferraum und breitete sie zusätzlich zu seiner Lederjacke über ihr aus. Mit einem letzten stummen Gruß an seinen Bruder stieg er in den Defender und fuhr los.

*

Endlich zu Hause angekommen brachte er Alessa nach oben. Während der Fahrt hatte er sie immer wieder im Rückspiegel beobachtet, ein- oder zweimal hatte sie kurz die Augen geöffnet, die meiste Zeit jedoch geschlafen. Als er den letzten Treppenabsatz erreichte, entdeckte er Avery, der oben auf den Stufen saß. Keiner aus seinem Team war je bei ihm zu Hause gewesen, entsprechend überrascht war Logan, seinen Computerspezialisten hier zu sehen. In dem Augenblick, in dem Avery ihn bemerkte, sprang er auf.

»Ist sie okay?«

Logan blieb auf den Stufen stehen und nickte. »Nur müde. Das Mittel, das sie ihr verpasst haben, wirkt noch nach.« Dann konnte er sein Erstaunen nicht länger verbergen. »Was machst du überhaupt hier?«

»In erster Linie habe ich mir Sorgen gemacht«, gestand Avery. »Ich konnte dich nicht erreichen und wollte wissen, was los ist.«

»Ich hatte mein Handy abgeschaltet. Was sagt der Arzt?«

Der Blonde winkte ab. »Mir fehlt nichts. Aber du siehst aus, als hättest du eine interessante Geschichte zu erzählen. Was ist passiert?«

»Lass uns reingehen«, schlug Logan vor und musste sich über sich selbst wundern, dass er jemanden in seine Wohnung einlud, ohne sich – wie es bei Morgans Besuchen zur Gewohnheit geworden war – über den Eindringling zu beschweren. »Ich bringe Alessa ins Bett, dann erzähle ich dir alles.«

Avery nahm ihm den Schlüssel ab und schloss auf. Logan trug Alessa den Gang entlang und deutete auf eine Tür zu seiner Rechten. »Da drin ist die Küche. Tu mir einen Gefallen und schmeiß die Kaffeemaschine an. Ich brauche eine wirklich starke Tasse voll.«

Während Avery in der Küche verschwand, brachte Logan Alessa ins Schlafzimmer und legte sie aufs Bett. Er befreite sie von der Decke und seiner Lederjacke, zog ihr den grauenvollen Kittel aus und streifte ihr seinen Flanellpyjama über, ehe er sie zudeckte. Eine Weile saß er auf der Bettkante und beobachtete ihren Schlaf.

Schließlich warf er einen Blick auf die Leuchtziffern des Radioweckers. Gerade einmal kurz nach zehn und er fühlte sich, als hätte er drei Tage und Nächte durchgemacht. Er nahm das Schulterholster ab, fischte die Magazine aus seinen Taschen und legte alles zusammen auf die Kommode. Zuletzt streifte er seinen Pullover ab und befreite sich von der Schutzweste. Er ließ die verspannten Schultern kreisen und spürte einen Schmerz im Rücken und am Arm, dort, wo ihn die Eisenstange dieses Weißkittels getroffen hatte. Die Weste mochte die Durchschlagskraft von Kugeln abhalten, war jedoch machtlos gegen jede Form von Stoßwirkung. Obwohl er sich nach einer langen heißen Dusche sehnte, verschob er das auf später, um Avery nicht länger warten zu lassen.

Als er in die Küche kam, war der Kaffee schon fertig. Avery schob ihm eine Tasse über den Tresen. Logan fing sie mitten im Schwung ab und deutete mit dem Kopf in Richtung Couch. »Setzen wir uns.«

Er ließ sich in die Polster fallen und streckte die Füße von sich. Nach einem großen Schluck Kaffee begann er seine Geschichte zu erzählen, die damit endete, wie er das Labor, zusammen mit Alessa, verlassen hatte.

Avery hatte die ganze Zeit über keine Fragen gestellt, nichts kommentiert und auch keine Witze gerissen. Erst nachdem Logan fertig erzählt hatte, wich sein Schweigen einem lauten Lachen. »Du bist allen Ernstes ins Anwesen marschiert und hast eine Geisel genommen?«, rief er in einem Tonfall, als hätte Logan einen gewaltigen Coup gelandet. »Wow!«

Für Logan hingegen waren die vergangenen Stunden in keiner Weise das Abenteuer gewesen, das Avery in seiner Geschichte zu sehen schien. »Ich weiß nicht, was ich getan hätte, wenn sie unauffindbar gewesen wäre.«

Avery bedachte ihn mit einem langen, nachdenklichen Blick, den Logan nicht deuten konnte.

»Was?«, fragte er schließlich ungeduldig.

Der Blonde zuckte die Schultern. »Ich bin nur überrascht«, gestand er. »Du liebst sie wirklich.«

Noch vor ein paar Tagen hätte sich Logan nicht vorstellen können, mit jemandem aus seinem Team über sein Privatleben zu sprechen – nicht einmal, wenn er eines gehabt hätte. Jetzt jedoch nickte er. »Ja, das tue ich.«

Avery grinste.

»Was ist daran so komisch?«

»Nichts. Ich mag sie und ich freue mich für euch – nur Pokern solltest du nicht mit ihr. Sie spielt grauenhaft.«

Logan lachte. Dann fiel ihm etwas ein. »Hör mal, könntest du morgen früh noch mal vorbeikommen und für ein paar Stunden auf Alessa achtgeben? Ich habe noch etwas auf dem Anwesen zu erledigen. So gegen neun?«

»Klar. Ich bringe frische Brötchen mit.«

27

In dieser Nacht fand Logan nur wenig Schlaf.

Er kroch zu Alessa unter die Decke und zog sie in seine Arme, um sie warm zu halten – und um sie zu berühren und sicherzugehen, dass sie auch wirklich da war. Immer wieder schreckte er aus wirren Träumen auf, in denen er Alessa tot neben sich sah, zerrissen von dem Dämon, der sich aus seinem Gefängnis befreit hatte, oder umgebracht von einer Überdosis Betäubungsmittel. Ihm wurde schnell klar, er würde keine Ruhe finden. Er lag im Dunkeln neben ihr und lauschte ihren regelmäßigen Atemzügen, die so beruhigend waren, dass sie ihn zumindest für eine Weile seine Unruhe vergessen ließen. Doktor Yardes hatte sich keine Sorgen gemacht, deshalb sollte er es ebenso wenig tun, doch Logan konnte nicht aus seiner

Haut. Sie atmen zu hören nahm ihm nur eine seiner Ängste. Sobald er die Augen schloss, sah er die Fratze des Dämons vor sich, der sich über Alessa beugte, bereit jeden anzugreifen, der sich ihm näherte. Sie war lediglich ein paar Stunden in Doktor Burkes Gewalt gewesen und Logan bezweifelte, dass die Ärztin bereits mit ihren Versuchen begonnen hatte. Was ihn jedoch beunruhigte, war die Frage, welche Wirkung das Betäubungsmittel auf die Mauern hatte, die den Dämon gefangen hielten. Logans Fantasie gaukelte ihm Bilder von einem gewaltigen Samenkorn vor, das unter ihrer Haut pulsierte, kurz davor, zu platzen und seine dämonische Frucht freizugeben.

Unsinn!, versuchte er sich zu beruhigen. Als er ihr den Pyjama angezogen hatte, war ihm der Dämon nicht größer vorgekommen.

Du hast ihn doch gar nicht gesehen!, hielt eine beharrliche Stimme dagegen.

Nein, er hatte den Verband nicht von ihrer Schulter entfernt, aber er war sicher, dass es ihm aufgefallen wäre, wenn sich das Samenkorn darunter verändert hätte. Womöglich hätte sich der Verband nach außen gewölbt oder aber die dunklen Umrisse des Korns wären rechts und links des Verbandmulls zu sehen gewesen.

»Da war nichts«, flüsterte er in die Dunkelheit.

Trotzdem knipste er die Nachttischlampe an und zog vorsichtig die Decke von Alessas Schulter. Er öffnete die obersten Knöpfe des Schlafanzuges und zog ihn zur Seite, bis er ihre Schulter sehen konnte.

Alessa drehte den Kopf zu ihm herum. Verschlafen sah sie ihn an. »Logan?«

Er strich ihr über den Arm. »Schlaf weiter«, sagte er leise. »Ich will nur sehen, ob die Wunde in Ordnung ist.«

Noch während er den Pflasterverband löste, schloss sie die Augen und war bereits wieder eingeschlafen. Logan hob den Verband. Der Anblick der einzelnen Stiche und des tiefen Schnitts weckte in ihm die Erinnerung an jene Nacht, in der er sie in ihrem eigenen Blut liegend gefunden hatte. Vorsichtig strich er am Rand der Naht entlang, tastete nach dem Samenkorn darunter, doch er konnte es kaum fühlen. In ihrer ersten gemeinsamen Nacht war die Erhebung deutlich zu spüren gewesen, jetzt jedoch war da kaum mehr als eine sanfte Schwellung. Erleichtert befestigte Logan den Verband wieder und zog den Schlafanzug zurecht.

Er schaltete das Licht aus und rückte so dicht an Alessa heran, dass sie mit dem Rücken an seiner Brust lag. Die Arme um sie geschlungen, blieb er bis zum Morgen so liegen.

Sobald es draußen hell wurde, stand er auf und ging in die Küche. Er setzte Wasser auf, wartete, bis es kochte, und füllte es in eine Wärmflasche, die er Alessa unter die Decke schob, damit sie seine Körperwärme nicht zu sehr vermissen würde. Dann ging er ins Bad.

Als er später aus der Dusche kam, griff er nach dem Telefon und rief Morgan an. Er lieferte dem Bullen eine Zusammenfassung dessen, was gestern geschehen war, und bat ihn dafür zu sorgen, dass die Labormitarbeiter abgeholt und in den Knast verfrachtet wurden. »So wie es aussieht, wusste mein Bruder tatsächlich nichts davon.«

Schweigen folgte auf seinen Bericht.

»Scheiße, Logan«, rief Morgan plötzlich in die Stille hinein. »Hör auf, mich zu verarschen!«

»Wenn du mir nicht glaubst, ruf in der Gemeinschaft an. Ich schätze, mein Besuch dürfte sich inzwischen herumgesprochen haben.«

Morgan stieß langsam den Atem aus. »Du hast es tatsächlich geschafft«, sagte er ungläubig. »Du hast dieses verdammte Labor hochgehen lassen. Allein dafür sollten sie dir einen Orden verpassen!«

»Danke, ich verzichte.«

Der Bulle lachte kurz auf, wurde aber sofort wieder ernst. »Was ist mit deiner Dämonenseherin?«

Vermutlich hätte er gerne gehört, dass Alessa zusammen mit Susannah gestorben war, doch den Gefallen konnte er Morgan nicht tun. Der Bulle würde sich daran gewöhnen müssen, dass es sie gab und dass sie hier bei Logan war. »Sie ist in Sicherheit.«

»Das freut mich.« Die Worte klangen wenig überzeugend und die Lüge dahinter war so deutlich greifbar, dass sich Logan fragte, ob diese Freundschaft noch zu retten war. Womöglich würde Morgan niemals akzeptieren, dass Alessa jetzt zu ihm gehörte. Vielleicht *konnte* er das gar nicht nach dem, was seiner eigenen Frau zugestoßen war. Wenn ihre Freundschaft daran zerbrechen sollte, war das mehr als nur bedauerlich, trotzdem hatte Logan nicht vor, Alessa aus seinem Leben zu verbannen. *Das* konnte und wollte er nicht.

»Hör mal, ich fahre jetzt zum Anwesen.«

»Mit ihr?«

»Nein. Avery kommt und passt auf sie auf.« Er dachte einen Moment nach, dann sagte er: »Wie wäre es, wenn wir heute Abend noch mal in Ruhe über alles sprechen?«

»Salami?«

»Wie üblich«, grinste Logan. Dann legte er auf.

Kurz darauf kam Avery mit den versprochenen Brötchen. »Ich hoffe, du hast Marmelade im Haus«, meinte er und schlug den direkten Weg zur Kaffeemaschine ein.

Logan legte sein Schulterholster an, schlüpfte in die Lederjacke und ging ins Schlafzimmer, um sich von Alessa zu verabschieden. Als er ins Zimmer kam, öffnete sie die Augen und sah ihn an.

»Du willst weg?« Sie klang noch immer matt, doch zumindest gelang es ihr inzwischen, die Augen offen zu halten.

»Avery ist nebenan, falls du etwas brauchst. Er hat sogar Frühstück mitgebracht. Ich muss noch mal zum Anwesen zurück, um einiges mit Devon zu klären.« Er setzte sich zu ihr auf die Bettkante und griff nach ihrer Hand. »Wie fühlst du dich?«

»Matschig«, stöhnte sie und setzte sich auf. »Aber ich schätze, das vergeht. Wie hast du das geschafft, Logan? Wie hast du mich gefunden?«

Im Augenblick wollte er ihr nichts von Susannahs Tod sagen und sie auch nicht mit einer langen Geschichte belasten. Dafür war später noch Zeit.

»Es war nicht wirklich schwer, sich auszumalen, wo sie dich hingebracht haben.«

Er fürchtete schon, sie würde weitere unangenehme Fragen stellen, doch statt etwas zu sagen, beugte sie sich vor und küsste ihn. Was mit einer sanften Berührung ihrer Lippen auf seinen begann, wurde schnell zu mehr. Ihre Zunge umspielte seine Mundwinkel, und als er den Mund leicht öffnete und ihr mit seiner Zunge begegnete, sie neckte und forderte, spürte er ihre Hände, die sich ihren Weg unter seinen Pullover suchten und rasch tiefer wanderten.

Die Vernunft sagte ihm, dass er ihre Hände fortschieben, aufstehen und gehen sollte, doch sein Körper sagte etwas anderes. Er schielte zur Tür, um sich zu vergewissern, dass er sie geschlossen hatte, dann drängte er Alessa in die Kissen zurück, um ihr zu geben, wonach sie sich beide sehnten.

Als er später das Haus verließ, war seine Laune blendend. Er fühlte sich so gut, dass er auf dem Weg zum Anwesen an einem kleinen Laden anhielt, um einen Blumenstrauß und eine Schachtel Pralinen zu besorgen. Nicht unbedingt einfallsreich, aber vielleicht würde es helfen, seine Schwägerin zu versöhnen.

Am Anwesen angekommen ließen ihn die Torwachen sofort passieren. Im Haupthaus meldete ihn die Frau am Empfang bei seinem Bruder an und ließ jemanden rufen, der ihn nach oben brachte.

Devon erwartete ihn in seinem Büro. Er stand mit Jackie am Fenster und küsste sie gerade, als Logan hereinkam und sich räusperte.

»Ich störe ja ungern«, meinte er, »aber das Empfangspersonal scheint hier jeden durchzuwinken.«

Ohne Jackie aus seinen Armen zu lassen, drehte sich Devon zu seinem Bruder um, ein breites Grinsen im Gesicht. »Die lassen nur die Leute herein, die auf der Liste stehen.«

»Ich vermute mal, da stehen die drauf, mit denen ihr noch ein Hühnchen zu rupfen habt.«

»Typen wie du eben.«

Mit einem Seufzen wandte sich Logan an Jackie. »Der Typ hier wollte sich jedenfalls entschuldigen.« Er machte ein paar Schritte auf sie zu und blieb vor ihr stehen. »Ich war gestern nicht ganz ich selbst. Ich weiß, das ist keine Entschuldigung, aber ich wusste mir einfach nicht anders zu helfen. Du warst die beste Eintrittskarte, die ich –«

Jackie boxte ihn in die Seite. »Du kannst aufhören herumzustammeln und die Pralinen herausrücken. Die sind doch wohl für mich, oder?«

Logan zog überrascht die Augenbrauen in die Höhe. »Du verzeihst mir? Einfach so?«

»Abgesehen davon, dass du meine beste Freundin aus den Fängen dieser, dieser ... alles, was ich über Burke sagen würde, müsste zensiert werden ... jedenfalls hast du Alessa gerettet und dafür kann ich dir den kleinen Ausrutscher mit der Pistole und dem Zu-Tode-Erschrecken ausnahmsweise noch mal verzeihen.« Logan setzte zu einer erleichterten Erwiderung an, als sie den Zeigefinger hob. »Allerdings nur unter einer Bedingung.« Sie runzelte die Stirn. »Nein, eigentlich sind es drei Bedingungen.«

»Welche?«

»Erstens: Es bleibt bei diesem einen Mal. Keine weiteren Geiselnahmen und Androhungen von Gewalt. Als Zweites will ich eine Umarmung. Das ist ja wohl das Mindeste, was ich von meinem Schwager erwarten kann.«

»Die sollst du haben.« Er konnte gar nicht so schnell die Arme ausbreiten, wie sie ihm um den Hals fiel. Während er ihre Umarmung erwiderte und bemerkte, wie gut ihre Herzlichkeit tat, wurde ihm bewusst, dass es allein Jackie zu verdanken war, wenn er seinen Bruder jetzt erstmals in einem anderen Licht sah. Hätte sie ihm nicht so viel über Devon und die Gemeinschaft erzählt, wäre es ihm gestern vielleicht nicht gelungen, ihm zu vertrauen.

Er löste sich aus ihrer Umarmung und trat einen Schritt zurück. »Und was ist deine dritte Forderung?«

»Dass du endlich die Blumen und vor allem die Pralinen herausrückst!« Sie packte beides und rupfte es ihm aus der Hand, bevor er reagieren konnte. Jetzt musste Logan wirklich lachen. Jackie küsste ihren Mann auf die Wange. »Ich lass euch dann mal allein«, sagte sie, schon auf halbem Weg zur Tür. »Vertragt euch.«

Nachdem sie gegangen war, setzte sich Devon hinter seinen Schreibtisch und deutete auf den Sessel ihm gegenüber. Er wartete, bis Logan saß, dann griff er in eine Schreibtischschublade, holte die Pistole heraus, die Logan ihm gestern in die Hand gedrückt hatte, und schob sie ihm über den Tisch zu.

»Wie geht es Alessa?«, erkundigte sich Devon.

Zumindest vorhin, als er mit ihr geschlafen hatte, war es ihr gut gegangen. Logan unterdrückte ein Lächeln. »Sie kommt wieder in Ordnung, ganz ohne Burkes Spritze.«

Devon stieß die Luft aus und trommelte mit den Zeigefingern auf den Armlehnen seines Stuhls. »Du weißt, dass wir darüber sprechen müssen, was mit ihr passiert.«

»Du wirst sie nicht bekommen.«

»Es geht nicht nur darum, dass sie eine Gefahr für ihre Umwelt ist – sie selbst schwebt ebenfalls in Gefahr«, fuhr sein Bruder fort. »Jackie hat mir von dem Dämon erzählt, den sie gespürt hat. Ich glaube nicht, dass ihr noch viel Zeit bleibt. Sei vernünftig, Logan. Bring sie zu uns und lass uns dafür sorgen, dass ihr Leben gerettet wird.«

»In einem dieser Tanks? Auf keinen Fall!«

Devon schüttelte den Kopf. »Wir haben die Versuchspersonen, die ihr gefunden habt, zwar in Tiefschlaf versetzt, aber sie sind nicht in diesen Tanks. Sie befinden sich auf der Krankenstation, wo sie überwacht und betreut werden. Unsere Leute arbeiten mit Hochdruck daran, einen Weg zu finden, um die Verbindung zu trennen, die der Samen mit dem Körper eingegangen ist. Sobald ihnen das gelingt, können sie entfernt werden.« Er beugte sich über den Tisch nach vorne und sah Logan fest in die Augen. »Ich werde dir meine Männer nicht auf den Hals hetzen, denn ich vertraue darauf, dass du die richtige Entscheidung triffst. Verabschiede dich von ihr und bring sie zu uns. Um ihretwillen.«

Logan wusste, dass der Dämon sie früher oder später zerfetzen würde, wenn sie nichts unternahmen. Solange es jedoch für sie keinen Grund gab, ihre Fähigkeiten einzusetzen, konnte ihr der Dämon auch nicht gefährlich werden. Logan würde auf sie achtgeben, trotzdem fürchtete er, dass das nicht genügen würde.

Ich muss mit ihr sprechen.

»Ich habe die Nacht damit verbracht, Gespräche zu führen«, wechselte Devon das Thema. »Nachdem Burke begriffen hatte, dass ihre Versuche endgültig am Ende sind, ist sie erstaunlich gesprächig geworden. Du hattest die ganze Zeit über recht: Niemals hätten diese Experimente ohne das Wissen und die Deckung des Rates stattfinden können.«

Logan sah erstaunt auf.

»Aber es war nicht der ganze Rat«, fuhr er fort, »sondern nur ein einziges Mitglied: Frank Straub. Inzwischen hat er zugegeben, die Versuche gedeckt und zum Teil sogar finanziert zu haben.«

»Hat er auch die Morde am Professor und an den Dämonensehern gestanden?«

Devon schüttelte den Kopf. »Bis jetzt noch nicht.«

Sie hatten das Labor ausgegraben und den Hintermann, der alles deckte, gefunden, und trotzdem hatte Logan das Gefühl, dass etwas an dem Bild noch nicht stimmig war. Es dauerte nicht lange, bis ihm bewusst wurde, wo der Fehler lag. »Er wird auch nichts gestehen.«

»Warum nicht?«

»Es passt einfach nicht«, sagte er kopfschüttelnd. »Warum sollte er einerseits die Experimente unterstützen und gleichzeitig das wertvollste Kapital dieser Forscher umbringen?«

»Das heißt, der Mörder ist immer noch auf freiem Fuß.« Devon atmete tief durch und fuhr sich über das Gesicht. Als er Logan wieder ansah, wirkte er resigniert. »Aber wie sollen wir den finden?«

»Es muss jemand sein, der mit der Gemeinschaft einigermaßen vertraut ist«, überlegte Logan laut. »Jemand, der auf die Unterlagen zugreifen kann und der … Scheiße!« Als ihm bewusst wurde, dass es nur einen gab, der im Besitz des nötigen Wissens war, sprang er auf. »Es ist Morgan!«

»Dein Polizisten-Freund?«

Logan war schon auf halbem Weg zur Tür. »Er weiß, dass Alessa in meiner Wohnung ist und dass ich nicht da bin!«

28

Obwohl ihr die Müdigkeit immer noch in den Knochen steckte, war es Alessa einfach nicht gelungen, die Finger von Logan zu lassen. Daran konnte auch der dumpfe Schmerz in ihrer Schulter nichts ändern. Mit ihm zu schlafen und ihn zu spüren, ließ sie erst realisieren, dass sie sich in Sicherheit befand. In jeder seiner Berührungen lag das stumme Versprechen, sie zu beschützen und für sie da zu sein. Ein Gefühl, das sie im Augenblick so dringend brauchte wie die Luft zum Atmen.

Nachdem Logan gegangen war, nahm sie eine ausgedehnte Dusche, ehe sie wieder in den Pyjama schlüpfte und nach nebenan ging, um Avery zu begrüßen. Der blonde Hüne war sichtlich erleichtert, sie auf den Beinen zu sehen. Trotzdem fiel ihr gemeinsames Frühstück eher schweigsam aus, denn sobald sie sich auf einen der Barhocker am Küchentresen geschwungen hatte, kehrte die Müdigkeit mit solcher Wucht zurück, dass sie schon beim Bestreichen ihres Brötchens beinahe eingeschlafen wäre. Daran konnte auch der starke Kaffee nichts ändern, den Avery ihr vor die Nase stellte.

»Alessa, es tut mir so leid, dass ich das verbockt habe«, sagte er wohl zum hundertsten Mal und riss sie aus dem Halbschlaf. »Wenn ich geahnt hätte –«

Sie schüttelte den Kopf. »Es ist okay. Mach dir keine Sorgen.«

»Ich habe die Lage falsch eingeschätzt«, fuhr er trotzdem fort. »Das hätte mir nicht passieren dürfen! Die haben mich wie einen blutigen Anfänger überrumpelt.«

»Du hattest die Männer im Blick.«

»Toll«, schnaubte er. »Dafür hat sich der Zweimeterriegel von einer *Frau* aus den Schuhen hauen lassen.«

Alessa verzichtete darauf, ihm zu sagen, dass es wohl eher der Strom war, der ihn außer Gefecht gesetzt hatte. Das hätte ihn auch nicht getröstet. Sie starrte auf ihre Kaffeetasse, auf der Suche nach dem Mut, den ihre nächste Frage kosten würde. Logan hatte ihr kaum etwas erzählt, seine Zurückhaltung war ein deutliches Zeichen dafür gewesen, dass er im Augenblick nicht darüber sprechen wollte – vermutlich, um sie zu schonen. Nicht auszusprechen, was mit Susannah passiert war, machte es nur schlimmer. Auch wenn sie die Antwort längst zu wissen glaubte, musste sie die Worte hören. »Sie ist tot, nicht wahr?«

Avery sah auf. Er seufzte und griff über den Tresen hinweg nach ihrer Hand. »Die Ärzte konnten ihr nicht mehr helfen. Es tut mir leid.«

Alessa war sich nicht sicher, ob es ihr auch leidtat. Ein Teil von ihr trauerte um die Freundin, die sie verloren hatte, während der andere Teil noch immer vor Wut über Susannahs Verrat schäumte. Es war weniger die Tatsache, *dass* Susannah sie verraten hatte, als vielmehr die Erkenntnis, wie sehr Alessa sich in ihr getäuscht hatte.

»Warum hat sie das getan?«, fragte sie leise. »Ich verstehe das einfach nicht.« Drei Jahre waren sie befreundet gewesen, hatten dieses beschissene Leben ertragen und sich gegenseitig durch Phasen geschleppt, in denen mal die eine und mal die andere das Gefühl gehabt hatte, das alles nicht länger auszuhalten – und dann das!

»Wenn ich Logan richtig verstanden habe, haben sie ihr ein Angebot gemacht.«

Alessa konnte sich vorstellen, wie dieses Angebot ausgesehen hatte. Wie verzweifelt mochte Susannah gewesen sein, um darauf einzugehen? Sie hätte doch wissen müssen, dass Burke sie niemals befreit hätte. *Nicht einmal, wenn sie könnte.*

»Manchmal verstehen wir selbst die Leute nicht, die wir zu kennen glauben«, seufzte Avery.

»In dir steckt ja ein richtiger Philosoph.«

Er zuckte die Schultern. »Muss wohl eine Nebenwirkung des Stromschlags sein.« Sein Blick richtete sich auf das kaum angerührte Brötchen auf ihrem Teller. »Willst du warten, bis es schön vertrocknet ist und ordentlich krümelt?«

Alessa schob den Teller von sich. »Ich glaube, ich hab für den Augenblick genug.«

»Hau dich wieder aufs Ohr«, schlug Avery vor. »Wenn du

was brauchst, ruf mich einfach. In der Zwischenzeit werde ich mal sehen, welche Programme Logans Fernseher hergibt.«

Alessa kehrte ins Schlafzimmer zurück, kroch unter die Bettdecke und fiel in einen unruhigen, von wirren Träumen durchzogenen Schlaf. In erster Linie waren es Bilder und Erinnerungen an Susannah, die sie verfolgten. Sie standen in der Galerie und unterhielten sich, als die bewaffneten Männer auf sie zukamen. Susannah hatte sich die Hand auf die Schusswunde gepresst. Blut sickerte in einem steten Strom zwischen ihren Fingern hindurch, doch sie lachte und zeigte mit der freien Hand auf Alessa, als wäre sie der größte Witz von allen.

»Du bist mein Ticket in die Freiheit«, kicherte sie und fiel auf die Knie. Selbst als ihr Blick brach und sie wie in Zeitlupe nach vorne kippte, wich der amüsierte Ausdruck nicht aus ihren Zügen.

Vor ihr warfen die Bewaffneten den Kopf in den Nacken und lachten.

»Ticket verfallen!«, rief einer nach Luft schnappend, was die anderen in einen weiteren Lachanfall ausbrechen ließ. So laut, dass Alessa aus dem Schlaf fuhr.

Aufrecht sitzend und schwer atmend sah sie sich im Zimmer um – und zuckte erschrocken zusammen, als sie das Gelächter erneut hörte. Es dauerte einen Moment, ehe sie begriff, dass es nur Avery war. Sichtlich hatte er ein Fernsehprogramm nach seinem Geschmack gefunden, denn im Hintergrund dudelte leise Musik, übertönt von verschiedenen Stimmen.

Alessa ließ sich in die Kissen fallen und dämmerte wieder ein. Ihr Schlaf jedoch blieb unruhig und oberflächlich. Schon der geringste Laut genügte, um sie aufzuschrecken. Meistens war sie sich nicht einmal sicher, ob die Geräusche nun aus ihren wirren Träumen stammten oder ob sie von draußen kamen. Als jedoch die Türklingel schrillte, wusste sie, dass zumindest das kein Traum war. Träge öffnete sie ein Auge und lauschte. Das Parkett knarrte, dann wurde die Tür geöffnet. Gedämpfte Stimmen drangen an ihr Ohr, eine davon war die von Avery, die andere konnte sie, abgesehen davon, dass sie zu einem Mann gehörte, nicht weiter einordnen.

Avery sprach leise mit dem Mann. Schritte mischten sich unter die Stimmen, als sie näher kamen, dann waren sie nur noch als schwaches Raunen zu hören. Sie mussten ins Wohnzimmer gegangen sein und die Tür hinter sich geschlossen haben. Alessa lag ganz still da und lauschte angestrengt, doch das Raunen wollte nicht wieder zu erkennbaren Stimmen werden. Schließlich schlief sie ein, nur um kurz darauf erneut die Augen zu öffnen.

Es war still.

Zu still.

Das Raunen war verstummt.

Der Besucher schien wieder gegangen zu sein. Alessa kniff die Augen zusammen und wartete darauf, Averys Gelächter zu hören, doch es blieb ruhig. Nicht einmal der Fernseher gab noch einen Laut von sich.

Alessa wollte nicht länger hier liegen, sich alle paar Minuten von jedem noch so kleinen Geräusch aus dem Schlaf reißen lassen und darauf warten, dass sie endlich wieder einschlief. Sie hatte keine Lust mehr, allein zu sein, deshalb schlug sie die Decke zurück und stand auf. Wenn sie wieder müde wurde, konnte sie sich ebenso gut auf der Couch zusammenrollen – und wenn nicht, hatte sie wenigstens Gesellschaft.

Sie holte Logans Bademantel, schlüpfte hinein und knotete den Stoffgürtel lose zusammen. Ihre Entscheidung, nicht länger herumzuliegen, fühlte sich richtig an. Während der letzten Tage hatte sie schon viel zu viel Zeit liegend verbracht. Langsam sollte sie sich wieder an ein Leben außerhalb des Bettes gewöhnen – zumindest wenn Logan nicht bei ihr war, um ihr die Zeit zu versüßen.

Nur mit Strümpfen an den Füßen verließ sie das Schlafzimmer und rutschte über das Parkett im Flur, als Logans Polizisten-Freund aus dem Wohnzimmer kam und seine Krawatte zurechtzog. Bei ihrem Anblick blieb er auf der Schwelle stehen und auch Alessa hielt überrascht inne.

Ihre letzte Begegnung war nicht sonderlich glücklich verlaufen, nachdem Logan ihr jedoch erzählt hatte, dass er am Abend kommen wolle, um noch einmal mit ihm über alles zu sprechen, schöpfte sie die Hoffnung, dass er ihr mittlerweile ein wenig freundlicher gesinnt war.

»Hallo«, begrüßte sie ihn vorsichtig. »Ich wusste nicht, dass Sie hier sind.«

»Ursprünglich wollte ich auch erst heute Abend kommen«, sagte er, ohne den Blick von ihr zu nehmen, der so durchdringend war, dass sie ihn beinahe auf ihrer Haut zu spüren glaubte. »Dummerweise ist mir etwas dazwischengekommen, deshalb dachte ich, ich versuche einfach jetzt mein Glück. Als Avery mir sagte, dass Logan nicht hier ist, wollte ich eigentlich wieder gehen, doch er bekam einen Anruf. Irgendein Notfall, bei dem das Team seine Hilfe braucht.« Er zuckte die Schultern. »Deshalb bin ich sozusagen als Wachablösung hiergeblieben.«

Obwohl er mit keiner Silbe gesagt hatte, was er über ihresgleichen dachte, fühlte sie sich in seiner Nähe unwohl. Sie hätte ihn darauf ansprechen können, doch im Augenblick fehlte ihr die Kraft für eine Auseinandersetzung. Sie war zu müde, um sich für etwas zu rechtfertigen, das man ihr gegen ihren Willen angetan hatte. Abgesehen davon bezweifelte sie, wie es ihr ohne Logans Unterstützung gelingen sollte, ihn davon zu überzeugen, dass sie nicht von sich aus böse war und auch nicht vorhatte, diesen Dämon auf die Welt loszulassen.

Sie fürchtete allerdings, dass er sachlichen Argumenten gegenüber nur wenig aufgeschlossen sein würde. Am besten wäre es wohl, ihn irgendwie zum Gehen zu überreden.

»Sie müssen nicht hierbleiben«, begann sie. »Logan ist bestimmt jeden Moment zurück.«

»Dann kann ich auch noch so lange warten.«

Alessa zwang sich zu einem Lächeln und nickte. »Sicher. Möchten Sie vielleicht eine Tasse Kaffee?« Sie wollte an ihm vorbei, in Richtung der Küche.

Morgan vertrat ihr den Weg. »Machen Sie sich meinetwegen keine Umstände.« Er legte ihr eine Hand auf den Arm, eine Berührung, die so vertraulich war, dass sie sich zusammenreißen musste, ihn nicht von sich zu stoßen. »Logan hat mir erzählt, was passiert ist. Sie sehen müde aus. Ruhen Sie sich doch wieder aus.«

Der Mann mochte ein Polizist und Logans Freund sein, doch Alessa fühlte sich in seiner Nähe nicht wohl. Das Letzte, was sie wollte, war, ihn mit ihrem Verhalten endgültig davon zu überzeugen, dass sie eine unberechenbare Gefahr darstellte, deshalb griff sie nach seiner Hand, die noch immer auf ihrem Arm lag. Für einen Moment war sie versucht, ihre Schutzschilde zu senken, um in einer Vision mehr über seine Gedanken zu erfahren. Da sie sich das nicht erlauben konnte, drückte sie seine Hand lediglich in einer Geste, von der sie hoffte, sie würde als Dankbarkeit durchgehen. Dann entzog sie sich seiner Berührung, indem sie sich zur Seite drehte, um an ihm vorbei in die Küche zu schlüpfen.

Er rührte sich keinen Millimeter, stand so breit in der Tür, dass es für sie keinen Weg an ihm vorbei gab. »Ich brauche wirklich keinen Kaffee.«

»Aber ich bin durstig.«

»Legen Sie sich hin, ich hole Ihnen etwas«, bot er an. »Wasser? Tee? Etwas anderes?«

Alessa wollte schon kehrtmachen und ins Schlafzimmer zurückkehren, das würde zumindest ein wenig Abstand zwischen sie bringen. Ehe sie sich jedoch abwenden konnte, fiel ihr Blick auf einen Schatten hinter dem Küchentresen. Als sie genauer hinsah, stockte ihr der Atem. Was sie sah, war der untere Teil eines schweren Stiefels. Ein Stiefel, wie Avery ihn heute Morgen getragen hatte.

Wie erstarrt stand sie neben dem Polizisten und zwang sich, den Blick von der Stelle zu nehmen, an der Avery hinter dem Tresen lag. Was immer Morgan Cassidy hier wollte – es war ganz sicher kein Freundschaftsbesuch.

»Wasser wäre prima«, presste sie hervor, ohne sich vom Fleck zu rühren.

Wenn sie es ins Schlafzimmer schaffte, während er ihr das Getränk brachte – *falls* er das überhaupt vorhatte –, dann konnte sie sich dort einsperren. Logan hatte eine Pistole in seiner Kommode. Sie brauchte also bloß kehrtzumachen und ins Schlafzimmer zu gehen, als sei nichts gewesen.

Dummerweise war das nicht so einfach, wie es sein sollte.

Ihre Hände zitterten und ihre Beine versagten den Dienst. Wie gelähmt stand sie da, den Blick ebenso krampfhaft von Avery fernhaltend, wie sie sich bemühte, nicht darüber nachzudenken, ob er tot war.

Endlich gelang es ihr, sich umzudrehen.

Sie unterdrückte den nahezu unwiderstehlichen Drang, auf der Stelle loszurennen und sich im Schlafzimmer zu verschanzen. Er würde sie einholen, bevor sie auch nur die Schwelle erreicht hätte.

Die Augen starr auf die rettende Tür gerichtet setzte sie sich in Bewegung.

Bleib ruhig und atme!

Sie holte tief Luft und zählte ihre Schritte.

Eins.

In ihrem Rücken knarrten die Dielen.

Geh und hol mir das Wasser!

Zwei.

Wenn Avery nicht tot war, würde er hoffentlich rechtzeitig zu sich kommen, um ihr zu helfen.

Drei.

»Schade.« Die Stimme des Polizisten erklang so dicht hinter ihr, dass sein heißer Atem ihren Hals streifte. Alessa zuckte erschrocken zusammen und blieb wie angewurzelt stehen. Sie wusste, sie sollte weitergehen, doch ihre Beine gehorchten ihr nicht mehr.

»Was?«, presste sie hervor, ohne sich umzudrehen.

»Logan zuliebe wollte ich es schnell erledigen«, sagte er ruhig und legte ihr eine Hand auf die Schulter, als wäre er ein guter Freund, der nur das Beste für sie im Sinn hatte. »Ich hätte gewartet, bis Sie schlafen. Sie hätten es nicht einmal bemerkt.«

»Was haben Sie mit Avery gemacht?«

Alessa konnte spüren, wie er die Schultern zuckte, die Bewegung übertrug sich durch seinen Arm auf sie. »Ich glaube, Logan ist sich nicht einmal bewusst, wie scharf seine Küchenmesser sind.«

Tränen stiegen ihr in die Augen. Sie kannte Avery erst seit gestern, trotzdem war er bereit gewesen, sein Leben für sie zu riskieren. Eine Hilfsbereitschaft, die er teuer bezahlt hatte.

»Warum tun Sie das?«

»Ihr habt mir meine Frau und mein Kind genommen.« Die Gelassenheit in seiner Stimme war einer tiefen Verbitterung gewichen. Er zischte die Worte hervor, kleine Speicheltröpfchen spritzten aus seinem Mund und benetzten Alessas Wange. »An ihrem Grab habe ich geschworen, dass ich jede von euch mörderischen Kreaturen jagen und ausmerzen werde. Ihr werdet niemandem mehr die Familie nehmen. Niemals wieder!«

Alessa wusste von Logan, welches Schicksal der Frau des Polizisten widerfahren war, und sie bedauerte es zutiefst. Sie konnte seinen Hass sogar verstehen, doch das rechtfertigte noch lange keine Morde! Nicht an ihresgleichen und schon gar nicht an guten Menschen, wie Avery einer gewesen war.

»Es muss schrecklich für Sie gewesen sein«, sagte sie unter Tränen und meinte jedes Wort ernst, »und es tut mir leid, was Ihrer Frau zugestoßen ist, aber –«

»Meiner Frau *und* meinem Kind«, unterbrach er sie scharf. »Sie wissen nicht das Geringste! Sie haben keine Ahnung, wie lang und dunkel die Nächte sein können, wenn niemand mehr da ist.«

Das wusste sie durchaus – wenn auch aus anderen Gründen.

Seine Hand klammerte sich fester um ihre Schulter. Zielsicher gruben sich seine Finger in die Stelle, unter der sich der Dämon verbarg, bohrten sich in die kaum verheilten Wunden, die das Skalpell in ihrem Fleisch hinterlassen hatte, bis Alessa vor Schmerz aufschrie.

Er lockerte seinen Griff nicht.

»Ich tue das Logan nicht gern an.« Er hatte seine Gelassenheit zurückgewonnen und sprach nun wieder in einer Ruhe, als wolle er lediglich die Einkaufsliste fürs Wochenende mit ihr durchgehen. »Vielleicht kann ich ihm danach nie wieder in die Augen sehen.«

Vielleicht?!

»Es ist tatsächlich nichts Persönliches«, fuhr er ohne Unterbrechung fort. »Unter anderen Umständen hätte ich Sie vermutlich sogar gemocht.«

Alessa spürte eine Bewegung in ihrem Rücken und wusste, dass er seine Waffe zog. Dieselbe Waffe, die er schon zweimal auf sie gerichtet hatte, zuletzt in ihrer Wohnung. Zu wissen, dass er es war, der den Professor und beinahe auch Parker und Kent umgebracht hatte, und ihm – sobald sie sich umdrehte – ohne die Sturmhaube in die kalten Augen zu sehen, war beinahe noch erschreckender, als in sein maskiertes Gesicht zu blicken.

Ohne ihre Schulter loszulassen, presste er ihr mit der anderen Hand den Schalldämpfer gegen die Schläfe. Der Sicherungshebel klickte, ein endgültiger Laut, der ihren bevorstehenden Tod ankündigte. Ehe Alessa wusste, was sie tat, senkte sie ihre Schutzschilde und tastete nach ihren Kräften. Mit einem Ruck befreite sie sich aus seinem Klammergriff und fuhr zu ihm herum. Sie riss den Kopf zur Seite, gleichzeitig griff sie mit ihrem Geist nach der Pistole. Die Waffe wurde dem Polizisten aus der Hand gerissen und fiel zu Boden.

Ein Schuss löste sich.

»Diesmal schlägst du mich damit nicht in die Flucht!«, zischte er. »Diesmal nicht!«

Alessa sprang zurück. Ehe sie jedoch aus seiner Reichweite gelangte, drosch er ihr die Faust ins Gesicht. Die Wucht des Schlages riss sie von den Beinen. Sie schlug hart auf dem Rücken auf. Grelle Sterne explodierten vor ihren Augen und verloren ihren Glanz rasch, als die Schwärze der nahenden Bewusstlosigkeit in ihren Augenwinkeln herankroch. Sie schüttelte heftig den Kopf. Ein wenig wich die Schwärze zurück. Ihr Kiefer schmerzte und ihr Schädel schien jeden Augenblick platzen zu wollen, doch trotz des immensen Drucks, der sich hinter ihrer Stirn aufbaute, zwang sie sich auf die Knie.

Der Polizist bückte sich nach seiner Waffe. Alessa richtete ihre Energie auf die Pistole und verpasste ihr einen Stoß, der sie außer Reichweite rutschen ließ. Am liebsten hätte sie die Waffe mit ihrem Geist genommen und auf Morgan gerichtet, doch in diesem Moment erwachte der Dämon in ihr mit einem Brüllen zum Leben. Es war das erste Mal, dass er sich regte, seit sie versucht hatte, ihn sich aus dem Leib zu schneiden, und sie hatte gehofft, ihn niemals wieder spüren zu müssen. Jetzt jedoch rüttelte er mit einer nie gekannten Macht an den Mauern seines Gefängnisses und verlangte herausgelassen zu werden.

Morgan fuhr herum und trat nach Alessa. Er traf sie so heftig in der Seite, dass ihr die Luft wegblieb. Sie stürzte nach hinten und fing sich mit den Händen ab. Um Atem ringend rollte sie sich herum und warf sich nach vorne. Sie erwischte Morgan beim Saum seiner Hosen und riss daran. Mit einem Ruck befreite er sich und rammte ihr seinen Absatz auf die linke Hand. Ihr kleiner Finger knackte und brach. Alessa schrie und streckte den anderen Arm nach vorne. Ihre Finger glitten über Stoff, sie reckte sich und bekam sein Bein unterhalb des Knies zu fassen. Schnell packte sie auch mit der anderen Hand zu. Ein brüllender Schmerz schoss durch ihren gebrochenen Finger, als sie ihm das Bein mit aller Kraft wegzog. Er schlug der Länge nach hin, was seine Hände näher an die Waffe brachte. Auf dem Bauch kroch er vor, den Arm nach der Pistole gereckt. Und wieder gab Alessa mit ihrem Geist der Waffe einen Stoß, diesmal so hart, dass diese bis ins Schlafzimmer schlitterte.

Der Einsatz ihrer Fähigkeiten ließ den Dämon schlagartig wachsen und so konnte sie ihre Schutzwälle kaum noch halten. Er war groß genug, um sie zu zerfetzen – ohne die Mauer hätte er es schon getan. Alessa versuchte ihn zurückzuzwingen und ihren Schutz wieder aufzubauen, doch er war jetzt kaum noch zu bändigen. Seine Wut und die rohe Kraft, die all die Jahre unter der Oberfläche gebrodelt hatten, suchten sich nun ihren Weg nach draußen. Er kratzte nicht länger nur an den Gefängnismauern, die sie in ihrem Geist errichtet hatte, sie spürte ihn jetzt auch in ihrer Schulter. Ein höllisches Brennen, das sich vom Samenkorn ringförmig ausbreitete, durchfuhr sie. Die Naht, die den Schnitt zusammenhielt, platzte auf. Etwas Warmes lief über ihre Schulter.

Blut.

Panik wallte in ihr auf, durchfuhr sie abwechselnd in heißen und kalten Wellen und ließ ihre Knie nachgeben, als sie versuchte auf die Beine zu kommen.

Die Mauer! Ich muss die Mauer wieder aufrichten!

Sie sammelte ihre Kräfte, holte sie aus dem letzten Winkel

ihres Körpers, und zog mit aller Macht, die ihr geblieben war, die Schutzschilde nach oben. Der Dämon drängte dagegen, versuchte zu verhindern, dass sie ihn in seinen Kerker zurückstieß. Alessa spürte, wie sich die Schwäche immer weiter in ihr ausbreitete, und schloss die Augen. Das letzte Mal hatte sie es nur mithilfe von Kents Energie geschafft. Dieses Mal war sie allein. Sie erinnerte sich daran, wie es gewesen war, von seiner Stärke durchströmt zu werden und sie sich zunutze zu machen. Die Vorstellung eröffnete ihr einen letzten, winzigen Kraftvorrat, den sie dem Dämon entgegenschleuderte. Dann stand die Mauer wieder. Wankend unter dem Zorn des Dämons, doch für den Augenblick hielt sie.

Als sie die Augen öffnete, lag sie zusammengesunken vor der Wand. Morgan beugte sich über sie und streckte die Hand nach ihr aus. Seine Finger schlossen sich um ihre Kehle und drückten zu.

Alessa griff nach seinen Armen und versuchte seine Hände von ihrem Hals zu schieben, doch der Kampf gegen den Dämon, den sie selbst jetzt noch focht, da die Mauern wieder standen, hatte sie alles gekostet. Ihre Finger rutschten ab, während der Polizist ihr immer weiter die Luft abdrückte. Sie versuchte seine Gelenke zu fassen zu bekommen und zerrte weiter daran. Ihre Lungen begannen zu brennen. Sie rang um Atem, doch kein Hauch von Luft floss durch ihre Kehle. Diesmal würde sie nichts mehr gegen die herannahende Finsternis ausrichten können.

Ein Donnern ließ sie zusammenfahren. Jäh ging ein Ruck durch den Körper des Polizisten. Er riss die Augen auf, seine Hände lösten sich von Alessas Hals. Dann brach er in die Knie und kippte nach vorne. In seinem Rücken breitete sich ein dunkler Fleck auf seinem Sakko aus.

Mit hämmerndem Herzen sah Alessa auf. Avery stand gegen die Wand gelehnt, die Pistole noch immer im Anschlag. Aus einer Platzwunde an seiner Schläfe lief Blut über sein

Gesicht und tropfte auf das Parkett. Quer über seine Kehle verlief ein blutiger Schnitt wie ein grausames Lächeln. Er stieß sich von der Wand ab und kam wankend auf sie zu.

Alessa keuchte vor Schmerz. Heiße Tränen rannen ihr über die Wangen, doch ihre Erleichterung schwand rasch, als die Mauern in sich zusammenfielen, die den Dämon gefangen hielten.

Ein Brüllen erfüllte den Flur.

Dann war da nur noch der grauenvolle Schmerz von zerreißendem Fleisch, zerfetzten Muskeln und aufplatzender Haut.

*

Logan rannte die Treppen nach oben, den Wohnungsschlüssel schon in der Hand, als er einen Schuss hörte. Er ließ den Schlüssel fallen, zog noch im Laufen seine Pistole und warf sich mit der Schulter gegen die Tür. Der Türstock splitterte und gab nach. Logan stolperte in den Wohnungsflur und fuhr herum, die Waffe im Anschlag.

Vor ihm taumelte Avery über den Gang, eine Blutspur hinter sich herziehend. Logan versuchte einen Blick an ihm vorbei zu erhaschen und sah Morgan auf dem Boden liegen. Dann wurde Avery zurückgeworfen. Er fiel auf den Rücken und schlitterte ein Stück über das Parkett. Der Aufprall riss ihm die Pistole aus der Hand. Einen Herzschlag später war ein Schatten über ihm.

Logan stockte der Atem, als er die dunkle Silhouette als das erkannte, was sie war: ein dämonisches Biest mit ausgebreiteten ledrigen Schwingen, das seine Klauen in Averys Leib schlug und versuchte, ihm mit seinen scharfen Fangzähnen die Kehle herauszureißen.

In dem Augenblick, in dem er die Kreatur sah, war ihm klar, woher sie kam und dass die Bestie ihm alles genommen hatte. Aus Furcht, die Kontrolle zu verlieren und nicht länger handlungsfähig zu sein, wagte er nicht, Alessa anzusehen. Er wusste, wo sie lag, sah die Umrisse ihres Körpers hinter Morgan, doch er gestattete sich keinen genaueren Blick. Für sie mochte jede Hilfe zu spät kommen, doch Avery konnte er noch helfen, dafür musste er sich nur zusammenreißen. Er schob jedes Gefühl, jeden Gedanken, der nichts mit der augenblicklichen Bedrohung zu tun hatte, in einen Winkel seines Verstandes, bis der Mensch Logan Drake vollkommen verschwunden und nur noch der Soldat geblieben war. Eine Maschine, darauf trainiert, in jeder Situation zu funktionieren.

Er legte die SIG an und zielte auf den Dämon, doch Avery rang so heftig mit dem Monstrum, dass er kein freies Schussfeld bekam. Ohne die beiden auch nur für einen Wimpernschlag aus den Augen zu lassen, umrundete er sie auf der Suche nach einem sicheren Winkel, in dem er nicht Gefahr lief, Avery abzuknallen.

»Scheiße«, fluchte er, als ihm klar wurde, dass er das Vieh so nicht erwischen würde. Er steckte die Pistole vorne in den Hosenbund und sprang vor. Seine Finger krallten sich in die Schwingen des Dämons, die sich kühl unter seinen Händen anfühlten. Lediglich dort, wo dunkle Adern Blut hindurchpumpten, war Wärme zu spüren. Mit einem heftigen Ruck riss er das Vieh von Avery fort.

Er hatte so viel Schwung, dass sie sich mehrfach überschlugen und Logan schließlich auf dem Bauch des Viehs zum Sitzen kam. Der Dämon riss den Kopf nach oben und schnappte nach ihm. Logan gelang es, dem Angriff zu entgehen, doch dafür musste er eine der Pranken freigeben. Ein Zischen durchschnitt die Luft, als die messerscharfen Klauen ihm entgegenrasten. Logan warf sich zur Seite, nicht weit genug, um dem Schlag vollends zu entgehen, da er den Dämon nicht aus seinem Griff lassen wollte, doch zumindest so weit, dass ihm die Klauen statt des Brustkorbes nur den rechten Arm aufrissen.

Er keuchte auf und versuchte den Schmerz ebenso zu ignorieren wie das Blut, das in einem warmen Strom über seinen Arm lief. Mit einem zornigen Schrei holte er aus und drosch dem Dämon die Faust in die Fratze. Das Vieh fauchte und knurrte und wand sich unter ihm. Logan schielte zu Avery. Er lag auf Händen und Knien, die Pistole in einer Hand haltend und starrte ihm schwer atmend entgegen, Gesicht und Hals in Blut gebadet. Logan fürchtete, er würde jeden Moment das Bewusstsein verlieren.

Auch wenn Avery sichtlich darum kämpfte, auf die Beine zu kommen, wollte Logan sich nicht darauf verlassen, dass er ihm rechtzeitig zu Hilfe kam. Womöglich hätte die Bestie Avery zerfetzt, wenn Logan nicht dazwischengegangen wäre.

Er wich einem weiteren zornigen Hieb aus, wobei er jedoch das Gleichgewicht verlor. Die Bestie bemerkte das sofort und warf ihn herum. Dann war sie über ihm. Logan bekam gerade noch eine Hand an den Hals der Kreatur. Den Arm ausgestreckt hielt er sich die Reißzähne vom Leib, doch es war der verletzte Arm. Der Schmerz, den die Belastung nur noch zusätzlich verstärkte, ließ ihn zittern und seine Muskeln zucken. Lange konnte er die Bestie nicht mehr auf Distanz halten.

Klauen schlugen nach seinem Gesicht und verfehlten es nur um Haaresbreite. Logan warf sich zur Seite und bekam ein Bein frei. Er zog das Knie an und trat dem Dämon mit aller Wucht in den Leib. Die Kreatur wurde zurückgeworfen. Die Flügel gespreizt fing sie sich wieder und stürzte sich erneut vor. Dieses Mal würde sie ernsthaften Schaden anrichten, wenn er sie nicht zu fassen bekam, ehe sie ihre Klauen und Zähne in seinen Leib versenkte. Die Chancen, dass er das Vieh davon abhalten konnte, standen schlecht. Sein verletzter Arm hing kraftlos an seiner Seite und verweigerte den Gehorsam. Er war im Nahkampf ausgebildet, doch das bedeutete nicht, dass er seine Gegner mit nur einem einsatzfähigen Arm ausschalten konnte – erst recht keinen Dämon. Er musste das Vieh erwischen, bevor es ihn erwischte!

Der Dämon flog auf ihn zu, die Schwingen ausgebreitet, als wolle er Logan darin einwickeln, um ihn zu ersticken. Mit der linken Hand riss Logan die SIG aus seinem Hosenbund, legte an und schoss.

Daneben!

Der Dämon prallte gegen ihn und nagelte ihn auf den Boden. Die Flügel nahmen ihm die Sicht und hüllten alles um ihn herum in zähe Dunkelheit.

Der faulige Atem des Untiers schlug ihm ins Gesicht, Geifer troff aus seinem Maul, heiß und brennend wie Säure. Es war so finster, dass er nur raten konnte, wo die Zähne des Viehs waren und wann es zum Angriff ansetzen würde. Wenigstens hatte er die Pistole beim Zusammenprall nicht verloren. Die Waffe war noch immer in seiner Hand, eingeklemmt zwischen seinem Körper und dem des Dämons. Er versuchte sie zu bewegen, den Arm herumzudrehen und die SIG auf das Vieh zu richten, doch das harte Metall grub sich gnadenlos in seinen Magen und wollte sich keinen Zoll rühren.

Die Finsternis verschwand so rasch, wie sie gekommen war.

Der Dämon fuhr zurück, zog die Flügel an den Körper und holte mit den Klauen zum Schlag aus. Logan hob die Pistole und schoss. Einmal. Zweimal. Dreimal. Bis das Magazin leer war. Die Kugeln schlugen in den Leib der Bestie und ließen sie bei jedem Einschlag zusammenzucken. Ein ohrenbetäubendes Brüllen, eine Mischung aus Zorn und Qual, erfüllte die Luft.

Dann stürzte der Dämon.

Logan versuchte sich zur Seite zu rollen, doch er war nicht schnell genug. Die Kreatur fiel auf ihn und presste ihm den Atem aus den Lungen, die Hand mit der Waffe einmal mehr zwischen den Körpern gefangen. Logan wartete auf den nächsten Angriff, rechnete damit, dass das Vieh sich erneut mit Zähnen und Klauen auf ihn werfen würde. Doch der Dämon rührte sich nicht mehr.

Mit einem Keuchen packte Logan die Kreatur und hob sie so weit an, dass er sich darunter hervorwälzen konnte. Heftig atmend kämpfte er sich auf die Beine und sah sich um. Avery kniete noch immer hinter ihm, die Pistole in der Hand. Unter all dem Blut in seinem Gesicht war er kalkweiß. Seine Hände zitterten.

Logan griff nach seinem Blackberry, um den Notarzt zu rufen. Er hatte das Gerät kaum aus der Tasche gezogen, als sein Blick auf Alessa fiel. Sie lag mit dem Gesicht nach unten auf dem Boden und regte sich nicht. Ihr Pyjama hing in blutigen Fetzen von ihrem Rücken, dort, wo der Dämon aus ihrem Körper entkommen war. Boden und Wand waren voller Blut. *Ihrem* Blut. Logan wollte zu ihr, doch er schaffte es nicht, seinen Beinen den Befehl zu geben, einen Schritt auf sie zuzumachen. Alles, was er tun konnte, war, sie anzustarren.

Innerhalb weniger Tage war es Alessa gelungen, sein Leben auf den Kopf zu stellen. Er hatte begonnen, Dinge zu hinterfragen und seine Einstellung in gewissen Bereichen zu ändern, doch was war das alles jetzt noch wert – ohne sie?

Eine kalte Leere breitete sich in ihm aus, schlimmer als alles, was er je in seinem Leben gespürt hatte. Kraftlos fiel er auf die Knie, nicht in der Lage, sich auch nur einen Zoll zu bewegen. Sein rechter Arm baumelte leblos an seiner Seite, doch Logan spürte den Schmerz nicht mehr. Alles in ihm war wie betäubt.

Hinter ihm hatte sich Avery wieder aufgerappelt. Schleppende Schritte waren zu hören, dann spürte Logan eine Hand auf seiner Schulter. Ein Trost, den er nicht verdient hatte.

»Es ist meine Schuld.« Logan biss sich auf die Lippe, bis er Blut schmeckte. »Ich hätte es viel früher erkennen müssen. Ich hätte wissen müssen, dass es Morgan ist.«

»Wie hättest du das erkennen sollen?« Averys Stimme war kaum mehr als ein heiseres Flüstern. Ein Geräusch, bei dem Logan sich schlagartig wieder an die Wunden des Mannes erinnerte.

Er sah auf. Der Schnitt an seinem Hals war nicht tief und hatte mittlerweile zu bluten aufgehört, was nichts daran änderte, dass sich jemand um seine Verletzungen kümmern musste. »Du gehörst ins Krankenhaus.«

»Der Bulle hat so viele Jahre mit uns zusammengearbeitet«, fuhr Avery fort, ohne auf Logans Worte einzugehen. »Er hat uns unterstützt und sein Wissen mit uns geteilt, wie wir unseres mit ihm. Du konntest das nicht ahnen. Keiner von uns konnte das.«

Logan war anderer Ansicht. Sein Team mochte mit Morgan zusammengearbeitet haben, doch sie waren nicht an seiner Seite gewesen, als er um seine Frau und sein Kind getrauert hatte, waren nicht da gewesen, als er geschworen hatte dafür zu sorgen, dass so etwas niemals wieder geschehen würde. Keiner der Männer hatte seine Augen gesehen, wenn er über das Massaker am Leith Walk sprach. Logan hatte gewusst, dass Morgan es als seine Berufung ansah, die Welt vor den Dämonensehern zu beschützen, doch er hatte nicht geahnt, *wie* weit er dabei gehen würde.

Ich hätte es erkennen müssen.

Er wählte die Nummer des Notrufs und gab die nötigen Angaben durch. Sobald er die Verbindung beendet hatte, stemmte er sich auf die Beine und zwang sich zu Alessa zu gehen. Neben ihr ging er in die Knie, nicht in der Lage, ihren Rücken anzusehen. Er streckte den unversehrten Arm nach ihr aus und strich ihr das Haar aus dem Gesicht. Wie bleich sie war. Sanft fuhr er mit seinem Daumen über ihre Wange, die Haut war noch warm, doch das würde sich bald ändern.

»Ich wollte dich beschützen«, flüsterte er. »Es tut mir so leid.« Er beugte sich vor und küsste sie auf die Lippen. Seine

Stirn an ihre gelehnt verharrte er für einen langen Moment, bis ihn etwas an der Wange kitzelte. Logan fuhr auf. »Mein Gott, sie atmet!«

Epilog

In dem Augenblick, in dem er ihren Atem auf seiner Haut spürte, war die Lähmung von Logan abgefallen. Bis zum Eintreffen des Notarztes hatte er versucht die Blutung zu stillen und darum gekämpft, Alessas Bewusstsein zu erreichen. Er hatte auf sie eingeredet und sie immer wieder angefleht durchzuhalten, bis Avery ihn zur Seite schob, damit der eingetroffene Notarzt Alessa auf die Trage heben konnte. Logan hatte zu ihr in den Wagen steigen und mit ihr ins Krankenhaus fahren wollen, doch die Sanitäter sagten ihm, dass sie Platz bräuchten, um sich um ihre Wunden zu kümmern. Mit einem kurzen Blick auf Logan und Avery hatte der Mann einen weiteren Krankenwagen gerufen, der die beiden abholen und ins Krankenhaus bringen sollte.

Sobald sie dort angekommen waren, wollte Logan zu Alessa, doch eine junge Ärztin schüttelte den Kopf. »Sie wird gerade operiert. Abgesehen davon«, meinte sie mit Blick auf seinen Arm, »sehen Sie aus, als bräuchten Sie etwas mehr als nur ein Pflaster.«

Während Avery in einer anderen Kabine verarztet wurde, brachten sie Logan in einen Behandlungsraum, nähten seinen Arm wieder zusammen und steckten ihn in eine Schlinge. Die Ärztin verkündete ihm, dass ein paar unschöne Narben zurückbleiben würden, doch das kümmerte ihn ebenso wenig wie ihre Fragen nach dem Ursprung der Verletzung. Immer wieder erkundigte er sich nach Alessa und jedes Mal erhielt er dieselbe Antwort: »Sie ist noch im OP.«

Er wollte vor dem OP warten, um sofort bei ihr zu sein, wenn sie herauskam, daran würde ihn auch der Tropf nicht hindern. Zumindest hatte er das angenommen, bevor man ihm mitteilte, dass sich ein starkes Beruhigungs- und Schmerzmittel darin befand. Logan war auf halbem Weg zum Aufzug, der ihn von der Station nach unten in Richtung des OP bringen würde, als er zusammenklappte.

Er erwachte einige Stunden später in einem Krankenzimmer. Im Bett neben ihm lag Avery und grinste ihn an. »Wieder unter den Lebenden?« Jemand hatte die Platzwunde an seiner Stirn versorgt, ihm das Blut aus dem Gesicht gewischt und einen Verband um den Hals gelegt. »Wie fühlst du dich?«

»Wie geht es Alessa?«

»Sie ist im Aufwachraum«, erklärte Avery. »Die OP scheint gut verlaufen zu sein, doch sie hat sehr viel Blut verloren. Doktor Owens meinte, sie könnten erst in den nächsten achtundvierzig Stunden etwas Genaueres sagen.«

Logans Eingeweide zogen sich zusammen. Die Erleichterung, die er empfunden hatte, als er ihren Atem auf seiner Haut gespürt hatte, verflog.

Während der nächsten zwei Tage ging er durch die Hölle – und die Ärzte nahm er mit, zumindest brachte er sie nah an den Rand des Wahnsinns, da er sich weigerte in seinem Zimmer zu bleiben und die meiste Zeit an Alessas Bett verbrachte. Schließlich gaben die Ärzte auf und ließen ihm eine Gästeliege in den Raum stellen.

Avery blieb nur eine Nacht im Krankenhaus, man hatte sichergehen und eine Gehirnerschütterung ausschließen wollen, doch obwohl er – wie Logan auch – entlassen worden war, wich er kaum von Alessas und Logans Seite. Er fing Parker und Kent ebenso ab wie die Jungs aus dem Team, die gekommen waren, um Logan und ihn zu sehen, wofür Logan ihm unendlich dankbar war. Seine Nerven waren zu angespannt, um sich gut gemeinten Neckereien zu stellen oder Erklärungen zu liefern. All das übernahm Avery für ihn.

Als Alessa endlich die Augen aufschlug, war es, als hätte jemand die erdrückenden Gewichte von ihm genommen, die seit dem Kampf mit dem Dämon auf seiner Brust gelegen hatten. Sie war bleich und schwach, doch die Ärztin, die sie sofort untersuchte, zeigte sich zuversichtlich. »Es wird ein paar Wochen dauern, aber sie kommt wieder in Ordnung«, sagte sie nach ihrer Untersuchung zu Logan.

Sobald sie aus dem Zimmer war, richtete sich Alessas Blick auf Logan. »Er ist fort.« In ihren Augen schimmerten Tränen. »Der Dämon ist fort.«

Logan beugte sich vor und küsste sie auf die Stirn. »Ja, das ist er.«

Sie hatte großes Glück gehabt, dass sie den Ausbruch der Kreatur überlebt hatte. Auch auf dem Leith Walk waren einige mit dem Leben davongekommen – zumindest bis zu dem Augenblick, in dem der Dämon sich nach seinem Ausbruch gegen sie gewandt hatte. Ohne Averys Ablenkung hätte Alessa dasselbe Schicksal erwartet.

Während der ersten Tage, die sie noch auf der Intensivstation verbringen musste, blieb Logan die meiste Zeit an ihrer Seite. Schließlich ging es ihr besser und sie wurde auf ein normales Zimmer verlegt. Logan war klar, dass er sich früher oder später wieder seiner Arbeit zuwenden musste. Alessa stellte keine Bedrohung mehr für andere dar und befand sich auch selbst nicht länger in Gefahr, weder durch Morgan noch durch den Dämon in ihrem Körper, doch es gab noch andere dort draußen. Tickende Zeitbomben, die endlich gefunden werden mussten.

Da die Ärzte ihm jedoch noch kein grünes Licht geben wollten und ihm dringend rieten, seinen Arm noch zu schonen, musste er die Suche seinem Team überlassen. Tatsächlich gelang es ihnen binnen zwei weiterer Wochen, die restlichen Dämonenseher zu finden und an die Gemeinschaft zu übergeben. Devon, der eines Nachmittags plötzlich in der Tür stand und sich entsetzt darüber zeigte, was Alessa zugestoßen war, bedankte sich bei ihm für die getane Arbeit.

Logan schüttelte den Kopf. »Der Dank gebührt meinem Team. Sie waren es, die die Dämonenseher aufgespürt haben.« Sein Blick richtete sich auf Alessa. »Ich war anderweitig beschäftigt.«

Devon erzählte ihm von einem Haus innerhalb der Mauern des Anwesens, in dem sie die Dämonenseher untergebracht hatten. Dort sollten sie bleiben, abgeschottet von den anderen, in Tiefschlaf versetzt, jedoch außerhalb der Isolationstanks, ganz wie er es versprochen hatte. Für Notfälle standen bewaffnete Wachen bereit. In der Zwischenzeit arbeitete ein Team ausgewählter Forscher an einer Lösung für das Problem, und nach allem, was Devon berichtete, schienen sie der schon ein ganzes Stück näher gekommen zu sein.

»Ich soll Ihnen Grüße von Jackie bestellen«, sagte Devon an Alessa gewandt. »Sie würde sich freuen, wenn sie Sie in den nächsten Tagen besuchen könnte.«

Alessa war noch immer schwach, doch bei der Erwähnung von Jackie zeigte sich ein Strahlen in ihren Augen. »Mich würde es auch sehr freuen.«

Ehe sie noch etwas sagen konnte, ging die Tür auf und Parker und Kent kamen herein. »Klopf, klopf!«, rief Parker und war schon halb im Zimmer, als er Devon sah. »Ach du Scheiße! Falsches Zimmer. Sorry Leute.«

Er machte auf dem Absatz kehrt und packte Kent beim Arm. »Das ist nicht Tante Mabels Zimmer«, sagte er und zerrte ihn hinter sich nach draußen.

Devon runzelte die Stirn. »Waren das nicht Macalister und Hawkins?«

»Nein, nein«, beeilte sie sich zu sagen und schüttelte den Kopf. »Das waren Peter Parker und Clark Kent – Freunde von Logan.«

Sie war keine gute Lügnerin, das schlechte Gewissen und die Sorge, mit ihrer Lüge aufzufliegen, spiegelten sich so deutlich in ihren Augen wider, dass nur noch die Aufschrift »Stimmt nicht!« auf ihrer Stirn fehlte.

Logans Bruder schnitt eine Grimasse. »Die beiden haben

sich zwar gerade ein wenig wie Comicfiguren benommen, aber sie sind es garantiert nicht. Und wie ich sehe, haben sie die Explosion gut verkraftet – auf jeden Fall besser als der Geräteschuppen.«

»Kannst du nicht einfach vergessen, dass du die beiden gesehen hast?«, meinte Logan.

Devon strich sich nachdenklich übers Kinn, den Blick auf Alessa gerichtet. »Meine Vergesslichkeit ist an eine Bedingung geknüpft.«

»Welche?« Logan wusste, wie sehr Alessa die beiden Seher mochte, deshalb war er bereit, die Bedingungen seines Bruders zu erfüllen. Wenn es sein musste, würde er sich sogar bereit erklären, weitere Aufträge für ihn zu übernehmen.

»Nicht von dir.« Devon schüttelte den Kopf. »Von Alessa.«

»Was?«, entfuhr es Logan und Alessa gleichzeitig.

Statt sofort zu antworten, ging Devon zum Fenster und sah hinaus. Logan hätte ihn am liebsten gepackt und geschüttelt, bis er endlich mit der Sprache rausrückte, doch sein Bruder gehörte nicht zu den Menschen, die sich drängen ließen. Deshalb blieb er sitzen und wartete ab. Alessas Finger stahlen sich in seine Hand, ihre Haut war so kühl wie eh und je, und er glaubte zu spüren, dass sie zitterte. Beruhigend drückte er ihre Hand.

Endlich wandte sich Devon den beiden wieder zu. »In Ordnung, hier ist mein Angebot: Ich werde dafür sorgen, dass sich niemand für Mr Parker und Mr Kent interessiert, wenn Sie sich im Gegenzug bereit erklären, wieder für uns zu arbeiten. Kommen Sie in die Gemeinschaft zurück, Alessa. Wir brauchen Sie für die Ausbildung der Seher.«

»Kommt nicht infrage!«, rief Logan sofort.

Devon hob die Hand. »Warte! Das ist noch nicht alles. Ihr Arbeitsplatz ist bei uns und Sie sind wieder ein vollwertiges Mitglied der Gemeinschaft, mit einem Unterschied: Sie müssen nicht bei uns auf dem Anwesen wohnen. Am Ende eines

Arbeitstages gehen Sie nach Hause – wo auch immer das sein mag.« Mit hochgezogener Augenbraue und einem Blick, der besagte: »Wenn das kein Angebot ist«, sah er von Alessa zu Logan und wieder zurück.

Logan war versucht erneut zu verneinen, doch er erinnerte sich nur zu gut, wie sehr Alessa die Gemeinschaft immer verteidigt hatte. Dort waren ihre Freunde und die Menschen, die sie als ihre Familie betrachtete. Sie hatte dort eine Aufgabe und konnte auf diese Weise sogar beeinflussen, mit welchen Wertvorstellungen künftige Generationen von Sehern aufwuchsen.

»Logan?« Sie sah ihn an.

»Wenn du das Angebot annehmen willst, dann tu es«, sagte er. »Allerdings habe ich auch eine Bedingung.«

»Erpressung liegt wohl bei euch in der Familie!«, rief sie entrüstet, dann seufzte sie. »Und was ist es bei dir?«

»Dieses *nach Hause*, von dem Devon gesprochen hat, ist bei mir.«

WOLFGANG HOHLBEIN

DIE CHRONIKEN DER ELFEN

ELFENBLUT

762 Seiten, Hardcover mit Schutzumschlag
ISBN 978-3-8000-9503-2

Elfen-Epos aus Meisterhand

Aufgewachsen in den Favelas von Rio, kennt Pia den täglichen Kampf ums Überleben und plant einen Coup, um an Geld zu kommen. Dabei geht so ziemlich alles schief und Pia wird plötzlich in eine winterliche mittelalterliche Welt katapultiert – WeißWald. Einst herrschte hier Krieg zwischen Elfen und Menschen, der mit dem Verschwinden der Elfen und einer Prophezeiung endete. Prinzessin Gaylen wird wiederkehren und mit ihr die Kraft des alten Elfenzaubers.
Eine Prophezeiung, die für Pia alles verändert, denn schließlich ist sie es, die man in WeißWald einfach nur »Gaylen« nennt …

Die faszinierendsten Gestalten der Fantasy in neuem Licht.